野士岭之

白毛子大雾

蔡九歌 著

当代世界出版社
THE CONTEMPORARY WORLD PRESS

目录

第一章　白毛子大雾

　　我祖上并没有显赫的家谱族谱代代相传，只有我太太太爷爷蔡九好像还混出了一点名堂。不过，这也是他自己说的，后代完整地抄录过他留下的那份笔记。我刚开始看时，还真以为他是在写自传，不过后来又非常肯定他是在编。因为有些地方完全就是鬼话连篇，一看就是假的。他在一百多年前写的这点东西思路十分跳跃又七零八落，看起来坦白说不像是正常人写的，很多地方吓唬吓唬当时的小孩子倒还可以，不过我看到最后却完全地被震撼了……因为他竟然提到了未来。

　　他写的那点东西，我花了好久才大概按照顺序整理和"翻译"了出来。我第一次看到原文的时候是 1998 年，那一年湘江流域洪水滔天，百年一遇，距今已经二十年。而我太太太爷爷（三太爷）编的故事就是跟湘江有关，他说自己生于 1828 年，出生不久便被放在小船上丢到河里，随波逐流一路漂到湘江，到了铜官被江上的船夫捡到，收他做了养子，取名蔡九，排行老三，从小便在船上长大。

　　三太爷蔡九写道，自己二十岁那年，跟着三个要好的伙计，从长沙窑进了一船的陶器，一路北上去岳阳贩卖。船过湘阴县龙湖镇，就到了洞庭湖。

　　那阵子洞庭湖一直在闹"白毛子"大雾，一片片灰蒙蒙的水汽笼罩在湖面上，就像是一团团白毛在飘荡。这场大雾在湖上盘踞久久不散，老船夫一般都不敢在这

白毛子大雾里走船，因为传说这种天气是有神灵封路，凡人免进。

　　蔡九这一伙人，从小就在江边河面混迹，神不怕鬼也不怕的，血气方刚又是第一次独立走船，一伙人合计，都惦记着那岳阳的市集繁华，想卖了货物再好好吃喝一番，于是就决定硬闯过这白毛子大雾。就这样，这艘不大的木船没怎么停留就往洞庭湖的深处划去。

　　一路除了不见阳光，天色阴暗之外，并未见到什么不妥，湖上虽然远远望去大雾紧锁，但到了里面却是风平浪静。那时候洞庭湖大，不像现在就巴掌大一块地方，几个人摇着船，一晃十几天就已经过去，再有个半天，就能到岳阳的南湖了。

　　眼看就要到岳阳，大家都很高兴，走了这些天的船早已觉得辛苦，就准备在船上生火做一顿好饭，再把那几坛子带着没喝的老米酒给喝了。老贾在船舱里取了锅碗瓢盆，生了火架上口锅烧水，又把这几日放网捞上来的银鱼、白虾、河蚌这些湖鲜放了一大锅水煮。锅开后鲜味扑鼻，出奇的香。几个年轻后生围坐在一块，开始饮酒。

　　大家想到那岳阳的好玩意和好吃好喝的地方，心里都很欢乐，不一会儿一坛老酒便已经下肚。胡麻子喝得晕晕乎乎，说最喜欢的还是岳阳的美女，每次去都看不够，自己一仰脖子一饮而尽。刘春球也说喜欢，说就想娶个岳阳女人当媳妇。

　　我三太爷蔡九许诺，以后走船发了财一定给兄弟们都娶上媳妇。胡麻子叫嚷着说晚上到了岳阳还要接着喝，还是老贾眼睛最尖，一眼看到那熬着湖鲜的大锅里面有什么异样。他盯着锅底看了会，神色一沉道："九哥，锅里有东西！"

　　蔡九一听，马上点了一盏船灯，往锅里一照，只见锅里全是没吃完的河蚌鱼虾，但在一堆煮熟的湖鲜里面，有一条小小的黑影在快速地游来游去。蔡九连声称奇："哇，这是什么东西？"

　　要说这熬了大半个时辰都已经成了汤的锅里，怎么会还有活物呢？胡麻子一个大勺子挖下去，将那个游动的东西就捞了上来，放在了手心，只见胡麻子手中有一条手指般大小的小鱼，通体漆黑，眼睛冒着宝石般的光泽。众人围上来想看个端详，哪知小黑鱼见了空气后动弹了几下，一转眼便化成了一团瘀血，瘀血一见了风就干了。

胡麻子手掌上只剩下一对有如米粒般大小的鱼眼，鱼眼还散发着宝石般的光泽。他想把手掌上的鱼眼拿起来看个仔细，要真是什么宝石也好拿去卖了换酒喝，但那两只鱼眼一动不动，拿手一搓，发现居然牢牢地长到了肉里。

众人纷纷大叫称奇，但又觉得太过怪异，心里生出几分凉意，酒都醒了一大半。就在这时，那消失了半天多的白毛子大雾又鬼一般地飘到。

蔡九吩咐大家就位，不在大雾里面纠缠，加快速度赶到岳阳，四人于是摇船向着岳阳而去。

湖面上水汽腾升飘忽，越聚越浓，天也变得越来越黑。突然，头顶的一团白雾一瞬间聚成了一只大手形状，向着小船就压了下来。

老贾这时手往东边一指："九哥，那边有一只船队。"只见东边浓雾里隐隐出现一盏大得出奇的灯笼，灯笼上面是一张怪异的脸谱，一副奇怪和扭曲的表情，像是在哭，又觉得是在笑。

十几艘大船徐徐跟在脸谱船后面，同样挂着奇怪的大脸灯笼，船队发出一种缓缓的类似人喘着粗气的呼呼声，正徐徐驶了过来。

蔡九马上熄了船灯，灭了炉灶。黑暗中，几个人静静地盯着远处而来的脸谱船队。烟雾缥缈的湖面上，一张似笑非笑发着光的大脸在浓雾中慢慢接近，不，是十几张大脸依次慢慢接近。看着那张大脸，感觉让人晕晕沉沉，几个人正是要集中精力之时，却都昏昏睡了过去。

三太爷蔡九写道，也不知道过了多久，他在船上醒了过来，只见胡麻子、老贾、刘春球都睡得横七竖八地打着呼噜。他上前一人一脚把几个人唤醒，众人醒来一看，船已经不知道漂到了什么地方。蔡九看到大锅里面的汤都干了，那点河鲜也都干巴成了石块。这一觉睡下来，没有数日头也没法记得吃了几顿饭，都不知道是什么时辰什么日子了。

来到的这片水域，不知道是洞庭湖的哪一角，只觉得湖水温热，水流不急。老贾举着灯环顾四周，雾气虽然已经消失殆尽，但却有很多隐隐约约的船影，说不好是什么船，静静地停在水面上，不见船夫也不见旗帜。

各种各样的船堆积在水面上，看起来哪个年代的都有。大家想去捞一艘大船，

但划上前去发现总是无法接近，那些船影子始终保持着一段距离。

蔡九心里惊了："莫非是到了船冢了？"他曾经听养父说过，船冢就是传说中江河湖海堆放死船的地方。所谓死船就是行驶途中失踪的船只，这些船只出航后就不见返回，但又找不到去向。如果船只是遇险倾覆后葬身湖底，也多少会有一些东西浮上来，但死船的失踪却是没有一丝痕迹的消失。

听蔡九说了船冢，胡麻子看着一堆的船影子开始后悔："哎呀妈呀，早知道不该闯这白毛子，现在要不明不白地死在这里，岳阳那些女人的胸脯是啥样都没见过，现在就要死了，我好冤啊！"

老贾话最少，他警惕地注视着水面。刘春球眼睛虽好但脑袋不灵光，他不知道是受了惊吓还是睡傻了，只是一阵阵地憨笑。

蔡九心想总不能就在此等死，就领着大家准备开船。胡麻子这时候突然左手捂着右手跪在地上哇哇地叫了起来，只见他右手掌上长着的两只小鱼眼，竟然发起光来……那光可不像开始那宝石光泽般的柔润，而是有一种通透的刺眼，把整个船身都照亮了。刘春球开始指着湖面呃呃地大叫——

只见水下突然间出现了无数的发光斑点，就像一群星星突然从湖底冒了出来，整个湖面都被照亮了。仔细一看，湖里出现的是一大股鱼群，一大群刚才那种化作瘀血的小黑鱼眼睛发着光，整齐划一地在湖水中上下左右地潜行，在黑暗中就像一群乱窜的流星。

几位看到这里都目瞪口呆，鱼群在湖中翻滚闹腾了片刻后，又沉入湖底不见了踪影。胡麻子手上的鱼眼也不再发光发烫。

几个兄弟奋力划船顺着水流飘荡，天越来越黑，不知道又连划带漂过了多久，一直在水面上停着的无数船影中穿行。

刘春球好像恢复了正常，又开始说话："九哥，你说咱们都走了这么久，怎么就没见过天晴啊？"

胡麻子答他："你个蠢球，我们这肯定是中了妖雾，到了阴间了。"

老贾说："不一定，我听鬼二爷说过，洞庭湖是仙圣之地，要是在阴间，我们早就翻船了。"

蔡九说："老贾说得对，洞庭湖北连长江，南接湘、资、沅、醴四水，号称八百里，自古就有仙圣洞府之说。这一次擅闯这白毛子大雾是有些莽撞了。"

胡麻子说："我每天就拉一回屎，现在已经拉过三回，应该是已经又在水上漂了三天。"

这时，哥儿几个听到一阵琵琶曲似有似无地在幽静的湖面上飘荡，循着那曲声张望，水面上停泊的无穷无尽的船影好像到了尽头，隐约现出一条街市，好像是个码头。

摇船过去，漆黑的湖面收窄成了一条河道。堤岸两边华灯初上，尽是些雕梁画栋的亭台楼阁，河上桨声灯影，一片市井繁华。

老贾说："九哥，咱们终于到岸了。"正说着话，岸上树影下一位美人弹着琵琶浅吟低唱，娇媚迷人。旁边一位丰乳肥臀的妖艳女子百般殷勤地拉客："大爷，您来了啊！来来来，大爷快上岸吧，我家姑娘们就等着您咧。"

胡麻子好像一辈子没见过女人，看得直发呆。几个人经不住拉扯就停船上了岸，跟着女子来到一处河边的院子，只见大门的镶金匾上写着三个金灿灿的大字——烟雨楼。

烟雨楼气派豪华，刘春球说好像到处都镀了金似的。几个走船的莽夫，都是风里来雨里去的命，哪里见过这般情境。蔡九摸着身上的盘缠，生怕一会儿一顿酒肉下来不够银两。几个男人在湖面上漂了不知道多久，现在终于上了岸，又来到这般灯红酒绿的庭院，都跟在做梦一般。

领路的女子一进了院门就大声招呼有贵客到。院子二楼马上下来七八位妖娆女子，七手八脚围上来就在众人身上乱摸，那真是万紫千红、香气扑鼻。

几个血气方刚的少年哪里经得住如此这般的诱惑，被簇拥着就上了二楼，不一会儿酒菜端了上来，一顿胡吃海喝，几个人豪饮如牛，从来都没有这么快活过。

饮酒作罢，领众人过来的胖女人在走廊窗户上贴了个"囍"字，几个人就被各自陪酒的姑娘领到了房间，夜里一番翻云覆雨就献了初阳，破了处男之身。

完了事蔡九尿急，他下了楼在一棵柳树下嘘了嘘，提着裤子就准备上楼，一转身看到一个扫地的老太婆，那老太婆拿着把扫把正恶狠狠地盯着他看。

蔡九正想问候这位老太婆，老太婆先开口了："官人可知现在身在何处啊？"

蔡九心里一想，对啊，我他妈的现在在哪里呢，还在洞庭湖吗？他突然有所醒悟："哎呀，糊涂！我还真不知道自己是在哪里。"刚准备问这是哪处宝地，只见那老太太还是那副恶狠狠的表情，吐出三个字："秦淮河。"

秦淮河？秦淮河不是在那南京吗？怎么会跑到洞庭湖上来了，莫非是自己的船到了南京？不对不对，如果是到南京应该出了湖上了长江才对，这一路过来哪里见到了什么长江？莫非又是遇到了那大脸船队后睡着了漂到长江？也不对，醒来后看到的是船冢，水面辽阔，肯定不是长江能比，那到底是在哪里？

蔡九正欲详细问清楚，只见那老太太从脚底"嗖"的一声起来一团大火，她整个人从脚底被点燃，像张纸一样瞬间就从下到上烧成了一把灰，风一吹化成一股子黑烟就不见了。

看到老太婆这一烧，蔡九吓得连魂魄都出了位，他感觉到有一股巨大的力量正拎着他，自己瞬间就从地面到了空中，像是把他从什么地方拉了回来。他在空中被风吹得阵阵发抖，低头隐约看见脚下无数的船影正被一口深不见底的水中旋涡吞噬。

等回过神来，蔡九发现自己正手舞足蹈口齿不清地叫嚷着从船上醒来，被那正午的阳光照得头脑一片空白。船正顺着一条河向前漂流，不知道是要漂向哪里。

难道刚才那是一场梦？不对，不是一场梦。如果是梦，是从哪里开始的梦？是从那煮不死的小黑鱼开始，还是从那变成灰的老太太开始？蔡九头脑一片混沌地从船上坐了起来，脑袋里一阵剧痛，不知道是不是因为梦里的那场花酒。

不，不是梦，蔡九发现，船还是那艘船，就连一船的陶器都还在，但除了胡麻子脸朝下躺在甲板上不知死活，老贾和刘春球都不见了。蔡九此刻知道自己是从一场劫难中侥幸脱了身，他努力回忆起这个梦的细节，不，他努力回忆每一个细节，想知道自己为何幸存了下来。

他跟跄着站起，一个小红布包从他口袋中掉了出来。他翻开红布包，只见里面有一把女人插头发用的金簪子。那红布仔细一看，是一件女人的肚兜。

看到这件女人肚兜，三太爷说自己想了起来。他说原来那一晚，那个面容姣好身段窈窕的小姐陪酒后跟自己上了楼，弹着琵琶唱了一曲后，宽衣解带两人就洞了

房。他事后觉得头晕目眩、神志不清，整个屋子都在快速转动。迷糊中，他听到女子哭着说自己一直被困在烟雨楼中，如今蔡九占了她的身子，就是她的男人，所以必须帮她完成一件事，否则让蔡九断子绝孙不得好死。

女子说，出了此地后一路向南，有个地方叫风树镇，镇子里有一处马蹄形池塘，塘底的淤泥里沉着一具尸骨。女子让蔡九把这尸骨挖出来，又说自己没攒下太多财物，只有一枚金簪，看蔡九年少有缘就留给他做个纪念。既然是礼尚往来，她也必须留蔡九一件信物。三太爷写道说女人于是取了自己身上的两颗睾丸，还许诺说事情办成后便归还给他。

等蔡九从洞房后的昏沉里清醒，只见一轮明月挂在窗外，月光下女子静静地睡在一旁。蔡九看着她诱人的胴体，突然感到一阵不可遏制的尿急。他急匆匆穿上衣服鞋子便下了楼，之后便碰到那个老太婆。

三太爷写道，他躺在船上想起来这些，马上伸手去摸自己的裤裆。果然，裤裆里面空空荡荡，那要命的丸子已经不知了去向。他翻开胡麻子肥胖的身子，一伸手去抓他的下身，结果胡麻子的裤裆里也是空的。一天后胡麻子才醒过来。他醒来后先是一阵迷糊，然后跪着磕头大喊奶奶饶命。蔡九一把扶他起来，谁知胡麻子刚一站稳，一只手就伸到蔡九的裤裆里猛地一抓，惊得他屁股一撅，然后胡麻子松开手仰天一阵号哭："没了啊，真没了啊！咱们要命玩意都没了啊，缺德啊！"

蔡九问刘春球跟老贾去了哪里，胡麻子说："不知道，许是他两人不是黄花男，女子们不肯放他们出来。"

一路顺水南漂，几天后，船在一处水草丰盈的河滩搁浅。蔡九下船一打听，此地是湘江与沩水交汇之处，名为风水镇，再打听，古时此处正是风树镇。

第二章　夜访风水镇

那风水镇里，还真有这样一处马蹄形的池塘。池塘在镇子东边的村里却不让人接近，塘边围起来一圈高高的栅栏，白天还有带刀的武士看护。平常村民过路，也是远远地躲着这池塘。一有孩子靠近，便被大人马上喊了回来，村民一听蔡九问池塘的事就支支吾吾地跑开了，就像是问到了他家里什么倒霉的事情一般。

三太爷开始编故事吓人，他写道风树古镇里没有人愿意跟他多说那池塘半句，他跟胡麻子心里着急，也颇有胆子，只想赶紧挖了那具尸骨交了女子的差事，好早点讨要回自己的宝贝，看这白天有人守着，就想趁着晚上没人再去把池塘挖开。就这样商量好了，两人当晚便溜进了村，偷偷摸摸地到了池塘边。

只见月光下，那口池塘静静地就在眼前。两人翻上栅栏就跳了进去，脚刚一落地，就觉得一阵阴风呼地扑面而来，吹得人脸上身上鸡皮疙瘩都起来了，头皮都直发麻。只见池塘边立着块石碑，月光下清楚地看到碑上刻着三个字：黑水塘。

两人也不管是黑水塘还是白水塘，以前大概也没少干半夜放人家鱼塘水偷鱼的事，当时就只管挖开条水沟，好放光池塘里面的水，然后翻出淤泥里面的尸骨好交了差。两人挖啊挖，一直挖了大半夜，好不容易总算是挖了条水沟，水沟通往村里的沟渠，沟渠又连着河边的滩涂。

此时已快过二更天，天边的启明星都露了出来，两人便挖开水沟和池塘之间的

泥巴开始放水。谁知道池塘水一涌而出，按理说一会儿就能放光水的几亩池塘，居然放到了三更天，水位也一点没有下降的意思。

水放了一个时辰也没见底，胡麻子早就没了耐性，"九哥，这池塘是什么个意思啊，放水放不完啊？"

就在胡麻子抱怨的时候，天上一块黑云飘来，月亮被云挡住，只露出半个头，光线一下变暗下来，在光线变暗的那一瞬间，蔡九突然发现池塘边那块石碑有些不对。回头一看，不知道什么时候，那石碑上黑水塘三个字变成了另外的三个字：阴阳塘。

这时胡麻子突然"哇"的一声怪叫然后往身后一弹，眼睛一瞪，还指着蔡九身后，蔡九正想回头看看背后是什么，只见胡麻子身后蹲着的一个影子猛地从地上站了起来。那影子一直猫在胡麻子后面，本以为那只是块石头或者树桩，但仔细一看，站起来的竟然是另外一个胡麻子。

蔡九心里一阵纳闷，他一回头看到自己的身后，也懵然站着另外一个蔡九。胡麻子一回头也发现了自己身后的自己。就这样，蔡九看着另外一个蔡九，胡麻子看着另外一个胡麻子，足足愣了好一会儿。

蔡九和胡麻子看到另外一个自己，比看到了鬼还要害怕，慌不择路地就围着池塘跑了起来，谁知道那两个影子也围着池塘跑了起来。这下可好，两个人跟另外两个影子般的自己围着池塘打起了转转，胡麻子跟蔡九围着池塘转了好几圈，那两个影子也跟着转了好几圈，实在是跑累了，只好停下来先呼呼喘口气，那两个影子也停在池塘对面呼呼地喘气。

蔡九边跑边听了出来，自己跟胡麻子是边跑边叫，但那两个影子在对面只有叫的表情和动作，却没有发出声音。胡麻子也看出来了，他对着池塘"喂"地叫了一声，在池塘对面停下来喘气的那个胡麻子也是对着池塘叫了一声，果然，只看到他头往前一伸，但没听到他出声。

胡麻子看到影子在学自己就没那么害怕了，好歹看到的怪物就是他自己，平时也照过镜子，他就当是照镜子一样跟影子玩了起来，他一扭屁股，对面那影子也扭屁股；他一跷腿，那影子胡麻子也一跷腿。

蔡九看他玩心重，忘记自己是来干吗了，就伸手一拍胡麻子："麻子你干啥呢，别闹了！"

对面那个蔡九也是一拍旁边的胡麻子，但是，这次他却发出了微弱的声音，这嘶哑岔气的声音在黑夜里面听起来格外毛骨悚然："麻，子……你干，啥呢，别，闹，了。"

看到蔡九的影子说话，两人又大吃一惊，平时在镜子里面能看到自己动，但从来没听过镜子里面的自己能说话啊！

蔡九一把拉着胡麻子就跑，嘴里想说："麻子，咱们赶紧走！"可是好像喉咙里吞了什么东西被卡住似的，"呃"的一声硬是没发出声来。

但对面那个也同时一把拉着身边胡麻子就跑的影子蔡九，这下却发出了比蔡九响亮得多的声音。那一句话真真切切而且清晰得很："麻子，咱们赶紧走！"

蔡九听到对面的影子说出了自己喉头里面被堵了半截的话，一下就傻了。他感觉眼前的那个蔡九才是真正的自己，而自己只是蔡九的影子而已，蔡九看到自己身上也变得模糊透明起来，不知道是自己身上真变得透明，还是眼睛在逐渐地模糊……

一转眼看胡麻子，支支吾吾地好像想说什么，却发不出声音。而这时，对面的影子胡麻子却开口了："九哥，这两个家伙在吸咱们身上的元气啊！"

蔡九一下就懂了。刚开始，这两个影子只是悄悄地躲在身后，不知道是不是真的在偷吸两人的血肉和元气，慢慢这两个影子变得逐渐充盈，然后它们站了起来，从透明变成了有形。

影子慢慢地在变活，活人却在变没，如果还待在这池塘边，一会儿肯定就烟消云散了。眼看可能小命不保，他们两人赶紧就逃，但三太爷写道那身后围着池塘的栅栏上现在却湿漉漉滑溜溜的，根本就爬不上去，胡麻子试了几次都滑了下来，还弄得满手都是黏液，那黏液用鼻子一闻一股腥臭，气味像是一条死鱼。

这下可好，没死在洞庭湖里，却要在这臭烘烘的池塘里变成空气了。蔡九抬头一看，对面的影子人正一动不动地盯着自己跟胡麻子，嘴角好像还挂着一丝邪恶的微笑；而低头一看，都看不到自己的脚了，下半身正逐渐变得透明；再一看胡麻子，脸上的麻子都不见了。

这时天上的月亮彻底被云层挡住，周围顿时一片漆黑，两人在黑暗中头脑昏沉，正迷糊得找不着北时，铁桶般的漆黑里突然出现了一盏小小的发着淡淡黄光的灯笼。池塘边的大树下幽然出现一个打着灯笼的白胡子老头，老头的胡子一直垂到膝盖，他正挥着长胡子对着两人招手，示意让他们马上过去。

蔡九跟胡麻子看到这个老头突然冒了出来，颇为意外。老头又往旁边一晃灯笼，招呼他们快点，蔡九看到池塘边的大树里显出一个大大的树洞，树洞里仿佛还别有洞天，连着一个深深的地洞。

老头示意两人进到洞里，蔡九和胡麻子正慌不择路无处藏身，连忙移动快要消失的身体跟着老头逃进了树洞。两人进洞时，身上只有两个头还能看见大半，剩下的部分都变得透明了，只见两个大脑袋一前一后进到了那个树洞里。

那两个影子人这时也出现在了树洞口，他们正准备跟进来，白胡子老头像一块门板般地站到了洞口，他狠狠地一瞪眼，然后噘起嘴巴大大地吹了口气，就连长胡子都吹得飘了起来。

那两个影子人被老头子一吹便不再动弹，呆呆地站在洞口，身上逐渐变得透明起来，不一会就完全消失不见。原来影子人站的地方，飞起来两只大大的发光虫子，虫子翅膀一张尾巴放光，扑腾着飞走了。

老头提着灯笼一路带着两人往洞里面走，刚开始洞里很宽敞而且很平，就跟一条大路一般。走着走着，地洞开始往下延伸变得复杂起来，纵横交错着很多其他的地洞，还可以看到不少大树的根茎。

刚进树洞时还只是两颗人头的蔡九跟胡麻子，随着影子人的消失，身上变得透明的部位开始慢慢恢复到了原状。二人边走边琢磨这是到了哪里，这个老头到底是谁。

胡麻子装出一副乖巧的样子问："白胡子老爹爹，您这是要带我们去哪里啊？"

那老头也不说话，只是急匆匆往前走，胡麻子这时候已经完全恢复了原状，一脸的麻子又看得清清楚楚。

蔡九低头一看，前面走着的白胡子老头，穿着一席白色的衣服，两腿之间还拖着一个东西，仔细一看，居然是根尾巴。那根白晃晃的尾巴藏在两脚之间的衣服里，

时不时露了出来。

这时候，胡麻子一拍老头的肩膀，继续问："老爹爹，你这是带我们去哪里呀？"

老头不耐烦地"哎呀"一声终于回过头来，蔡九看到一双缝隙般的小眼睛惊恐地瞪着，长胡子上一张尖嘴动了一下："别出声啊，老麻就要出来了。"

老头一开口吓了蔡九一跳，这声音尖细得就跟吹哨子一般，再看这老头长得也太像一只老鼠了，这不就是只大老鼠，正在学着人走路嘛，一只老鼠精啊？！蔡九平生最怕老鼠，他拖着胡麻子就想往回跑。一回头跑了两步就发现走不了了，刚才进来的路已经不见了，一根大树根横在洞中间，把退路堵得死死的；再回过头来想往前走，发现白胡子老头也不见了。

三太爷在他编的故事里，故弄玄虚地说自己在这个洞中的经历，等他老了就只记得不多的几件事。他记得进了洞以后，洞壁上到处趴着手指般大小的虫子，这些虫子忽闪忽闪地发着黄光，把洞里照得清清楚楚。眼前像是到了一处藏宝地，到处都是叫不上名字的宝物，金银珠宝更是不计其数，他和胡麻子一辈子都没想到能见到这么多金银财宝，心想要是随便搬点家伙出去，这辈子就吃喝不愁了。

在这些金银财宝中间，是一棵大树盘根错节的根须。在根须上，有一窝窸窸窣窣、正交头接耳忙碌不停的老鼠。这些老鼠挺特别，颜色各异，眼睛炯炯有神，它们看见人到眼前不跑也不叫，只是抬头看一看，然后又接着干自己的事情。根须中间还露出一副棺材的一角，那棺材比普通的大很多，上面隐约能看到一个大大的"钱"字。

两人正准备动手往口袋里装点金银时，洞壁上虫子们身上的光线突然暗淡下来，那洞里的气氛一下变得阴森起来。低头一看，那窝刚才还在吱吱乱叫的老鼠也不见了，一片寂静中，一阵凉风忽地从洞深处吹来，风里还夹杂着浓浓的脂粉香气，而洞那一头正变得越来越诡异。

胡麻子想起刚才在大棺材侧面看到个"钱"字，马上就跪下来一通哭天喊地的求饶："钱家祖宗啊，子孙麻子给您磕头啊，我娘家就姓钱啊，您千万不要自家人害自家人啊！"

蔡九连忙堵上胡麻子的嘴巴，让他不要出声。这时，听到一声小小的尖尖的声

音从地上轻轻忽忽地飘了上来："跪下，快，跪下！"

蔡九低头一看，一只白色大老鼠正恭恭敬敬地趴在树根前面。这只白老鼠虽然有一只猫那么大，但是一看到那张脸，还是能认出来就是那个领他们进来的白胡子老头。它已经从一个人的大小变回了老鼠，白老鼠身后还趴着几十只颜色各异的老鼠，有的穿着衣服，有的没有。

想到哪里有老鼠让自己跪下就跪下的，这岂不是没有天理王法了，蔡九跟胡麻子就是不跪。白老鼠看到他们不听话，气得连胡子都竖了起来。它翘起尾巴正准备发飙，就听到地洞深处"嗡"的传来一声铜锣响。这声音一响，那些跪着的老鼠都不敢出声了，白老鼠跟他们一起，恭恭敬敬地把头都磕到了地上。

不一会儿，只听见地洞深处传来一阵窸窸窣窣的声音，一声听得让人头皮直发麻的颤音传了过来："肃——静！老麻娘娘驾到！"然后一阵喇叭声响起，就看到洞深处走出来一串队伍，打头的是两只举着牌子的老鼠，牌子上不知道是什么字，看起来是狂草字体，有如疾风骤雨般一气呵成。后面是两只吹着喇叭的老鼠，那老鼠的喇叭也不知道是从什么地方搞来的，吹的好像还是一般村里办喜事用的调子，八只白白胖胖的老鼠扛着一顶沉甸甸的轿子跟在后面。

到了大树根前，轿子放了下来，帘子一掀，钻出来一个穿着一身大红衣服的肥胖东西。蔡九一看，那东西居然是只红狐狸，不过这只狐狸非常胖，一看就与众不同，它戴着一顶有尖的小小帽子，帽子尖上还缀着一颗光亮的宝珠，身上更是佩戴着不少精贵的饰品。它一边拿着把黄扇子遮住了脸，只露出两只小小的眼睛，一边扭着大屁股吃力地坐到了树根上一个像是宝座的地方。

洞里一下就鸦雀无声，红胖狐狸先是环视了一下下面跪着的那群老鼠，又瞄了眼懵懵懂懂像是在梦游般的蔡九和胡麻子，最后眯着眼打量了一番自己戴着颗翠绿色宝石的右爪，嘴角一抽，胡子一动，轻轻地"呃"了一声。

地下跪着的一只黄衣服老鼠迅速就把头抬了起来，它炯炯有神地看着上面说："回老麻娘娘，宫里最近又生了一百五十七只小的，现在都在喝着菊花妈妈的奶，请娘娘放心。"

红胖狐狸好像很满意，惬意地又"呃"了一声，然后又指了下地上另外一只没

穿衣服的老鼠，那只老鼠马上磕头禀报："回娘娘，小的们都打探过了，镇里东边林子的几口新坟里面，还是没有啥新奇玩意，还请娘娘明鉴！"

红胖狐狸听到这里好像很不满意，它往上翘了翘胡子，眯着的眼睛都打开了不少，那红眼皮里面的黑眼珠一下就瞪了起来，直直地盯着刚才说话的老鼠。没穿衣服的那只老鼠抬头看到红胖狐狸这副模样，竟然全身发颤，连忙一阵磕头哭诉："娘娘，小的知道错了，娘娘我又错了，我错了啊！"然后一头狠狠地撞到旁边的土墙上，可怜它撞得头晕眼花也没有撞死，只好接着又撞，撞得满头都是血，大便失禁，尿撒了一地。

蔡九跟胡麻子看得嘴巴都张开了，完全不知道这是个什么情况。这时候那只领着蔡九他们进来的白老鼠开口了："娘娘请息怒，今天也不是没有成果，小的们还抓住了两个想挖池塘的大条，恭喜娘娘，您看都是公的！"

红胖狐狸听到这儿，眯着眼看蔡九跟胡麻子，意思好像是在说，就是他们两个啊。红胖狐狸嘴角微微地翘了下，看来对白老鼠还算是满意。白老鼠看到红胖狐狸像是笑了，也跟着一副似笑非笑的样子。

这时候，红胖狐狸突然哈哈地大笑了起来，那笑声就像是吹一只漏气的哨子，看到红胖狐狸笑了起来，白老鼠跟地上趴着的那些老鼠马上也一起咯咯地笑了起来，那只没穿衣服满头是血的撞墙老鼠，也顾不上疼连忙跟着扯开嘴笑了起来……

看到老鼠们大笑，蔡九跟胡麻子嘴张得大大的，呆傻在了一边，不知道这群家伙是想干什么。想想真倒霉啊，岳阳没去成，糟了劫难丢了命根子，现在还掉进这个破洞里，落到一群这么奇怪的老鼠手里，两人绝望的心情一下再也把持不住，竟哈哈的含着泪苦笑起来。这下可好，一笑开就收不下来，两个人跟着一堆老鼠在洞里面一起大声苦笑。老鼠们看到有人加入笑得更加起劲，破哨子声此起彼伏。

人鼠同笑持续了没一会儿，就听到和声里面胡麻子的笑声越来越高，中间他扑哧一个破音，终于从苦笑变成了大哭。他哇哇大哭起来，哭声超过了所有的老鼠，最后只剩下他一个人站在那里哭，所有的老鼠和蔡九都停了下来，扭头看着胡麻子。

胡麻子确实伤心，边哭边喊："我的个天嘞……我的个祖宗喔……今天我胡麻子要死在锅里（这里）了嘞……我一世聪明，怎么就落得个如此下场咯！"胡麻子

的号叫从地洞深处传来回音，看来这个地洞远比蔡九想象的要大得多。

红胖狐狸斜着脑袋看着胡麻子哭，眼睛眯成一条缝。它眼皮急速地颤动，嘴巴里面叽里咕噜地发出一阵声响。蔡九估计它是没看过人哭得如此恶心，胡麻子哭了一阵也觉得有点不对，停下来一看，老鼠们都正张开嘴巴吃惊地看着自己。

蔡九拉着胡麻子想跑，只觉得脚上一阵剧痛，原来是白老鼠"嗖"的一声窜了过来，它一抓二人的脚踝，爪子深深地嵌到了肉里。白老鼠一松爪，只见一根银色的细毛已经嵌入两人脚上的皮肉里，再一看，细线的另一头正攥在那长胡子的白老鼠手上，它嗖地窜回去，站在那里一手攥着细毛一手捋着自己的胡子，尖脸上一脸的得意。

五年后的一个清晨，蔡九跟胡麻子发现自己正身处一处偏僻山冈上的孤坟旁边。而三太爷此处写道，那五年中除了留下一些模糊的记忆外，竟然不记得自己究竟做了什么……

我第一次看见他编的"鼠洞历险记"，不但不觉得可怕，反而笑出声来。不过随后他就写了一些不太适合小孩子看的桥段，感觉有点像是童话的部分，到这里就算完结了。接下来是各种传奇或者恐怖的桥段，甚至还有赤裸裸的色情和残忍的血腥，不过我整理了那些适合公开发表的内容，并尽量试着把他编的故事继续讲下去。

第三章　鱼怪钱胖子

三太爷说自己和胡麻子在一个孤坟边醒来，而那座孤坟的墓碑上刻着"风树镇，己未年七月十八日"。不过却没写是哪一年，而当年正是己未羊年，从风树镇的称呼来看，那坟头至少也有一百二十年了。

两人又回到镇上，却发现眼前的风水镇已经完全没有了先前的繁华，那里像是遭遇了巨大的劫难，破乱凋零而且人丁稀少。

在一棵枯树下，蔡九和胡麻子救下了一位刚刚上吊正在蹬腿还没气绝的老者，老人被救后缓过一口气来，蔡九正是从他口中得知时间已经是当初夜访黑水塘的五年以后。

老者告诉他们，不久前一场突如其来的滔大大水夹着泥巴沙子翻滚而来，平常大水皆因暴雨山洪从上游来，但这波大水是逆流而上从下游来，农田和池塘都被冲了个干净不说，整个镇子都被泡到了水里。

老人说比洪水更大的灾祸是，镇上黑水塘里关着的鱼怪，趁着大水淹了池塘游了出来，它在风水镇里到处游弋，逢人便咬，整个镇子死伤无数，凄惨不已，还活着的人都争相逃命而去了。现在镇上已经无人居住，老人无后代亲人，只能守在镇子里，如今实在是难以为继，只能自寻死路。

蔡九再问哪里来的鱼怪，老人还奇怪他怎么不知此事。蔡九再三追问，老人才

说了这鱼怪的由来。

原来，那个叫黑水塘的池塘当年之所以被围住不让人接近，是因为这池塘里面关着一只，不，应该说是养着一只鱼怪。

原来那黑水塘是风水古镇一直就有的一口老池塘，池塘本是口平常的鱼塘，每年都打上几千斤肥鱼，但从六年前开始，鱼塘便不再出鱼，一网子放下去，打上来的也只有几个小乌龟王八。当时风水镇几个当家的便商量着要把鱼塘的水放干，清一清淤泥。

冬天将至，正是换水清淤之时，于是几个壮汉就把池塘开了口子，把水都放了出来。这口池塘已经有多年没有清理，水不多泥多，一会儿工夫水就放光了。

几个壮汉开始动铲子掏淤泥，正掏着，只见淤泥里面露出一尾大鱼鳍，鱼鳍在淤泥里面破泥游动，速度还很快。看鱼鳍这是条吃肉的鱼，个头足有七八尺长，难怪池塘里面养不活鱼，再多的鱼也被这大家伙给吃了。

众人拿着鱼叉网子把这大家伙逼到了一角，准备一叉子给叉上来，几个壮劳力拿着叉子正准备出手，只看那大鱼一声怪叫从淤泥中腾空跃起。

众人一看吓得赶紧往后退，跃出水面的哪里是条鱼，而是半截肉鼓鼓的烂肉人身，背上还长出一尾鱼鳍，颈上浮肿的人脑袋上有一双往外凸起的大眼睛，睁得鼓鼓的好像马上就要掉了出来……

怪物下半身是个鱼身，还拖着一条大尾巴。这怪物身上的一双手臂还在不断挥动，好像在跟人打架一般，那颗被水浸泡过的人头大得出奇，但是五官俱在，它脸上是惊恐中带着暴怒的表情。这家伙在淤泥里面跳来跳去，一边跳一边发出嘶吼，那嘶吼声很像是杀猪时听到的猪叫。

人群里胆小的已经开始往家跑，胆大的离得远远的，想看看怎么办。不知道谁先说了声："钱胖子，是钱胖子！"这一句像爆竹一样在人群里面炸开，村民终于"嗡"的一声散开，开始四处逃窜。

蔡九问这钱胖子又是谁，老头说这也是一个邪门的事。原来这钱胖子本是村子里的一个屠夫，大肚肥肠，能吃能睡，唯一的爱好就是杀猪和喝酒。他自己说杀过的猪和喝过的酒一样多。有一天晚上钱胖子在外面喝多了回家，路过自家的猪圈，

没想到正好头一晕栽到了猪圈里。

一身肥肉的钱胖子倒在猪圈里翻滚着想爬起来，但酒后身上乏力人又太过肥胖，折腾了很久就是起不来……几十头正饿着肚子打盹的肥猪被他惊扰围了上来，肥猪们看到地上躺着这么一大团东西，一拥而上就撕咬了起来。

那钱胖子一辈子杀猪无数，却让一群猪打了牙祭。上半身还有力气挥舞拳头，但下半身却无法动弹被咬得血肉模糊。紧要关头，钱胖子痛得酒醒，用尽力气爬了起来，踉跄着翻出了猪圈。

可怜钱胖子被肥猪咬得下身体无完肤，卧床躺了一个多月，便一命呜呼了。因为钱胖子体格不同于常人，格外肥大，镇上一时竟然找不到合适的棺材，于是只能去县城里面定做，而县城里面的棺材铺要三天后才能交货。

如此，只能用几卷草席将钱胖子裹上放在院子里面，周围点上几盏蜡烛，挂上些祖上辟邪的符咒。三天后，那口大棺材从县城运来，谁知道翻开草席，钱胖子那几百斤重的尸身居然不翼而飞了……

当时把镇上方圆几里都看了个仔细也没找到，没想到一年半后居然被发现在这池塘里面成了个鱼怪。

蔡九问："怎能知道那鱼怪一定就是钱胖子？"

老头说："钱胖子是几十年前镇里杀猪的寡妇产下的私生子，镇上的人天天在他们家买肉，熟悉得很，那鱼怪的大脸虽然被水泡得肿大，但一眼看过去肯定是钱胖子没错。"

蔡九问："为何不把鱼怪打死？"

老头说："哪里敢打死，都怕得罪了哪路子的神明，镇里几个德高望重的老人商量后，又将江水灌回了池塘，每天好鱼好肉往池塘里面丢，把鱼怪给圈养了起来，而且还想给它修个庙，当神仙一样供起来。"

当时也怕这鱼怪伤人，所以不敢让旁人靠近，既当成是神物下凡就不敢怠慢，于是就派了些青壮年白天在池塘边守护，一是看守二是不让旁人靠近。同时嘱咐镇里的乡亲们不要透露了鱼怪之事，免得外面传风水镇什么谣言。

镇里收集善款，过了几年才好不容易凑足了修庙的钱，便择良辰吉日破土动工，

庙修了半年终于修好，正定了日子准备竣工，定在己未年七月十八日，准备这天请鱼怪真神移步庙里居住。

而就在己未年七月十八日那一天，天还没亮，一场突如其来的大水夹着泥巴沙子就从湘江上翻滚而来。大洪水冲开了堤坝把风水镇全部淹没，冲了房屋不说，还冲开了黑水塘的栅栏灌进了池塘中，鱼怪趁着这股大水从池塘里面游了出来，它潜游在洪水里在镇上乱窜咬人，一时间死伤无数。直到洪水褪去，那鱼怪应该是顺着水游进了湘江，不见踪影。

听到这儿，蔡九突然想起他跟胡麻子在那偏僻山冈上刚醒来的时候，看到身边孤坟的那个墓碑上，落款日期正好是己未年七月十八日。蔡九刚想问老者那座孤坟的情况，老头突然脸色惨白瞪大双眼往蔡九身后看，像是见到了什么特别可怕的东西。

蔡九连忙回头看自己身后，却发现什么都没有。再回过头来，只见老头吐出一口鲜血，两脚一伸，嘴里"呼"的怪叫一声死去。

三太爷提到的鱼怪故事倒是有几分恐怖，可他用钱胖子来称呼，却显得有些由来和有趣，因为钱家和蔡家两家，都是大家族，而且一直毗邻而居，免不了有些矛盾，特别是当时他那个年月。

那位老者死去后，蔡九二人便马上去了黑水塘，毕竟还是身上传宗接代的玩意要紧。当初是为了去池塘挖一具尸骨方到此处，而池塘白天未能接近方才大胆夜访，没想中了圈套荒废掉五年时光。此时黑水塘已经基本干涸，蔡九跟胡麻子只花了半个时辰，便把池塘底部挖了出来。挖开淤泥后全是沙土地，蔡九跟胡麻子在里面又刨了一个时辰，但却未看到有什么尸骨。两人想到五年前的遭遇，心里着急，生怕又到了晚上。

正是烈日当空，遍寻不到任何尸骨，两人也没有办法只好坐下来休息。蔡九刚坐下不久，就发现周围的情况不太对，很远的高树上已经和刚到时不同，树枝上不知道什么时候悄悄地停满了乌鸦，那一大群乌鸦默默地注视着蔡九和胡麻子的一举一动，虽然为数众多，却十分地安静。

胡麻子看到乌鸦心里发毛想走，蔡九一把拉住他。这时，一只老山羊不知道从

何处跑到了池塘边，老山羊长着一对长长的角，它走到池塘边后，居然前腿一弯跪了下来，两只眼睛也是直直盯着蔡九。蔡九这下心中也一慌，奇怪的是他心里隐隐觉得认得这只山羊，就是想不起来了。

两人接着往下挖，沙土层下面是碎石，蔡九在碎石堆里翻耙了一会儿，一口井的轮廓露了出来。再往下翻，那口井里有一个不大的盒子，蔡九取出盒子，抹了把灰就打开了，只见盒子里并没有什么尸骨，而是一块狭长的心形翠玉。看到翠玉见了阳光，那周围远处高树上还很安静的乌鸦群突然"呱"的一声飞起，顿时黑压压的一大群盘旋在周围的空中，好半天才飞走。

蔡九拿起那块心形翠玉，只见阳光下玉石通体发着翠绿色的光芒，他手一抚触这块玉石，顿时在脑海里重温到烟雨楼那晚的种种激情，那晚的月光，那晚的美丽胴体，那晚初次的相遇和一生都无法忘却的激情重新浮现。

蔡九一下知道，那女人要自己找的其实就是这块心形翠玉。他把玉石放到怀里，转身对胡麻子说："找到了，咱们走。"再一抬头，刚才那只跪着的老山羊已经不知去向……

蔡九说自己很多年后才知道这块宝玉的真正秘密。

在坐船回乡的路上，蔡九听过路的船夫们说起江湖传言，说半年前的无名洪水是因为在长江沙市一带的江底，出现了两股往外喷水不休的泉涌，水源源不断地涌出后顺着长江泛滥到洞庭湖，把几百里洞庭填满后又倒灌回湘江沩水，这才导致了一场水灾。至于沙市为何出现泉涌，有人言之凿凿地说在洞庭湖看到了长江真龙之身被一只巨兽咬到了腰身，而龙身上的伤口从整条长江的地形来看，正好在沙市这个位置。那江底深不见底的两眼泉涌，正是龙身的伤口所在。这波洪水虽然来得凶猛，走得也很快，一阵波凶浪急过后，水便退了回去。又有过路的船夫传言，说野士岭上有人下来在江边摆下祭坛，退了大水。

蔡九终于回到自己在铜官的家。五年过去，铜官变化颇大，家里养母已经病逝。没等到儿子第一次行船回来的养父，以为蔡九肯定是死在了水里，每日伤心后悔让蔡九去了岳阳，时间一长成了个痴呆。他只是一直盯着地上看，完全不理会正跪在身前已经回家的蔡九。

除了父母的变故，最让蔡九瞠目结舌不知所措的事情是：在他那间非常简陋和破烂的家里，居然有一个女人在等他。那位女子悉心照顾蔡九痴呆养父的饮食起居，打理灶台鸡舍，把几间破屋子收拾得井井有条。

女子一抬头，蔡九发现她居然长得很像当年那晚在烟雨楼陪自己的女子凌瑶，蔡九之所以知道这女子叫凌瑶，是因为怀里那块包着金簪的女人肚兜上用上好的丝线绣了凌瑶这个名字。

蔡九惊呼："原来是你！"

女子却并不惊诧，只说："相公，你终于回来了。"

蔡九问："你从何来？"

女子说："相公，你怎么忘记了，你我本是夫妻。"

蔡九一时竟然恍惚起来，他跟美女凌瑶一别，心里只想这辈子估计无缘再见，没想到一个活脱脱的大美人竟然在家里等着他……

而更加意外的是，从外面跑进来一个孩子，长得跟蔡九小时候一模一样。蔡九一问才知，这孩子正是他的儿子，已经快六岁了，取名蔡十八。

好不容易回了家，又吃了妻子做的可口酒菜。到了夜里，蔡九晕乎乎地睡到自己床上。他看着自己枕边这位自称是妻子的美貌女子，之前没有了睾丸觉得自己已不能再行男女之事，但那晚有美妻作陪，蔡九竟然将此事完全忘记，他怀抱娇妻翻云覆雨地折腾了大半夜。第二天早上一觉醒来，蔡九掀开裤子一看，自己裤裆里面吊着的正是已失散多年的宝贝丸子。

如此，得了美妻的蔡九从此勤勤恳恳地生活，不敢再有什么造次。他辛苦地维持生计，租种耕地，开塘养鱼，只是关于和妻子如何见面又如何得子，他始终没想起来，他只是怀疑身边人就是秦淮河烟雨楼上的那个凌瑶。

蔡九对风尘女子凌瑶，一直在内心深处有着记挂和怀念，这种感觉就像是三魂七魄还有一魂二魄没有回来般的恍惚。特别是每当月圆的深夜，他就会想起那天晚上，那样的一份放纵和那样的一种开始。如果不是身边的一样东西，他根本就会觉得那只是一个梦。

那样东西便是当年被留作信物的金簪。蔡九一直不想让金簪示人，在回到铜官

后，虽然一直怀疑枕边人就是凌瑶，但他总觉得有哪里不妥。

有一天晚上又是月圆之夜，蔡九便想用这金簪试探一下躺在身边的女人。他见月光烁烁，正是那天晚上烟雨楼的光景，便突然从枕头下拿出那枚金簪问："你还记得这枚簪子吗？"

枕边人秦氏竟然毫无反应，只是问相公如何得来这枚簪子，蔡九只说这是母亲的遗物。

秦氏在月光下把玩金簪，并未见有任何不妥和异样，蔡九心想这应该就不是当年的凌瑶了吧。而等秦氏睡着后，蔡九看着秦氏的身体面容，又觉得她是。如此怀疑下来过了数月，蔡九便不再惦记凌瑶，因为跟秦氏生活在一起，他觉得安稳幸福，特别是俩人的孩子蔡十八十分可爱，这让蔡九别无他求，只求家人幸福安康了。

人想安乐，天公却并不作美。等小家伙蔡十八就要满六岁这一年，江南大旱，湘江汹水通通快要断流，而空中四季未见一场大雨。这弄得本是鱼米之乡的湘楚之地一片凋零，颗粒无收不说，就连圈养的牲口和鱼塘都难逃一劫。那一年渔夫们都传是龙王爷身体欠安，要收回湘江汹水。

正是大灾之年，家事也不顺利，小宝贝蔡十八突然大病。眼见日益严重，蔡九却捉襟见肘，无力支付十八看病的开销。秦氏非常焦急，眼看十八日渐虚弱，蔡九便想起来那件一直藏在阁楼上的金簪，心想不管如何，先救下命来再说。

蔡九拿上金簪直奔当铺，当铺的白老板一看是真金，便一称重随便打发了几两银子。蔡九拿着这几两银子请了镇上医馆的郎中开了药，还买了好久未曾吃过的大米和腊肉回家，想一家人再好好吃上一顿。

蔡十八吃了几副草药后高烧便退去，秦氏终于放下心来。蔡九用剩下的银两在铜官拜了位师傅学起烧窑来。他说自己种田没田，打鱼怕水，还是烧窑安全点。

蔡十八痊愈后的一个月，湘楚之地迎来一场大雨，旱情终于得以缓解。蔡九看到屋顶有点漏水，便上阁楼修理。他修好屋顶后刚想下来，扫了眼那之前放金簪的木箱，缝隙中居然看见金光闪闪。打开一看，只见那枚金簪居然还在原处。

蔡九心想，这就奇怪了，明明是把它给当掉了，怎么会又在此处？蔡九当时也不敢声张，把金簪又重新藏好。第二天他上街，路过那天当掉金簪的当铺，正巧又

碰到那位当铺的白老板。白老板也记得他还，冲他一笑。蔡九本想问问自己那枚金簪在何处，想想还是不妥，便办完事回了家。

想到自己阁楼上有一枚来路不明又蹊跷的金簪，蔡九心里七上八下的不踏实。明明是件财物，肯定不能随便丢掉，虽然凌瑶对她算是夫妻一场，但那毕竟是人鬼殊途。蔡九想了想，还是决定把阁楼上那枚金簪请出去。

于是，他趁着跟烧窑师傅去长沙的时机，又把那枚金簪当给了长沙的一间当铺。换回的银两，蔡九用来在院子里造了一个窑炉，自己在家开始烧制一些窑器，之后蔡九拜别烧窑师傅，开始自己经营陶瓷作坊。

在长沙当掉金簪后，蔡九心想只怕这东西不会有去无回，便经常去阁楼上查看。果然半个月后，他又在阁楼上发现了这枚金簪。蔡九看到金簪又高兴又害怕，正好陶瓷作坊刚刚建好，正是进点颜料请些人工需要用钱的时候。蔡九的手头已经十分紧张，要是继续当掉这枚金簪，便又可以解燃眉之急。怕的是，这东西请不出去，不知道日后会有啥不妥……

自从开始经营陶瓷作坊，蔡九起先并无经验也没啥买卖，一段时间下来，便欠下了一堆债务。蔡九想了想，决定还是请走那枚金簪。这回他特意在金簪上刻下了一个小小的记号，然后趁着去江对岸靖港摆摊卖货的机会，第三次请走金簪，把它卖给了靖港的一家首饰店。

动身之前，蔡九心想既然金簪不走，那么可能就自有它的道理。自己几番要卖掉这件信物，确实也十分不妥。虽然没准可能已经是天人两隔，但百年之后也许还得见面，于是他便焚香三只，心里暗自遥拜了秦淮河上烟雨楼的凌瑶，请她原谅自己因为要度过人间烟火难事，而几次卖掉了她的信物。蔡九还许诺，这次卖了后便不会再犯。他心里也舍不得这件东西，希望它还能回来。

第四章　野士岭之主

七日之后，金簪果然又回到了阁楼，蔡九拿在手里细细一看，那处小心刻下的记号丝毫不差。金簪三次失而复得，之后便成了蔡家代代相传的物件，虽然后代里有几次家道衰落，但庆幸的是这枚金簪还是被留到之后的子孙手里，成了传家之宝。

蔡九三卖金簪后，烧窑的手艺日渐成熟，而最为意外的是，秦氏仿佛与这泥土活儿有缘。她那双巧手一沾到出窑的陶器就好比是法术一般。她最擅长在陶器的原坯上用釉彩作画，经过秦氏妙手添彩后的陶器入窑后烧上数日，出窑后只见器皿上各种花鸟鱼虫树木孩童呼之欲出、惟妙惟肖，简直有如天然一般浑然一体。

三太爷说窑厂刚开始小本经营，后来买卖一来二去的，慢慢就出了名。他做的原坯再加上秦氏那一手陶画的绝活，可谓是相得益彰、珠联璧合，如此生意便越做越多，他作坊里出的陶器最远还被卖到了南洋。

蔡九的小日子虽然是逐渐好过了，但还是没想起自己在风水镇墓地醒来前的那五年，不过他可从没忘记那晚在白毛子大雾里失踪的几个兄弟。他经常做同一个梦，我听长辈说起过这个梦。我知道了这个梦以后，居然也经常做这个梦，就好像梦也有遗传一样。

这个梦其实非常简单，三太爷在这个他杜撰的梦里重新又回到了白毛子大雾里的那条船上，又看到老贾和刘春球。蔡九鼻子一阵酸，哭着说："总算是看到你们了，

你们都去了哪里啊？"

那两个人却一点都没注意到蔡九，只是直愣愣地盯着湖里。只见湖里出现了一大群眼睛放光、见风就化的鱼。

听见刘春球说："九哥，这是影子鱼啊！这鱼我听说很难得一见，平时在水里待着是透明的，只有在游动的时候才显出这光色。"

老贾说："没错，这鱼我也听鬼二爷说过。据说得生吃，味道特别鲜美，因为肉质太嫩，所以只要一接触到空气就会化成水，果然是这样啊！"

胡麻子说："既然味道鲜美，咱们就打上它一大网，好好吃上一顿！"

老贾又说："这鱼可不是凡间之物，是守在阴阳交界的温水湖里，要真是这鱼的话，咱们就快到阴间了。"

那群鱼这时突然开始争先恐后地跳出水面，像是慌乱地在躲避着什么东西，船周围顿时一阵混乱……整条船很快就倾向一边，水流的速度一下变得很快。蔡九很想跟兄弟几个说话，但喉咙就是发不出声音，他想让他们赶紧离开这里，赶紧去逃命。这时只见湖中心出现一个巨大的旋涡，旋涡像一张血盆大嘴般吞噬着水面上的一切，小木船和湖面上无数的船影正被吸入这个深深的旋涡。

每当这个梦做到这里，就会有一股水流夹着无法忍受的腥臭铺天盖地地从四面涌了进来，蔡九这时便会陷入窒息从噩梦中惊醒过来。

如此看来，这个梦到这儿都还算正常，但是蔡九每次在梦醒前的片刻，也就是船身被卷入旋涡倾斜的时候，强烈地感觉到还有另外一个东西也在梦里。他感觉在那艘就要淹没的船上，在船舱的角落里还站着一个人，那个矮矮的人影佝偻着一动不动地站在角落里，一双阴森的眼睛正盯着船舱外面。

每次在梦里当蔡九想去靠近那个人影的时候，船就被那个巨大的旋涡卷进了水里。这个梦他做过无数次，每一次都这样。

奇怪的是，蔡九对那个藏在自己梦里阴暗角落的佝偻人影，居然一点都不害怕，他反倒感觉有几分亲切。他想要接近这个人影的目的仿佛不完全是看清楚他，而是想去亲近他，他不知道是什么让自己对这个丑陋晦涩模糊的怪影子有了这样奇怪和复杂的感觉。

蔡九自己还没来得及把梦里面的这个人影想清楚，宝贝儿子又吓了他一跳，因为他也开始做噩梦了。

有一天，蔡九跟儿子聊天。蔡十八当时还不到六岁，他跟蔡九说，他晚上睡觉的时候，旁边经常会有一些人。这些人在他的床周围和房间里到处站着，有时候这些人会待到深夜，有的时候来一会儿就走。蔡十八说他们在房间里像在讨论什么着急的问题，而且这些问题还跟他有关。

听到蔡十八这样一说，蔡九惊出一身冷汗，他连忙问是什么人，还问蔡十八是不是在做梦。

蔡十八很肯定地说不是在做梦。他说经常听这些人聊天，说他们都很喜欢自己。

蔡九问这些人都说了些什么。蔡十八说他也听不懂，就听到这些人经常提到"野士岭"。

"野士岭？野士岭是什么？"蔡九心想这肯定是个地名。他接着问蔡十八这些人为何要提到"野士岭"。

蔡十八说他经常听到这些人这样称呼自己，蔡九问那些人怎么称呼他？蔡十八充满疑惑但十分肯定地说，他们称呼自己为"野士岭之主"。

"野士岭之主？"蔡九心里更加迷惑了，这到底是在说什么？什么"野士岭"？什么"野士岭之主"？蔡九问蔡十八什么是野士岭？

蔡十八说，好像是一个山谷，好像又是一个岛，但是会飞。

"没错，就是野士岭之主。"蔡十八很肯定地看着蔡九，大眼睛闪着很认真的光泽。蔡九知道儿子不可能骗自己，于是就决定晚上偷偷藏起来，看看到了夜里，蔡十八的房间里到底来的是什么人。

到了晚上，蔡九便不再守着美妻，他终于把精力分出来一点留给儿子。他等蔡十八睡了后，便悄悄藏到阁楼上，在蔡十八的房间上面的一个小洞外，偷偷盯着睡在下面的宝贝儿子。

不一会儿，秦氏不放心也爬上了阁楼。两口子一起看下面的宝贝儿子睡觉。等到半夜，也没有看到蔡十八说的围坐在他床边的人。蔡九等得困意浓浓，便打发秦氏先下去睡觉，自己准备再看看也下去睡了。

又过了一会儿，蔡九经不住睡意，便靠着墙打起瞌睡来。他又做了那个梦，惊醒后他发现自己在阁楼上还有些意外，想起是为了看守儿子才上来，便准备看一眼儿子就下楼，结果吓了一跳……

蔡九从洞里往下一看，只见蔡十八的房间里并没有出现什么人，也没有人坐在他的床边开会，围绕着蔡十八的不是人，而是十几只巨大的萤火虫。

蔡九从来没有见过那么大的萤火虫，仔细看大概是成人拇指般大小，发出比普通萤火虫耀眼很多的光芒，把整个房间都照得通亮。萤火虫三三两两地停在蔡十八周围，有的趴在墙上，有的停在床边，还有一只最大的就落在蔡十八的枕头上，而床上的蔡十八正睡得踏踏实实，鼾声大作……

蔡九见到萤火虫后，心里倒是安下几分，至少围着蔡十八的不是几个恶鬼。那些虫子虽然是大了一点，但仍然只是虫子而已。现在正值夏天，外面山里到处都是虫子，有几只胆肥的飞到屋子里面不算意外。蔡九已经困得不行，便下了楼一觉睡到天亮。

哪知道，第二天早上蔡十八告诉蔡九，说昨天晚上那些人又来了，他们又围着自己，说要教他一些事情。蔡九说那只是做梦，因为自己昨天几乎一整晚都看着他睡觉，房间里面只有十几只萤火虫。

蔡十八的回答又让蔡九吓了一跳，他说他知道蔡九在楼上，因为那些人告诉他阁楼上有人在看，所以不便再显出人身。蔡十八还说他知道昨天母亲也上了阁楼，后来下去了。

蔡九说为何他们知道有人在看还要进来。蔡十八说是为了来保护自己。

蔡九说你周围明明停着的都是虫子，但蔡十八坚持说自己睡觉的时候周围站得满满的都是人。

又到了晚上，蔡九想想儿子白天所说，安不下心来。等到了半夜，他看到又有几只萤火虫飞进蔡十八的房里，停在他的床周围不走，便随手拿起一把扫帚去赶。虫子们见到有人来赶，连忙都飞了起来，蔡九把几只萤火虫赶到屋外，又将扫帚一通乱舞，直到把萤火虫赶得远远的，再也看不到了。

哪知次日一早，蔡十八起了床找到蔡九说："你昨天晚上把鬼二赶走了。"

蔡九问："鬼二？哪个鬼二？"

蔡十八说："就是小时候救过你命的老头。"

蔡九吃惊地问："你怎么知道鬼二？"

蔡十八回答说："我是听鬼二说的。"

这个回答好似一声晴天霹雳，让蔡九非常震惊和意外。因为蔡十八提到的这个鬼二，早在蔡九儿时就已经失踪了，而且鬼二的失踪对于年少的蔡九来说是一次重大的事件，曾让他久久不能释怀，但儿子现在怎么会说鬼二又重新出现了呢？

三太爷编的故事我第一次看到这里后，想起了自己小时候我奶奶入睡前常这样逗我，她说要早点睡着，不然会有虫子飞进来，有的虫子还会变成人，而他故事里说的这个鬼二，我小时候就曾经听说过。

蔡九从小生活在湘江边铜官镇里的小渔村，蔡十八提到的这个鬼二当年本是村里辈分最老的一个渔夫，但他有多老，谁也不知道。这个鬼二长得一脸的古怪，脾气更是怪得让人抓狂。他本来行踪诡异，深居简出，白天很少在村里露面，后来就干脆完全消失不见了。

三太爷说他跟普通的渔民不一样，这鬼二只喜欢在晚上出去打鱼，而且他打渔的方式更是异于常人。他的船非常平，就像一块木板，而且他也从来不用什么渔网，更没有同伴，听说他只需一根短短的鱼竿，而且那鱼竿上的钓线还是没有鱼钩的。

鬼二钓鱼的时候只是把鱼竿伸出船沿，人坐在船上，钓线垂向水面，但鱼钩却碰都不碰水面。要说他是怎么钓到鱼的，很奇怪，从来没有人亲眼见到过，传说他是等鱼自己从水里跳起来，然后落在他那艘门板一样的船上。

鬼二每次晚上出门划着自己那条门板船，兜兜转转一直到快天明的时候才回来，竟然一船装得满满的都是鱼虾，就连一般沉在江底不动很难网上的大个河蚌有时都有个三五只。渔民都说鬼二不是在打渔而是在吓鱼，他晚上跑到河里吓唬吓唬管事的河神江主，人家就自然把鱼虾蟹蚌往他船上送了。

蔡九几个人刚开始很害怕鬼二，因为老头长得实在太丑，看起来真的就像个鬼似的。好不容易在路上遇到一次鬼二，娃娃们都是掉头就跑，胆子大点的孩子也是

绕着他走。

有一年，年长一点的老贾晚上找了个活儿干，在江对岸一个赌场里面帮手挣点零碎钱。晚上他收工摇船回来，在河上看到水底隐隐有一大颗发光的珠子。那颗珠子在黑夜的河里，闪闪地发着金黄色光芒。

当时老贾驾着船着急把一个喝醉的主顾送回家，就记下了那颗珠子的大概位置。第二天老贾听一个在码头算命的瞎子告诉他，如果是河里有发光的珠子，非常有可能是颗夜明珠。那瞎子还故作神秘地特意嘱咐说，在湘江里面是出过夜明珠的，那夜明珠可是奇珍异宝，如果能捡到一颗，换个百亩良田自然不在话下，要是能献给当朝的皇帝，还能混到个一官半职光宗耀祖。

蔡九身边这几个人，出身贫寒没念过什么书，过早行走江湖又都沾染了一身市井习气。胡麻子喜欢美女，刘春球贪财，老贾好赌，蔡九更是什么都好上一口。几个人虽然穷得连条没洞的裤子都没有，但正是十几岁神不怕鬼也不怕的年纪，都梦想着能发笔横财，买几十亩良田当个地主。

听到这夜明珠的传言后，他们就动了心思。一商量，几个人当天晚上就撑着船到了湘江上，想趁着晚上在水面上能看到珠子发光，潜游下去把那颗珠子摸上来。等摸到了夜明珠就想直接进京献给当朝的皇帝，然后从此光宗耀祖，娶妻生子，造福乡里。

三太爷写道，那天晚上，月亮照得水面白晃晃的，一点风都没有，湘江水静静地流过小渔村。几个人摇船到了江心，便开始瞪大眼睛找水底的夜明珠。看来看去，水里只有月亮跟星星的倒影，根本看不到江底有什么放光的珠子。

看来得潜下去看清楚，蔡九一头就扎到了水里。到了水面下，他睁开眼睛在水里找，月亮透过河水，水下五尺深处都还算看得清楚，再往下就是一片漆黑了。按理夜明珠那东西白天可是不放光的，只有到了晚上，越黑的时候越显得光亮，水里虽然看不到江底的河床，但如果真有夜明珠，晚上在水里一眼看过去，应该还是能找到的。

几个人在河里找来找去也没有见到什么放光的东西，蔡九心想可能是得把河床搅动一下，这条河沙子多，那颗珠子一定是被流沙埋到了河床上。他拿着撑船的竹

竿，重新潜回水里用竹竿在河床上扒拉起来，河水大概也只有几丈深，底下全是水草，被这一顿搅和拨弄，稀里糊涂地涌起了一堆泥沙，搞得河里混沌不清。

等河水不混了，蔡九潜回水里睁开眼一看："哎呀妈呀！"河底茂盛的水草里面还真的出现了一个发光的圆球。

月光下，几个人在水里瞪着眼睛看到，河床上那个放光的东西正在水草里忽隐忽现。那东西一半埋在河床的泥沙里，露出的部分被水草遮掩着放着淡淡的黄白光。这一下看得几个人心里大喜，连忙浮出水面商量对策。

几个人商量，蔡九的水性最好，便由蔡九下潜到河床上把珠子捞上来，先在他腰上拴根绳子，要是有个什么闪失就把他从水里扯上来。老贾在水里接应蔡九，刘春球和胡麻子在船上负责使劲往上扯人。

商量好了，便开始行动。蔡九深吸了口气，往江底游去，老贾在水里看着他。

不一会儿，蔡九就下到了江底。他伸出手扒开那团水草，只见水草下面真有一颗闪闪放光的圆珠。蔡九憋着气，一伸手抓住珠子，就把它从河床上拾了出来。

那颗珠子抓在手里比看起来感觉要大，蔡九先是跟头上的老贾示意着得意了一下，然后把手里放光的圆球翻过来一看……这一下把他给看懵了，只见手里的东西哪里是什么夜明珠，而是一个骷髅头，放光的只是这个骷髅头的天灵盖而已。

骷髅头露在河床上，远远看去就跟一颗珠子一样。蔡九一手正抓在天灵盖上，这手一翻，泥巴里面埋着的那张骷髅脸翻了过来，两只空空的眼窝正瞪着蔡九，嘴张得大大的，神情也很是恐怖。

这个骷髅朝下被埋在河床里也不知道有多少年。骷髅头刚离开河床，扒出骷髅头的地方蹑手蹑脚钻出来一个浑身发着莹白光的东西。这团东西很局促地从凹陷里面浮了出来，然后猥琐地打量了一下四周，缓缓地展开成一个人形，像是一团莹白色的染料一般从河底冒了出来。

这东西从凹洞里面出来后，左顾右盼，好像不知道自己是在哪里，脸上还带着极度惊恐的表情，好像怕被人发现抓它回去，看到上面的老贾正看着它，马上捂着自己的嘴巴吓了一大跳，整张脸都跟着拉得很长变了形，然后它脚一蹬便迅速浮向水面，从水里冲了出去。

胡麻子和刘春球此时在船上并不知道水里发生了什么，他们就看到夜空里面一道白光从水里冒出来然后迅速往北边的天空飞去，在白光出来的水面上咕噜咕噜冒出一堆气泡，好像水被烧开了一般。两个人在船上看得呆呆的，都忘记了水里还有两个兄弟不知死活。

不一会儿，上面看傻了的老贾回过神来，他心里大呼不好，光看着那人影了，没注意水底下还有蔡九。这时候只见蔡九四肢展开静静地悬在水里一动不动，老贾连忙招呼岸上那两位扯绳子，胡麻子和刘春球马上使劲把水里的蔡九拖回了船上。

蔡九的样子十分恐怖，看起来肯定是受了惊吓，他眼睛睁得很大，嘴巴里不断地在往外吐水。老贾以为他肯定是淹了水，便想把他倒立过来施救。刘春球刚一扶起蔡九，只听到江面上传来一声巨吼："都别动，放下他！"

第五章　村姑秦小翠

只见月光下，鬼二踩着他那条门板船从江面上迅速接近，他正好打渔回来，船上放满了各种鱼虾。看到鬼二，几个人又怕又亲，心想总算是来了个大人。鬼二往江底瞥了一眼，又抬头看了眼北边的天空，然后翻开蔡九的眼睛看了看，又摸了摸蔡九的胸口说："快，跟我来！"

上了岸，鬼二抱起蔡九就往他家里跑，这是几个人第一次去鬼二家。进门后，他说蔡九中了毒，老贾一摸，发现蔡九身体冰冷还没了呼吸，要在平常肯定以为是已经死了，但鬼二却说有救。他翻箱倒柜从墙壁的夹层里翻出一堆破罐子，然后从其中一个罐子里用筷子夹出来一条扭动着的黑蜈蚣。

就着二两烧酒，鬼二把这条蜈蚣给蔡九喂了进去。那条黑蜈蚣一头拱进蔡九的嘴里，尾巴露在外面晃了两下，便钻了进去。蜈蚣进了肚子后不久，蔡九先是全身一阵抽搐，然后回过神来天翻地覆地一阵呕吐。吐了好久后，实在是没东西可吐了，才安静下来。

鬼二拨开蔡九的呕吐物，看到一小团黑黑的头发。看到头发他便说："没事了，没事了，救回来了，救回来了。"他拿灶上的火钳夹起蔡九吐出的那一小团头发丢进了灶火里，那团头发一接触到火便发出一声凄厉的惨叫，然后"嘭"的一声烧成了灰。

老贾几个听到惨叫声头皮发麻，纷纷躲到了鬼二的身后。鬼二看到几个小孩怕

成这个熊样，哈哈大笑了起来。那天后，鬼二跟几个后生便成了朋友。他一口烧酒从不离手，总是晕晕乎乎半醉半醒，老贾几个人没事就到鬼二家里去耍。鬼二喝醉了，还经常会说些自己经历的事情或者告诉孩子们一些规矩。

鬼二说湘江江底的东西最好不要随便乱碰。有的事他好像不想说得太明白，又想跟孩子们倒一倒，就像是一个老人太孤独了，找不到人说话，一下遇到了几个愿意跟自己亲近的孩子，又怕孩子们听不懂他在说什么。

没想到蔡九被救上来的两个多月后，鬼二跟往常一样又在夜里去江上打渔，但这次他却再也没有回来，他跟他的门板船从那天起便消失了。村里人说鬼二是被鱼子鳖孙给请走了，说他从江里捕了太多的老鱼老鳖。老贾还带着几个人划着小船在附近的水域里面找了一大圈，但一点影子都没找到。这事不觉都已经过去了十五年。

如今，蔡十八居然提到鬼二，而且还说他昨天晚上就在自己的房间里，这让蔡九非常意外。因为他从来都没有跟蔡十八提起过鬼二。鬼二怎么会消失了十五年以后突然间变成一只虫子又重新出现在儿子的房间里呢？

蔡九问鬼二半夜而来是为了什么。蔡十八说他曾经是方圆百里唯一的野士，他来此是为了告诉自己如何从铜官逃走。蔡九追问到底什么是野士，为何要从铜官逃走。

蔡十八说话还并不流利，他只能尽量用自己的语言来回答父亲蔡九的提问。他说野士就是可以登上野士岭的人，他们都很厉害。蔡十八还说鬼二告诉他铜官很危险，这里到处都是已经坏了的人。

蔡九听到这里开始怀疑儿子是不是上次生病发烧还没有好，他觉得鬼二救命的事也许是自己不在时，养父不知道什么时候告诉了蔡十八。养父也知道小时候蔡九几个人跟鬼二的这些事，但他在自己回铜官的半年前就已经成了痴呆，现在每天只会搬把凳子在院子里晒太阳，不可能再去跟他验证了。

上次蔡十八生病，幸好蔡九后来当了金簪抓来草药退了烧。之前蔡十八没吃药时，每天晚上高热不退，人晕晕沉沉地躺在床上不吃不喝，气息微弱。有一天深夜，蔡十八突然从床上坐了起来，嘴里叽里咕噜一通乱叫后马上又躺下接着睡觉。那次蔡九听到他喊出来的胡话里，只有一句清楚："好，打！快打死它！"

这以后，蔡十八便有点自说自话，断断续续。蔡九一直觉得这可能是孩子学着

说话还不太熟练，现在看起来并没有这么简单。蔡十八继续告诉蔡九，他说鬼二来此除了告诉他如何从这里逃走，还是为了另外一样东西。

蔡九连忙问是为了什么东西。

看起来蔡十八自己也十分不解，他说鬼二和其他几个人昨夜到此，是为了童子尿，就是他在子时拉的尿。

他问蔡十八为什么这些人会想要他的童子尿。

蔡十八说他听到鬼二说自己的尿，也就是野士岭之主的尿，喝了可以见到真世界。

三太爷写的童子尿，其实就是当时湘江边渔民曾经相信过的某种古老的中药引子之一。以前人们愿意相信一些比较稀缺的东西是某种疾病的良药或者药引。除了童子尿，还有"包衣"也就是胎盘、蛇胆、蝉蜕、龙须凤发、梧桐叶之类的东西，虽然现在看来，也许完全没有道理，但至少是当时那些普通民众的一个心理安慰。

蔡九当时听说是要喝尿，马上就笑了出来。因为鬼二那老头一辈子性格孤僻，为人清高，从来也没有听过他会喝什么童子尿。

蔡十八看到父亲不屑的样子，跑回自己房间取来一个土陶口杯递给蔡九。他说里面正是昨天子时自己拉的尿，当时鬼二正准备取走，蔡九便进来把他赶了出去。

看到蔡十八拉的像是一杯茶般的童子尿，蔡九有点哭笑不得。他出生后就漂在水上，又经历了不明不白的五年，好不容易有了自己一个安稳的家，可蔡十八居然说要逃离这里，还端出了一杯童子尿。蔡九觉得孩子一定是脑热病还未痊愈，而且看来这个病不在面上，而是在心里。

蔡九正要倒掉那杯童子尿，一直坐在院子里面的养父蔡老头突然一下站了起来。他眼神呆滞地看着地上，然后伸出手往地上乱指，一边指还一边狠狠地说着什么。蔡九看到痴呆的父亲突然开口说话，连忙凑了过去，他听到养父说的是："喝！喝！喝！"

养父刚才还看着地上的眼睛突然间抬起，他直瞪瞪地看着蔡九然后又盯着他手上那个盛着尿的杯子，嘴上还是狠狠地重复着："喝！喝！喝！"自从蔡九回家见到养父以来，老头一直都是副痴呆的样子，嘴里从未吐过半个清晰的字，今天这副样子着实让人意外和害怕。

蔡九心想父亲这是何意，难道是让自己喝下蔡十八这杯童子尿吗？什么叫喝了尿可以见真世界？什么又是真世界？蔡九看到爷俩都看着自己，一个还不知人事只是个娃娃，另一个已经是个痴呆嘴角还淌着口水，他不知道这一老一少究竟是怎么了。

他对养父说："爹爹为何让我喝尿？"

正盯着那个土陶口杯的蔡老头突然爆出一声巨吼，还是那个字："喝！！"

蔡九从未见过父亲如此，包括他清醒的时候。他不敢违抗父命，再看蔡十八在眼前一脸的期待，很是希望蔡九能把自己的尿喝了的样子。

蔡九心想，不就是儿子的一泡尿吗？喝了又何妨。况且从小就听说童子尿性凉，眼下正是夏天，喝了正好泄泄火气。于是他拿起土陶口杯就喝了一口。

童子尿喝下后，蔡九并未感觉什么异样。见儿子把尿喝了，蔡老头便安静地坐回椅子上恢复到之前的状况，还是直直地盯着地上。只有蔡十八还瞪着大眼睛瞅着父亲。

听到刚才蔡老头吼叫，外面窑炉边正在土坯上作陶画的秦氏走了进来。蔡九大吃一惊地发现，走进来的这个女人虽然穿着一样的衣服，但根本就不是每天晚上陪自己睡觉缠绵的那个美女。眼前走近的这个女人身材肥胖，脸色发黄，她走到蔡九身边问："相公，你这是怎么了？"

蔡九突然不知自己身处何地，周遭熟悉的一切一下变得陌生起来。不对，蔡九还觉察到了巨大的不对，他发现院子角落里本来堆着一堆烧窑柴火的地方，现在堆着的是一堆骨头，而本来窑炉里面散出的黄色烟雾，现在却都是黑色的。

蔡九转身看见女人的脸，却并不觉得陌生，虽然不是每天晚上陪伴自己的那张美丽的脸，但眼前的这张脸蔡九是记得的，这不就是以前隔壁村里秦家的那个小翠吗？他顿时感觉到下身一阵剧痛，扭曲着脸一边捂着下面一边看着女人痛苦地问："小翠，你是秦小翠？"

女人回答："相公，是我啊，我是小翠啊！"

蔡九下身又是一阵不可忍受的剧痛……他连忙伸手往自己的裤裆里一摸，还好还好，宝贝丸子还吊在那里。

蔡九确实不记得自己在闯荡洞庭湖之前有成过亲娶过媳妇。之前刚回来时，对于眼前的小镇，他总感觉到有哪里不对，镇子里每一个人的微笑仿佛总隔着一层薄薄的面纱，每一个人都像是在对他隐瞒着什么。而之前对于身边的秦氏，蔡九更是又爱又疑，不过时间已过很久，他已经记不得到底秦氏和烟雨楼的凌瑶长得有何区别，但在他心里，总觉得她们就是同一个人。

但是眼前这个秦小翠是从何而来？这个秦小翠身材肥胖，举止粗鲁，长得像一朵还没有绽放的包菜，她是什么时候成了自己夫人的？

蔡九只记得快要去岳阳独立行船前的某个晚上，自己跟胡麻子他们是在外面喝醉过酒的，当时这个秦小翠也在，这就是他对秦小翠最近的记忆了。对于自己的婚姻蔡九已经完全记不清楚，但孩子肯定是没有错的，对于蔡九来说，消失的那五年时间只是瞬间的一个梦，但对于蔡十八却是真实的成长。

眼前的秦小翠完全没有意识到蔡九心里在想什么，只是像往常一样过来查看照顾蔡老头。蔡九感觉到窑炉边的那个骨头堆正慢慢地变回了柴火堆，而窑炉上飘着的黑烟也正在变黄。他想抬头看一眼秦小翠有没有什么变化，秦小翠已经检视完了刚才叫嚷的蔡老头，转身出了院子。她对着正在落下的夕阳，蔡九只看到一个模糊的背影。

原来童子尿的效果只是很短暂的，不一会儿，蔡九眼里的世界又恢复到原来的样子，好像什么都没有发生，不，应该是什么都没有改变过一般。

蔡九看到儿子清澈的眼神，本来想问问他是否有喝过自己的尿，但想了想这个问题很蠢也没有必要。看起来蔡十八并没有意识到蔡九到底看到了什么，蔡儿也不想告诉他自己看到了什么。他总不可能对自己的儿子说，其实你妈妈不是你妈妈，你妈妈是另外一个女人。在蔡十八眼里，妈妈肯定是最美的，但现在在蔡九眼里却可能并不是了。

蔡九充满疑虑的是，家里除了他只有三个人。一个是痴呆的养父，一个是还在咿呀学语并不能完全表达想法，曾经害过脑热病的儿子，还有一个就是秦氏。这三个最亲近自己的人，蔡九发现都不能和自己进行充分的交流。养父已经痴呆不说，蔡十八毕竟还只是个孩子，美妻又突然显身为秦小翠，蔡九已经不能再完

全相信她。

　　转眼夕阳落下，夜晚来临，蔡九发现妻子还是原来的样子，根本毫无一点村姑秦小翠的影子。眼前的这个女人确实非常美，蔡九几乎忘记自己应该去回忆起这个女人的来历。他夜深又见她万千柔情百般妩媚，便想让自己忘掉白天那曾经片刻出现过的村姑秦小翠，他觉得是自己的眼睛出了问题，而不是那泡童子尿有什么奇效。有哪个男人不想守着这样的美女生活，她妩媚娇嫩又勤劳贤惠，而这种娇妻爱子的生活也一直让蔡九十分地满足。

　　可到了早上起床后，等秦氏开始外出忙碌作画，蔡九和完窑泥做完了土坯坐在凳子上休息时，看着蔡十八在院子里面玩耍，蔡老头坐在凳子上发呆，蔡九又感觉到对自己的生活有一点模糊和不解。

　　除了对那泡童子尿短暂"疗效"的疑问，他愈发感觉到整个铜官镇已经找不到他可以交流的人，镇子上的所有人在他看来，已经愈发感觉有几分模糊和阴森，而且那些人已经逐渐不再和他说话。蔡九本想放下面子，去拐弯抹角地问问别人自己家里的事，但是竟然没有一个人愿意理他，就好像他真的是一个疯子，连自己的老婆是谁都已经忘记了。

　　感觉到周遭的这般异样和孤独后，蔡九这才想起了胡麻子，幸好还有一个生死兄弟，于是他准备去找他一趟。从风水镇回家以来，已经有很久没有见过胡麻子了，胡麻子家住在铜官镇的另一头，蔡九看天色已黑，便收工准备去一趟胡麻子家里。

　　傍晚的铜官镇显出一股从来就没有过的繁华。蔡九感叹道，要说这铜官晚上怎么会如此热闹，都快赶上省府长沙的荣湾镇了。他以前在镇上可没有见过这般光景，那些见过没见过的好玩东西全都不知道从哪里冒了出来：有浏阳卖花炮的在江边放着烟火，还有说书唱戏的各路班底都上了场，一路的场子里面唱着关云长过五关斩六将，要不就是刘海砍樵这些热门的桥段。那边的茶馆里说书的也上了台，下面围着一群男人和嗑着瓜子的小媳妇，讲的是朱寡妇偷鬼的这些艳情故事。几桌街边的麻将打得正热闹，旁边藏在胡同里的霓虹院和胭脂楼，尽是些书生员外进进出出，不时传来阵阵流莺飞凤咯咯的笑声，楼上更是有佳人跟才子对着月光做对子饮酒，灯影恍惚，人影也恍惚。

铜官镇上真是越来越好耍了。不过蔡九却感觉到有点不适应。以前他混迹铜官镇，每天晚上喝酒打架的时候并没见过这么多好玩的把戏，也没有这么些各式人等在镇子里穿梭，虽然街道还是那几条街道，但总感觉没有之前那么乡里乡亲的自在了。

蔡九着急去找胡麻子，无心在镇子上逗留。他走了段夜路到了胡麻子家门口。回来这么久，光顾着家里的事，都没来胡麻子家走走，他还埋怨胡麻子懒，也不先来自己家里走动走动。他敲了敲胡麻子家的门，好半天竟没有人答应，很久后才听到胡麻子在里面应了一声出来开了门，只见他面容枯槁的从门缝里面钻出来，身体消瘦，完全没有了之前那副胖嘟嘟的样子了。

到了胡麻子家里，才发现他过得一团糟。他说他正想去找蔡九，因为他家里出了点事。蔡九连忙问他家出了什么事。胡麻子马上显得很紧张，好像生怕被人听到。

蔡九感觉胡麻子家里很阴凉，大夏天里竟然有点冷。蔡九坐在堂屋里许久，也没见胡麻子的媳妇出来，便想去跟胡麻子媳妇打声招呼，然后带着胡麻子出去饮酒叙叙旧。胡麻子见蔡九起身连忙拦住他，他说："九哥，咱们走吧。"然后向蔡九使了个很难懂的眼色，意思是赶紧走吧，别多问了。

蔡九看到胡麻子这副德行，就带着他出了门，胡麻子一出了门，马上如释重负地嘘了一声。蔡九想他肯定是怕他老婆。他母亲死得早，他老婆乃是他那死去的老爹给定下的娃娃亲，麻子夫人在他只有八岁的时候便过了门，说是老婆却跟老妈一般。

胡麻子成了娃娃亲后，他老爹便蹬腿而去，剩下胡麻子跟夫人相依为命，而胡麻子夫人也是兢兢业业地操持家务，只是年纪大了，十几年过去却仍然没能给胡家续上香火。

蔡九想带着胡麻子去镇上找一家酒馆饮酒，胡麻子听说要去镇上死活不去，而是直接拉着蔡九到了江边。蔡九问胡麻子为何要把他拉到这里，胡麻子一屁股在江边坐了下来，他告诉了蔡九在他家里发生的事情。

他对蔡九说，他悄悄地纳了一个姜。

第六章　胡麻子纳妾

蔡九说纳妾好啊，没准还能当个爹呢，纳妾这么大的事为何没有通知他。

胡麻子一脸难堪，他说九哥我怎么有那财力纳妾，我纳的这个妾害得我好苦啊。蔡九一听胡麻子纳妾这事，自己也吓了一跳。

原来，胡麻子从风水镇回来后，也跟蔡九一样天天守着老婆不想出门。胡麻子这个老婆可不像蔡九老婆那么美艳动人，每天晚上胡麻子搂着老婆就想，这个马姐姐（胡麻子老婆姓马）什么时候能给自己生个孩子啊。他心里虽想着让马姐姐给老胡家续香火，可对自己这个老婆却是有些不满。

蔡九说马大姐不是挺好的吗？她种地又肯卖力，养猪喂鸡也有一手，特别是一手饭菜做得好吃。

胡麻子说马姐姐是好，她啥事都会干，只是……只是房事不合心意。

蔡九听到这里"噗"的一声笑了出来，他说胡麻子你对老婆要求很高啊。他这时其实心里暗自庆幸自己家里藏着个美女，而且自己对跟那美女的房事很是满意，不过蔡九想到自己为何来找胡麻子，心里又有几分不安和难过。

蔡九先藏着自己的事情不说，想等胡麻子倒完了苦水，再跟他聊一聊。胡麻子说有一天晚上他半夜醒来，发现床边坐着一个女子，这个女子好生秀丽，没法形容的美艳动人。这女子坐在胡麻子这一边的床边，低头笑盈盈地看着他，而胡麻子另

外一边床上，马姐姐正鼾声大作，睡得沉沉。

这女子问胡麻子，想不想纳个小妾，她说要是胡麻子不嫌弃她下贱贫寒，愿做胡麻子的小妾，从此任由老爷使唤消遣不说半个不字。

胡麻子胆小但又喜欢美女，心想自己真是艳福不浅却又怕得要死。大半夜怎么会有如此美艳的女子坐到自己床边说要给自己做妾，何况旁边还躺着自己的夫人。胡麻子惊恐之余问道："姑娘是从何来？"

那女子说自己就在镇上居住已有多年，镇上大街第二间铺子就是她家，她每天就在铺子里等着他。

胡麻子记得镇上大街第二间铺子原来是卖绸缎的李家，便说自己认得，他说自己跟老李家交情不浅，以前爹娘在世的时候还经常跟着母亲去李家的绸缎庄里买些新货。

听了女子的介绍，胡麻子便轻松了起来，心想看来都是熟人，只是自己对这妹子没有太多的印象，好久没有去绸缎庄了有些生疏也自然正常。那女子见胡麻子不再见外，便说老爷不嫌弃，奴家自然会伺候好老爷，边说边褪去了自己的外衣和肚兜，露出一对白晃晃的胸脯。

胡麻子说他哪里招架得住如此，于是丢了魂魄般纳了这个小妾，心里还想着，是那早死的老爹积了阴德，给自己找来这么一个好女子，要不凭自己这点身家，如何修得到这般的福气。

从此后，那女子每天半夜都来。胡麻子倒是很奇怪马氏，每天晚上他都跟这绸缎庄来的小妾在床上翻云覆雨，折腾出很大的动静，可这睡在旁边的马氏居然毫不察觉。胡麻子觉得马氏突然又有了一个优点，就是睡觉睡得踏实，无论晚上有多吵闹，马氏的鼾声总是如雷一般地轰响。

每天晚上胡麻子都伴随着马氏的鼾声，跟自己的小妾一番云雨，时间一久竟然都养成了习惯。而这小妾到了凌晨天快亮时就自行起来，穿戴好了衣服首饰后就起床出了门。

有一天早上天阴，看来是不会再有日出，就连村里的公鸡都不再打鸣。正是个没有时辰概念的清晨，绸缎庄胡麻子的小妾起床了，跟往常一样穿好肚兜，稍加收

拾便出了门。

　　她刚一出门，天空便是一道闪电打起来一个炸雷，原来是要下暴雨了。胡麻子被炸雷惊扰得无心睡眠，想起自家屋顶上还晒着些干菜和咸鱼昨天晚上忘记收，便想收了免得被打湿，于是他便起床到了房顶开始收捡。

　　胡麻子以为马氏照例会雷打不动一觉睡到天亮，可马氏被几声巨大的炸雷吵到，居然醒来了。

　　这时，屋顶上的胡麻子发现天空中已经开始有雨点滴落，一场暴雨不可避免地就要到来，而刚离开家不久的爱妾，居然返了回来。胡麻子心想肯定是看到大雨将至没有带伞，便回来想取一把雨伞。刚才胡麻子出来收菜，便随手关掉了美妾出门打开的院门，这下她回来拿伞肯定进不了院子。

　　胡麻子正想下去给爱妾开门，就在这时，马氏起床后到了院子里。胡麻子一阵惊恐，怎么夫人今天居然这么早。马氏来到院子里打着哈欠，就在此时院门外传来一阵敲门声。

　　正在房顶准备下来的胡麻子听到了敲门声，心都快跳了出来，这肯定是自己的爱妾回来拿伞了啊。院子里马氏听到敲门声向门口走去，胡麻子在房顶上好生着急，这下事情怕是要露了马脚。

　　马氏走到门口，推掉门闩，"吱"的一声把门打开。

　　只见马氏把门打开一条缝，在门口站了一会儿没出声，随后她伸出头往外看了两眼，像是跟什么人说了几句话后咯咯地笑了起来，最后她关上院门朝屋里走了回去。

　　外面还是一片天亮前的灰蒙蒙，这时雨终于劈头盖脸地下了起来。胡麻子一身湿透从房顶上下来，心想这下马氏肯定是看到自己的小妾了，好日子算是过到头了，谁知道马氏进了屋子接着躺回床上睡觉，完全没理会胡麻子。

　　看到马氏不理自己，胡麻子又来到院子里，他打开院门已经看不到小妾的身影。

　　这之后，马氏就病了，她全身发热，意识模糊，每天都卧床不起。胡麻子很想等老婆清醒了问问她那天早上开门她都跟人说了些什么，但是马大姐一直都没有好过来。

那天以后胡麻子的小妾就再也没来过，胡麻子后悔自己还不曾问过她叫什么名字，只知道是镇上大街第二间铺子卖绸缎的李家女儿。

过了几天，胡麻子上街给老婆抓药，路过镇上大街上的第二间铺子，这才发现这间铺子已经不再是绸缎庄，而是一间窑子。胡麻子还走进去煞有其事地逛了一圈，但并没有见到自己的爱妾，用他的话来说，这家窑子里根本没什么美女，全都是丑八怪。

不过真正让蔡九感到惊讶的是胡麻子家里卧床不起的马大姐。听说马大姐病了，蔡九便坚持要去看望。马大姐从小对蔡九如同自己的弟弟一般，一直都是照顾他们几个人的。

胡麻子拗不过蔡九，只好带着他又到了家里。推开马大姐的房间，只见她正背对着门躺在床上，蔡九转过去一看才发现，躺在床上的根本不是马大姐，而是另外一个女人。

这个女人躺在床上奄奄一息，而她身上还有一些深深的伤痕，像是被什么野兽咬过。就在片刻的工夫，蔡九本来觉得这女人还活着，可是一摸鼻息，死了。

蔡九马上告诉胡麻子，这女人不是马姐姐，而且已经死了。但是胡麻子不信，他坚持说他老婆马氏还活着，并咆哮着要把蔡九赶出家门。

蔡九认识胡麻子二十几年从没见过他对自己如此，他觉得应该是自己说马姐姐死了胡麻子伤心，毕竟他从小就跟马姐姐感情深厚，可问题是刚才眼前那个已经死去的女人确实不是胡麻子的老婆马氏。

蔡九眼见自己就要被胡麻子赶到门外，连忙挡着门对着门缝里狠狠地说："你等着我，我回去拿一点东西给你，让你见见真世界！"他刚说完就被胡麻子推出了家门。

只听到胡麻子在门里面大哭着说："去你奶奶的，你才死了老婆！你去拿你的，别再来我家就是！"

蔡九说要给胡麻子拿的东西，便是儿子蔡十八的童子尿。他想到自己的经历，便想在晚上子时给胡麻子接上一杯蔡十八的尿，然后让他喝了看看自己身边究竟都发生了什么。想到这里他便跑着穿过铜官镇，想早点回到自己家里。

到了胡麻子说的镇上大街的第二间铺子，蔡九看到了他说的那个窑子，但只有

一个老妇人浓妆艳抹地坐在门口。老妇人看到蔡九从门口走过，马上一脸猥琐地抬起头看着他，嘴里还说了一句："官人，上楼玩一下吗？"

听了老妇人这一句，蔡九一身的鸡皮疙瘩都起来了，连忙走得远远的。看到窑子，蔡九心里却想起了一个人，这个人就是在白毛子大雾里失散的兄弟老贾。小时候，老贾就是在这样的窑子里面帮工，要是老贾在此，蔡九肯定不会如此迷惑和无助。

回家后，蔡九决定晚上不再跟秦氏同眠，而是和儿子蔡十八睡在一起。他从胡麻子家里回来后对秦氏又多了一份警惕，这个失去了五年记忆的人已经对自己的遭遇和现状产生了怀疑，自从蔡十八说自己屋子里晚上有人进来后，他感觉自己美妻做伴爱子相随的好日子逐渐就快要走到了尽头。

蔡九觉得自己家祖孙三人中，至少有一个人是混乱或者糊涂的，而这个人很可能就是自己。因为他对自己的妻子有一种完全错乱的感觉，他不知道自己的妻子到底是每天晚上曾经做伴的那个美女，还是那天白天突然出现的村姑秦小翠。

但不管他的妻子是谁，儿子蔡十八都是根本无须怀疑的，那是一种本性的直觉，无法伪装也十分地肯定，他就是蔡十八的爸爸，而蔡十八说秦氏就是他的妈妈。可蔡十八长得跟蔡九一模一样，不然就可以从他的长相来分辨，究竟是美丽的秦氏还是丑陋的村姑秦小翠才是自己真实的妻子。

蔡十八也有可能是糊涂和混乱的，这个孩子上次的脑热病太过严重，本以为他过不了这一关，但没想到镇子上几副草药把他救了回来。蔡十八所说的一切很有可能就只是一个梦，而孩子一般会把梦当成现实，所以他的话也不能当真，特别是他说枕边停着的一只萤火虫就是鬼二的时候。

最糊涂和混乱的人看起来就是养父蔡老头。他已经七十多岁高龄，没有哪个清醒的人会像他那般时时刻刻都淌着口水看着地上，可他那天又突然清醒命令蔡九喝下了童子尿。

蔡九自己有可能是疯了，而儿子没准是在做梦，养父又已经是个疯子了。蔡九一下对清醒的标准失去了参照，而眼前秦氏所说的任何话蔡九都不再相信，他在刻意回避这个曾经显身为村姑秦小翠的漂亮女人。

蔡九现在就想让胡麻子喝下童子尿，如果胡麻子喝了尿跟自己一样见了"真世

界"，那么就说明蔡九是清醒的，而童子尿真的管用，蔡十八所言就不假，养父那天也可能就是真正清醒了。如此家里祖孙三人都不糊涂，那么秦氏就变得非常可疑。

只是屋子里面明明躺着的人不是自己的老婆，可胡麻子却偏偏说是。蔡九心想要是胡麻子也疯了呢？这样他一个疯子的话又有什么好相信的呢？但如果胡麻子没疯，就可能是自己看错了，躺在胡家床上的那个女人没准就是马氏，因为他也有很久没有见过马姐姐了，马姐姐这几年身形外观发生改变也应该是正常的事情。

蔡九迫不及待地想去找胡麻子，把他弄到家里来喝童子尿，然后再看看他见了自己的妻子后会如何反应，因为胡麻子既认得秦小翠，又见过烟雨楼的凌瑶。

第二天一早蔡九便再去找胡麻子，谁知在路上便遇到了他。胡麻子远远看到蔡九就喊："九哥啊！好久没来找你了，昨天我怠慢你了，今天我特意来跟你道歉啊！"

蔡九心想，来得正好，只是不知道他家里那个昨天已经死去的女人现在如何了。

胡麻子说马姐姐无事，现在正在家里睡觉。

蔡九说那你到家里见见你嫂子吧。

胡麻子听说蔡九娶了亲也十分意外，他埋怨说怎么婚配了，也不见来请他喝喜酒。

蔡九问他，可曾记得当初在烟雨楼时，与自己同房的那名女子。

胡麻子说记得，他说与蔡九同房的那名女子他最有印象，因为那女子可谓是人间尤物，美艳绝伦。当时如果不是蔡九选了此女子，胡麻子说他定是要去抢的。胡麻子还说老贾身边的那女子，好像就是他的老相好柳姑娘，不过确实是记不得了。

蔡九见胡麻子说记得烟雨楼的凌瑶，还对当天这么多细节有印象，心里想这卜可好，总算有个故人来帮帮忙了，便加快速度拉着胡麻子去见自己家的女人。

快到家时，蔡九嘱咐胡麻子，让他看看自己家里这个女人是谁。他心里就是想让胡麻子认认是不是烟雨楼的凌瑶，但嘴上只说胡麻子去了便会知道。

胡麻子说九哥你好见外，为何娶亲也不见叫我麻子来喝酒，这铜官的父老乡亲也好给你庆祝庆祝。说到铜官的父老乡亲，胡麻子却马上"哎"地叹了口气，他说自己走了五年，回来后感觉这铜官变了味道，肉没肉味，人也没人味了。

听到胡麻子这样感叹，蔡九连忙认可。他跟胡麻子说自己也觉得这铜官已经不

是当年的那个铜官了，现在那些熟人见到自己都冷淡得很，半点热情的招呼都不愿意打，自己回来了这么久，也不见之前那些相熟的街坊来家里坐坐。

胡麻子说确实如此，他说他还路过了刘春球家的饭店，刘家还是在做"水煮活鱼"的生意，但店里以前的熟脸都已经换了。以前的隔壁街坊现在对他也是冷漠疏远，不知道是不是自己身上哪里写了"倒霉"二字，说完他又低头看了看自己的下身。

蔡九这时才想起来问他，身上那副宝贝丸子是如何回来的。

胡麻子说到家第二天起床尿尿时发现的，还说烟雨楼的姑奶奶们还真是说话算话。

胡麻子问蔡九有没有发现这镇上的小孩很少，不像以前那般多了。以前经常在自家外面顽皮的孩子们都不见了踪影。

蔡九说别忘记你走了多少年，那些孩子都已经长大了。

胡麻子说那镇上总该还有些孩子吧，但他很久没见过小孩了。

蔡九听他这样说心里一乐，说自己家里便有一个。

等到了蔡九家，胡麻子一进门最先看到的就是那个窑炉。他吃惊地问蔡九为何也干起了这捏土的事情。蔡九不理会他，因为窑炉边站着的正是秦氏。那个在烟火朦胧中站立的美好身姿，就是看到一个背影，蔡九都会为她深深地沉醉。

胡麻子也看到了，他看到秦氏的背影后，居然愣住了。蔡九连忙想看胡麻子会如何反应，只见他盯着背影静静地看了片刻，嘴里吐出一个蔡九从未听过的称呼："胖球球？！"

秦氏听到后面来了人，便转过脸来，蔡九看到一张美丽无比的脸转了过来。

胡麻子看到她的脸，突然狠狠地一跺脚，声音也变得异常激动起来，他竟然撒娇般地说道："胖球球！我说怎么好久不见你，原来你躲来了这里！"

"胖球球？"听到胡麻子这样称呼自己的娘子，脸上还带着几分娇气和嗔怒，蔡九一时哭笑不得。

还没开口问他，胡麻子先开口了："九哥，九哥，她……她就是我跟你说过的小妾啊！谢谢九哥！谢谢九哥你帮我找到了她啊！"边说胡麻子边向蔡九抱拳作揖，激动得都快要哭了出来。

蔡九听到胡麻子这样一说，脑袋一晕胸口一热，感觉一口老血都快喷了出来。

他扶着墙勉强站稳后，对着胡麻子一声大喝："你这个蠢麻子，你再看看！"

胡麻子听到蔡九这样说，上前又对着秦氏一顿打量，他揉了揉眼睛后看着蔡九，很坚定地说："九哥，没错，真是我的爱妾胖球球。"

"胡说！"蔡九没忍住一巴掌打了过去。

胡麻子挨了打很委屈，他摸着脸问，"九哥，你为何要打我？"

蔡九一声怒吼："睁开你的狗眼看看，这是你嫂子！"

胡麻子马上一脸尴尬地爬起来说，"九哥，她，真的是……真是，不信你让她自己说说。"

秦氏站在窑炉边看着两个男人，听到胡麻子这样说，连忙一脸不解地问："麻子，你在说什么呢？你再说就请你出去！"

蔡九心想这下可好，看来胡麻子真是疯了，再想起胡麻子家里还有一个死女人，就准备把他拉回家去，然后再把他家里的死人处理一下。

胡麻子看到秦氏根本不理会他，竟然冲过去抱着她的腿大哭了起来："胖球球啊，我的胖球球！你怎么不认得官人我啊，你说了要听我的话，为啥要装不认得我啊！"

看着自己的兄弟抱着自己的老婆，蔡九一下开始可怜他，因为胡麻子真是疯了。在整个铜官镇，蔡九也只有这样一个生死兄弟了，他一把扶起胡麻子，不想再刺激他。

蔡九把他扶到凳子上，从一旁拿出昨天准备好的童子尿，他觉得胡麻子喝了尿，应该能认出眼前的这个女人不是他日思夜想的小妾。蔡九不想解释太多，只是把口杯里的尿悄悄倒了一半在茶碗里，然后把茶碗往胡麻子眼前一递。

第七章　萤火虫人

胡麻子本来一副委屈得很的样子，看到蔡九不再说自己还递上来一杯茶，很无辜地瞥了一眼蔡九，那眼神像是在埋怨但又原谅了蔡九，还有点要把自己心爱的小妾让给蔡九的意思。

蔡九看到胡麻子那副样子想笑又觉得他可怜，心想这胡麻子真是糊涂到了家，当初自己在白毛子大雾里许诺大家都娶上美女媳妇，现在眼前就剩下胡麻子跟自己相依为命，自己还冷落了他这么些时日。

胡麻子接过蔡九递上来的茶碗，咕咚咕咚两口把里面的东西喝了下去。蔡九伸长脖子看着胡麻子把尿一饮而尽，然后站得远远的想看看胡麻子会变成啥样。

胡麻子喝完了一抹嘴，眼里晃过一丝的不悦，估计是觉得味道不太好。蔡九看他喝了下去，便提示他看看自己新建的窑炉。

胡麻子喝了尿却不看那每日烧个不停的窑炉，只盯着几个帮工看来看去。他小声地招呼蔡九过来耳语："我说九哥，你这几个帮工不对啊。"

蔡九问："如何不对？"

胡麻子说："这几个人怎么身上都带着伤呢？"蔡九想让他看看窑炉上是否冒着黑烟，还有旁边那一堆的柴火到底是什么，胡麻子却把注意力都放在了几个请过来的帮工身上。

蔡九见胡麻子已经有所反应，连忙问："麻子你看到了什么？"

胡麻子说："这几个人好像是被什么东西咬过，你赶紧让他们回家歇着去吧。"

蔡九问觉得这新建的窑炉如何。胡麻子说："还真是不错，九哥你带带我吧，我也要跟着你学做陶器。"至于窑炉边的柴火垛和窑顶飘过的烟，胡麻子却没有看出什么异样。

蔡九自从上次喝尿后见到了秦小翠，其实心里对童子尿就充满了反感，他决意自己是不会再喝了，就算是真的，他也愿意生活在假象里。本来他也是在犹豫要不要给胡麻子喝的，但是胡麻子扑上来就说自己的老婆是他的小姿，才给他喝了试试看。

蔡九把刚才争执中躲进屋子的秦氏叫了出来，想叫胡麻子再认认。秦氏应声走了出来，只见胡麻子抬头一看见她，脸上顿时一阵诧异，看得出他正在努力想要回忆起什么。

胡麻子呆了片刻后问："小翠？你怎么也会在此？"

蔡九听到胡麻子这样说，一屁股就坐到了凳子上。看来童子尿是真，胡麻子跟自己一样也看到了秦小翠。

秦小翠走到两人中间，一脸疑惑地问蔡九，"相公，麻子这是怎么了？"

蔡九失望地抬起头来看着秦氏，他眼里的这个女人分明是一个落落大方的美女，为何就成了那村姑秦小翠了？

蔡老头在院子里面一言不发地看着地上，蔡十八正在远处玩着泥巴，没有人注意到蔡九的内心深处传来一声崩裂的声音，他正觉得自己的好生活可能真的已经走到头了。

一直都以为自己身边是一个凌瑶般的仙子，结果只是村姑秦小翠。蔡九一直觉得与其生活在村姑的现实里，还不如生活在凌瑶的谎言中，如此还不如就当什么都没有发生过，管它什么童子尿呢。

但秦氏非常委屈，她一脸无辜地质问蔡九："相公，我们不是都说好了吗？为何此刻又来嫌我？"她泪眼蒙蒙地看着蔡九，然后开始哭诉起以前的事情。

此刻胡麻子体内的"尿性"已经发作完了，他恢复到之前的状况，又看到了自

己的爱妾"胖球球"。他一脸迷惑地看着自己的爱妾，听到她和蔡九以夫妻相称，还讨论着一些让他更加困扰的问题。他边听边一脸痴迷地盯着眼前的女人，好像刚才的那个秦小翠从来都没有出现过一般。

胡麻子听到眼前两个人所说再加上他自己的回忆，在他看来，事情是这样的：

快七年前的一天，蔡九跟几个兄弟到隔壁村帮老王家新房上大梁，完事了就在人家家里喝酒。这一天胡麻子是有印象的，他记得自己跟老贾、刘春球三个人都在，那一天最后醉得厉害。

那次胡麻子的小妾也在，她也是老王家盖房的帮工。当时农闲，小妾便在老王家里干点零活，几个人又都是年轻人，不一会儿就熟识起来。

但那一晚的重点是，其他几个人都横七竖八地倒下后，酒醉后的蔡九竟然跟胡麻子的小妾在船舱里面乱了性（胡麻子到这儿突然一想，原来蔡九在烟雨楼时已经不是个黄花男）。

这之后，蔡九便领着大家去了洞庭湖。谁知道胡麻子这个小妾后来竟然怀了孕，一个女子未婚先孕面子上总还是说不过去的，于是她便去找蔡九，可蔡九已经去了洞庭湖，如此她便在蔡九家逗留下来等他。

可是这一等就是很久，但肚子却越来越大，本来是准备让蔡九去她家里提亲的，结果等到孩子都要落地了，蔡九还没有回来。当时蔡老头还很清醒，蔡母还在，便替儿子做了主张，虽然儿子不在但还是让胡麻子的小妾和蔡九结为了夫妻。

蔡家二老也不想高调，毕竟这未婚先孕不是什么值得张扬的事，如此胡麻子的小妾便低调在蔡九家里住下，这一等就是好几年。几年中胡麻子的小妾踏踏实实照顾蔡家二老和孩子，还给蔡母送了终。本以为蔡九是死在了外面，她可怜蔡十八没有了父亲，蔡老头又成了痴呆，而一年多前发的那场大水，把她隔壁村的家冲了个干干净净。虽然铜官都被泡到了水里，但蔡九家里正好在地势稍高的山坡上，竟然滴水未进，胡麻子的小妾就觉得这是天意让她留在蔡九家里。

而大水过了后数月，蔡九便回了家。蔡九到了家后见了她还高兴地问："原来是你！"胡麻子的小妾以为蔡九还记得自己，因为五年多前那天晚上是蔡九说要娶她为妻，自己才肯跟他就范的。回来的蔡九让人感觉稀里糊涂，第一天晚上，蔡九嘴

上娘子娘子地叫个没完，只想跟她同房，但问他五年里去干了什么，他竟然回答说全都忘记了……

这时候，蔡十八玩着泥巴从胡麻子身边经过，胡麻子看到这孩子长得跟蔡九一模一样，一下就知道了这就是蔡九的孩子，只是这么大了是胡麻子没有想到的。他"呀"了一声，瞥了眼孩子，用眼神问蔡九。

蔡九跟他点了点头。胡麻子一脸诧异地看着蔡九，然后又看了看眼前自己的小妾，一副惊奇的样子。

蔡九本来一直沉浸在美妻爱子的梦幻生活里感觉到幸福欢乐，他根本不想去追问太多，因为他担心自己的追问会直达一个结果：自己身边的女人是假的。

蔡九不愿意相信自己身边的女人就是秦小翠，他瞪了眼旁边的胡麻子，问他现在看到的女人是不是当年烟雨楼自己身边的凌瑶。

胡麻子说他看到的是自己的小妾。

蔡九说你不是记得当年凌瑶长啥样子吗？

胡麻子说自己只是记得是个美得不能再美的美女，但是长相过了这么久确实已经模糊了。

蔡九问那你刚才怎么说又记得老贾身边那女子是铜官的歌女？

胡麻子说只是记得是如此，但具体的长相真是想不起来了。

蔡九又问胡麻子看到的小妾是不是和烟雨楼的凌瑶一样。

胡麻子这回还真是用心好好想了一会儿，像是回忆起了什么但又有些疑问地看着蔡九说："九哥，她们长得很像，一会儿觉得是同一个人，一会儿觉得又不是。"

蔡九说难道你心里的美女都长得一模一样吗？便跟胡麻子讨论起凌瑶跟他小妾的长相来。两人发现无论如何描绘，都无法把一个人的长相说清楚，任何言语在描述一个人的具体长相时都显得那么的苍白。

蔡九一直纠结在自己枕边的美女和凌瑶之间的区别，后来秦小翠又电光火石般地钻进了他的脑袋，而现在，又多了个胡麻子的小妾。

沉默一下笼罩在院子里，两个男人都不愿相信眼前的女人就是村姑秦小翠。院子那头，窑炉黄色的烟雾正渺渺飘起。

这时，秦小翠突然起身走到桌边，她拿起桌子上那个蔡九装童子尿的口杯，咕咚咕咚两口把刚才胡麻子喝剩下的都喝了进去。

不一会儿，秦小翠睁开双眼惊恐地瞪着面前的蔡九和胡麻子，发出一声持续了很久的尖叫，直听得蔡九和胡麻子耳根发麻。尖叫声过后，秦小翠发疯般地抱起在地上玩着泥巴的蔡十八，头也不回地出了院子，撒开两腿飞奔而去。

蔡九连忙出门去追，边追边在后面问："娘子，你这是怎么了？为何要跑？你不要怕，有官人我在此！"

谁知秦小翠看到蔡九追了上来，跑得更快。蔡十八被连拖带拽地夹在妈妈怀里，不知道发生了什么。

秦小翠毕竟是女子，蔡九一会儿便追了上来。见蔡九追了上来，秦小翠一屁股坐到了地上，然后一只手挡在自己面前，另一只手护着蔡十八，嘴上高喊："你不要过来，你这个妖怪！退后！"

蔡九吃惊娘子如此对他，几番接触和了解，才知道秦小翠是看到了让自己非常害怕的东西。秦小翠喝了蔡十八的童子尿，看到院子里面站着的根本不是蔡九和胡麻子，而是两只尖嘴猴腮一人高的老鼠，虽然没看到尾巴，但脸型和耳朵分明是老鼠无疑。

蔡九听秦小翠这样说自己，连忙去摸自己的脸。不一会儿，秦小翠好像恢复了正常，她不再从指缝中看着蔡九，而是慢慢放下手露出一脸的迷惑和后怕，她肯定是想知道刚才那片刻的惊变到底是怎么回事。

听到蔡九跟妈妈一直在解释自己不是一只老鼠，自己的脸不是老鼠脸，在旁边地上蹲着的蔡十八好像听懂了父母之间的对话，他对蔡九说："父亲，母亲她说得对，你就是一只老鼠。"

听到儿子突然这样一说，蔡九的心里咯噔一声，突然想起五年前池塘边的那个老鼠洞。他细致跟儿子打听才知道，原来自从他踏进家门，儿子自始至终看到的都是一张老鼠脸。只是蔡十八从来就没有觉得爸爸的老鼠脸有何不妥，他还说挺喜欢尖脸，因为笑起来好玩。

三太爷写道，直到那一天，蔡九才突然意识到，儿子眼里看到的都是事实，他

并没有把自己的妈妈看成是另外一个女人，也没有把爸爸的老鼠脸看成是人脸。蔡十八根本就不需要喝什么童子尿，他眼里看到的就是真世界。

我觉得三太爷之所以会编出这一段蔡九错把丑妻认作是美女的故事，应该是有某种隐喻。可能他是想调侃一个男人在欲望和现实之间的距离，只能通过梦幻或者奇幻来弥合。不过他又不甘愿这样，他可能希望自己那无聊又负重的人生里，有某种惊变的时刻，让他可以顿时看到另外一种可能性。

三太爷写道，那一刻蔡九仿佛有所顿悟，开始相信儿子所说的一切。这可能是他想表达只有孩子的视角才是最纯真的，而大人都带着某种偏见。故事里蔡九想起儿子所说，便准备当晚就会会那只被蔡十八叫作鬼二的大萤火虫。

大半夜正等得困乏，熟睡的蔡十八突然一翻身，院子里跟着一阵风动，门外像是有了来客。

蔡九走出屋子，果然，在院外两丈开外的树梢上，正趴着一只大萤火虫。

蔡九看到萤火虫来了，便进屋去叫胡麻子出来，两人出来以后却发现刚才树梢上的那只大萤火虫不见了。

胡麻子说蔡九可能是产生了幻觉，他明天还要早起回去照顾马姐姐，便先回去睡觉了。

院子里还是什么都没有，蔡九正准备回屋，一转头，突然发现刚才那停着萤火虫的地方正站着一个人。

半夜漆黑的院子里突然冒出一个人影，把蔡九吓了个半死，而这人一直保持着一个姿势呆呆地站在那里，愈发显得恐怖。

蔡九冲着人影喝道："谁？！"

他想往前走几步看个清楚，又发现往前一动，人影就显得模糊起来，于是又退了回来。他发现只有站在刚才的地方，人影才看得真切，仔细一看，那人影不是人，而是那只大萤火虫一动不动地停在那里，它尾巴上发出的光映照在周围的草木树叶上，光影和枝叶竟然勾勒组合成了一个人的影像。

这个半夜站在蔡九家院子外面的人影，不是别人，正是失踪多年的鬼二。

蔡九看到鬼二的人影，第一感觉便是他遭了不测，回想自己在黑水塘边的遭遇，

他怀疑鬼二是被当年池塘边那种吸魂虫子给吸光了魂魄。蔡九激动地冲着人影喊道："鬼二爷爷！"

那边的人影根本一动不动，完全没有回应。

胡麻子听到蔡九这一喊，马上从屋子里跑了出来，他也看到了鬼二。胡麻子刚出来，那只显身为鬼二的萤火虫便飞了起来，它径直飞到了蔡十八的房间里，又停在了他的枕头上。

胡麻子想跟着追进去，蔡九一把拉住他。他觉得萤火虫刚才肯定是因为蔡十八房间里有外人，才不愿意飞进去。他已经把自己想问的事情都告诉了蔡十八，既然虫子只愿意跟蔡十八说话，就让蔡十八去问好了。

第二天，蔡十八告诉蔡九和胡麻子，那些前几天跟鬼二飞进屋的虫子们都死了，这些萤火虫在铜官和"荒野黑鲨"打架，只剩下鬼二还活着。

蔡十八说形势危急，鬼二让他们今晚必须离开铜官。他说铜官现在除了自己家里的几个人，其他人已经早就被"荒野黑鲨"咬死并控制了，这"荒野黑鲨"本被镇在风水门的阴阳塘里，但半年前被放了出来。

蔡九一听，马上想起风水镇那老头跟他说过的鱼怪钱胖子，心想莫非这"荒野黑鲨"就是半年前从黑水塘里游出来的那个鱼怪？那老头说鱼怪钱胖子咬死了风水镇的所有人，然后遁水而去，难道是顺着江水游到了铜官？

而这"荒野黑鲨"蔡九也曾在儿时听鬼二说过，只是不知道还真有此物存在。

第八章　镇上大街第二间铺子

　　三太爷写道，鬼二告诉蔡十八，"荒野黑鲨"是为他而来，之所以还未得逞，是因为它被锁在了一片"脑海"中，但是明早它便会挣脱出来，到时便就再也没人可以抵挡得住，所以今晚必须离开铜官。

　　蔡十八说昨晚鬼二身上有深深的伤口，这是他从来都没有看到过的。那些伤口还一直在往外冒着浓浓的绿色血水，这些血水滴在蔡十八的床上，很久后都一直放着光。

　　鬼二说今天就是龙诞日六月初五，也是蔡十八的六岁生日。湘江江主在这一天会进行一年一次的巡游，巡游的船队会在今天深夜经过铜官。这湘江江主是鬼二的老相识，可以带着蔡十八他们离开这里，不过这江主的脾气十分古怪，他对自己不喜欢的人无论是谁打过招呼都是不肯搭理的，鬼二说这一点跟他自己很像。

　　虽然鬼二打过招呼了，但是湘江江主还是会派出他的使者前来查看到底是谁长成啥样要得到他的帮助，如果他的使者来了看到了江主不喜欢的人，这人也是绝不可能得到帮助的。至于江主喜欢什么样的人，鬼二说他也不知道，之前有很多人想得到他的帮助，结果都被淹死在了湘江里。

　　鬼二说这个人是一个比自己还要反复无常并无耻无聊的人，但没有其他的办法，因为只有得到湘江江主的帮助，才有可能离开这里。

鬼二说到了长江便算是安全了，去长江要经过洞庭，他说可不惧洞庭之险，因为自己已经安排了一位故人在那里等候。鬼二说到了洞庭，蔡十八便可大概知道世界之变化，要他坚强起来，担负起野士岭之主的职责。

蔡十八问野士岭之主的职责是什么，鬼二只回答了两个字："活着。"

鬼二还说要他们在走之前去铜官镇上大街的第二间铺子里把一个人带出来，带那个人一起走，那个人会到那间铺子的楼上等他们。

见鬼二说话愈发吃力还准备要走，蔡十八连忙想起父亲要自己问的几个问题，但他首先问了个自己想问的问题："为什么我父亲看起来是一只老鼠？"

鬼二说他听说过与风水门的那些鼠类接触久了，人便会有了鼠相。那些风水门的鼠类不是什么善类，它们只管繁殖和聚财，还窥视世间所有的宝贝，到处扒坟来寻宝，据说还曾经扒过乙未尊者的坟头，结果受了惩罚。

鬼二说时间所剩不多，问蔡十八还有什么想问的。

蔡十八说父亲还让他问鬼二这些年都去了哪里，为什么要变成虫子回来。

鬼二却说自己其实从来都没有真正的来过或者离开过铜官，只是这些事情还不到告诉他的时候。

蔡十八问为何鬼二不跟父亲他们直接说话。鬼二说因为只有蔡十八才能听懂他的话。

鬼二告诉蔡十八，让他离开铜官后往湘江里尿尿。说完振翅飞向蔡老头的房间，说要去找自己的老哥们。

蔡十八连忙问鬼二，那以后是不是就看不到他了。鬼二边在空中飞着边回过头来说："希望不会。"

蔡十八突然想起父亲反复交代的另外一个问题，马上扯着嗓子问鬼二："为什么父亲会把母亲看成另外一个女人？"

这时鬼二已经飞出屋子，只远远听见他说："因为世界并不是人看到的那个样子！"说完这句便飞进了蔡老头的屋子。

蔡九听到蔡十八所说，只感觉云里雾里，但他听说今晚便是离开铜官的日子就着急起来。首先他完全确信儿子所说，但同时他完全不了解要如何离开铜官，因为

他从来都不知道湘江之主真的存在，更不知道他要如何带着他们离开。

眼看已经快到中午，蔡九听鬼二还交代说要去镇上大街第二间铺子里面找一个人，就准备去把这人带回来。接了鬼二要接的人后，胡麻子还准备去接马姐姐，然后晚上一起离开铜官。

蔡九带着儿子和胡麻子出门到了镇上大街的第二间铺子，那里正是胡麻子小妾曾说过的地方：一间窑子。胡麻子说这也真是巧了，鬼二居然让咱们来这窑子里面接人。

窑子门口还是坐着那个浓妆艳抹的老女人，看到有人来，马上就抬起头一脸猥琐地问："官人，上楼玩一下吗？"那表情让好色的胡麻子都起了一身鸡皮疙瘩。三个人已经走上了楼梯，那老妇人仍然在门口重复着那句话："官人，上楼玩一下吗？"

三人上楼后，胡麻子说这里并不像其他的窑子，仿佛他去过很多风月场所一般。只见楼上偌大的空间里只有一张大大的仙人床，床上垂下丝绸的帷帐，床的前面是一张八仙桌，桌上有一本书。

胡麻子过去随手翻开书，只见封面下的首页上写着一句话："半个时辰后再往下翻页，否则死在此地。"

胡麻子刚刚念出这一句，蔡九便惊呆了。他马上按住胡麻子要往下翻页的手，然后抢过那本书在手上端详起封面。

蔡十八看到父亲如此反常连忙问这是为何？

蔡九说这是"荒野黑鲨"玩的把戏，它应该是被陷在了哪里无法动弹，便又使出这个伎俩。蔡九和蔡十八都不知道鬼二所说的困住"荒野黑鲨"的"脑海"是在哪里，也没来得及去问他。

蔡十八便问爸爸，"荒野黑鲨"到底是何物。胡麻子也不记得这个故事，蔡九想起当初鬼二讲这个故事的时候，只有他和老贾在场，见眼下可能是在一个局里，便抓紧时间简要地给胡麻子和蔡十八讲了"荒野黑鲨"的故事。

三太爷讲的这些故事中的故事，应该是当时湘江边铜官镇上流传众多的古怪故事之一。这些故事大多是渔夫们无聊时编造出来的，基本都是子虚乌有或者添油加醋，但这对当时走船江湖的渔夫来说，却是水上最大的消遣之一了。那时候的很多

故事充满了传奇古怪和赤裸的惊悚，这一个也不例外。

蔡九听鬼二说他有一位师祖，隐姓埋名知道不少荒诞离奇的事。早先他住在江南深山之中，山下有一村落叫林山村，林山村靠山吃山，从前朝起林姓祖宗移居于此，一直兴旺富足。

有一年山上雨水多得出奇，一天早上闹了泥石流，滚石砸死了在山谷里面放羊的陈老头。陈老头死相颇为难看，村里面几个长者决定找个法师做做法事，去去村里的晦气，好让天也早日放晴，方便在稻田里播种。

法师们从邻山的庙里赶了过来，法事唱了三天三夜，到了出殡前的一晚上最为热闹。整个村子好久都没这么热闹了，众人看了唱戏，听了法师念经，夜里又继续喝酒，不觉天色已晚都纷纷睡去。

谁知道那陈老头的尸身竟然从棺材里面爬了出来，晃着被泥石流压扁的几根残肢和半边脑袋在村子里面晃荡了小半夜，晚上起夜的刘寡妇从茅厕里面出来一头撞见，吓得半死，当场晕将过去。

那大半截残尸在村子里面游荡，把肚子里的碎肉和残油散了一地，然后滚落山崖挂在村口的一棵枣树上，肠子挂了一树。日出后天边放出一眼微光，一抹阳光照在躁动的尸身上后，它便逐渐安静下来。

陈老头的尸身被取下后，众人觉得太过邪性，又怕埋了老头后他又重新爬出来，征得了家人和法师的同意后，便一把大火烧了个干干净净。陈老头诈尸一事吓坏了众人，之后各种传言迭起，七嘴八舌越说越邪乎。

事情过去两个月，村里最年长的冯老头在自家院子里面干活，小孙子爬到树上摘了果子就准备往下跳。冯老头看了着急伸手去接，没想到动了心血一头栽倒，再也没爬起来。

村里每年办不了几场葬礼，往年老人归西都是按照黑白喜事来操办，图的就是热闹，但上次诈了尸，众人怕犯了什么忌讳，又怕受到什么蛊惑，都不敢再操办葬礼。但死者入土毕竟是件天大的事，族长便差人去请二十里外的威风道人，只等那位道人来此坐镇。

威风道人来了后话不多说，马上摆弄着几件法器，有符咒也有脸谱。他在棺材

四角各搁上一个火盆，让冯老头几个儿子将纸钱香烛烧个不停，自己站在棺材前手持木剑振振有词，时不时口中喷出一口烧酒。烧酒撞上木剑被点燃，一团团火光在棺材前腾起。

四个儿子在四角不敢怠慢，纸钱烧了大半夜。见天边露出一丝微光，道人收了法器，在棺材前点起几根大香，木剑入鞘，对众人说："今日法事已毕，各位准备出殡吧。"四子连忙作揖感谢，转身面向棺材，行大礼，长子哭声顿起："父亲啊，儿送您上路哇！"

众人抬起棺材，哭声汇成一片，鞭炮声四起，唢呐大作。四子披麻戴孝，牵着下葬的绳索在前。众亲戚扶着灵柩，其中一个唱起挽歌，大概意思就是：冯老头一生勤奋，积德行善，现在入土为安，求天官赐福，保佑后代富贵。

孙子辈的小孩子在棺前棺后撒着纸钱，领头举旗的一回身喊："孝子跪！"孝子们连忙回身行大礼。就这样走走停停一路跪到墓地，墓地挖开一个十尺深的大洞，一行人做了礼仪，将棺木缓缓落入墓坑，堆土完毕。孝子又在坟前摆上祭品，葬礼到此终于算是完结。

七日之后，迎来头七。头七一早，冯家人扫屋焚香，又烧了纸房子纸马纸牛。堂屋中央供着冯老头的画像，画像下是一木制灵位，上书"家父冯太师之牌位"，家人逐一跪拜，祭拜仙人。

八仙桌旁边立着两张太师椅，冯老头平日里最喜欢在此逗弄晚辈、接济相邻。望着空荡荡的椅子，几十年夫妻如今天人两隔，冯老太陡然伤痛不已，悲痛之下，一双老手摸向太师椅，老泪纵横如雨。

突然间，老太大叫一声："啊！"一双手停在了空中。只见她对着空椅连退几步，又颤颤巍巍地上前伸出手在空椅子上摸来摸去，然后双手停住，像是抱住了什么东西，嘴里喊道："你个死老家伙啊，你死了还爬回来吓我啊！"

几位儿子哪里知道母亲在说什么，马上上前搀扶。老太急忙发出一声惊吼："儿啊，都跪下，你父亲在此，他回来了！"四子见母亲如此纷纷跪下，媳妇孩子们跪了一大屋子。

冯母不让晚辈们上前，说是冯老头的尸身正端坐在太师椅上，只是摸得着但看

不见，老太怕吓坏儿孙故不让众人接近。

最小的孙儿不懂事，硬是趁着大人们不注意上前摸了一把。小孙儿伸手一摸，然后猛地弹开高兴得乱跑，边跑还边高声地叫唤："我摸到了爷爷的胡子！我摸到了爷爷的胡子！"

冯老头的尸身为何从土中又跑了出来，然后隐了身坐到了自家堂屋的椅子上呢？午后，威风道人被人请了回来，道人说这件事自己就搞不懂了，得去把他师傅阳仙山人请来才知。

村里人于是合力出资请来威风道人的师傅阳仙山人。山人到了后话不多说，对死者也颇为尊敬，他行了礼数查看了冯老头的尸身，果然看不见但摸得着。

山人把前来的族长叫到一旁，小声说道："此事乃土中有凶煞存在，死者不敢入土。"山人测出死人不想入土，是因为土中有"黑煞（鲨）"游荡。

原来百万年前，当林山村还是一片大海之时，有一尾黑鲨受困于此。它魂魄藏在青石之内，几百万年不曾离去，那年暴雨产生泥石流后，这块青石从山上滚落到了河中沾到了河水，黑鲨的魂魄便得了自由，此后终日游荡在泥田河溪和黄土之中，这让土中已经安葬的尸骨不安，更令刚刚逝去的尸骨不敢入土，这就如人不敢跳进鲨鱼出没的海面。

山人说他自有布置，要村民等待时机抓住黑煞。一天，鬼二那位师祖在田里干活，他看到一尾大鱼鳍破土在田里游动，到了眼前便顺势一网捞下去捕上一尾青鱼，正准备放掉，阳山仙人突然出现一声大吼："别动，就是它！"

原来那尾鲨鱼的魂魄附在了这条青鱼身上，山人说青鱼不能弄死，也不能放归泥土接触地面，只能等降服了它的戾气后重新放归大海。

山人收了青鱼，回家在院子里面养着。他将青鱼控制在一口大缸之中，这尾黑鲨哪里知道，困住他的大缸乃亿万年前开山辟地的祖石所制，便不能再脱身去吓人尸骨。

谁知黑鲨却也并非黔驴技穷。有一天晚上，山人的徒弟威风道人到了师傅家里，威风没有山人那般知晓百般造物变化，他见山人仍然闭关于洞中，便自作主张到了院子里。他见到院子正中间有一张八仙桌。

在这桌子上有一本书，翻开封面，只见有一句话写在首页上："半个时辰内，不要往下翻页，否则死在此处。"

威风道人以为自己乃何等威武和高明之人，完全没有理会这句，直接翻到了第二页。第二页上又写着一句话："翻页之间，已过百年，问君能有百年之寿？"

道人微微一笑，心想师傅院里怎么会有如此可笑的一本残书。他翻开第三页，第三页上还是只写着一句话，更让人摸不着头脑："想得永生否，想得便随我，想好想好。"

那威风道人修炼了一生，就为得到永生，他看到这句永生，马上就来了兴趣，连忙就翻开了第四页，只见第四页上写着这几个字："要得永生者得先得死境，先死。"

第五页："先死，便是现在就死。"

第六页："就死就是不死。"

第七页："不死就是先死。"

第八页："先死非死，死非非死。"

第九页："死非死非死。"

第十页："非死。"

第十一页："死。"

威风道人看到第十一页后，却发现那本书后面空空如也，再也没有任何字了。道人只感觉恍惚迷乱，他仔仔细细把书的后半部分找了个遍，也没发现什么永生之道，转身失望地想要离开，却发现那口困着黑鲨的祖石水缸里漂着一个字："死。"

威风道人平日里都是前呼后拥地受人敬仰，哪里受得了这般挑逗和愚弄，他上去一脚便把那口水缸踢翻在地。他看到那一缸子水夹着一条青鱼翻滚到了地上，那水和青鱼一接触到地面就像是被地面吸收了一般，瞬间不见了踪影。

第二天，在院子里面发现了威风道人的尸体。他虽然死去，但尸骨却像历经多年一般，成了一具干尸。这具干尸打坐在院子中间，虽然水分全无，却看得出表情是一脸的安详和满足。

得知此事的山人出关后看着徒弟的干尸，只说了句："可惜走了那尾黑鲨。"

因为抓住了那尾青鱼而留在道观中学习的村民，也就是鬼二的师祖之一，便得以顶了威风道人的位置当了山人的徒弟，以后便常在山人的周围。山人觉得他那天能一网网住黑鲨，定不是一般人物。那位祖师也没让山人看走眼，两三年便把山人的本事学了个干干净净，然后拜别师傅下山而去。

三太爷写道，胡麻子听完了荒野黑鲨的故事后，连忙吓得把手上的那本书一丢，不过他又舍不得地马上捡了起来。他问："鬼二让咱们来这里接人，为何不见什么人，只有这么一个局，莫非是那什么黑鲨已经把这人给吃了？"

蔡九说："我也奇怪鬼二爷说黑鲨已经咬死并控制了铜官的所有人，除了咱们。但是，他让咱们来接的这个人又会是谁呢？"

这时候，胡麻子说离之前自己翻开那本书读到第一句话肯定已经过去了半个时辰，蔡九都还没来得及阻止，就见胡麻子舌头一伸舔了舔自己的两只手指，然后"哗"的一声又翻了一页手里的那本破书。

第九章　半边脑袋的女人

胡麻子翻开第二页，只见上面写着："半边脑袋的女人已经出了屋子。"

胡麻子看了这一页说："九哥，这是啥意思？这平白无故的一句话也太无聊了。什么半边脑袋的女人，太可笑了。干脆咱们直接往下翻页得了，我看着就是本破书，没啥大不了的玩意。"

蔡九说："别！还是要谨慎为妙，翻页太快了，万一跟那个故事里一样，到最后一页真是乱了心智咋办？先别管这本破书了，别忘了咱们是来干吗的。"

胡麻子放下书说："这楼上根本就没人，你说得对，铜官所有人要是真都已经死了，鬼二却还要我们来这铺子里面找人干吗？"

蔡九说："这可能是铜官还有一个人没被咬死。"

胡麻子问："这个人会是谁呢？为何鬼二让咱们来这里接他？这楼上怎么会有当初黑鲨逃跑时设的那样一个局？莫非它就在附近？它不是已经被困住了吗？"

蔡十八说："鬼二爷说黑鲨被困在了一个叫作'脑海'的地方，不过他没有说'脑海'是哪里，只说到了明早它便会挣脱，所以我们必须离开。"

胡麻子开始自己吓自己说："要跟故事里说的一样，那么黑鲨可能就在附近，只是为啥鬼二还让咱们来自投罗网呢？这黑鲨不会来无影去无踪地突然出现害了咱们吧？"

蔡九说："不是你说的这样，故事里说黑鲨当年从青石里逃出来的只是一个魂魄，

它是附在了一条青鱼身上才能顺水游荡。现在这黑鲨到了铜官，能在镇子上行走伤人的话，我猜肯定也是有所依附才对。"

胡麻子这时候一脸诡异地说："难道是附在了一个人身上？"

蔡九听到胡麻子这样一说，想到了一种可能：如果在铜官再无活人的情况下，鬼二临走吩咐让他们来接的这个人，只可能就是那个被黑鲨附体的人。

胡麻子听到也说："对啊九哥，这个人之所以没有被咬死，是因为被黑鲨上了身。"

蔡九说："没错，这样它肯定是不会把这个人咬死的，因为死人是没法让精魂彻底附身的。"

胡麻子问："那当初在风水镇为何黑鲨能附在那个钱大胖子身上，钱大胖子不是已经都死了吗？"

蔡九说他怀疑当时那个钱胖子并没有死，钱胖子如果是死了，是绝对不可能再去吃那些池塘里的活鱼的。

胡麻子说："对啊，我听说死人是不吃东西的，死人好像是吸什么气。"

蔡九说："是啊，有听说书的讲过，说这死人如果要长留在世间，一般都是晚上在外面瞎逛，吸什么雾气，这个我就不懂了，应该也就是说来吓人的。"

胡麻子说："如果要接的人就是这什么黑鲨鱼怪，那就是鬼二让咱们来送死了。如果我们带着这个'鱼怪黑鲨人'一起逃走，万一它半夜里起来咬咱们咋办？"

蔡九说："不不，不会这样。鬼二以前说过魂魄寻找依附，不是我们想的那种一头钻到人的身体里，而只是另外一个世间的魂魄借助这个世间存在的东西来进入这个世界，而且这种能够让魂魄依附的身体很难找。"

有关魂魄附身和一些怪物的说法，其实最早是三太爷在镇上听人说书学到的，一个说书人要立刻就吸引听众，特别要善于开场和吊胃口，而当时最吸引人的就是鬼怪和桃色故事。三太爷把那些故事都记了下来，还用在了自己写的这个故事里，杜撰出了一个到处都是活死人的铜官镇。

故事里蔡九接着说："我们只是把这个人从铜官带走了，并没有把黑鲨的魂魄也一起带走。因为鬼二说黑鲨的魂魄已经被困在了'脑海'。我们把这人带走后，也许明早黑鲨的魂魄即便脱困了也会无处可依，因为这个人已经被我们带走了。"

胡麻子说："只是鬼二没有想到，虽然黑鲨的魂魄被困住，但它还是可以像故事里所说的那样布下一个局来迷惑我们。"说完胡麻子指着破书第二页上的那句"半边脑袋的女人已经出了屋子"问蔡九："这又是何意呢？"

蔡九说："你是翻开第一页的人，所以看到的这个文字应该跟你脑袋里所想的有关。我觉得当年那位威风道人就是贪恋永生，才被黑鲨的魂魄钻了空子，利用他想得到永生的贪恋，一步步控制住了他，直到最后他看到一个死字无法理解而死。但那道人是带着满足的神情而死的，没准他真以为自己是得了永生。"

胡麻子有一点点后悔自己为啥要手脚飞快地去动这本破书，不过他根本就按耐不住自己的好奇心。

蔡九又告诫他说，这本破书被他翻开了，据说就会一直纠缠着他翻到最后一页。既然刚才耐下性子等了半个时辰才接着翻页，不如把这本书带走，不要着急再往下看。

胡麻子却开始兴奋，他说："想想既然都翻了两页了，干脆就翻开得了。"于是他又舔了舔自己的手指，"哗"的一声翻到第三页。

第三页上写着："半边脑袋的女人上了街。"

蔡九一看就问胡麻子："你心里到底都在想些什么啊？为啥都是这些前言不搭后语的东西，你想女人我知道，你为何要想一个半边脑袋的女人呢？"

胡麻子此刻也感觉十分迷乱，他很想翻到书的最后一页看看写的到底是什么，但蔡九让他别这样，让他先别管这本书，别被黑鲨的把戏蒙骗乱了心智。

蔡九心想看来这楼上并没有人，便想带着蔡十八下楼，把黑鲨玩的这套把戏丢在这里。可是胡麻子却来了劲，非得要把那本破书翻到最后一页。蔡九说你想死别连累我们，我们还着急晚上要离开这里。

胡麻子却说："九哥你等等，你等等。我觉得这书没这么简单，这是一本好书，一本好书啊！你让我再翻一页，就一页。"

胡麻子死活不肯下楼，他对那本破书突然产生了一种无赖般的痴迷，就想一页一页地翻到最后看一看。

蔡九看到胡麻子这副样子，吓他说："你翻吧，翻得越快没准死得就越快……"

胡麻子这时候却好像根本没有听见，他脸上迅速地露出一丝坏笑，然后"哗"的一声，又把书翻了一页。

胡麻子从来就不喜欢翻书，他现在却认真地端详起自己手上的这本书来，只见翻开的那一页上写着："半边脑袋的女人又进了屋子。"

蔡九扑哧一声笑了出来，对胡麻子说："你看看人家威风道人，好歹翻开书后看到的都是些道法，你再看你心里这都是些什么乱七八糟的东西，出了屋子又进屋子，你无聊不无聊，赶紧跟我下楼！"

胡麻子没有答他，蔡九抱起蔡十八就准备下楼。转身再看胡麻子，只见他一脸的异样和兴奋，正痴迷地盯着那本破书，好像发现了什么自己日思夜想的宝贝一般。

蔡十八也看到了，他问父亲："爹爹，麻子叔叔在干什么？"

蔡九赶紧对胡麻子说："麻子别翻了！咱们得走了，再不走天就要黑了！"

胡麻子这时候已经开始完全不理会蔡九，只顾自己接着翻着书。他迅速地翻过了几页后，中间停顿了片刻一副若有所思的样子，然后又接着往下翻，但他马上发现书已经到了尽头，在接下来的那些书页上已经不再有字了。他一页一页地翻到最后，却发现那本书的后半部分全都是一片空白。

胡麻子看起来很不甘心，就连额头上都渗出了大大的汗珠。他又重新把那本书从头到尾翻看了一遍，然后他放下书，一脸疑惑地又拿起那本书，脸上的表情像是在说："怎么就到头了？"

蔡九正抱着蔡十八，他还不知道胡麻子刚才翻了那些页后又看到了什么。凑近一看，只见现在那本破书正摊开在桌子上，摊开的那一页上写着："半边脑袋的女人上了楼。"

就在蔡九看到这一句的同时，木楼梯"嘎吱"一声响，楼下好像真有人正走了上来……

蔡九心里和身上都惊得一颤，难道破书上看到的都是真事？现在正有一个半边脑袋的女人正在上楼？

"嘎吱"声传来后，很久都没再听到有什么动静，房子里鸦雀无声。胡麻子听到那声"嘎吱"声后却好像莫名地兴奋起来，他整个人一下透出一股顽皮和期待，眼

睁瞪得大大的往下看着楼梯，眼神就好像小时候他趁人不注意往人群里丢了一挂点燃的鞭炮，然后害怕又期待地等着它炸响……

蔡九看到胡麻子如此反常，马上走到他面前，"啪"的一下狠狠地给了他一个耳光。意外的是，就在这一记重重的耳光正响在胡麻子脸上的时候，楼梯同时传来了第二声"嘎吱"响。

蔡九感觉楼下正上楼的那位听见了耳光声，因为本来一声正常"嘎吱"声的后半部分很明显收敛了，这听起来是突然收住了正在上楼的脚步。

被打后的胡麻子好像正常了一些，他脸上那副愚痴的表情也收敛了许多。

胡麻子看着蔡九，蔡九也看着胡麻子。两人惊恐地感觉已经过了很久后，楼梯上才传来第三声"嘎吱"声……

这时候蔡九从小混迹江湖的狠劲被逼了出来，他护住蔡十八，拔出随身带的一把砍刀，要是来了什么鬼怪，蔡九也是没准备服软的。在这逼仄的楼梯上下空间里，蔡九已被吓得逼出了杀心。胡麻子见他这样，连忙也"哐"的一声拔出自己随身带的菜刀。

天马上要黑，漆黑的屋子里又响过几声"嘎吱"后，一个模糊的影子出现在了楼梯转角的墙上。

蔡九还没来得及看清楚，一团黑影出现在下面，然后是一声厚重得沉闷的声音："你们，你们谁去野士岭？"那声音还有些着急，见没有人理，又接着问："有去野士岭的没？"

蔡九见这影子会说人话，心想肯定不是鬼怪，便应了一声："我去！"

那团影子一听，马上跪下。他说自己也想去野士岭，希望能够通融通融带他一起走，让他做牛做马都行，接着还连磕了几个头。

隔着一段距离，蔡九根本看不清楚这人是谁，便问你从何来？

影子说自己家住风水镇，道上也有说是风树镇。他说自己已经好久好久没有回过家，本来想回家看一看，但是一位老人拦住了他。那老人说他家已经没有人了，家里的人都死了。

蔡九问是在哪里看到那位老人的。

第九章　守边脑袋的女人

影子说，他本想离开此地，却发现镇子被水围住了，而水面尽头是一团大火，根本就没法离开。他看到水面上有一艘小船，于是就坐了上去，到了水中间，才看到船头坐着一位老人。

蔡九问那船是什么样子。

影子说是船却又不像，只是一张木板，上面刻着些奇怪的文字。

蔡九说："你上前一步让我们看看。"

影子听到便从楼梯转角处继续往上爬，蔡九看到黑暗中走出一张巨大丑陋的脸，那张脸上鼓出一双眼睛，好像眼珠马上就要掉了出来。

看到了是张人脸，蔡九便说："好了，别往上走了！"蔡九担心他走得太近，自己看了那张脸会忍不住一刀削掉他的脑袋。

胡麻子看到丑脸好像有些失望，很明显刚才他期待的不是这个人。

上前看到了蔡九和胡麻子是谁，丑脸人还说自己见过他们。他说他记得自己还在家乡的时候，有一天看到他俩围着一个老头，他说也认识那老头，不过那老头看到了他却吓死了。

蔡九马上想起当天在风水镇救下的那个正在上吊的老头。他问丑脸："你可姓钱？"

丑脸说正是姓钱。

蔡九疑惑地说："你是钱胖子？"

丑脸有点害羞地答道："是的，他们都喊我钱胖子。"

钱胖子说他那天本来是想跟他俩打招呼的，但是主人说先不要，于是他跟着主人藏到了水沟里。

蔡九问："水沟里？那风水镇的水沟只有你腿那么粗，如何藏得进去？"

钱胖子说主人说可以进去便是可以进去，他说他跟主人藏在水沟里，直到他们走了以后才出来。

蔡九问钱胖子："你主人是谁？"

钱胖子说自己也从来没有见过主人，但是主人一直在陪着他，在他耳朵里面跟他说话，陪他聊天，还告诉他怎么样在水里生存下来。本来主人就是他的一切，可是后来却不见了。

蔡九问钱胖子从风水镇出来后去了哪里。

钱胖子说："我跟主人便到了铜官，主人说拿了那块玉就可以去野士岭，就可以去野士岭，就可以去野士岭。"

蔡九说你主人说了三次可以去野士岭？

钱胖子说是的，他说主人每天都这样说几次。他想念自己的主人，又想念自己的家，在那艘木板船上，那个老头也说要他去野士岭，要他去野士岭，要他去野士岭。

他本来不相信老头的话，但是听到老头跟自己的主人一样一句话重复了三次，而且都提到了野士岭，便信了他。

那老头说让他回到铜官，去镇上大街的第二间铺子里面等带他去野士岭的人，说要他把里面那个不带刀子的人当成自己的新主人。

钱胖子说他上了岸后好不容易才找到镇上的大街，所以他来得晚了一点。那老头说一定要在天黑前到达这间铺子的楼上，结果他来的时候已经天黑了。

蔡九听到钱胖子这样一说便确认他就是鬼二让他们来接的人，便收了刀，招呼胡麻子准备走。

钱胖子看到蔡九准备走，便问是要去野士岭吗？蔡九说咱们得先下楼，钱胖子"哦"的一声答应，然后转过身准备下楼。

钱胖子把肥胖的身躯在楼梯上转了个身，准备往下走。就在这时，蔡九一下看到他转过来的背上竟然趴着另外一个人！这是一个头发很长很长的矮小女人，她正趴在钱胖子的背上，头发垂下来像是一件大衣般的把身上裹得严严实实。

那女人缓缓地转过头来，蔡九看到在乌黑浓密的长发下，这个女人只有半张脸。不对，是只有半边的脑袋。这半边脑袋上的脸一片惨白色，脸上有一只滴着血水的眼睛正幽怨地看着他们。

蔡九看到这个半边脑袋的女人，连忙喊："钱胖子，你背后有人！"

钱胖子听到蔡九这样一喊，连忙往自己身后看，可却什么都没看到，于是他又转过身来，一张丑脸对着蔡九。

蔡九说："你看着我作甚？你背后趴着一个人！"

钱胖子听了马上又转身去看，背朝向了蔡九。这时蔡九看到，钱胖子背上根本就没有人，刚才那个半边脑袋的女人不见了。

不，不，不可能看错，蔡九连忙把蔡十八护在身后，转身问胡麻子，"麻子，你看到没？"

再一看胡麻子，已经全身僵硬地站在旁边，他刚才那副愚痴的表情显得更加蠢笨。只见他面无表情地看着蔡九，右边的眼珠往旁边稍微动了一下。蔡九看到了一截小小的手指，手指上长长的黑指甲正若有若无地悄悄搭在胡麻子右边的肩膀上。

原来是刚才那半边脑袋的女人不知道啥时候趴到了胡麻子的身后，那就是一瞬间的事情，蔡九根本没有看到有任何东西从自己的眼前划过，可是现在胡麻子身后就是正趴着那个东西。

刀，刀在哪里？刀在手里。儿子呢，儿子还在身边。看到胡麻子一动不动地像个雕像，蔡九想先下手为强，妈的先砍它一刀壮壮胆，想到他便狠狠一刀往胡麻子身后砍去……

蔡家的刀法没什么花哨的招式，刀刀都是下重手砍杀。哪知道他手都还没抬起来，就听到一阵风起，自己头上被轰的一下重击。蔡九这一下被打得不轻，马上就瘫倒在了地上。

刚才那一阵风掀过来，屋子里那盏本来就十分阴暗的烛火忽的一下，灭了。

胡麻子这时不知道什么时候自己爬到了屋子里面那张大仙人床上，看不清楚他在床上干什么，只听见传来了他的呻吟声。

听着胡麻子的呻吟，也不知道过了多久，蔡九听到有人叫他。他连忙伸手去摸刀，刀不在了，再一摸儿子，儿子也不在身边。这下蔡九着急了，想坐起来，却发现身上一丝力气都没有。

只见胡麻子正在对面跟他说话，他没有听清楚胡麻子说的是什么，就看到胡麻子被关在他对面的一个土洞里。胡麻子指了指他旁边墙壁上的一条发光虫子，然后抓起虫子放到了嘴里，吧唧吧唧咀嚼起来。

看到了胡麻子，蔡九才发现自己也被关到一个土洞里：这是在哪儿？胡麻子在干什么？为什么自己被关了起来？儿子呢？钱胖子呢？半边脑袋的女人在哪里？ 赶

快起来，赶快起来去找蔡十八。蔡九心里想了很多，可就是爬不起来。

对面胡麻子满墙在找那种发光的虫子，不一会儿他就吃光了他那边洞壁上所有的虫子，蔡九对面于是一片漆黑，正是靠着这些虫子蔡九才能看清楚周围。

隔着一个过道，对面漆黑里胡麻子脸贴着栅栏眨着眼睛告诉蔡九："九哥，你试试，味道不算太差的。"

蔡九想跟胡麻子说话，问他这是到了哪里，可是感觉到一种从来都没有过的饥饿，根本就张不开嘴巴。如果再不吃东西，他估计自己就要饿死了。

又听到胡麻子接着说："我说九哥，当年咱们在田里也没少抓老鼠啊。那可是吃一鼠当三鸡呀，老鼠肉配点小辣椒爆炒再放点大蒜酱油那叫一个香！你看这地洞里面的老鼠怎么都这么厉害啊，反过来把咱们给逮了，要说成精也不是那么容易，没有几百年的造化和修行谈何容易啊！"

蔡九肚子饿，心想既然胡麻子能吃，自己也就能吃。他刚想去吃那些虫子，突然间听到自己说话了。他听到自己说："老鼠都成精了，那是说明这地底下有不一般的东西，日常里走动的精气可能被汇聚到了此处，这些老鼠在地洞里离得近，日子一长变得了造化了。"

蔡九听到这番对话，再一看四周，原来这是又进到了老鼠洞里了啊！

当年蔡九在鼠洞里拉着胡麻子想跑，只觉得脚上一阵剧痛，一根银白色的细线钻进了脚踝里，低头一看原来是一根白老鼠的胡子。对面，白老鼠捋着自己的胡子，尖脸上一脸的得意。

想到这蔡九连忙低头一看，只见这时自己脚踝的肉里还真有一截胡子，蔡九刚想碰碰这根胡子，胡子那头突然被狠狠地扯了一下。蔡九顿时全身一麻，饥肠辘辘的他腿上居然一发力站了起来。

一看，长胡子白老鼠正站在洞门口。它扯着胡子的另一头，只要它一扯，蔡九两条腿便自己动起来。

这就像是白老鼠正控制着一个扯线木偶，胡子就是那根控制木偶的扯线，而蔡九就是木偶。

随后"哐当"一声，两扇铁栅栏门被打开，白老鼠扯着蔡九跟胡麻子出了地牢。

胡麻子嘴里不停地骂："赶紧把爷爷我放了！免得爷爷动了气，一把火烧了你这鼠窝！"

白老鼠尖嘴一抖，咯咯地笑了起来，它狠狠一口就咬在了胡麻子手上。胡麻子全身一缩，马上就不出声了。白老鼠钻进胡麻子的袖子里，然后穿过袖子藏到了他肚皮上。

这时候咕噜噜滚过来一个肉球，肉球滚到蔡九面前，原地又滚了几滚才停住。蔡九低头一看，原来是红胖狐狸。

第十章　蔡一遁水

红胖狐狸声音尖尖地笑了起来，听得蔡九头皮直发麻，它边笑边缩得只有巴掌大小，然后跳到蔡九的肩头从领子里面钻了进去也藏到了肚皮上，嘴里还紧紧地拽着蔡九腿上那根胡子的另一头。

这下可好，两人真成了这两个家伙的木偶，被扯着一路就出了洞口。蔡九很清楚地知道自己是走到了哪里，看到了什么，特别是他还可以开口说话，但是说的话却并不是自己想说的。

蔡九的耳朵听到的是红胖狐狸想说的话，他的身体和喉咙虽然都被红胖狐狸控制着，但思维却是自己的。胡麻子虽然像僵尸般地挪动，但眼神并不呆滞。

不知道神志清醒但身体和喉咙却被控制是什么感觉，两个人出了地洞接着在一个山洞里前行。那两只家伙也颇为聪明，好像知道两人行走的姿势不顺，便一边走一边调整。不一会儿，两个人走路的姿势就跟平常人一样了。

沿着山洞往上走了会，前面隐隐出现一个洞口，洞口外是一片郁郁葱葱的竹林。蔡九他们从竹林里一棵大树的树洞里走了出来，穿越竹林后便到了一个集市，眼前的这个集市商品琳琅满目，正人来人往，喧闹纷杂。

从地底下终于走了出来，但却不知道是身在何处。重新回到人类世界，蔡九心里感觉开心又很难受。经过一个烧烤摊，熟悉的烤肉香味传来，蔡九心里一阵激动，

再一看旁边的胡麻子，嘴角口水都快淌了下来，但肚皮上那两位却没准备在烤肉摊这里停留，而是直接往前走。

蔡九不知道这两个东西牵着他跟胡麻子来这里是何用意，看起来好像红胖狐狸是在找什么东西，莫非它们是想买什么东西吗？正想到这儿，只见自己已经到了一间铺子前面。

蔡九眼前的这间铺子，是一间布匹绸缎庄。正琢磨来这儿到底是要干什么，他喉咙里面发出了声音，声音还是蔡九的声音，可是说的话却不是蔡九想说的："老板，这大红花的花布多少钱一尺哇？"

那一声"哇"的尾音夸张而且突兀，蔡九听到自己的声音吓了一大跳，这种感觉类似做梦，明明是自己在经历，却感觉像是在看着别人。

铺子里面出来个中年妇女，没好气地回应："二十文一尺。"

蔡九又说了："来两丈。"

中年妇女马上面露喜色，拿出剪刀，嘎嘎地剪出两丈。

蔡九再往边上一指："这小红花的花布多少钱一尺哇？"

中年妇女又说："也是二十文钱。这位小哥，是给媳妇买布做新衣裳吧？大姐我今天心情好，看小哥长得俊俏，给小哥看看我们铺子里面新进的上好杭州丝绸。"

说罢，她从柜台下面抽出一卷花花绿绿的丝绸。扯出来一截，果然是上好的丝绸。蔡九觉得肚皮上一阵骚动，喉头一滚又问："这要多少钱一尺哇？"

中年妇女脸上堆起一脸热情的笑容："给小哥你一百文就卖。"

蔡九又说："也来两丈。"

这下中年妇女可乐坏了，估计是想遇到了什么大财主了，一次就买这么多。平时那些田间地头的村妇都是来几尺几尺地买，哪里有一次就来个几丈的大客户。她哈哈地就笑了起来，"哈哈哈，小哥喜欢就好，我这就给小哥包上。"

蔡九伸手在衣服里一掏，从肚皮上摸出几块碎银子，"哐"的一声就扣在了桌子上。

买了大红花布小红花布和杭州上好的丝绸布各两丈，蔡九扛在肩上继续跟着红胖狐狸逛市场。七拐八拐又走到一家脂粉店，胡麻子跟在后面接过布匹，蔡九一个

人进了脂粉店，进了店他就喊："老板娘，要樱桃红的胭脂！"

柜台里老板娘连忙站了起来，拿出几盒樱桃红的胭脂："小哥，你看，这里都是最好的胭脂了。"

蔡九翻开几盒胭脂看了看，选了个最红的，挑了一小指甲盖就涂到了自己的嘴巴上，吧唧吧唧抿了几下，嘴唇就变红了，把那老板娘看得目瞪口呆的。

蔡九一边拿起旁边的镜子照了照一边还自言自语地说，"唉，这樱桃红太淡，而且还没磨好，夹着沙子，我想这望城街上也找不到什么好胭脂了。"

听到这儿，蔡九心想，原来是到了风水镇旁的望城了，难怪有这般热闹的集市。

这一趟赶集下来，基本上就是在陪着红胖狐狸逛街，先是布匹、脂粉，然后是各种细软，统统都是碎银给付，看来这红胖狐狸身上还没少藏着银子。

眼看天就快要黑了，胡麻子跟蔡九扛着一堆红胖狐狸买来的东西往回走，穿过竹林找到那棵大树，钻回洞里。本来以为肚皮上这两位是逛累了要回，没想到把东西一放，它们转身又返回了市集。

树洞那头地底下呼啦啦跑来一群的老鼠，叼起放下的东西一拥而去。

两只家伙放完了东西，又扯着蔡九和胡麻子这两根大条到了望城街上，这时候晚上的夜市正张灯结彩，热闹了起来。

老麻和老白逛了一整天的街，想是都饿着肚子，但这二位自然对那些人多的热闹场合不感兴趣。它们拐弯抹角来到一个偏僻的胡同，胡同尽头有一个作坊，作坊门口蒸汽腾腾，门上挂着的一个灯笼招牌上写着几个大字——大米面馆。

"大米面馆"门前有一口热气腾腾的人锅，锅里高高地摞着好多屉包子笼，大锅下面火烧得正旺，蒸汽把整个胡同都遮得云山雾罩的。

胡麻子一口气吹过去，蒸汽散开，包子笼后面现出一个身形巨大的厨子。

大个厨子看见蔡九跟胡麻子，马上脸一沉眼一眨，嘴上热情地招呼："二位客官，怎么才来啊？酒菜都已备好，您请上楼！"然后迎着蔡九跟胡麻子就上了作坊的二楼。

看到他们上了楼，刚才还热闹的二楼瞬间就变得鸦雀无声，那些刚才还在猜拳喝酒、拍桌打椅的食客们安静下来，默默地注视着上楼来的两人。

蔡九见这些人都非日常所见，可以说是五颜六色、光怪陆离，那完全不像是常人气质，更没有市井习气，神仙不像神仙，凡人不像凡人，古人不像古人，今人不是今人，一个个神情木讷又目光坚定。

窗户边还留着一张空位，二人刚刚坐定，旁边一个穿着件黄色袍子还挂着条玉佩的书生马上就站了起来。他一抱拳，对着蔡九就说："当家的，都到齐了！"

这时蔡九喉头一滚出了声："呵呵呵，我说你这宁大耳，你总以为是我想守着阴阳塘，让你守，你行吗？"

对面一位灰袍壮汉马上一声冷笑："啊哈哈，你一个外族也太低估其他洞主的威风了，若不是我等尊龙哥为老大，早就拿下你黑水塘，当自己的洗澡盆子了！"

房间里面突然传来一声轰天巨响："放肆！"只见胡麻子闪电一般窜到了宁大耳眼前，一个大耳刮子就扇了下去。这一下只打得宁大耳两眼星星直冒，晕晕的完全搞不清楚方向，一下趴到了地上。

蔡九这时喉头一响说道："我老麻只想让大家知道，我只是替大王暂领了阴阳塘，它独身出去生死未卜，尔等鼠辈应该知道三十六洞是为一体，如今汋水河要淹我阴阳塘，大战已至！"

这一番话惹得座席之间一阵骚动，好像颇得人心。地上的宁大耳也红着脸站起来回了自己的座位。

蔡九突然狠狠地一拍大腿说："好了，不说了，先吃饭！"

蔡九感觉肚子上一阵轻松，红胖狐狸从脖子里面爬了出来。这时候，二楼的食客们脖子里面都爬出来一只老鼠，几十只老鼠跳到桌子上开始吃了起来。

不一会儿，红胖狐狸吃饱了又爬回蔡九肚子上。蔡九看到自己的两只手拿起桌上的东西往嘴里面塞，早就饿了，他连忙风卷残云般把这些送到嘴里的剩饭剩菜吞了进去。

老鼠们吃完钻了回去，胡麻子还去抱宁大耳。宁大耳说老白下手太重，把它这个大条都快打趴下了，说完它很不情愿的样子，也抱了抱胡麻子。宁大耳还问起这两个新的大条，它说那个模样俊俏的小伙子看起来老麻很是喜欢嘛。

老白也拍着宁大耳说："你这大条也用了这么些年了，就没准备换一换？"

　　宁大耳说："用习惯了，再说也没你们那么糟践东西。"

　　这时候，红胖狐狸，也就是蔡九站上了桌子。蔡九一作揖，对着下面的几十只大条开始发话："兄弟们！今天是我老麻站在这里求各位，要知道当年我混迹紧谷洞的时候，各位都是我的亲兄弟姐妹，我老麻能有今天都是靠了你们！"

　　说到这里，底下乌压压还在埋头吃着剩菜的大条们停了下来，几十号人抬起头都看着站在桌上的蔡九。

　　蔡九举起一杯桌上还没喝完的烧酒，对着众人说道："弟兄们，今天大家喝了这一碗酒，出去跟她沩水河决一死战！"说完了一饮而尽，再把碗摔了个粉碎。

　　众大条也都是碗一举，一口喝光了酒，然后噼里啪啦地摔到了地上。

　　再一看大米面馆的前门已经被大个厨子紧闭，打烊的招牌也竖了起来。众人下了楼，从大个厨子手里的箩筐里抽出一把兵器，主要是砍刀，个头大的还领了大锤，然后一行人杀气腾腾地就出了后门，来到街上。

　　一顿饭的工夫，刚才街上热闹的夜市好像突然间就收了摊。饭前还闹哄哄的街道变得冷清得一个人也没有，各家各铺门窗紧锁，刚才那番灯红酒绿的景象完全不见了踪影。

　　老麻牵着蔡九领着众大条，操着家伙往黑漆漆的街道另一头走去。走了不久，一阵冷风从黑暗的街角吹来，只见前面街的尽头，出现一个人影。

　　蔡九在街头停下低声说："沩水河到了。"

　　一阵冷风中，那人影瞬间就站到了他前面。

　　众人鸦雀无声，几十双眼睛死死都盯住路中间的这个人影。蔡九一看，这人黑发披肩垂在地上，脸色惨白，身形只有一个孩子般大小。再一细看，这人蔡九认识，这不就是楼梯上钱胖子背后背着的那个女人吗？

　　这女人正是那个钱胖子背后的女人，但是她的脑袋都在，不是只有半边。

　　每一条河都是有自己独特味道的，这沩水河的味道蔡九是再也熟悉不过了，它就在离铜官不远处入了湘江。沩水河的味道是那种山野之间的植物夹杂着稻米香气，然后又把这股味道揉进一团由死鱼死虾甚至死人腐败而成的淤泥里，再经过湘土之地太阳暴晒后，呈现出来的这么一股子味道。这股味道不是伴随着它长大，不是天

天闻着，是绝对不会很快就能把它从其他很多种味道里区分出来的。

大米面馆附近的望城街角，蔡九认出眼前这个女人就是传言中说起的沩水河小女人，听说在这女人身上藏着一整条沩水河。

三太爷蔡九提到的沩水河小女人，确实就是沩水河两岸自古就有的一个虚构人物。我最早听到沩水河小女人，是我外婆吓我时说有沩河水鬼，好让我不偷偷地自己一个人去沩水河里游水，而她描述的那个小时候曾经吓住我不敢在午后跳进河里玩耍的沩河水鬼，就跟我三太爷蔡九在他的故事里描述的一模一样。

三太爷的故事说，那天晚上在望城街上，其他所有的大条们都扑了过去，他们围着那个小女人一顿乱砍，他则在一旁静静地看着。

那些人砍了好一会儿后散开，蔡九看见人群里根本就没有人，那女人已经不知道了去向。这时候蔡九感觉自己的手突然在动，他的右手猛地抡起刀子往前一砍，而他从来就没有这么快过。

那一刀电光火石般地抡到了空中，才看到那个小女人出现在了刀的轨迹上。那女人肩膀上被刀划开的地方"噗"的一声喷出来一股激流，一股水喷在蔡九的脸上出奇的冰冷，空气中马上就弥漫着沩水河的那股味道。

那股水随着喷到蔡九脸上，一团黑影就到了。蔡九被一股巨大的力量掀起，人在空中迅速地画了半个圈，脑袋狠狠地砸在了望城的街面上。

蔡九从一阵晕厥中清醒过来，黑暗中在铜官镇上第二间铺子的楼上受了那一下，把他脑袋里面那些不知道被藏在哪个角落的残破记忆打了一点出来。

看来蔡九不是第一次被沩水河打了。

蔡九摸了摸自己的头，还感觉到十分疼痛。他惊醒后，脑袋里还捎带脚蹦出来一个故事，那是一个老鼠傀儡的故事。说一只老鼠控制了当朝皇帝，还睡了皇宫里面所有的妃子，后来它被一个宫里的老太监觉察了出来，最后事情变得十分离谱。蔡九当年听着这个故事，才知道了人事，而这个故事也算是胡麻子那方面的启蒙了。

蔡九没有心思去回忆那个故事，他睁开眼睛看到：手边，刀不见了。儿子，儿子也不见了。

蔡九看到儿子不在，马上就坐了起来，心想这下可是遇到了强敌。沩水河那女

人在哪里，她在哪里？

蔡九发现胡麻子正看着自己。胡麻子低头看着蔡九，一张麻子脸靠得很近，一股口气喷过来，只听见胡麻子充满关切地问："九哥，你终于醒了啊。"

蔡九摸着头问："十八呢？"

再一看胡麻子，这时候一低头像是很伤心地在哭，他边哭边说："九哥，咱们铜官没了，铜官没了啊！"

蔡九没管他这一句，他只是张口就问："十八在哪儿？我儿蔡十八在哪儿？"

胡麻子停下哭泣说："蔡十八他上了钱胖子的背。"

"上了钱胖子的背？"

蔡九一问才知，黑暗中钱胖子准备下楼去野士岭，低头就看见了蔡十八。他看到蔡十八没有带刀，想是记起了鬼二让他来这楼上拜一个没有带刀的人做新主人，便想拜蔡十八。

钱胖子往蔡十八面前一跪，然后就拜了他做自己的新主人。胡麻子说蔡十八倒是一点都没意外，而且还很熟练地伸出右手碰了碰钱胖子的头顶，像是答应了他。

钱胖子见蔡十八摸了自己的头顶后，连忙转身过来微微俯下。蔡十八一步向前，趴到钱胖子背上，然后说："带我去找妈妈。"

钱胖子背起他说："好的，我带主人走上一圈玩玩。"然后背着蔡十八就下了楼。

蔡九问："他们去了哪里，为啥你不跟着去？"说着来气，他又骂道："你这个呆子！你刚才那副鸟样作甚？你看到十八被人背走还不去追！"蔡九想站起来去找蔡十八，头却晕得厉害，两只脚还像绑着巨石一般沉重。

胡麻子挨了骂却不解释，他只说："黑鲨不是附身在钱胖子身上。"

蔡九说："放屁！明明就是在钱胖子身上，要不他怎么背上背着个奇怪的女人，还口口声声地说自己的主人，说主人说了这说了那，那个黑鲨从来就没离开过钱胖子。"

胡麻子说不是，他转眼看了下周围，他说那"黑煞"真正附身的人是蔡九的养父。

听到胡麻子这样一说，蔡九心里好像也突然想起了什么。

胡麻子说蔡九晕倒后，钱胖子背着蔡十八下了楼，说带主人走走。过了不久后，胡麻子又听到木楼梯"嘎吱"的响了，而这次上来的却不是钱胖子。

蔡九问："那上来的是谁？"

胡麻子说上来的正是蔡九的养父蔡老头。

蔡九问："父亲他来此作甚？"

胡麻子推开蔡九狠抓着自己的手说道："你抓我作甚？你父亲确实是被附体了。"胡麻子推开蔡九后，狠狠地指了指地上的一团东西。

蔡九低头只见地上有一团黑黑的东西，仔细一看，是一只大萤火虫。这只萤火虫的触须和翅膀都在，这不就是那天晚上显身为鬼二的那只虫子吗？这虫子怎么死了？

胡麻子说："是的，死了，你父亲把他吃掉了。"

蔡九说："这怎么可能？"

胡麻子说就是他吃了，当时钱胖子带着蔡十八刚刚下楼，蔡九的养父便到了。好不容易他挪动着上了二楼，发现了胡麻子和地上的蔡九。蔡老头看起来很是虚弱，他环视了一圈周围，然后蹲在地上"噗"的一声吐出来这么一个东西，这东西便是那只鬼二萤火虫。他吐了这个东西后就开始号哭："咱们铜官没了，铜官没了啊！"

蔡九问他人在哪里？

胡麻子说蔡老头已经走了，他去追钱胖子了。当时蔡老头看着蔡九昏迷在地，他跪下抱着儿子说爹爹无能，被黑鲨怪借了臭皮囊，如今得鬼二拼死相助，又重获了自由。他还老泪纵横地抱起蔡九说了一段往事，蔡老头说："儿啊，爹告诉你一件事情。"

蔡老头这时瞥了眼胡麻子，那意思就是让他记下自己都说了些什么。

胡麻子说蔡老头抱着蔡九说，他当年在江上捡到蔡九时，蔡九并不是在什么小船上。蔡九是漂在水面上从上游缓缓而来，而在蔡九周围是圈圈的涟漪，那是一些不知名的水中生物，他打渔一生但从未见过。

老头说他跟蔡九养母结合之时，就已经知道自己不能生育，但村里鬼二让他不要着急，说自会有后代为他送终，说他有造福之命。蔡老头于是收养了两个在湘江

里面捡到的孩子，而蔡九是他从湘江里捡起来的第三个孩子。

蔡老头说他把蔡九从水里抱出来时，看到蔡九的脸颊下，是长有两块鳃的。不过后来他把蔡九抱回来吃了几天米饭后，那鱼鳃便自行愈合了。老头一直保守着这个秘密，他怕自己的孩子被人说成是妖怪。

老头还说他刚把蔡九抱回来时，每天晚上都会在床头看到一个人，那人非常矮小。他接受过鬼二的一把辟邪剑一直悬在自家房顶，他知道有这剑在，来访之人肯定不是污秽之物，没准还是哪路子的神仙。他说自己记得那来访东西的长相，后来蔡九被从江中捡上来百日后，那每晚造访的矮人便再没有出现过。蔡老头心想得把这人形象记下来等蔡九长大后告诉他，于是便把那人的长相和身形画了下来。

胡麻子说到这儿，指了指地上的一幅画。他说这便是蔡老头留下的那幅画像。

蔡九从地上捡起来那幅画。他打开一看，那上面简单地画着一个人。看到那人，蔡九吓了一大跳。这个人就是在自己经常会做的那个梦里（那个会遗传的噩梦里），在船被旋涡吞没的同时，躲在船舱里面观望的那个人。蔡九看到这个人，心里马上充满了巨大的惊喜和亲切，他觉得这人就是自己的生父，但这也许只是一种错觉或者直觉，无从查证……

蔡九马上问胡麻子："我爹去了哪里？"

胡麻子说，蔡老头说了这些后，就从窗户跳了出去，说是去找孙子了。

蔡九连忙到了窗户边，但他从窗边看到的不是铜官镇上的大街，而是湘江。这间镇上大街的第二间铺子不知何时起漂在了湘江上。

胡麻子说刚才蔡九晕倒的时候，湘江之主的使者已经来过，使者说湘江之主愿意帮助他们。

蔡九连忙问，湘江之主的使者何时来的？胡麻子答他：刚才那沩水河小女人便是。

蔡九诧异到，她难道就是湘江之主的使者？这说来好像也比较贴切，沩水河本来就是湘江的一条支流。他问胡麻子："你和我爹爹为何要哭铜官没了？"

胡麻子说这间铺子漂在水上离开铜官时，他看到镇子周围被水围困，而水中有一尾巨大的鱼鳍，这尾鱼鳍像一把巨大的锯子，它所到之处水便分开成了两半。那

黑鲨鱼鳍围着整个铜官转了一周，把铜官剪成了一个棺材盖般的形状，然后铜官在水面浮现了片刻后便开始下沉，消失在了水中。

　　整个铜官都被淹没在了江水里，这就是蔡老头和胡麻子哭泣的原因。蔡九心里突然想起来一件事，这便是铜官镇古时不叫铜官，而是叫作"铜棺"。

　　没错，是棺材的棺。古时说铜棺形状就是一口棺材，而现在黑鲨鱼鳍一剪，好像把棺盖打开了一般，不知道这水下的"铜棺"里面，到底会埋着什么人，这么大一口棺材，真是超越了蔡九这等凡人的想象了……

　　不好！大事不好！昏昏沉沉的蔡九突然想起秦小翠还没有出来，她没有能在铜官陷落之前逃走，想来怕是会凶多吉少。

　　胡麻子说："蔡十八应该是驾着钱胖子去找他母亲了，只是现在不知道情况如何？"他说蔡老头从窗口一跃而下，落水之前喊了句："乖孙子，爷爷蔡一来救你了！"

　　然后胡麻子说蔡九的养父蔡老头可能就是蔡一。

　　蔡一？听到这个名字，蔡九有些不解，难道养父就是湘江上的传奇渔夫蔡一？不可能，这绝不可能，因为蔡一早就死了，那个能钓起龙种的蔡一早就死在了长江里，他不可能是自己的养父，绝对不可能。

　　胡麻子说可能是真的。他说看蔡老头当时那眼神，根本就不像是普通渔夫，那眼里是一种畅游江湖的豪情，这是自己这辈子一直崇敬的一位传奇人物，没想到他就藏在自己身边。以前都说这位传奇的渔夫会遁水，看他从窗口一跃而下，然后水面上再未曾见过他的人影，蔡一正是遁水而去。

　　蔡九说："不可能，人是不可能遁水的。"

　　胡麻子说："蔡一可以，他是唯一可以遁水的人。"

　　蔡九说："不可能，我不可能是蔡一的养子。"

　　胡麻子说："你就是，为什么你叫蔡九，你儿子叫蔡十八？这些就是理由，你就是蔡一家的人。"

　　蔡九说："蔡一的家不在铜官，他应该在长江上，只有长江上才可以钓到龙种。"

　　胡麻子说："传说蔡一钓起了龙种后，便隐居到了湘楚之地。他从此消失在了江

湖，据说是为了躲避追杀。"

蔡九说："从来就没有听养父说起长江，他说自己从来就没有去过长江。"

胡麻子说："那是为了掩人耳目，你刚才也听到自己的身世了。"说完胡麻子一指蔡九手里的那幅画。

蔡九说："很奇怪，这画里的人就是我跟你说过的，那个在白毛子大雾里藏在咱们船舱里的人。"

胡麻子说："这人我见过，不，不是，是这人的样子我见过，我以前见过他。"

蔡九问："是吗？你何时在哪里见过？"

胡麻子说："我在庙里见过，这人人称西海龙王。"

第十一章　初领风水门

西海龙王？蔡九说肯定不是，就算这人是站在船舱里的那个侏儒，但一个侏儒怎么可能会是龙王，就算是龙王，也不该是西海的，只听说万里之外的那一片是东海。

胡麻子说他以前在一个龙王庙里面见过这样一尊西海龙王的雕像，奇怪的是那庙里其他的三个龙王都是英武高大，只有这个西海龙王是如此猥琐和矮小。

胡麻子还说其实根本就没有什么西海，据说中原大地往西是没有大海的，往西一直走下去，会遇到一座无法翻越的大山，这座山便是世界的尽头了。

蔡九说不对，他说自己听过一个名词，这名词是西洋，这说明西边是有海的。

胡麻子说西洋这个词自己也是听过的，以前去长沙时总听到人说什么西洋，还有什么西洋玩意，只是已经有很多年没去长沙耍了。他掰着指头数了数，加上那五年，上次去长沙已经是八年前了。

那一天，蔡九跟胡麻子行漂在水上，闻到的都是沩水河的味道。

养父蔡一和画里那个人像给了蔡九双重的刺激，要知道在湘江边至今还有一座蔡一庙，是船夫们为了祈求平安而建起的。当年蔡一这个名字在湘江水系的那些渔夫看来，就如同关二爷在绿林好汉中的地位，每个渔民在出远门之前，都会祭拜蔡一，蔡一是他们的精神寄托，也是他们的榜样。

野士岭之白毛子大雾

　　三太爷的故事虽然有些光怪陆离，但我看下来，都是些道听途说的码头故事，有些故事流传已久，但更多的故事都失传了。那个年代的人，都喜欢故事，因为故事就是消遣也是期望，那些没有实现过的正义和梦想，在故事里都实现了，那些悲痛也在故事里流传了下来。听到老故事，我觉得最好还是保持一份好奇和尊重，因为可能一些看似虚构的故事后面，就藏着某些真实的历史碎片。

　　三太爷的故事里说起了蔡一。他说蔡一并非什么神人。两百年前，当地三江五水凋零，四季皆无雨，而这一切据说都跟灰汤有关。灰汤是湘楚之地最为险恶的地方，这地方臭名昭著，据说在外族问鼎之初，命令楚人剃头，而楚人视头发为父母所受，习俗是蓄发，当然不愿意剃。如此，便有了对立。

　　前朝湘楚之地的藩王旧部于是借机率众攻入沩河边的宁水城，守城不出与朝廷对抗。外族集结大军来攻打宁水，守城的楚军三千余人拼死抵抗，顶住二万敌军一个多月，剩下的最后几十个军士点燃火油跟攻入瓮城的一千多外族军队同归于尽。

　　大火烧尽，敌军占了宁水，三万多不愿意剃头躲在宁水的百姓沦为俘虏。要知道杀人埋尸也是一件挺费时间和精力的事情。这时一个无耻小人献了一条恶计，说离宁水不远有一处树木葱茏、奇峰拱秀的山麓，山麓下一条河由西南流向东北（此既沩水河）。在河水西岸边的山坳中，独有那么一处三亩大小的地洞。这处地洞不同于别处，人称灰汤锅子。灰汤锅子深不见底，里面全是地热的泉水，一年四季如一锅煮沸的汤，严冬腊月，更是云腾雾绕，十里之内一片朦胧。

　　这小人建议外族首领，可以将这三万多人赶到这灰汤锅子里，一来不用动手杀人，尸体也好处理，不留痕迹。二来如此震慑叛党，想必湘楚之地此后便可天下归心，效忠朝廷。

　　那围攻宁水的将军居然同意了这小人的建议。于是，三万多躲在宁水的百姓被从城中赶出，一路排着队捆着手，被串在了一根绳上牵到了灰汤边。外族在池塘边把几个首领都剃了头，头发就扔到了灰汤里面，赶了三天三夜才把三万人都赶到灰汤的沸水里。

　　那个惨状真是无法形容，沸腾的地热之水中翻滚着无数的人身，活人滚到这里面，先是惨叫着想爬出来，然后翻滚几下便被活活烫死，死后身上的皮肤烫得从身

上分离，融化在汤水里。因为人数众多，整个灰汤深不见底的沸泉被熬成了一锅人汤，人汤里面翻滚着还没有被煮化的尸身，一片深红。

当三万多人全部被赶进灰汤锅子里后，灰汤好像被堵上了一般，热气升腾但不再翻滚。外族离开前还将灰汤旁边的山麓炸开，把灰汤埋在了碎石之下。但石块并没能封住这灰汤锅子。

灰汤滚水吞了那几万条人命后，只是沉默了数月。一天夜里灰汤重新开始变得活跃，冲开了压在上面的山石喷薄而出，而且变得比之前的灰汤还要鼎沸，但人们这时发现那灰汤水已经从灰色变成了黑色。

此后每到晚上，灰汤里黑水翻滚，还隐隐约约从里面传来阵阵人的惨叫，惨叫声整夜不断，直到天亮。这惨叫据说传到了省府的宅邸，每夜惊得那外族的藩王无法入睡。藩王知道这是杀人过多得罪了鬼神，便在灰汤边一刀斩了那个献出此计策的小人。

但这仍然没能平息灰汤里的怨恨。几年过去，这灰汤里面的惨叫声越来越响，池塘底部的黑水翻滚折腾，黑气四散，周围山林田地皆受影响，植物凋敝。

有一天，一支外族水军途径灰汤边的沩水，此时河中冒出黑色的油花，水中飞出带火的虫子，水军的船队瞬间被点燃，十几条船在河里烧了一天一夜后全部葬身河底。这事当时震惊朝野，因为这十几只官船里装的是剿灭前朝后俘获的金银财宝。

前朝凭借这些财宝足以买下整个湘楚之地。船队正准备通过水路将这一大批财宝运到京城，没想到在这沩水方寸之地覆灭（后来才知道这笔财富是龙脉财富，当年蔡九几人去湘江里捞夜明珠，而这之前的十年，真有人往皇宫里送了一颗夜明珠，这颗夜明珠正是龙脉财富的龙眼之一，据说龙脉财富拼在一起就是一条龙）。

朝廷派人在沩水河里打捞，结果一无所获，后来便将河水改道，把沉船的那一段河道空出来，想在淤泥里面继续打捞挖掘，结果水干了后，河道里面全是人的头发，毫无前朝财宝一点踪影。此事成了一桩朝廷一直在追查的悬案，因此事涉及朝廷脸面，所以知道的人不多。

船队大火之后，整个湘楚之地便爆发了一场前所未有的大旱，四季无雨，江河见底，山头田地寸草不生。大旱中灰汤锅子里的黑水燃烧了起来，引燃草木造成山

火，火烧数日，生灵涂炭。正是百姓生死存亡之际，来了一位高人。

这位高人便是隐居在林山寺已有三十年的主持蔡一师傅，林山寺当时只是灰汤锅子附近深山里一座鲜为人知的寺庙，蔡一本想在寺里后山的古洞里闭关修行直到圆寂，谁知刚到了第三年他便匆匆出了关，直奔山下灰汤。弟子问起，蔡一只说换个地方修行。

蔡一赶到灰汤，便打坐在灰汤边的山石上为三万多枉死的冤魂念经超度，这一坐便是三天。三天后，蔡一起身，纵身跳进燃烧中的灰汤锅子。蔡一跳进灰汤后，山麓震动，地壳移动，灰汤向内挤压塌陷，陷进深深的地缝中，尘埃落定，再不见黑水灰烟升腾。又过了一百年，原来灰汤的黑水重新变回了灰色。

在蔡一跳下灰汤的地方，弟子们找到了他留下的一串佛珠，这串佛珠便是日后林山寺历代主持就任时从前任手上接过的那串主持佛珠。蔡一托梦弟子，说人间十世千劫，但此一劫与他有关，他可解这灰汤锅子一百九十九年的劫难，但他不能完全解开。他投身在灰汤之中，与亡灵共守灰汤一百九十九年，等后人中有大愿大势大智大慧大悲者再来解此千千一劫。

当年包括朝廷在内的众多寻宝势力，都想找到被灰汤锅子吞没的那传说中可以敌国的宝藏，可几十年的寻找终究不得，年代久远之后此事便慢慢成了一个传说。又过了很多年，只有绿林侠盗之间还偶尔提起灰汤，但都是觊觎那笔消失的宝藏，而蔡一已逐渐被人淡忘。

蔡一跳入灰汤，算来正好快一百九十九年之时，又是大旱，四季无雨，民间传言龙脉已逝，人世间再也不会有龙。这传言越演越烈，而世上无龙那便不应该再有天子，这就惊动了朝廷，外族的皇帝受惊后，便又是一场杀戮。

因传言从湘楚之地传起，朝廷便命令湘楚之地的渔夫三十日之内要钓起龙种，以此来证明龙真正存在，否则就斩湘楚之地五百位渔夫的首级。

但那龙种就算真的存在也只会在海中，淡水中混迹的渔民怎么可能钓上龙种，这分明是皇帝起了杀心。已经过去了二十九天，各路派出去的渔夫都没有收获，去东海的渔夫没有收获，洞庭湖的渔夫没有收获，湘江的渔夫、沩水河的渔夫更是没有收获。

而就在第三十天，长江上的一位渔夫有了收获，那位渔夫在长江里钓起了一颗龙种，那据说是最后一颗龙种。那天晚上皇帝在龙床上入梦，他梦到一位龙王，驼着背弓着腰，指着他骂，说他一个外族占了中原和湘楚后大开杀戒，如今龙种已绝，居然还敢要渔夫去钓，现在就连那最后的龙种也已经上钩，若是它有什么闪失，这皇帝怕是再也做不得了。

那皇帝半夜惊醒，说要宣召那位钓起龙种的渔夫。太监回皇帝说湘楚还未有人来报龙种已经显世，而第二天一早果然有飞马来报，说出现了一道龙形祥云，已有渔夫钓起龙种，祥云盘踞在空中直到入夜方才消失。

皇帝说要设宴款待那位钓起龙种的渔夫，而太监回复说那位渔夫已经遁水而去。皇帝问可有人知道那位渔夫姓甚名谁？太监支吾着答道，据说那位渔夫自称是蔡一，就是两百年前那位跳进了灰汤锅子的蔡一。

皇帝被吓了一跳，蔡一不是两百年前已经跳入灰汤而去吗？怎么又成了渔夫了，难道他没死？这时皇帝面前一杯热茶飘出一团热气，那热气被阳光一照，一看居然化作了一只仙鹤。皇帝心想终于见到了仙鹤，连忙伸手去摸，他手伸到了空中发现那仙鹤蒸汽又化成了一个"一"字。

皇帝看到一字，后背一阵发凉。他像是明白了什么，连忙找来太监传令，说要建一所庙宇祭拜蔡一。蔡一救了渔夫后，再加上皇帝都要建他的庙宇，渔夫们便开始崇拜蔡一。

就连蔡九自己也是祭拜过蔡一的，要说养父就是蔡一却是他觉得匪夷所思的，因为铜官镇里有很多人都姓蔡，而蔡一已经是几百年前的一个故人，他不应该是现世的人。

那个以前叫作铜官的小镇沉没后，水面浮出无数具尸体。伸出头去看，江水里却还有活物，在尸体翻滚的水中，有一大群小小的身影。那是一大群老鼠，它们翻滚在江水之中，正挣扎着求生。

那一群老鼠很快就呼啦啦爬上了蔡九跟胡麻子行飘在水中的小屋，从楼下"轰"的一声涌上了二楼，它们终于在水中找到了一个栖身之地。

那天蔡一遁水去追钱胖子，蔡九跟胡麻子两人行飘在大水之中，本来以为是水

足浪多，其实是那间窑子被沩河水托举着，逃离了陷落的铜官。

一群老鼠上了楼后，全都停下来抬头看着蔡九。这时黑压压中间爬上来一团白色，那是一只与众不同的白色老鼠，黑老鼠们"哗"的马上让开一条路，白老鼠很快就到了蔡九面前。

蔡九看到那只白色老鼠，马上认出这就是当年在地洞里面那只叫作老白的白胡子老鼠。那白老鼠这时从地上站了起来，它用后肢支撑着身体，前肢冲着蔡九抱了下拳，蔡九看到一只小小的老鼠跟自己抱拳，下意识地回了一抱拳。

白老鼠看到蔡九抱拳后，嗖的一下就窜进了胡麻子的裤管。它刚刚钻进去，胡麻子便全身一歪瘫坐到了地上，然后马上又站了起来对着蔡九一抱拳，听到胡麻子说："大哥，风水门鼠类剩下的全部在此，愿听大哥调遣！"

蔡九感觉自己头一晕，人往后微微一晃，好不容易才站稳。他问胡麻子："你真的是老白？"

胡麻子说："是啊，大哥，我正是老白。"

突然间蔡九发现自己有太多问题想问，他在脑袋里面的无数个问题里随便抓住一个，这个问题他一直想找个人问，于是脱口就问："我那五年到底去干了什么？"

原来，老白说只知道那天晚上自己从黑水塘边救了蔡九二人后，便带回洞里。之前它和老麻的"大条"被打死，所以一直没法出洞，控制了两人后，它们才有机会牵着蔡九和胡麻子去望城。

而没多久后，便在望城街面上跟沩水河小女人斗殴，结果蔡九和胡麻子又被打得好惨。慌乱之中它看到两人血淋淋地躺在地上，想是这下新的大条可能又要死了，于是便匆匆从胡麻子身上跑了出来，逃回洞里。

老白说也就知道蔡九进洞后到被沩水河小女人打晕在地上的那几天干了些什么，要问它五年里干了什么，就真不清楚了。

蔡九说不可能，如果我们只是在鼠洞里面待了一天，怎么会有鼠相？听人说是跟你们风水门的鼠类在一起待久了才会有鼠相。如果就是待了几天，怎么可能会长成老鼠相貌。说完蔡九瞥了眼屋子八仙桌上的那一面小小的镜子，镜子里面的蔡九确实尖嘴猴腮，还长着两根长胡子。以前在铜官的时候蔡九照镜子从没发现自己这

副模样，现在离开了铜官才看得清清楚楚。

老白说鼠类乃万物之首，确实有这么回事，看长相蔡九二人确实像风水门鼠类，但风水门的鼠族是不可能跟蔡九他们在一起的，因为那天它从受伤的胡麻子身上逃出来后，是再也没有在洞里见过蔡九。要说蔡九为什么像风水门的鼠类，那就只有一种可能。

蔡九便问到底是一种什么可能？

老白说，这说明的确有风水门的鼠类一直在蔡九身边，而且这只老鼠不是一般的老鼠，因为风水门只有一只老鼠在洞外游荡，它就是风水门失踪的鼠王：龙哥。

老白接着说，鼠王龙哥独身出走，说是去寻找水源。它在走之前，把风水门交到了一只自己熟识多年的好友红胖狐狸手上，它让红胖狐狸暂领风水门三十六洞，虽然红胖狐狸只是一只外族的狐狸，但它却比任何的鼠类都精干和聪明。不过龙哥一走便再也没有回来，如果蔡九变得像风水门鼠类是因为和风水门的鼠类相处的话，那么可能就是因为外面唯一的那只风水门鼠类，也就是鼠王龙哥，一直就在蔡九身边。时间一久，蔡九沾染了龙哥的气息，慢慢变成了风水门鼠类的样子。

蔡九顿时想到自己家阁楼上的那枚金簪。那金簪三进三出，每次卖掉都解了蔡九的燃眉之急，而它每次失而复得看来都并不是什么法术，那很有可能就是有东西一直跟金簪偷偷生活在阁楼上。想起来装金簪的盒子中那几根不知道什么动物的毛，蔡九虽然没有证据，但脑袋里面马上浮现出这样一幅画面：一只硕大无比的老鼠从外面当铺的柜子里偷出那枚金簪，然后叼着它从地洞一路小跑偷偷回到蔡九的屋子，再上了阁楼把金簪放回盒子里。可是为什么这位鼠王龙哥要住在自己的阁楼里，它为什么要把卖出去的金簪子又偷回来呢？

蔡九问老白："为什么一只鼠王要出去寻找什么水源？当年沩水河不是水淹你们三十六洞，你们在望城街面上还跟它打过一架吗？难道你们嫌水少，鼠洞里面缺水？"

老白说："当年沩水河水淹三十六洞，其实是想逼我们交出一样东西，可惜那宝贝当时已经不在我们手里。风水门当时也在寻找那块宝石，可是沩水河它就是不相信，限我们三日内交出宝贝，否则就水淹三十六洞。"后来便有了那场在望城街角的

械斗，那一天夜里，剩下的老鼠都爬回了洞里，可唯独红胖狐狸没有回来，此后老白便暂领了风水门管理鼠类。

不过前不久，老白突然收到了鼠王龙哥的消息，说它在铜官和荒野黑鲨决斗，让老白速派所有鼠类前来增援。其实所有鼠类加起来也不过数百，鼠类一直是数量最多的种类，但如今也只有如此的规模而已。

谁知道到了铜官才知道，铜官镇子上有人五百三十一口，这正是风水门所剩鼠族的数量。鼠王龙哥说这些人都已经被荒野黑鲨所害，还成了黑鲨的工具，死而不僵。黑鲨把自己的精魂附在一个老人身上，然后把其他的魂魄分散在这五百三十一口死人身上，鼠王龙哥让每只老鼠分别找一个死人去控制，把黑鲨的魂魄从这些死人身上赶出来，它自己则去对付黑鲨精魂所在的那个活人。

三太爷蔡九所描绘的这种魂魄依附或者控制死人，其实都是古时湘江边码头上算命瞎子用来唬人的把戏。不过我倒觉得这非常像是一个比喻，好比那些邪恶的观点被众人接受，就像是一个邪恶的灵魂被分散到了各处，接受这些邪恶观点的群众，也许只是完全被洗脑了，正如被比喻成他们已经死了一般。

三太爷在故事里说道，五百三十一只老鼠于是便找了各自的"大条"，有的老鼠资历尚浅，第一次控制人身，还是死人。如此，黑鲨便在五百三十一个死人身上同风水门争夺，鼠类控制的是人身的行动，这正是鼠类所擅长的，而黑鲨控制着这些人的心，如果说死人还有心的话。

开始的时候鼠类完全占据了上风，因为它们可以控制住人的身体。本来就对控制人类好奇的年轻老鼠们嬉笑喧闹，十分地开心，那些去过长沙的老鼠还把自己打扮成在长沙见过的那些自己喜欢和崇拜的人，它们学着人说话和唱戏，学着人打麻将，学着人摆弄各种玩意。更有那些玩过界的，有了一具可以自己随意支配的人身，虽然不过只是死而不僵而已，可那些年轻兴奋的小老鼠们便有了新的游戏。它们玩起了人最喜欢的窑子和赌场还有烟馆的把戏。一群老鼠体会到了人类的乐趣后，个个都想变成真的人。

可是，看似完美的一天到了晚上，总会给鼠类一个恐怖的真相，那就是到了夜深，这些死人便不再受控。他们会走出自己的屋子，来到街上，一路走到湘江边，

吸收江面飘来的雾气，这些人带着各种伤痕走在江边街上，而此刻是鼠类最为脆弱的时候。

慢慢的，三太爷说鼠类感觉到死人体内的黑鲨正变得越来越强，而人身不再像之前那般听话。如此的变化便是这些人的举止开始慢慢地变得僵硬起来，开始那个有如真实世界的铜官也正在慢慢地变得僵硬起来。

鼠类刚开始发现自己控制的人身正变得逆反，最开始是感觉到做出一个动作后，人的身体开始莫名其妙地变热，慢慢地做出相同的动作变得越来越困难。

直到那一天，鼠类已经再也控制不了人身，黑鲨已经快要完全主导那些躯壳。在黑鲨完全主导人身的那一刻到来时，一股巨浪涌进铜官，五百三十一具人身还有他们身上的老鼠以及铜官其他所有的一切，都顷刻被淹没了水中。五百三十一只老鼠也纷纷从死人身上爬了出来，发现自己正在湘江河道里的汆河水中漂流。

老白它们从陷落的铜官中逃出，漂到这水里唯一还浮起的屋子里，见到了蔡九。

蔡九问老白："龙哥还在，你为何又要拜我做大哥？"

老白说："龙哥不在了，龙哥说它以后不会再来了，而且那串风水门的念珠现在已经戴在了你手上，所以你以后就是风水门的大哥了。"

第十二章　鼠文

风水门的念珠？顺着老白的眼神蔡九低头一看，发现自己右手腕上不知何时戴了一串念珠。那珠子像被煮过一般漆色已经完全褪去，每一颗上都有一个"一"字的印记。

蔡九问老白："龙哥去了哪里？"

老白说刚才在水里见过龙哥，龙哥只说让它们上前面那座漂在水中的屋子，新老大在屋子里，并戴着"蔡一念珠"。

"蔡一念珠"？蔡九心想这珠子莫非是蔡一遁水而去之前，套在自己手上的？他问老白为何鼠类要认自己做大哥。

老白只说："历代鼠辈都遵从这个规矩，这串珠子戴在谁手上，谁便是大哥。"

蔡九把那串小小的珠子从自己右手上取了下来，想放在空中好好端详。谁知道老白和一众老鼠看了又纷纷跪倒在地，还说不敢直视这串念珠，让大哥收回袖子里。

蔡九说："这珠子以前是戴在龙哥手上吗？"

老白说："不是，珠子只有在掌门交接之时才会出现。"

蔡九把珠子戴回手上，不一会儿就发现念珠不见了，而手腕上多了一圈印记。那印记就是一串念珠形状，每一颗里都有一个"一"字。蔡九感觉一股子精力从这圈念珠印记传了过来，全身都起来一阵鸡皮疙瘩。他问老白："只听说'蔡一念珠'

戴在谁手上，谁便是林山寺的住持，怎么又成了风水门的大哥了？"

老白说："一直都是如此，不过林山寺已经早就不在了。现如今只有沩水河身上还有一点清水，其他的江湖山脉都已经干涸荒芜，世间万物可能只剩下了风水门还在苟延残喘。"

蔡九问："怎么可能？我当年去洞庭湖时，那湖大得行船半月都看不到边际，湖里造化万千，深不可测，水够多吧？还有水淹风水镇，听说是长江在沙市卷起两股泉涌，喷出清水无数，倒灌回了洞庭湘江。这么多的水，怎么能说江湖已经干涸？"

老白说："湘江之主都成了个驼背瞎子，沩水河现在就是一个半边脑袋的侏儒，据说洞庭湖只剩下一个池塘那么大，你怎么能说水多？现在就连我们鼠类都已经快要死绝，末日就要到来，都是因为没了水源啊。"

说到水源，蔡九突然对雨的记忆一片模糊，他发现无论怎么回忆，就是想不起来下雨是个什么样子，好像从出生到现在他完全不记得任何一场雨，就连对雨这个字也完全陌生了，而雨应该就是水源了。难道，真的已经很久没有下雨了吗？

这时候窗外灌进来一股风，风带着一股硫黄味。屋子里的八仙桌下，那本已经被蔡九忽略的破书又哗啦啦地被风吹起，自顾自地在那里翻页。

蔡九一阵恍惚，这莫非还是在黑鲨的那个局中，那陷落的铜官，据说是遁水而去的养父蔡一，全是假的，全是骗人的。但眼前这一大群黑压压的老鼠总该是真的了吧，眼前这个站得笔直，嘴里却说着老鼠话的胡麻子总假不了吧，还有自己手上这串念珠印记……

铜官陷落后，沩水河托举着整个铜官的碎片在湘楚之地往北奔袭，远远望去就像是原野上一条巨大的碧绿水蛇，而蛇头的位置正是浮在水上的这间铺子。

这时，胡麻子裤管里蹿出一道白光。老白从胡麻子身上钻出来，"嗖"的一声便到了那本破书边。它先是惊喜异常地用鼻子尖凑近闻了闻，然后开始围着那本书不停地转圈，边转边闻，像是发现了什么宝贝。

蔡九不解地问："老白，你在作甚啊？"

老白哪里理他，转了好一阵后，它才终于停了下来，然后用胡须拱开封面，像是认真地翻起书来。

老白看了一会儿后，胡麻子回过神了，嘴里骂道："妈的，这个死老鼠为何随便就上我的身，我胡麻子大侠是这么随便让人骑着玩的吗？赶紧把老子腿上的胡子扯下来，不然我一脚踩死你们这群鼠辈！"

老白像完全没听见胡麻子在叫，只顾着自己摆弄眼前的破书。胡麻子这下是怒了，他大脚向前一步就做出准备要踩的意思。地板上那群老鼠见胡麻子出脚，"哗"的一声退好远，胡麻子对着老白大喊道："快点把老子身上的胡子弄出来！"

说着胡麻子就准备抬开那张八仙桌，好腾出地方踩老鼠。蔡九刚想劝住他，桌子底下的老白从书里回过神来，它抬起头来发出一丝尖细的声音。蔡九听到它问："你，你们，是不是有，有个兄弟叫作老贾？"

在铜官镇上大街第二间铺子的楼上，时隔多年后蔡九在紧要关头又听到老白嘴里吐出自己生死相交的兄弟名字，顿时眼泪都快要流出来了。他一把拉开同样惊愕的胡麻子，蹲在地上问老白："你如何知道的老贾？"

老白抬头和蔡九对视说："大哥，我是看了书里写了才知道的。"

胡麻子一把抢过书，他把书翻到头也没有看到其他什么字，只有"半边脑袋的女人上了楼"的那些字句胡乱写在书页上，像是有人在搞恶作剧一般。没找到其他字，胡麻子便说，"这书里没写啊？"

见到胡麻子翻起那本破书，老白"吱吱"地嘲笑了起来，它说那本书上有鼠族的文字，胡麻子不可能看得懂。

胡麻子十分不屑地说，没听说过臭老鼠还会识字。

蔡九听到书里写了老贾，连忙把书从胡麻子手里拿过来开始仔细端详。他发现书页上虽无过多的文字，但却不是什么都没有。这本书的书页比一般的都厚而且凹凸不平，上面还有些不规律的记号。这些记号非常杂乱，犹如打底一般铺陈在书页上，让人感觉是纸张本身的一部分，贴近来看，有点像是碎花打底的布匹。而这书的材质摸起来也不像纸张，但肯定也不是布，这种质地肯定不会是今时所有。

不是老白提醒，蔡九不会细致地去观察这本书。只是老白说的鼠文，蔡九却并没有发现，于是蔡九问老白鼠文标在哪里。

老白爬到书上，用前爪点了点书页，只见那个地方有一处细小的记号。那与其

说是个记号，还不如说啥都不是，但老白说那就是它们老鼠的文字。

蔡九顾不得那么多，只想知道这些所谓的鼠文里到底都写了些什么。谁知道老白却好像一个识字不多的人，虽然认得只言片语，但仿佛不得要领一般地吱呜起来，它说："大哥，这鼠文失传太久，也就是老白年长一些，所以还记得一点。这些鼠文里应该好像是提到了，提到了您，还有您的兄弟老贾，前面说的是您来了，上了楼，然后您的兄弟老贾也上了楼。"

蔡九听到老白说上楼，连忙警惕起来。要知道刚才胡麻子看书看到最后，也是说有东西上了楼，然后就真上来一个怪物，还拐走了自己的儿子。现在自己和胡麻子都挨了打，连下楼的力气都没有，现在又听到老白说起上楼两个字，便怀疑起老白是不是也受到了什么蛊惑。

蔡九问老白："为何你看到这本书如此激动呢？"

老白说好久没见过鼠文了，而且这本书非常不同，是一本很古老的书，老白同时也非常喜欢古物，所以就激动起来。

蔡九边端详那本书边问："这真是本古书吗？"

老白听了后马上使劲点头，说："大哥你有所不知，我老白平日里总在各种地洞里面转悠，这帮鼠辈也是各种坟头大墓没少去，这东西有多少年头我是一闻便知的。这本书是少有的老东西，闻起来至少有两千多年了，三千年也是有可能的。"

蔡九想知道鼠文还写了什么，老白却说自己就认识这些字了，其他也没看懂。

胡麻子听到这里骂道："我看那书上就是几句骗人的鬼话，如何来了鼠文？想你当年把我们当畜生一样使唤，现在又来拜什么大哥，还弄出老贾的名号想来蒙骗，这到底是安的什么心？这本破书上哪里来的什么鼠文了，全是你胡说八道！"

蔡九开始仔细地琢磨起书页上老白说的那些记号来，这种记号像是非常随意的胡乱线条，本身毫无什么规律可循，不注意的话只会感觉空无一物，但其实这种记号排列在书页上，可以看出它们是一行一行的。这种胡乱的小线条记号，在书页上隔一段距离就出现一个，确实像是在传递着某种信息。

老白说："这种线条记号对于鼠族而言并非是乱涂乱画，而是代表着一种鼠洞的地形，看似杂乱的线条其实是一种地下鼠族布洞的地图。每一个鼠文都对应着一种

具体情况下的鼠洞布局，如江河湖海、山谷田园、市镇村落，各种不同的地形下只要按照鼠文所示的祖先布局来布洞，就不会犯下大错。鼠族就是依靠这些地图布局，避开了一次又一次的劫难。行走于地下，关键其实就是两样事情：一是藏风，二是防水。藏风是说地洞里面必须有足够的空气流通，不管多隐秘的洞穴，都必须有风；防水就是提防淹水。如此，一般的鼠洞不管大小都会有三十六个洞，而这三十六个洞就是为了解决这藏风和防水两件事，就连风水门取名风水，也是为了强调这个意思。"

胡麻子说："原来如此，我还以为你们取名风水门是还兼做些什么测字看风水和算命的骗子营生呢！"

老白倒没生气，说老鼠测字还真不是没有，自己回头再跟麻兄仔细说道。

它继续说，鼠类祖先又把那些鼠洞的地图记号组合成了鼠文，这些不同的记号组合在一起表达了万千各种不同的意思。这样只要记住了鼠洞地图的各种布局符号，同时熟悉了各种排列组合的意思就一并掌握了鼠族的文字。不过现在没有几只老鼠能看懂鼠文了，它年长还记得一些，但也就只有几个地形和布局而已，再多也不知道了。胡麻子可听不懂这些，只是呵斥它重新扯回刚才的话题："你先赶紧把我脚上的胡子扯出来！"

老白看来是想化解一下同胡麻子的过节，连忙尖声说麻子兄勿怪，当初它们鼠辈无非就是利用祖上传下的一点造化想找个脚力而已，自己能同麻子兄合二为一不能不说是缘分一场，它漂泊一生遇到过无数的"有缘"之人，但细细回味下来，虽然跟麻兄相处时间并不长，但不得不说句良心公道话，麻兄确实是难得和十分稀有的"大条"。

老白说他跟胡麻子合二为一后，有一种特别满意和飘飘然的感觉。它甚至真感觉自己成了一个人，而自从上次望城街角跟沩水河有些误会后，老白提到沩水河的时候还恭敬地一抱拳，想是现在正骑在沩水河身上，有意淡化那段恩怨。

上次望城街角老白被沩水河震出胡麻子身上后，十分舍不得胡麻子，但那天沩水河跟红胖狐狸斗了几百个回合后打红了眼，三十六洞的老鼠们被打得满地找牙。眼看要吃大亏，红胖狐狸便招呼大家先走，老白连忙照应大家赶紧开溜逃命，慌乱

之中不得已只好离开了昏迷中的胡麻子。

而此后的数年，老白再没找到过合适的大条。那几年又是相当辛苦，之前在坟头里刨到些古玩文物，老白便驾着大条来到村镇和州府里换些银两。这几年营生变得特别地艰难，而地上的世道也发生了惊天的变化，那些平常里交易的市场和买家不仅消失不见，就连村镇和州府都貌似凋敝了。世道变化，老鼠们忙于生计，每天都累得很，老白就盼着能有个胡麻子这样舒服的大条好享享福。

刚才一上二楼，老白一下就发现了胡麻子，它想都没想就一下上了胡麻子的身。胡麻子脚上它曾经下的那截胡子还在，老白说自己可以取出这截胡子，但它已经跟胡麻子的经脉长到一起，如果冒险取出，恐怕对胡麻子有所不利，轻则折损经脉影响胡麻子今后行走，重则有瘫痪的风险。不过它答应胡麻子，当着大哥的面发誓，以后绝对不再把胡麻子当成自己的大条。

胡麻子听说会对自己今后的行走不利，也不敢再不依不饶。

原野之间沩水河川流奔腾，这间木屋子正稳稳地浮在潮头。可蔡九这时却发现举目远眺，不出两里外便看到了这股流水的尾部。本来想是漂在一条河道上的，怎么只剩下一股流水了？一整条湘江都去哪里了？

老白上前说："大哥，水源真的已经枯竭，水族陨落了。"

蔡九突然想起来一件事，说："等等，不对啊老白，我想起来最近一次下雨是什么时候了。之前我儿十八有次病重，我当掉了一件信物，换了些银两方才找了郎中渡过难关。十八那天稍好后就天降大雨，我看屋顶有些漏水，还上楼修理。"

终于想起一次下雨，蔡九顿时感觉神清气爽，耳目头脑都为之一振。他这种失去过五年记忆的人，突然间想起来这样一件具体的小事，就好像一个病入膏肓的人看到自己有了复原的可能。虽然说遇了不少蹊跷之事可能都是命运的安排和考验，但作为一介凡夫，蔡九只想弄清楚之前到底发生了什么，还有自己的未来在哪里。

是的，没错。上次大雨蔡九上了阁楼后发现，那枚被当作信物的金簪被当掉后又失而复得，而那箱子里还有几根金色的动物碎毛。若不是老白提起还有唯一的一只风水门鼠类在外游荡，蔡九哪里会知道，躲在自己家里的可能就是那只被唤作龙哥的鼠王。他问老白："那龙哥的毛发可是金色？"

老白答道："大哥，没错。龙哥就是一只金色的大老鼠，风水门鼠类唯有它是一身金毛的。"

蔡九说："那就肯定没错了，我回到铜官之后，龙哥应该就一直藏在我家，也许它躲在了我养父的衣服里。它还把我当出去的一件重要信物几次从外面又弄了回来，但是我不明白，你刚才说龙哥出走风水门是为了什么？"

老白说："龙哥出走风水门，说是为了去寻找水源。"

蔡九问："你说龙哥外出是为了寻找水源，那它为何要趴在我的阁楼上呢？我那间破屋子哪里有什么水源，它趴在我阁楼上把我搞成一副老鼠模样不说，也没见到有哪里来的水源啊？"

胡麻子像是一下聪明了，插话道："咦？不对啊九哥，我身边没有鼠王龙哥，为何我也成了老鼠模样呢？"

老白一咧嘴居然吱吱地笑了起来，一看胡麻子又一副想要踩它的样子，连忙收住奸笑一本正经地说："麻兄果然犀利，这事我们族类都知道，您艳福不浅，可知自己是那铜官镇上唯一的独身男人？"

胡麻子张口就骂："放屁！老子有妻马大姐，你不要瞎说别人的家事。"

老白不搭理胡麻子，只是冲着那群黑压压的还在二楼角落里各处猫着的老鼠们一喊："土六十六妞何在？"不知道老白是否在找什么同类，见还没有应答，便又来了一句："土六十六妞何在？"

这时黑压压的老鼠群里，滋溜蹿出来一只个头中等的黑色老鼠。这只老鼠溜到屋子中间，一点儿灵性都没有的样子。

老白用自己的前爪指了指眼前的这只老鼠，还一拱嘴上的胡子示意："喏，就是它，它就是你的马大姐。"

胡麻子看到眼前这只又黑又挫的讨厌老鼠，被另外一只丑八怪白色老鼠叫成自己的夫人，那火气一下又上来了。

蔡九一把拉住他说："麻子你别再踩脚了，我们现在正漂在水里，这屋子经不起你折腾。"

胡麻子想都到了这份田地了，也没啥好再跟老鼠们较劲的。现在这个境况，鼠

辈们和自己还真是在同一条船上，他跟蔡九一样也有万千的问题想请教老白，而且要不是老白当年把他们从黑水塘里面救了出来，没准还熬不到现在这番光景呢。

　　见胡麻子不再发飙，老白便招呼土六十六妞回去。土六十六妞动了动自己的胡须，很识趣地一转圈就准备下去。谁知胡麻子脚丫子往前一弹，正踩在土六十六妞的尾巴上，然后他一弯腰就把那只叫土六十六妞的母老鼠抓到了自己的手里。这间铺子二楼马上传出他一通炸雷般的号哭："我的个天嘞！我可怜的堂客（老婆）嘞！"

第十三章　走了那尾黑鲨

土六十六妞完全没想到胡麻子还有这一手，它在胡麻子手里挣扎扭动着想要挣脱出来。胡麻子大手一紧，土六十六妞便一脸惊恐地在他手里再也动弹不得。

蔡九知道，这个土六十六妞就是在铜官驾驭胡麻子夫人马大姐的那只老鼠，这只老鼠在黑鲨怪咬了马大姐后，把她当成了自己的大条。

胡麻子是把土六十六妞当成了自己夫人马大姐的纪念品，土六十六妞经过一番抗拒和挣扎后，不知道是不是没了力气还是已经投降，它开始在胡麻子手里变得乖巧起来。胡麻子松开了手，那老鼠居然顺着手臂就爬上去站到了胡麻子的肩头。

此后，这只老鼠就一直待在胡麻子身上，吃饱了就往胡麻子肩头站一站，颇为乖巧。胡麻子也十分呵护这只马大姐留下的"纪念品"，他心想有自己一口饭吃着，就绝对不让土六十六妞饿着，哪怕自己没饭吃，也要把土六十六妞喂得饱饱的。

胡麻子收了土六十六妞后，蔡九接着问老白："鼠王龙哥之前一直在我周围，若是说时间长了我沾染到了风水门的鼠气而有了鼠相，为何我妻儿没有？"

老白说鼠王龙哥的居所也就是蔡九家，没有传唤，一般鼠类是不会靠近的。至于蔡九的妻儿为何没有鼠相，老白就不知道了。

蔡九说："莫非他们娘俩不是一般人？"

老白只说："是人同风水门长期相处一定会或多或少地着一些鼠相。"

胡麻子在旁边好像是听明白了，嘀咕着说："老白是说她们娘俩不是人是吧，绕什么圈子啊？"胡麻子也觉得不是人这句话说出来不太好听，便停住继续听蔡九问。

蔡九心里在想，就算美妻只是个幻象，但只要开心又管她是真是假呢？但自己那个宝贝儿子一脸的乖巧可爱，如果蔡十八不是人，那他到底是什么？

野士岭之主？蔡九心里突然冒出这个词。为啥蔡十八做了那些个梦说一群人围着他开会，还讨论他身上的各种问题，对他毕恭毕敬的。鬼二爷爷失踪了这么些年，却突然化成一只大萤火虫来告诉蔡十八如何逃走，而他们说的话只有蔡十八才能听见。蔡九便想问问老白这野士和野士岭的事情。

老白说："大哥，我听闻这野士岭的事情也是在很久之前了。据传到了野士岭这时辰便不再计算，是人的话就返老还童，是物的话则复原如初。不过那个地方据说飘忽不定，但可以肯定的是野士岭肯定不在凡间。若在凡间，凭风水门鼠辈当年四通八达无所不到的爪牙和触须，肯定能知一二的，但老白活了这么大把年纪，从来都不知道野士岭在哪儿。"

胡麻子一听这话眉头就皱了起来，他说："这野士岭若没在凡间，鬼二又要我们去？要是陆地上没有，莫非在水里或者天上？"

老白见两人在一边琢磨，又低头去看那本古书。它非常想弄明白那些它不认识的鼠文到底是什么意思，为什么鼠文里面会那么随意地写下几句话，却并没有指示些什么更加有价值的内容，又或者是那些有价值的东西它没有认出来。于是，老白开始费尽心思地揣摩那些剩下的鼠文到底是什么意思。

蔡九想起之前胡麻子看了书后发生的事，想阻止它："老白，你别看了，之前胡麻子看了几页后人都傻了。"

胡麻子知道这是本几千年的古书后，就动了心思想要。于是他一把从老白那里把书给抢了过来，想揣到自己的怀里。他拿起书后却有了新的发现。他看出在并行排列的鼠文之间，还有很多其他的记号，这些记号更加匪夷所思的细小和不知所云。

老白说那是其他族类的文字。蔡九一数，发现加上鼠族的文字一共有九种记号，这些不同的记号犬牙交错地写在同一本书上。要说是写也不尽然，蔡九发现这些符号或者文字是同书页本身合二为一的，它们并不像是什么人写了上去，而感觉是从

书里长出来的。

老白见胡麻子翻书，马上就说："此书太过怪异，麻兄你要小心。"

见胡麻子又想翻书，蔡九马上拦住他："你又要翻书，之前你翻了几页变成一副蠢样，肯定是受了什么蛊惑吧？"

胡麻子听到蔡九这样一问，脸一下就红了。毫无疑问，他确实受到了蛊惑。

上楼后，胡麻子把书翻到第三页，只见上面写着："半边脑袋的女人上了街。"然后他听到了一个女人在说话。他仔细地辨认了一会儿，听出来那正是自己爱妾胖球球的声音。他的爱妾正在小声地召唤着他："官人，来啊，快来啊。官人，我在这儿呢。"

胡麻子听到爱妾的召唤后变得意乱情迷，焦急地想见到自己的小妾。不久后，楼梯上还真有人走了上来。胡麻子开始以为是自己的爱妾来找他了，可上来的却是钱胖子。

看到钱胖子的丑脸后，胡麻子便再没听见小妾的呼喊。随后他便抽刀和蔡九一起去砍钱胖子背上那个半边脑袋的女人，结果蔡九被重击一下晕倒，而胡麻子头上也狠狠地挨了一巴掌。

沩水河小女人打了两人后便走得悄无声息，而钱胖子却还在往自己的背后看，他左看右看，想扭头看清楚刚才蔡九说的那个趴在他背上的人。

见父亲倒地，蔡十八连忙去扶，可蔡九趴在地上死沉死沉的，已经晕了过去。看到胡麻子蹲在地上摸着脑袋"哎哟哎哟"地叫，蔡十八便把他扶到一旁的那张雕花大床上休息。这时钱胖子已经扭头看到了一脸稚嫩没有带刀的蔡十八。

胡麻子躺在床上边捂着脑袋不停地喊疼，边看到钱胖子背着蔡十八下了楼。他又晕又痛，正想起来去拦住蔡十八，这时又传来了那个声音，那是自己的爱妾在召唤他："官人，来啊，快来啊。官人，我在这儿呢。"胡麻子这下听出来那声音好像就在这间屋子里。

胡麻子真想回到他在铜官的家啊，他想回到那些夜里，胖球球就坐在床边宽衣解带，脉脉含情，举手间就褪去了自己的外衣和肚兜，露出一对白晃晃的胸脯，而旁边依然躺着他的亲人马大姐。等头上的痛缓过劲来，胡麻子就想起身去找找，到底是不是自己的爱妾就藏在这屋子里，要不怎么老听到她在屋子里说话呢。谁知到了窗户边一看，周围全是水，不知道啥时候开始这屋子已经漂在了水里，而远处有

一尾巨大的鱼鳍在翻滚游弋，那临江的铜官经了这一番的搅动，全沉到了黑水里，只剩一个棺材盖般的黑洞隐现了片刻。

胡麻子心里悲痛啊，他开始大哭马姐姐还没有出来，就连小妾此刻的召唤都充耳不闻了，只顾对着水面号哭了起来。

随后，蔡老头从楼下走了上来，一上楼便蹲下来也开始哭铜官没了。胡麻子看到以前呆傻的老头恢复了正常很是吃惊，然后又动情地陪他哭了一阵。老头哭完后抬头看了眼他，然后示意他记下自己要说的话。想是蔡老头确实到了什么节骨眼上，不等蔡九恢复过来就得交代一番。于是胡麻子便集中精神一字不落地把老头的话给记了下来，生怕漏了一点。

他没想到自己从小一起长大的兄弟，居然有这么离奇的身世。不过，当蔡老头说起蔡九小时候脸上有鱼鳃，胡麻子却十分清楚地有印象，他一直以为那只是他自己的幻觉，没想到居然是真的。

两人都是孩童之时，有一天，蔡九和胡麻子在江水里面玩耍。两人潜游在水里扎猛子，还睁开眼睛想在水里捞鱼。胡麻子在水里一下看到蔡九的下巴上突然打开两个口子，口子很大，里面有一道道好像是金黄色的绒毛，正在蔡九下巴上的两个口子里摆动。

当时胡麻子惊得呛了水，等他一头浮了出来，看到蔡九下巴上的两个口子还有金色绒毛全都不见了。于是胡麻子便觉得是自己眼花了，也许是在水里憋久了有了幻象。此事他没跟蔡九提起，便继续去玩了。直到那天他才知道，那不是自己的幻觉，而是蔡九真的长了一副鳃。

胡麻子集中精神去听蔡老头说话，听完了他的交代，又看到老头跳窗而去，胡麻子来不及去想蔡一到底是不是就是蔡老头，又听到屋子里面小妾在喊："官人，来啊，官人，我在这儿呢。官人，快来啊。"这一次好像要急促了很多。

胡麻子心想，现在自己老婆没了，都沉到江里去了，可再不能没了小妾。于是他便起身跟跄着开始在屋子里面寻找，但他翻遍了所有的角落也没有找到他的女人。然后蔡九就醒了过来，胡麻子看见蔡九醒来马上激动起来，他哭起铜官和所有铜官那些消失了的人和物来，边哭他还边听到屋里小妾的召唤。

眼下，听见蔡九问自己之前是不是受了什么蛊惑，胡麻子不想说剧痛中听到过小妾的召唤，还晕晕地看到她坐在床边宽衣解带。想到蔡九的凌瑶跟自己的胖球球是同一个人，胡麻子便觉得也不便把话讲明，既然自己也愿意把胖球球让给蔡九，就没必要再说这些过去的事情。

如此，胡麻子便大度地开始胡编乱造。他说："九哥，我啥也没，没干。就是沩水河那小女人想男人了，想必是看到我老胡生得如此脱俗偶傥，便动了老胡我的心思。她把我按到了床上，不过发生了什么，我还真不记得了。我老胡岂是什么浅泛之辈，怪就怪那沩水河小女人她太喜欢我了。"

这时候，托举着铺子往前行飘的沩水河好像是觉察到了什么，只听见"哐"的一声，楼下传来一声巨响，好像撞到了水里的石头。整个屋子的方位一下急速改变，旋转中胡麻子一头撞到了墙上，一幅奇怪的画像这时从墙面脱落，砸到了胡麻子的脸上……

蔡九护着老白，老白护着书，胡麻子躺在地上找不着北。本来是行飘在水中的铺子慢了下来，然后像是滑动了很长距离后停了下来。蔡九走到窗边一看，整座房子正伫立在一片空地中，而那股河水已经不知了去向。

蔡九想到儿子蔡十八骑着那个曾经是鱼怪的钱胖子不知所踪，心里十分地着急。他现在已经从沩水河小女人的重击中恢复，便想下楼去找蔡十八。他舒筋展骨往楼下走，一大群老鼠连忙跟在他的身后。

胡麻子也正准备跟着下楼，但就在这时他又听到了那个声音，那个娇嫩发嗲的女人声："官人，来啊，官人，快来啊……我在这儿呢。"

胡麻子心想自己不能走，自己必须要找到那个声音的来源，也许跟着那个声音他就能找到自己的爱妾和幸福生活。此时鼠辈们都已经下了楼，土六十六妞也从胡麻子袖口里窜了出来，想下楼去追老鼠们。胡麻子一低头抓住它塞回自己的袖子里，这一低头，他有了新的发现。

胡麻子一低头，看到了那幅从墙上掉下来的画像。那幅画砸得他头上好生疼痛，而这时胡麻子才看到，那幅画，不是什么旁物，而是一位女子的画像。在一些奇怪的花束里，正有一位身形和五官堪称绝世的美女在翩翩起舞。

这一下，胡麻子听得真真切切的了，是画里的人在说话。胡麻子听到那正是自己爱妾的声音："官人，来啊，官人，我在这儿呢……官人，快来啊！"胡麻子还看到那画里画的女人不是别人，正是每天夜里给胡麻子宽衣解带解他风情的爱妾"胖球球"。画像中，爱妾正翩翩起舞，而随着她长袖摆动的是片片鲜艳展翅的蝴蝶。

现在整个楼上就只剩下胡麻子一个人，他心想难怪到处去摸去看都没见到什么女人，原来自己的爱妾是藏到了这幅画里。胡麻子对这个小妾也可谓是情深义重，以前一直以为镇上大街第二间铺子是卖绸缎的李家，小时候娘在世时还常跟着她去李家的绸缎庄买些新货，但确实从不知道李家还有这般美貌的女子。后来漂泊在外回了铜官，这间李家的绸缎庄却换成了一所窑子，虽然胡麻子还不曾逛过，但他始终觉得自己爱着的小妾不应该流落风尘，而应该是在绸缎庄里过着衣食无忧的小姐生活。

要说这男人自古就只顾着那一炷香工夫的欢愉，便不再多考虑其他，胡麻子和蔡九又何尝不是如此。一个深夜里等着爱妾上门，一个只要是让自己欢喜的美女旧爱都无所谓真假。胡麻子还曾跟蔡九很肯定地说自己哪里只有一炷香时间，至少两炷香……

而此刻胡麻子执意认为那自己一直在寻找的小妾就藏在了这幅画像里，完全不去想怎么一个活人会藏到一幅画里。他只想尽快地看到自己的女人，而自己的女人也正不断地在召唤着他。

楼下了一半，老白提醒，蔡九突然想起那本破书还丢在楼上的桌子下，于是又上楼去找那本古书。一上楼就看到胡麻子正一副痴傻的样子捧着一个画框。蔡九问他："麻子你在干吗，你去舔那画像干吗？"

胡麻子觉察到蔡九上楼后，却并没有看他，他只是非常坚定地把那幅画像举过头顶，然后狠狠地摔到了地上。那幅画像撞到地上后瞬间就成了碎片，然后所有的碎片像是被地板吸收了一般，转眼就不见了踪影。蔡九想去看那画里到底是什么东西，但都已经没有了机会。

胡麻子砸完了画后呆呆地看着蔡九，脸上的表情竟然还有一些得意。也许在胡麻子心里，虽然已经把自己深爱的女人拱手让给了自己的兄弟，但今天能把她从这

幅画像里面放出来的，却是他胡麻子。

蔡九见到胡麻子露出一副从未有过的满意表情，然后蹲在地上靠着墙一脸的惬意和感动。他好像是在回味着什么特别愉快的事情，呵呵地笑了几声，眼角还淌下两行泪水，那神情又是满足又是悲痛。

随后，胡麻子的表情逐渐收敛并变得呆滞起来。蔡九看到胡麻子脑门一下暗淡下来，整个人没精打采地像是被放了气一般地收缩着，那绝对不是一个正常人的样子，他呼地吐出一口长气，然后往后倒去。

蔡九连忙去喊胡麻子，但如何叫喊都不见回应。蔡九心想，这下是完了，看样子胡麻子是要完蛋了。

这时，胡麻子突然睁开双眼，眼睛瞪得大大的，双脚也挺得笔直。蔡九连忙蹲下问："麻子，你这是怎么了？"

胡麻子的表情非常怪异，那样子就像是准备从人间蒸发了一般。他全身都淌着大汗，嘴里蹦出来几个字："大哥，大哥，他要不行了，老白你来吧，我弄不了他。"

只见那只叫作土六十六妞的母老鼠从胡麻子袖子里面爬了出来，旁边的老白吱溜一下就钻进了胡麻子的裤腿。胡麻子肚皮上衣服往外拱出一个小包，然后就听到他说："大哥，我摸了他的经脉，麻兄他怕是要不行了！"

原来，刚才是土六十六妞想去救胡麻子，而现在是老白。

蔡九看到胡麻子摔了画框后，地上居然见不到一点碎片，胡麻子又是一副黄皮寡瘦的死相，真是着急了。他说："不行不行，不能让胡麻子死了！老白你赶紧想想办法，你救救他，我求你救救他！"

蔡九蹲下来开始哭，边哭边扶着胡麻子求老白救他。靠在墙上的胡麻子嘴角歪斜着回答，已经开始口齿不清："大哥，我救不了他啊，风水门要是不被淹，我还藏着些药材能压一压他身上的死气，但现在我真的无能为力啊。他一身全是死气啊！"

蔡九这下开始绝望了，他无法想象在现在这样一个境遇下，如果胡麻子没在身边自己会如何。而胡麻子越来越虚弱，现在要不是老白在牵着他一身的筋骨，怕早就死过去了。

这时，楼下突然传来一声叹息："哎，可惜走了那尾黑鲨啊！"

第十四章　湘江之主

有人突然进了屋子，只是那群在楼梯上等待大哥的老鼠们像是被吓了一大跳，一个个到处往楼上乱窜，好像是来了什么让它们避之唯恐不及的怪物。

来人像是要着急上楼，可是走得却特别慢，一阵非常急促的脚步声传来，但却好一会儿都见不到人上来。

蔡九一听到来人说这一句，想起了荒野黑鲨那故事里面的威风道人和他师傅。现如今胡麻子死相已现，而突然有人说了这么一句"可惜走了那尾黑鲨"，再看看地上一点都没留下什么画框的碎片，像极了那个故事里黑鲨逃走的时候。

蔡九大惊，那尾被困住精魂的黑鲨，原来就在刚才那幅从墙上掉下的画里。黑鲨一直在这屋子里，只是自己大意，看到那本古书后却没有想起周遭的危险，而现在果然出了事情。

想起来鬼二的交代，来这铺子里面接一个人，然后坐上湘江之主的船离开铜官。本来要接的人就是钱胖子，可他驮着自己的儿子不知去向，蔡九想去找儿子却被沩水河小女人打懵晕了好久，现在终于可以下楼去找儿子，可结果自己的兄弟却中了招数怕是就快要死掉……

蔡九心里着急，一是急胡麻子，二是急儿子。现在听到来人像黑鲨那个故事里面的阳仙山人那般说了一句，蔡九便断定是来了什么高人。胡麻子身上的老白"嗖"

的一声蹿了出来，像是吓得满地去找洞躲藏。而鼠群们一样逃窜四散纷纷去找可以藏身的地方。

蔡九呵斥已经钻到床下的老白为何要躲。老白吱吱作声，蔡九却听不清楚。一抬头，来人已经上了楼。只见眼前这个人身形矮小，穿着一身黑色的袍子，戴着一顶黑色的瓜皮帽，脸上一只黑黑的眼罩罩住了整个左脸，缩在脖子里的小脑袋上是一张尖瘦的脸。他左手挂着一根有些歪斜的黑色手杖，露在外面的右脸上有一颗巨大的痣，痣上长着三根粗粗的毛，三根毛硬硬地伸出来横在了整个左脸上。

这个走上来的人，却是蔡九和胡麻子之前见过的。这人不是别人，不就是当年流窜在湘江各个码头的算命瞎子彭瞎子吗？

还记得那一年，年长一点的老贾晚上找了个活儿干，在江对岸一个赌场里面做帮手挣点零碎钱。晚上他收工摇船回来，在河上看到水底有一大颗发光的珠子，正在黑夜的河里闪闪地发着金黄色光芒。

当时老贾驾着船着急把一个喝醉的主顾送回家，就记下了那颗珠子的大概位置。第二天老贾听一个算命的瞎子告诉他，如果是河里有发光的珠子，非常有可能就是颗夜明珠。那瞎子还故作神秘地特意嘱咐说，在湘江里面可是出过夜明珠的，那夜明珠可是奇珍异宝，如果能捡到一颗夜明珠，换个百亩良田自然不在话下，要是能献给当朝的皇帝，还能混到个一官半职光宗耀祖。

这几个家伙信了这瞎子的话，晚上便偷偷去捞，结果蔡九差点死在湘江里，幸好鬼二赶到救了命。第二天老贾去码头找那瞎子算账，结果却不见了人，没想到今天在这里遇上。

彭瞎子却可能并不认得蔡九，这算命的人自然是认得自己的人比自己认得的人多。彭瞎子在铜官渡口上迎来送往地摆个摊子给行船走货的商人们算命，哪里知道自己早就被几个娃娃记了下来。

彭瞎子上楼后却不理会蔡九，他径直走到胡麻子身边，然后把手里的大皮箱放到地上。彭瞎子放下箱子后腾出了一只手，扬手就给了胡麻子一个耳光，"叭"的一声，那靠着墙蔫了过去的胡麻子被打得一点动静也没有，只是把头歪到了另外一边，但嘴里却吐出了一口气。

　　蔡九看到彭瞎子像是在救胡麻子，连忙乖巧地站到了他旁边。彭瞎子手一摆把蔡九掀赶到一边，然后伸手从蔡九身后的箱子里面翻了一阵后掏出个瓶子，揭开瓶盖，用手指夹出一条还在扭动的蜈蚣。

　　蔡九马上想起当年鬼二在湘江里面救下自己后也是如此，连忙对瞎子肃然起敬。没想瞎子张开嘴，一口包住那条蜈蚣，然后鼓着嘴巴香喷喷地嚼了起来，原来那只大蜈蚣根本不是什么救命的良药，只是瞎子口里的零食而已。瞎子吃了蜈蚣后一抹嘴巴，掏出一杆烟枪，然后用手指弹了一下，指尖起来个火苗。瞎子把烟枪凑了上去，嗫了几口后，坐在地上开始吞云吐雾。

　　"你爹要我来接你。"彭瞎子边抽烟边平静地说，完全没在意旁边要死的胡麻子。

　　"我爹？"蔡九心里都是胡麻子的死活，现在突然上来个彭瞎子说要接自己，还说是受了自己父亲所托。蔡九没去想那个被胡麻子说成是传奇渔夫蔡一的老爹，他以为是那个打渔一生的蔡老头找了这个算命的骗子来帮忙，要不是刚才这彭瞎子跟道行很高一般说了句可惜走了那尾黑鲨，蔡九是定然不会相信他的。于是蔡九问："你刚才说黑鲨走了？"

　　彭瞎子说："没错，你这位兄弟把它放走了。"他一指还晕在墙角上的胡麻子，然后接着说也不能怪胡麻子，自己的湘江就是条小江，毕竟还是锁不住这海里的东西。

　　"你的湘江？"蔡九连忙问彭瞎子。

　　彭瞎子说他就是湘江之主。

　　听到彭瞎子说自己是湘江之主，蔡九有一种受骗的感觉。他不相信这个儿时就听说过的湘江之主，一个不知道是人还是神的伟大存在，真的就是老白曾经说起过的驼背瞎子，而且是一个到处给人算命测字的骗人瞎子。

　　蔡九对骗过自己和兄弟的彭瞎子并没有什么好感，他怀疑地问："你不是有一整只船队的吗？你还当我是个孩子好骗是吧，你一个算命的瞎子天天就知道在码头上骗钱，还敢骗我说自己是湘江之主！你当我兄弟都不在是吧，我兄弟就算都不在……"说到这儿，蔡九低头看了眼靠在墙上还在晕乎的胡麻子，然后接着说："就算我兄弟们都不在，我也是不惧你一个瞎眼骗子的！"

彭瞎子听到蔡九这样说，像一只鸭子般嘎嘎地笑了起来，他像是烟抽多了喉咙有什么毛病，一笑就岔了气，他乐了一阵好像差点没乐死，边咳嗽边笑，完了把烟斗收了起来，然后站起来说："一整条船队？你把老子想得真大气啊！"

说完了这句，彭瞎子像是想起了什么突然认真起来，他问蔡九后来是不是还真的找到了夜明珠。

蔡九说："有个屁的夜明珠，你骗了老贾，我下去就捞到了个骷髅头。"

彭瞎子一听，好像自己也被吓到了，他抓住蔡九的手臂问："你可是看到了？"

蔡九一把推开一身臭味的彭瞎子问："你是说看到了什么？"

彭瞎子一脸惊恐地问："你有没有看到一个影子？"

看到彭瞎子那猥琐的样子，蔡九笑了，他心想反正事情都过了这么多年也不怕了，反而吓起来彭瞎子。他哈哈一笑，说自己是看到了一个影子。

彭瞎子听到蔡九说看到了一个影子，马上躁动起来，围着他转了几圈，打量起蔡九来，边看他边自言自语地说："没想到啊，没想到你居然还活着。"

蔡九说："我本来是要被你害死了的，但鬼二爷他出手救了我。"

"鬼二？鬼二是谁？算上我能救你的人在湘江地界不超过一只手掌。"说完彭瞎子伸出左手，竖起三根手指。

蔡九很纳闷："难道你没有听说过我铜官镇子上有鬼二爷吗？那个踩着一条门板船每天晚上在你河里捞鱼捞虾捞老鳖的鬼二？"

彭瞎子听了蔡九这么说，连忙摸了摸蔡九的额头，他说："你这孩子是不是害了什么热病坏了脑壳了，你说的这个会开门板船，子时上河里打渔的渔夫就是你爹啊，你还什么鬼二鬼三地叫。"

蔡九说："鬼二就是鬼二，我爹就是我爹，鬼二不可能是我爹，我爹他叫蔡一，他刚才跳河去找他孙子了。"

彭瞎子说："你爹他就是蔡一啊，要我来接你的就是你父亲蔡一，但是我从没听过什么鬼二这个名字。"彭瞎子坚称他不知道一个叫作鬼二的渔夫，他说答应了蔡一来接人就自然不会食言，而就算是蔡一不说，彭瞎子说他今天也是必须要来的。

蔡九猛然想起来一件事，感觉很遥远也很模糊，但是他就是想了起来，那就是

自己好像从没有白天在铜官街上看到过鬼二，那个救了他一命的鬼二一直都是只在夜里出现。而跟自己一起见过鬼二的也只有他身边的几个兄弟，而这几个兄弟，老贾和刘春球在白毛子大雾里失踪，胡麻子受了蛊惑成了个呆子，而整个铜官镇都已经陷落到了水里，根本没法去找到一个人问清楚，是否还有人记得鬼二。

经过跟彭瞎子一番对照，蔡九电光火石一般想起来一些细节。看来那个说自己最远就到过武汉，从来没走船上过长江的养父蔡老头，的确隐藏了很多蔡九并不知道的秘密。蔡九直觉到了一种可能，他感觉自己的养父和那个只在黑夜里面出现的鬼二，是同一个人。白天是他的养父蔡老头，到了晚上就成了孤僻古怪的鬼二，而他还一直隐藏着自己的真正身份：渔夫蔡一。

蔡九却不想在彭瞎子面前露出这些疑虑，他一直都非常介意让外人知道自己家里的事，他马上在彭瞎子面前掩饰刚才提起的鬼二，然后想让彭瞎子认为他刚才并没有在父亲这个角色上产生过哪怕任何一点的迷离和怀疑。但蔡九隐隐感觉到，那一晚彭瞎子骗老贾去江里捞夜明珠肯定是有诈，只是这瞎子吱吱呜呜不愿意讲。蔡九看到的那个人影，只要稍微一提起，彭瞎子便手一摆眉一皱，看起来并不想再说起。

彭瞎子抽了几口烟，起身像是准备走，他收起烟枪面无表情地问蔡九："你不是还有个儿子吗？他怎么没来？"

蔡九心里正也在着急儿子，他答道："我儿蔡十八没在此处，我正要去找他。"

彭瞎子脸色突然一沉道："去找他？你去哪里找他？你还找得到吗？"一丝绝望在他脸上出现然后又迅速地消失。

蔡九大惊，因为听起来彭瞎子像是在说自己可能找不到儿子了。

他连忙反问："为何说找不到？"

彭瞎子说："你可看到了之前上楼的沩水河？"

蔡九说："见过两次了。"

彭瞎子说："你可知道我身上藏着整条湘江？"

蔡九说："就听说过沩水河小女人身上藏了整条沩河。"

彭瞎子说："没错，而我身上有整条的湘江。"

蔡九半信半疑地说："不会吧，你这么干瘪真的会藏着湘楚之地的一条大河？"

彭瞎子哈哈地笑了，他问蔡九："你可知道蔡十八身上藏了什么？"

蔡九问："我儿子？我儿子身上藏了什么？"

彭瞎子神秘而又低声的耳语告诉蔡九，他说蔡十八身上藏了整个的水源。

蔡九可不认为儿子身上藏了什么水源，他觉得儿子身上最多藏着几块酸枣粑粑或者红薯干。彭瞎子见蔡九没懂，就把他拉到了楼下。

在水里漂了好久终于下了楼，蔡九出门后发现，这屋子正停在一个沙滩上，沙滩远处还是沙滩，他问道："怎么这里到处是沙滩？难道周围有什么大河吗？"

彭瞎子笑了起来，他哈哈地笑了几句，然后突然停顿下来扭头很严厉地看着蔡九说："这里是沙漠！"

蔡九说："这里是沙漠，那铜官在哪里？我儿子在哪里？"

彭瞎子说："你儿子在哪里我不知道，但铜官……"他伸出手，指了指地下。

见彭瞎子带着蔡九下了楼，老白便趁机从床下溜了出来。它嗅了嗅胡麻子发现他还没死，又看到彭瞎子放在地上的箱子，老白凑近箱子的缝隙往里面一看，里面有微光照到老白脸上，只见它那双眯着的小眼顿时就张大了。

风水门一门鼠类讲究的就是藏风防水，所以鼠类对水族不免有更多的防备。老白倒是不惧沩水河，一是之前它也是在沩河里游过水知道她的深浅；二来也不是没有交过手，所谓不打不相识，那一天老白知道要不是沩水河手下留情，自己肯定是走不掉的。

但是对于湘江，老白可就怕得很了，这湘江对于老白来说，也可说是深不见底，宽阔得让所有的鼠类都毛骨悚然。沩水河那点水花老白还是能去撩拨几下的，但在湘江里老白却淹死过很多的兄弟。据传湘江之主一直最讨厌老鼠，向来鼠族过江都只敢躲在过往的船只上，没有哪只老鼠敢游过湘江，去了的也都没回来过，所以都说老鼠遇了湘江是必死无疑。

一看到彭瞎子上了楼，老白顿时满地找洞去躲，这屋子里面却干净得很，没有一个能躲的洞，于是只好藏到床底下。它想告诉蔡九来人就是湘江之主，只是蔡九隔得远没听见，眼看彭瞎子上了楼，还活吞了一只蜈蚣，老白它们那伙老鼠更是吓

得连大气都不敢喘一口。但是那天在沙漠里，彭瞎子却并没有再为难老白和它的子孙，他看到屋子里面还藏着几百只活的老鼠反而显得很高兴。

胡麻子中了招数成了一个呆子后，蔡九很后悔平常有事没事就骂胡麻子是呆子，如今可好，还真成一个呆子了。老白倒是有收获，它有了继续把胡麻子当大条的理由。这也正好，不然蔡九还得背着发呆的胡麻子。

本来以为按照鬼二的说法，来到这间铺子里面接一个人，那个人应该就是钱胖子，接了钱胖子后便可以去河边等湘江之主的船队，然后跟着他一整条巡游的船队浩浩荡荡地开到洞庭湖……现在湘江之主来是来了，但他根本就没有什么船队，这个算命瞎子还说这里就是铜官，难道那股救命的沩水河托举着铺子在水里漂了这么久，只是在绕圈子？

蔡九跪下伸出双手去刨沙子，他想看看能不能把铜官从沙子里面刨出来。彭瞎子让蔡九不要再挖了，他说铜官早就不在了，铜官已经没有了。

于是蔡九跪在地上开始痛哭起来，他哭自己那间老屋，哭秦小翠，哭铜官所有消失的一切。

彭瞎子却盯着那间停留在沙漠中的铺子看了很久，这间铺子虽然显得有些残破，连招牌也掉了，但现在却是铜官镇唯一还能见到的东西了。

老白驾着胡麻子走过来，拍了拍蔡九的肩膀。蔡九边哭边抬头看到胡麻子一脸关切的表情，看来老白现在不光能控制胡麻子的身子，还能控制胡麻子的表情。老白说那是因为胡麻子自己呆了，不然他五官不会有这般乖巧。

沙漠里，彭瞎子带着蔡九和胡麻子还有仅剩的老鼠们，走在已经干涸的河道里。彭瞎子说自己也想找到蔡十八，因为那孩子身上真的藏着整个水源。而老白，却仍然停留在自己的恐惧里。它的恐惧仍然来源于彭瞎子，那是一种叠加在原始恐惧础上新的恐惧，因为老白发现了这个天敌身上还有自己完全不知的另外一面。

彭瞎子在刚上楼的时候，蔡九并没有觉察到突然从彭瞎子的背后走出来另外一个彭瞎子。那个彭瞎子电光火石一般地迅速在屋子各处移动，然后他拿起那本古书翻看起来。那本书被他用极快的速度从第一页翻到最后一页，最后他把书放到自己怀里，然后迅速地走回自己还在抽着烟的身体。这一切都被躲在床下的老白看到了。

刚才老白从床底下爬出来，它看到那皮箱有条缝隙，那缝隙里透出金光，仿佛箱子里有什么宝物。老白透过缝隙看去，只见箱子里面装了许多大小和造型各异的人偶。那些人偶们被塞得紧紧的压在箱子里面，每一个人偶身上都写了几个字，看起来应该是人的名字。老白看到最贴近缝隙的一个人偶身上写着：老贾。

老贾？难道是蔡九的兄弟老贾？老白马上想到自己在那本古书上看到几句鼠文，一句它看得明明白白，说蔡九上楼了，还有一句说是老贾也上楼了，但是其他穿插的几句，老白却怎么也不认得了。

老白想重新看看那本书，但那本书现在被彭瞎子揣到了怀里。老白想知道那书里的鼠文还写了什么，既然蔡九上了楼，如果说装在箱子里面的"老贾"也上了楼，那其他鼠文会交代些什么呢？老白对此非常好奇。

看到彭瞎子把那本破书放到了自己的怀里，然后像是藏着宝贝一般的再也没拿出来过，老白心想也不能就让彭瞎子独吞了那本书，好歹那书上也有它们鼠族的文字。老白心里虽然这么想，却没有胆子去要，就连当大条的胡麻子眼睛也不敢往彭瞎子那看一眼。老白老在担心瞎子随时不爽了，就会顺手弄死它几个弟兄。

蔡九想尽快找到被钱胖子拐走的蔡十八，可眼前这一大片的沙漠，完全不是以前那个良田遍地、池塘小溪交错的铜官。

彭瞎子说不用担心，蔡十八一定会回来，可他会变成什么样子，谁都不知道。

蔡九说他本来带着蔡十八来接了钱胖子就要去找湘江之主，现在湘江之主就在自己身边，但儿子却被他弄丢了……

彭瞎子淡定地说："我一直在这等你，已经有七百年了。"

已经有七百年了？蔡九听到这一句愣住了。这样的一个场景和这样一句话，蔡九觉得自己是曾经经历过的，他曾经听到过一个人跟自己叹息说等了自己七百年，而现在听到瞎子说了这一句，蔡九在那个荒芜的沙漠里醒悟了。

身后，那个远处行飘到沙漠里的铺子，伫立在夕阳下显得格外的落寞和孤独。铺子二楼的地板上，那只蔡老头上楼后"噗"的一声吐在地上的大萤火虫，突然抖动了一下头顶的触须，然后艰难地撑开一对残破的翅膀，又从地上飞了起来。

第十五章　丢失的龙石

不知道三太爷所写的七百年是何种隐喻，我觉得他是想从完全毁灭开始，重新构建自己的生活。在他笔下，故乡铜官就那样完全地被沉到了水里，他自己却可以坐着一间飘浮的屋子逃了出来，然后重新出现在七百年以后因为水源消失已经成了沙漠的铜官。

三太爷写道，在沙漠里老白看到大哥停住，也停住了。身后那五百多只老鼠也停了下来。

那一天，蔡九意识到自己被骗了，那个装载着幸福和安逸的铜官根本就是一个骗局。他发觉自己对时间的错觉已经越来越严重，他甚至在听到七百年时都没有意识到这应该是他遥不可及的一个时间。他只是感觉到自己对于时间的模糊和不可分辨，因为有些事情他认为就在昨天，但其实已经过去了很久；而有一些事情明明刚刚发生，他却感觉过去了很久。他总是在马上就要回忆起什么的时候，又突然地忘记了。

彭瞎子说七百多年前，渔夫蔡一找了过来，他说水族马上要陨落。彭瞎子那时听了只是哈哈大笑，当时他还不是瞎子，正掌管着整个湘江水系，总是春风得意，他那侍女汼水河更是翘楚动人、含苞待放。

彭瞎子根本不曾注意就要到来的危险，对于眼前这个连一艘大船都没有的渔夫

更是没放在心上。彭瞎子不相信蔡一，他根本不相信水族会陨落，没等蔡一把话说完他就大怒，把蔡一请出了湘江府。

谁知，当天晚上彭瞎子一只眼睛就瞎了，然后他开始掉头发并迅速衰老，那感觉就像是被人抽去了精髓一般的枯萎。而他的侍女沩水河在一夜之间就从一个美女变成了怪物，早上她披散着头发对着镜子发出一声尖叫后，就再也没有说过话。

第二天，瞎了一只眼的彭瞎子找到停泊在江边的蔡一，焦急地问到底发生了什么？

蔡一说龙在东海出了事。

彭瞎子问龙怎么了？

蔡一说龙马上要死了。

那时水族正是风韵充沛之时，彭瞎子执掌湘江做主一方已经有不少年头，他并不关心龙的生死，只关心自己河里的鱼虾。他一直觉得掌管四海的龙根本就和他内陆的一条小河并无什么关联，而且他也不相信龙会死，可蔡一却说龙真的要死了。

蔡一说我今天来找你，不是要你去东海帮忙，而是要委托你一件大事。彭瞎子在湘江盘踞太久，早已经忘记前辈基业不易，现在到了要以命相搏的关头，他却早没了当年水族的威武，这个只会纵情声色的纨绔子弟不知道自己正要接受一个决定族类生死存亡的使命。

蔡一说自己就要回野士岭了，而他走后这湘楚之地便没有了野士，唯一能接替蔡一成为湘楚野士的人选只有他彭之润，也就是后来的彭瞎子。

彭瞎子很吃惊这个隐遁在自己眼皮底下的普通渔夫居然是从野士岭上下来的人，他只曾经听说野士岭隐在洞庭湖上，自己却从来不曾去过。别说是去过了，连见都没见过。

但是彭瞎子他们家族却是有人见过野士岭的，不光是见过，还上去过。彭瞎子知道野士岭也是来自于家族的口口相传，据说他彭家是有先人上过野士岭的。

儿时，彭之润听他的前辈说起，洞庭湖万物声息，自有生灭。无论是从气候、水文还是从飞禽走兽来看，洞庭湖都不同于其他的地方，可以说是别有洞天，自成一派，据说湖中心还有一个深不见底的旋涡通着地心深处，而湖里野士岭似鬼魅之

岛飘忽不定，根本没有定数。行船走洞庭从没有人能看到野士岭，更不要说上去了，但他彭家祖宗积德，老彭家先人曾经见过一次，不光是见了，而且还上去了（其实这也许跟彭家是水族有关）。

彭瞎子的先辈也是一位老船夫，早年他在洞庭湖上遇到巨大的风暴，同去的另外两艘船都被风浪打得没了踪影。彭瞎子的先辈那艘船凭着他多年能辨水文地理的经验，从风暴中闯了过来，但是整条船只剩下他一个人。

一整夜的风暴呼啸而去后，等他先辈从风暴中缓过神来，只见湖面上安静了下来，拨云见日，要不是进了一船的水，就好像什么都没发生过。水汽之中，一座山不知道从哪里飘了过来，横在船前，抬眼望去有如一根柱子般伫立，直插云霄。山顶上淌下一条银龙般的瀑布，山上奇松遍布，云遮雾罩，白鹤飞舞，一座宫殿般的建筑沿着山脊铺陈开来，如仙境一般超然。

彭之润的先辈说山脚下有个人招呼他过去。他走了过去，那人说往东走，顺着一朵云的方向行船便可以离开这里。他问这里是何处，那人只说是野士岭，然后给了一些饮食后，便送他上了船。

彭瞎子的先辈上船后便一直朝着那朵云开船，结果走了不到半个时辰便到了岳阳。刚看到岳阳就在眼前，他抬头再一看，那朵浮云马上散去不见了踪影。此后，彭家便开始发迹，直到富甲一方。后来历经数百年，撇开了人世的这些财富不说，彭之润还从前辈那里领到了执掌水族湘江的封印，成了湘江之主。彭之润怎么成为湘江之主暂且按下不表。

彭瞎子听到从野士岭上下来的蔡一要自己成为野士，非常激动和意外。他追问蔡一为何要走。蔡一说他正在养育最后的龙种，但是要等七百年时机才能完全具足。不是自己想走，是自己等不了七百年。

彭瞎子问他说是不是被那个皇帝给逼的。他说不用理会京城里的那个皇帝，人类自己的事情最好不要插手。

蔡一说人世终要毁灭，皇帝之所以也想找到龙种，是说明龙之将死也影响到了人间的气数，这个时候人类也在寻找龙种不会是巧合。他说龙种具足后会重新回到他的出生地，也就是湘楚的铜官。不过七百年后他肯定是不在了，可彭之润是水

族可以等这么久，所以迎接龙种到来的事情要交给彭之润。

彭瞎子说接几个人那肯定是没有问题的，但是据说龙已经活了三十万个周天，而且并无什么子嗣，这龙种又从何而来呢？

蔡一说他已经找到了最后的龙种，但是这个龙种不周全，是一个人形，不过它身上仍有纯正的龙精，这便可以和至阴的存在结合，孕育出新的神龙成为水源的主人，重新接管阴阳两面。

蔡一说这个结合即将到来，但那孩子仍然只会是一个人类的孩子，他不会变身，除非他遇到了龙石。

彭瞎子问什么是龙石？

蔡一说西海也是有龙的，虽然现在西海成了一座高原，但是很多年前那边是海，而就在西海已经荒芜的高原上曾经藏着龙石。龙石就是龙的精髓，一个图腾和符咒般的东西，只有得到龙石，这个孩子才会真正变身成龙，而龙石也在等待着自己的主人。

彭瞎子问难道要去高原上去寻找那块龙石？

蔡一说那块石头被融化后的雪水冲到了长江里，后来长江水倒灌洞庭，把那块石头送到了湘江。

彭瞎子说湘江里有什么东西我最清楚，哪怕是多了一根水草我都是知道的。我知道湘江里面一共有多少条鱼，青鱼、草鱼、鲢鱼、鲤鱼有多少、在哪里我都知道，你别说是龙石到了湘江，就算是洞庭湖漂来一块浮萍我都是知道的，为何我不知道湘江里来了龙石？

蔡一说那是因为你还感悟不到阴面，觉察不到龙石的存在。你不能再颐养在这湘江府了，你最好去到人世间，问问那些人都在想什么，都想要什么。

彭瞎子说他不去，他说人想的就是名和利，他厌倦那种愚痴和低级的生活。

蔡一说不是所有的人都这样，野士岭上有一些人，他们的修为都非常高，而且也都是从尘世中而来，人世间是修行最好的地方。

彭瞎子说既然这样，我就去人世间，但我昨晚一夜之间成了个半瞎子，眼下你说龙就要死，我现在去修行还来得及吗？

蔡一说什么时候修行都来得及，不过都听说你湘江的脾气坏，淹死了太多人。

彭瞎子不屑地一摆手说，那都是些坏人。

蔡一说总不能说找你帮忙的都是坏人吧。

彭瞎子说你肯定不是，还有什么要我做的你就说吧。

蔡一说龙石就在湘江，希望彭瞎子帮忙找到它。

彭瞎子说湘江有如我的身体一般，我真没感觉到身上还藏了一块龙石，要是有的话我定是知道的。

蔡一说龙石也没在他彭之润的身上。

彭瞎子问那在哪里？

蔡一说龙石在沩水河。

彭瞎子疑惑地说："沩水河？"

蔡一说是的，他说现在只有沩水河身上还保留着最纯的清水，而其他水族已经没有了。龙石被冲到沩水河并不是巧合，是因为龙石只喜欢最纯净的水。

彭瞎子说难道其他河里都没有清水了？

蔡一说是的，你颐养在湘江府不知世事太久，你早应该去世间看一看。蔡一还叹息说最后的水族居然是如此泛泛之辈，不过如果不是彭之润不问世事躲在湘江府，想必也不可能藏下一汪清水吸引了龙石。

彭瞎子一直在等沩水河长大成人，虽然他已经有了几房夫人，但是唯独吸引他的是还没有长大的沩水河小女人。如今可好，沩水河还未长大，就一夜之间成了一个怪物。

如此，湘江之主彭之润找到已经变成了怪物的沩水河小女人，逼问她龙石到底在哪里。沩水河却完全不知，彭瞎子把沩水河小女人脱光后细细找了也没有发现什么龙石，便限她三日内交出龙石，否则就要把她逐出湘江府。

未成年还是处女的沩水河，但凡有点东西出现在水道里，都是知道得清清楚楚的，但她还真的从不知道哪里藏着龙石。她坐下来把沩水近两百年的事情都认认真真地回忆了一遍，每一次的大水，每一次的干旱，每一次鱼群的变动，每一个投河死在沩水的人……还有那一次从洞庭湖倒灌而来的长江水。每一个细节都在脑袋里

面重复出现，但是都没有任何和龙石有关的事情，汸水河里真没有任何可以称得上是龙石的东西。

但是，蔡一坚持说龙石就在汸水河。他说龙石在隐藏自己，所以很难找到它，龙不会生活在肮脏的水里，所以它只会去寻找纯净的水，而汸水河还有最纯净的水。

纯净的水，到底哪里有最纯净的水？汸水河小女人自己也糊涂了。寻找龙石的汸水河小女人，把整条汸河都仔仔细细地翻了一遍，细细想来，也只有一个偏僻之处自己没有找过，那个地方是一眼早就被废弃的池塘。

这口池塘其实并不在汸水，或者说离汸水还有一点距离，但这口池塘里的水却确实是汸水，因为池塘底部有细小的水道连通着汸水河。

这个地方让汸水河一下就想到了红胖狐狸。

是的，红胖狐狸。汸水河想起了那样一只红色胖胖的大狐狸，在汸水河眼里，这个红胖狐狸就是一个骗子和混蛋，一个应该被打死然后把皮毛做成大衣的家伙，而龙石肯定就是被这个红胖狐狸拿走了。

彭瞎子接着说龙石确实就在那只狐狸手上。很多年之前，有一只羊在江边吃草发现了一大块浑身放光的东西，不知道是不是它想把这宝贝藏进自己的身体，还是那只饥肠辘辘的羊饥不择食，羊一口把那块放光的东西吞了进去，而羊吃了那东西后通体变得发亮，特别是到了晚上，这只羊神迹一般的浑身通体透明放光，人都以为神羊现世是什么大吉的征兆而高兴地庆祝。

后来这只羊死了，它被人装进棺材风光大葬，还给它立了块"乙未尊者"的碑。这只羊的坟头竖了几十年都安然无恙，直到有一天风水门一众老鼠打洞钻进了它的坟里，老鼠们发现在一副羊的骨架里竟然有这么一块通体雪白的石头，觉得一定是什么陪葬的宝贝，就拖回了洞里。

老白一脸诧异，看来是惊讶风水门的动向彭瞎子居然都知道，而且还知道得这么详细。

彭瞎子瞥了眼身后的这群老鼠，然后示意老白接着往下说。老白马上换成一副好像有些事情大家都知道了就是蔡九还不知道的表情，然后很礼貌地想要帮彭瞎子把事情挑明了一般，跟蔡九继续说起风水门捞到了宝贝石头后发生的事情。

　　蔡九顿时觉得老白和彭瞎子是一伙的，好像现在这两个家伙正在配合着说一出双簧来诓自己，特别是老白太狡猾，永远都不知道它葫芦里到底埋着的是药还是炸药。

　　老白看到彭瞎子又看自己，连忙接过了话头。它说风水门那天找到那个坟头完全是一个意外，而坟里的那个石头确实非同一般，它一直现出通透的白光，这光跟其他珠宝的光芒都不一样。一众老鼠欢天喜地地觉得捞到了大宝贝，把宝石裹挟着就带回了洞里。

　　这块石头被带回后，整个鼠洞都被照得通亮。开始老鼠们个个都很高兴，特别是红胖狐狸，它从没见过那么大的宝石，而且是放光的宝石。它每时每刻都带着，就连睡觉也离不开那石头。只是鼠王龙哥却一直对那石头保持着距离，龙哥在得到石头后变得沉默起来，好像有了什么心事一般。

　　过了一阵，红胖狐狸和老鼠们高兴完才发现了一个大问题，它们发现那石头的光是无法掩盖住的，因为无论放在哪个盒子里，总有光透出来。虽然感觉非常微弱，但是它的光不光穿透力强而且还是会"拐弯"的，可以照得很远很远，也就是说没有东西能掩盖住那东西的光芒。

　　那宝贝的光顺着鼠道传到了洞外面，到了晚上，隔着很远就能看到有一些微弱的光隐隐地在各处，而那些地方都是老鼠们进出风水门的出口。这样就让本来极为隐蔽和秘密的鼠洞，也就是老鼠们真正进出的地方暴露了。

　　鼠洞的布局是风水门最隐秘的事情，知道这些真正的出口，那些用来布局和乔装的假鼠洞就没有用了。如果有人把这些鼠洞都堵死，然后往其中一个洞里灌水或者烟，那么全部的风水门都会完蛋。所以，为了保护风水门，必须把这块石头藏起来。

　　可是，把这块石头藏在哪里好呢？红胖狐狸想这样大一件宝贝，肯定还是得留在风水门里，要是日后找一位大买家，那得换多少金银啊？既然不能离开风水门，又不能放到洞里，那如何处理才好？

　　红胖狐狸心想，看来只能埋起来。埋在哪里也有了主意，就埋在风水门大门外那口池塘里。红胖狐狸拿出一个最不透光的手帕，把那块石头包了起来，边包还边

舍不得，说将来一定要找到一个大买家，把这宝贝给卖了，再换个几百两银子。

红胖狐狸把石头藏到池塘里，也有它自己的考虑：一是藏到池塘底部，这样石头的光没有那么容易放出来；二是因为那口池塘下面有一块巨大的水晶，那块水晶下面便是红胖狐狸的"寝宫"，只要把龙石放到那块水晶石上，便又能在下面的"寝宫"里天天都看到它，如果有人跳进池塘里来偷宝贝，也是能马上就知道的。

于是，包好了宝贝，红胖狐狸便指使两只老鼠跳进了池塘。二鼠游下去把宝贝放在了水晶石上，果然，这下宝贝的光芒被基本掩盖住了，虽然到了晚上池塘还是会泛出一些光，但基本都被那块水晶石给吸收了。

以后，红胖狐狸每天晚上都抬头看一眼自己的宝贝还在不在，看到在就睡得很踏实。特别是鼠王龙哥走后，红胖狐狸没了伴，到了晚上就望着那宝贝好一阵才睡得着。

红胖狐狸没了龙哥，变得越来越寂寞，很多时候只是盯着洞顶的宝贝发呆。它一直不明白为什么龙哥要离开它一手打造的风水门，为什么它们一起找到这件宝贝后，龙哥就离开了。而且龙哥离开得那么突然，只是说自己去寻找水源，然后就低头消失得无影无踪。龙哥走之前交代，让它一定要看好这个宝贝，直到它回来。

红胖狐狸天天守着宝贝等着龙哥回来，可是龙哥却没有回来。有一天早上红胖狐狸起来，抬头一看头顶池塘底部的水晶石，突然惊讶地发现：宝贝居然不见了！

发觉宝贝不见了，红胖狐狸整条尾巴马上爆炸成球状，上面的毛通通胀开，跟它像是一个大球的肚子一样大，看起来就像是两个球在地洞里面歇斯底里地嚎叫：宝贝不见了！！！

第十六章　脑海里的争斗

　　是的，那块石头不见了，看起来是有东西从池塘里跳了进来在红胖狐狸睡觉的时候偷走了它。

　　到底是谁，能在眼皮底下偷走了风水门最重要的宝贝？要知道只要方圆十里内有人经过，风水门的鼠类们都是能觉察到的，而红胖狐狸的听觉比鼠族强十倍，靠着不可思议的听力，红胖狐狸和鼠类才可以在完全黑暗的情况中疾走如飞，而它们在深夜里穿梭的时候，也是靠这听力和嗅觉来寻找它们需要的宝贝。

　　本来一直认为风水门是滴水不漏的安全之所，从来都是风水门去偷别人的东西，如今却没想被人掏了老窝，红胖狐狸非常生气。而正当红胖狐狸准备掘地三尺寻找到底是谁敢偷风水门的时候，沩水河小女人正好寻上门来找龙石。

　　池塘边对峙的风水门和沩水河小女人，终于两三句话不和动手打了起来。那是红胖狐狸和沩水河小女人第一次交手，完全没有占到便宜，好在风水门的洞口守得紧，一众老鼠跟着红胖狐狸都躲到洞里。

　　眼下宝贝不见了，却还惹上了这么一个死缠烂打的冤家。红胖狐狸心想：我打不过你，我躲行了吧。结果躲也躲不了，沩水河小女人说要放水来淹鼠洞。而放水淹风水门是点了红胖狐狸的死穴，因为菊花妈妈在洞里另辟别处养育着龙哥的后代，沩水河如果要淹了风水门，红胖狐狸自然不怕，但是菊花妈妈那一洞肯定是凶多

吉少。

老白说红胖狐狸答应过龙哥照顾好风水门，要知道风水门最怕的便是水。不得已红胖狐狸便服了软，它说自己确实是挖出过一块与众不同的东西，这东西通体放光所以不适合放在鼠洞里，于是就藏到了池塘里，但就在刚才这东西却不见了，现在风水门也在找。

沩水河小女人就是不信，红胖狐狸又跺着脚对天发誓，还赌上了所有老鼠的性命。如此，沩水河小女人便退了一步，她让红胖狐狸一天后交出龙石，否则就马上放水来淹。

沩水河第二天子时便要上门来要龙石，红胖狐狸于是马上召集风水门三十六洞，准备想办法对付沩水河，同时四处去寻找丢失的宝贝。每每三十六洞洞主一聚，就是风水门出事的时候，消息传了出去，定在望城街上的大米面馆一聚。

彭瞎子说后来便有了那场望城街角风水门大战沩水河，那时候蔡九还只是红胖狐狸的大条。

蔡九连忙问："我一直以为自己是在鼠洞里恍惚一过五年，可听老白说那天不过只是我刚进风水门才数十日而已，那我其他时候都去了哪里？"

彭瞎子说："你被沩水河重伤后，本来肯定会死。在湘楚能救你性命的人不超过三个，一个是你父亲蔡一，一个是我彭之润，还有一位便是这位在当天救你的。"

蔡九问这人是谁？彭瞎子说它不是人，是一只羊。

听彭瞎子说那晚在望城街角救起自己的是一只羊，蔡九马上想起当初在回到风水镇黑水塘去挖那块心形翠玉的当天，有一只神采奕奕的大山羊出现在附近，而随后就消失了。

彭瞎子说，正是那只老山羊救了蔡九，至于那五年里它是如何对他进行处置的，这就不知道了。不过他来接了蔡九就是要带他去见这只羊，到时就可以当面问问它了。

蔡九想多问几句老山羊的事，但彭瞎子说背地里最好不要谈论关于那只羊的事情，有什么问题等见了它再说。

蔡九问："那后来蔡一找到龙石了吗？"

　　彭瞎子说："他没有找到，你知道为何龙石被风水门埋在池塘里会突然不翼而飞吗？是因为龙石在隐藏自己，它觉察到了危险。"

　　蔡九问："是什么危险？难道黑鲨也知道了龙石所在。"

　　彭瞎子说："是的，龙石不见了，是因为它把自己藏到了阴面。"

　　"阴面？"蔡九问："什么是阴面？"

　　彭瞎子说："那是常人无法抵达的奥秘所在，如果没有找到入口是无论如何也到不了阴面的，而其实阴面只是另外一处同一的存在。"

　　另外一处同一的存在？蔡九越听越糊涂了。

　　彭瞎子说："那是一片虚无，大得无边无际，远在天边又近在眼前。作为一个野士，不是光有一些骇状殊形放纵不羁的外表，更是能体验得到这种虚无和广大。至于一处同一是说它就是平日我们在阳面里经历的空间，阴面和阳面同在一处，只是常人无法穿越而已。"

　　蔡九好像听懂了一点，他问彭瞎子："你说的'一处同一'就是说我们现在所处的空间既是阳面又是阴面是吗？我们现在站在阳面里，但同时阴面的东西也站在这个空间里？"

　　彭瞎子说："你说得太过怪异，我们站在阳面的空间里只是个人的理解，但是却不能说有阴面的东西也同时站在这个空间里，因为这样容易让人误会，而我们所谈的空间没有在阳面也没有在阴面，而是在我们心里。"

　　蔡九有所领悟，他问："那我们现在是在阳面还是在阴面？"

　　彭瞎子说："我们既在阳面又在阴面。"

　　蔡九问："你刚才提到没有入口是无论如何也到不了阴面的，既然阳面阴面同在一起为何还需要入口呢？"

　　彭瞎子说："你问得好，虽然既在阳面又在阴面，但人心并不是这样。人心总在阳面无法体悟和感知来自于阴面的存在，而那些在阴面的存在也一样感知不到阳面。在黑暗或者光明的说法里，阴和阳总是对立的，人心里也一样。"

　　蔡九听彭瞎子这么说，虽然没完全明白，但也觉得自己受了启发一般。

　　彭瞎子接着说："想感受到阴面，需要进行很久的修行。龙石把自己藏在了阴面，

它隐藏自己，是因为它真正等待的是龙。"

那一天红胖狐狸率领风水门倾巢出动去望城街角迎战沩水河小女人，黑鲨却闻风而来到了黑水塘。

这尾黑鲨同脱胎于高原的龙石一样，都是从西海而来。龙石在静静地等待着自己的主人，而黑鲨早就不满足于委身在一颗小青石里，但是等了很久他才找到一件可以容纳自己的活物，那是一条十分不起眼的小青鱼。这条小鱼虽然说不是什么威武霸气的生物，但确实是河道水系里唯一让他觉得适用的了。

只是早已经没有了自己真身的黑鲨虽然觉得小青鱼身上舒服，却显不出自己的霸气和实力，便在小青鱼周围布置了一下。如此远远看过去，虽然游过来的只是一条小鱼，却在光影浮动间让人误会是来了一条大鲨。虽然表面是虚张声势了点，但从实力来说，黑鲨虽然没有真身但还是黑鲨，它那一股蛮荒之力仍然足以摧毁任何对手。

黑鲨破土游向风水门，蔡一也正好从湘江府赶来，两边都察觉到龙石就在池塘里。黑鲨头尾摆动游得欢喜雀跃，似乎在高兴自己就要得手。正当它游进池塘准备寻找一番时，蔡一也到了。

见到黑鲨已到，蔡一马上动手。他手伸进池塘的一角，把水像被子一样掀起来迅速地盖在了自己的身上，然后他整个人都浸没到了池塘里，隐在了水中。

还没找到龙石，双方便在池塘里遭遇，开始了一番恶斗。

蔡一这一生驰骋江湖捕鱼无数，但他知道眼前的这个东西不好对付，要说之前都是在江河的大水中翻滚，这下到了一口小池塘里感觉有些施展不开。虽然是在池塘里对付一条鱼，可这条鱼却跟以往的鱼完全不同，这条鱼来自于海，而且它也许根本就不算是一条鱼。

黑鲨也觉得池塘太小，它想迅速弄死蔡一，然后去寻找池塘里的龙石，但是蔡一却意外地让他感觉到吃力。它没有想到眼前这个不起眼的老头是一位传奇渔夫。

就在沩水河和风水门在望城街角一通乱斗的同时，蔡一和黑鲨也在黑水塘里交手。几番下来，黑鲨愈发感觉到这个老头非常不好对付，这应该是它从出青石以来遇到的最大对手。两人越斗越激烈，黑鲨越来越猛，蔡一也毫不示弱。

　　黑鲨慢慢地发现了一件事，它发现眼前的这个老头太特殊太难得，无论是质地品相还是筋骨脉络都非常非常适合让自己栖身。小青鱼和这个老头相比，就仿佛茅草屋和宫殿一般的区别，自己若能容身在这老头身上，就能达到一个从来都不敢想象的高度。

　　黑鲨发现了蔡一如此，便更加欢快。蔡一步步紧逼想抓住眼前的这条"小鱼"，一转眼他眼前一阵强光感觉到目眩，炫光里出现一团巨大的影子，那影子朝着蔡一覆盖过来，一下就把他包在了里面。蔡一想挣脱，那团影子却无孔不入地想要钻进他的身体。

　　蔡一懂了，眼前的这家伙想上自己的身，而这家伙钻进来，一不会在肠胃里，二不会在肝肾里，它这是想占住自己的神识，而这神识是身为一个野士与常人的大不同之处。常人可以轻易被控制，野士就不同了。

　　蔡一将计就计，把这团黑影放了进来。黑鲨刚一进去就马上想掉头走，却发现走不了。原来蔡一是想把黑鲨围困在自己的神识里，这样便能彻底地摧毁它。

　　黑鲨意识到它只有赶走蔡一的神识，接管他的身体，才可能脱身。

　　于是一场池塘里的恶斗，又转到了蔡一的身上，而这场更加激烈的争斗却悄无声息。蔡一盘腿坐在池塘底部，双目紧闭仿佛睡了一般。

　　那尾刚才被蔡一到处追赶的小青鱼也安静下来，它受了很重的伤，眼下黑鲨弃它而去，它一动不动地沉到了塘底，像是死了一般。

　　整个池塘都安静下来，水开始沉淀变得清澈。蔡一虽然坐在池塘底部一动不动仿佛一尊雕像，但在脑海里却交替出现着山川河谷和一片黑色的海。最后，定格在那片黑色的海。

　　蔡一的神识想把黑鲨带进自己熟悉的田间地头和山川河谷，但和黑鲨一番角力下来，最终他的脑海里出现的并不是他想要的地方，而是黑鲨最为熟悉和强势的地方：一片黑色海洋，这里便是两人决斗的地方了。

　　蔡一盘腿而坐看起来安安静静，但他正经历着一生中自己作为一个渔夫的最重大的一次狩猎。在他的脑海里，他不得已只能行船在一片巨大的黑色水域，他必须辨别洋流抓住风向，去捕获那尾来自远古西海想要抢走龙石的黑鲨，他开始甚至都

不知道自己被带到了龙的领地：海。

蔡一在江河湖泊是无可争辩的王者，但是到了海里却不是这样了。其实这位渔夫从来都不曾到过大海，正如湘江府里那位彭瞎子一样，湘楚才是他们的江湖，而海洋不是。

可就算是自己从未见过海洋，蔡一也是绝对不会服输的，这一点和彭瞎子不同，彭瞎子认输认得很快，他是那种一翻牌便马上认输赢的赌徒，他在牌局里下大注赌大钱，在任何事情上都孤注一掷。而蔡一不是这样，蔡一有必胜的决心，特别是在拿到龙石这件事情上，他坚信自己一定会赢。

尽管是行船于大海，但在他眼里鱼终归是鱼，不管是河里的还是海里的。但黑鲨不这么想，黑鲨觉得自己不是鱼，它认为自己跟龙一样。蔡一想逮到它，它也想制服蔡一。

一个渔夫和自己的猎物就这样在一片称之为真正是"脑海"的水域里，互相寻找着对方。虽然是黑鲨擅长的海，却是在蔡一的神识里，两方并没有一边明显占据优势。在黑鲨发起最初的攻击后，它便落败而逃，但蔡一也受了伤。

黑鲨潜伏在深深的脑海里，再也不敢露出自己的鳍。蔡一也不再贸然下水，只是待在船上。激烈的交锋变成了一场狙击和潜伏，双方都在提防着对方突然发起的袭击，但是又都迷失在浩瀚的水域里没有了彼此的踪迹。

这里就是神识的世界，是无边无际的脑海，在这里黑鲨无须借助什么身体，在这里它就是本来的它：凶残、嗜血、庞大，它从来就是这个样子的。黑鲨想游出这片海，但是却发现这片海无边无际，根本不是它来去自由之地。

蔡一也是他本来的样子：一个渔夫。现在这个渔夫正要完成自己渴求的一个愿望，抓住或者消灭这条想要同他抢夺龙石的凶恶大鱼，而脑海是消灭黑鲨最完美的地方，因为如果在神识的世界里灭掉它，它便会彻底地消失。

这次狩猎便是决定水源归属的决战了，非常隐秘也非常平静，那一切都发生在一个无法接触的世界里。

蔡一盘腿而坐在脑海里与黑鲨周旋的时候，沩水河痛打风水门之后回到湘江府。彭瞎子见并未带回龙石就又生了气，而蔡一出去后便没再返回，湘江府又确实找不

到龙石，日子一长彭瞎子便就不再追究了。

　　蔡一虽然没再露面，但之前他让彭瞎子接替他成为湘楚的野士，还让他等待七百年之后的神龙，这让一生都在无聊的彭瞎子十分振奋。尽管他已经瞎了一只眼睛还感觉日渐虚弱，但彭瞎子想立志成为一名野士，所以他便不在湘江府里到处测字算卦解闷，而是闭门不出封住宅邸，只顾自己在家里修行，想要穿越阴阳寻找阴面。

　　风水门的老鼠们之前怕浔水河去淹，都躲了起来不敢回到洞里，而老白派出去一个探子回禀说浔水河已经回到了湘江府，而湘江府大门紧闭已经很久，于是老白便想回去看看。

　　彭瞎子以为蔡一不辞而别，而蔡一一直端坐在风水门的黑水塘里。回到风水门的老鼠们发现了池塘底部盘腿而坐的蔡一，可风水门并不行走江湖，江湖也不是鼠类的地盘，所以它们并不认得蔡一。

　　开始以为是个死人，费尽力气把它拖出池塘后，老白发现这老头还活着，于是便想在蔡一身上下根胡子，好当个大条。胡子倒是扎了进去，但是老白发现根本控制不了蔡一的身体，这是老白以前从未遇到的。

　　老白意识到这老头与众不同，便不再打这主意，而放着这么一个人在风水门总感觉不太踏实，这人也不知道是什么来头为何到此，万一会对风水门不利呢？红胖狐狸失踪后，老白知道眼下最重要的事还是繁殖。它不想弄这么一个不明不白的人在风水门，但又觉得这人肯定是位高人。想到不远处有一座庙宇，虽然破败但还可以避避风雨，于是便想把蔡一弄到庙里。

　　那个破庙确实残破，里面空无一物，也不知道是什么庙，供奉的是谁。老白知道这是位高人，不好随便丢在路边或者一棵树下，万一此人醒来发现风水门如此不敬怕是会招惹麻烦，于是便费了颇多周折才把蔡一拖到了那个庙里栖身，老白还备下了一些干粮饮水，派小的们时不时地去看看，如此安排妥当。

　　蔡一盘腿坐到了那个庙里，说来也非常巧，只是老白没注意到，破庙门上有一幅匾额，那匾额已经腐烂残破，但隐约能看到一个"一"字，这庙应该就是当年渔夫们为蔡一修建的一个庙，没想到还真是派上了用场。

　　安置完了蔡一又躲过沩水河相逼的这一劫难后，老白开始在风水门苦心经营和繁殖，特别是在水源枯竭后竭力守住风水门一众老鼠，才没使湘楚的鼠类灭绝。老白能够带领风水门活了下来，完全是因为有那口隐秘的池塘。那口池塘自始至终都没有枯竭，水不多，但靠了那一点水，风水门存活了下来。虽然死了不少同类，但菊花妈妈那一洞的小老鼠们都活了过来。

　　蔡一庙里的蔡一，脑袋里想的全是捕鱼，捕那条黑鲨。黑鲨在脑海中潜游了很久很久，但一如蔡一期望的那样，它终于咬了饵。

　　黑鲨确实太饿了，它根本无法再抵抗还淌着鲜血的诱饵，于是一根精细的鱼钩勾住了它的嘴。

　　蔡一却不着急收线，只是任由黑鲨带着鱼钩而去，等感觉线不走了，才缓缓地往回收一点。线那头要是继续又开始游动，蔡一便又放任它游去。如此这样反复，日复一日不断跟着这条巨鲨移动。

第十七章　彭瞎子的修行

只是黑鲨鱼咬线是咬线了，嘴巴里也勾着钩子，但是却不像一般鱼类那般逃窜。更多的时候，蔡一感觉是这条鱼带着他在走，有时候他分不清楚是他在捕鱼还是鱼在捕他。但凡是水里有动静的时候，都是蔡一被鱼拖着，仿佛只要自己不放手，便就是这条鱼的猎物。

在脑海里跟着黑鲨移动了两年后，它的速度终于降了下来，蔡一心想这应该就是时机到了，这条鱼已经精疲力竭了。那么按照平常对付一条鱼的办法，就应该把线收到头，然后用鱼叉来捕获猎物了。可并没有像一个渔夫想的那样，蔡一动手去收线，却发现那条线再也收不动了，线的那一头仿佛被系在了一个磐石上，无论如何使劲都收不回来一星半点，就这样鱼和渔夫僵持在了大海上。

彭瞎子说蔡一在脑海里和黑鲨相斗正酣的时候，他正在湘江府进行自己的修行。之前他确实在湘江里面淹死了很多人，那些人被他弄死后就沉到了江底，要说起来那些人确实都不是什么好人，个个都是杀人越货、心狠手辣或者是彭瞎子讨厌的那种人。至于哪些人是自己讨厌的人，彭瞎子自己也说不上来，总之遇到了人看个几眼，他便能觉得对不对眼，彭瞎子也不知道自己是哪里来的本事，就是坚信自己弄死的人都是坏人，但是没想到却遇到了麻烦。

本来这些被湘江之主彭瞎子随意淹死的人他是绝对不会再记得的了，可是彭瞎

子决定修行了以后，也就是他盘腿一坐想去寻找那个野士都能体会到的阴面的时候，却出了问题。彭瞎子是听蔡一说了这阴阳两面，但蔡一因为在湘江府也没停留多久，所以彭瞎子并没能得到多少真传。只是他听了一些片段后仿佛自己有所领悟，又看到过蔡一盘腿一坐就是一宿，便觉得自己盘腿一坐也就能找到这阴阳两面，于是他就天天盘腿一坐，吩咐沩水河小女人在外面把守。

谁知道彭瞎子只要盘腿一坐，稍微静下来一点，那些被他弄死过的坏人就都在心里一个个地跳了出来。彭瞎子从来就不曾记得那些人的长相和腔调，但此时那些人却一个个活灵活现地出现在他眼前。没有错，那些的确都是坏人，彭之润确实没有漏过一个坏人，不管是杀人如麻的强盗还是心肠歹毒的恶妇，不管是贪赃枉法的恶吏还是见死不救的小人，他们现在个个都笑脸鲜活的在彭瞎子眼前经过，仿佛是结伴而来在赴什么欢聚的饭局一般。彭瞎子被围在这群欢快的人里，才知道这些被自己杀死的人是在为他举办一个庆祝会，仿佛这些人在歌功颂德一般地感谢自己杀了他们。

彭瞎子越想越得意，看到被自己惩罚的恶人现在都在他眼前欢聚歌舞，他忍不住哈哈大笑起来："哈哈哈，哈哈哈！"这样一笑彭瞎子便醒了过来，他以为自己是在做梦，但他却分辨不出这到底是噩梦还是美梦。若说是噩梦，自己确实是高兴坏了；若说是美梦，这可是一群死于他手里的坏人，这群坏人这是想要报仇还是真想感谢自己呢？彭瞎子就是不明白为何自己只要盘腿一坐定神去想蔡一说的阴面，那些人就会赴约一般地准时到来。而只要在蒲团上一张眼，那些人便都消失不见，每次都是这样。

彭瞎子也不是傻子，他知道那是他自己的心魔，而如果这层心魔过不了，他是不会有任何进步的。他为了赶走横在他眼前的那些人试过很多办法，但是都毫无用处。那些人在平日里他干其他事情的时候从来都不出现，包括睡觉也是从来不梦到的，可只要彭瞎子打定主意准备好好去寻一下蔡一说的阴面，好不容易他感觉屋里一片寂静，他的湘江也一片寂静的时候，他放松自己正准备好好地体悟那阴面，甚至他都感觉到了阴面的气味正慢慢地浸入他的身体和毛孔，正当仿佛要有所得有所悟的时候，那些人就准时出现了，于是又是一场"欢聚"的舞会，直到喧闹到他受

不了睁开双眼。那场死于彭瞎子之手的人为他专门举办的一场舞会，充满了各种舞姿和仪态，而睁开双眼后，舞会马上就消失结束了。

彭瞎子说他寻找阴面遇阻时，蔡一正在庙里盘腿而坐，这期间湘楚同时发生了很大的变化，确切地说就是世界变干了，天已经不再下雨，而水系所有的水都在迅速枯竭。

彭瞎子自己受到了蔡一的启发去寻找阴面，遇到了自己从没有想到过的麻烦，他非常想得到蔡一的指引，可是蔡一被困一直都没有他的消息，彭瞎子却上了瘾，每天都闭眼一坐去寻找自己的"朋友"，也就是那些来给他开舞会的人。久而久之，彭瞎子把那些人认了个遍，这些人都快真正成了他的朋友了，彭瞎子一个个记住他们，并努力回忆起自己杀这些人的时候是怎样的一幅场景。

彭瞎子每天晚上逐一观察自己眼前的这些人，的的确确，这些人都不是什么好人，有一些人伪装成好人但明明就是个十足的坏蛋，更有一些是无恶不作的大坏蛋和恶人，彭瞎子越是想起这些人的不是就越觉得自己正确，因为就算是现在再给彭瞎子一次机会，他也会毫不犹豫地弄死他们。

但是，有一个人，彭瞎子却怎么都记不起来，彭瞎子不记得自己曾经弄死过这样一个人，可那个人却每次都在人群里跳着舞。彭瞎子很努力地去回忆那个人，可是每一次都记不得自己是在哪里何时曾经弄死了他。

彭瞎子努力面对每一个对着他跳舞的人，他凝视着每一个人的眼睛，正视他们的存在，他一个个像是对待自己的老朋友一样每天晚上陪着那些人跳舞，他看着他们每一个人的眼睛说话，告诉他们自己为何要弄死他们。慢慢的，来找彭瞎子跳舞的人越来越少，每一天来的人都比之前一天少，再后来屋子里就剩下几个人，这几个人来了几次后，来打搅彭瞎子寻找阴面的人，就剩下最后一个人。

这个人就是那个彭瞎子想破了脑袋也没有任何印象的人，这个人每天晚上都来找彭瞎子，有时候只要彭瞎子一盘腿一闭眼他就出现在了屋子里。他一个人给彭瞎子跳舞，就像在羞辱彭瞎子怎么会不记得自己，彭瞎子跟他说话也没有用，那个人只顾在彭瞎子周围跳舞。后来那个人不跳舞了，彭瞎子盘腿而坐，那人在他面前也盘腿而坐，而且也不说话。

"你到底是谁？"彭瞎子每次都问。那人就是不回答，彭瞎子想忽略这个人的存在，不去介意他的打搅。他心想也许只要不去介意，这人便会消失得无影无踪。彭瞎子决定忽略这人后果然有了很大的进步，有一次他甚至感觉到了阴面，突然一下来到了另一个世界。

那人坐在他对面，却突然说话了："我就是龙。"

这一下吓到了彭瞎子，他没听过任何那些其他人说话，他们只是在他面前跳舞，而这个人说话了，他真真实实地听到了。彭瞎子连忙睁眼，他一睁眼眼前的那人就不见了，留下一张空荡荡的蒲团。要重新见到那个人，又需要好一段时间的枯坐，直到感觉不到自己的身体，感觉不到听闻，然后一种异样的轻松飘然而至……

彭瞎子又见到了那个人，那个人还说自己是龙，这一下彭瞎子着急得很，因为蔡一之前急匆匆赶到湘江府，说龙要死在东海，最后的龙种将会被孕育出来，而他要找到那块可以让龙种变身的龙石，现在蔡一不见回，结果龙却来了。龙不光是来了，而且龙，死了。难道还是死在他彭瞎子的手里？要不它怎么会出现在那个舞会里呢？

舞会来的都是被彭瞎子弄死的人。他们一个个确实是死在他的手里，而且一个不少的都来了，唯独这个说自己是龙的人，彭瞎子确实是没有印象。而彭瞎子是绝对不可能弄死一条龙的，根本没有那种可能性，因为那是蝼蚁撼树、飞蛾扑火，以他彭瞎子想去杀死水族的龙是非常荒唐的一件事情，别说真的杀死，就是想一想都会是一种痴呆的表现。

又见了这人，彭瞎子连忙张口就问："你刚才说你是谁？"

那人开口说自己是龙。

彭瞎子大笑起来："你是龙？哈哈哈，你敢哄骗老子，小心我让你再死一回。"

那人听见彭瞎子说狠话也不怕他，跟彭瞎子一样笑了起来。他"呵呵呵"地冷笑三声，听得彭瞎子后背都发凉了。那人笑完了一转身，彭瞎子看到它脑后的头发披散垂下，一直拖到脚跟，而那散发中间有一缕黄色的毛发，从头顶一直垂到了脚跟。

龙须？彭瞎子惊了，难道那两撮互相缠绕的黄毛就是龙才会有的两根龙须？彭

瞎子想去看看那人到底什么长相，因为从头到尾他的脸都被散发遮挡着看不清楚，而那个人见彭瞎子想来扭头看自己，连忙把身子转了过去。

彭瞎子几次努力，那人自始至终都用后背对着他，彭瞎子看到的只是一团从头垂到地上的散发，中间垂着一缕黄毛。越是这样，彭瞎子对那人的长相就越好奇，他飞快地一转身想绕到那人的面前然后撩开他的头发看他的脸，但是那人却更快，等彭瞎子过来了他早就已经转了身，彭瞎子看到的还是一头的散发。彭瞎子不服，于是更快地移动身体转到那人的面前，可是无论彭瞎子多快，他腿一停住看到的还是那人的后背……

彭瞎子生气了，他坐在地上累了："他奶奶的，你到底是谁？"

那人后背在前挪了几步，好像这黄毛的后背是前胸一般。彭瞎子看这人能往后走路，就又凑过去看，这一次黄毛人没有躲开，只见那一头的头发被吹出一条缝，同时缝里出来个声音吓了彭瞎子一跳，头发的缝隙里还是在说："我是龙……"

彭瞎子问："奶奶的，你后面也长嘴巴了？你说你是龙，你的龙符何在？"

那人说自己没有龙符，彭瞎子说没有龙符那是何方的龙？

那人说我是一条死了的龙，一条被你杀死的龙。

彭瞎子大怒，他抽出自己的佩剑想杀死眼前这个胡言乱语的怪人，要知道彭瞎子是从来不曾记得自己杀过龙的，之所以没有这样的记忆，是因为彭瞎子从来就没有见过龙。没有见过龙怎么会杀死龙，所以这个人一定是在胡言乱语，若是冤枉自己杀了其他的人，彭瞎子也许是不会在乎的，但是说自己杀死了龙就不一样了，因为彭瞎子不想惹事，而如果有龙真的死在他的手里，那他麻烦就大了。

为了避免巨大的麻烦，彭瞎子决定杀死这个胡言乱语的人。看来这个人身手不俗，一般招式对付不了，彭瞎子便边寻思边等待机会，那人却一直跟彭瞎子保持着一段距离，彭瞎子便说话分散他的注意力，他问自己何时弄死的他。

那个人见彭瞎子这样问居然哭了起来，埋怨彭瞎子居然不记得是怎么杀了自己……彭瞎子见他大哭忘了防备，猛地从袖子里掏出一把利刃，"噗"的一声就刺进了那人的后腰……

利刃刺进去的同时，"哗"的一声从那人身上喷出一股激流溅了彭瞎子一脸。彭

瞎子吓了一大跳，完了，这下完了，这是水，那人身上喷出的是水，只有水族才可能在受伤的时候喷出水。那人身上的水却越喷越多，转眼就要把屋子给淹了，彭瞎子把脸上的水一抹，一舔嘴唇更是吓了一跳，这不是一般的水，不是湘江水，不是河水也不是长江水，这是海水。彭瞎子大惊睁眼从屋子里回过神来。好家伙，这下麻烦大了，那个人真的是龙。

只是他无论如何都想不起自己曾经弄死过龙，自己一生从未到过大海，除非是龙到了湘楚，到了他彭瞎子的地盘。可是，龙是不可能来湘楚的，而且龙就算是来过，自己肯定也是知道的，就算是自己知道龙来过，也是不可能去弄死他的，总之，这条龙不可能是死在自己手里。但是那些徘徊在自己脑海里阻挡自己寻找阴面的人，他们每一个都确实是死在自己手里，当彭瞎子想起来他们是怎么死的，那些人就各自散去了，只有这条龙，彭瞎子怎么都想不起来。彭瞎子虽然没想起来这人是谁，但他却非常肯定自己弄死的都不是善类，就算是这条龙死在自己手里，那么他肯定也是干了坏事，既然是干了坏事撞到他彭之润手里，也就怪不得他了。

当晚，彭瞎子静了两个时辰，才又见到了那人，屋子里到处都是水，那个人还是散开一头的长发背对着彭瞎子。他猫着腰扶着柱子站在已经淹到脚踝的水里，手上捂着后背，后背上是彭瞎子捅出来的那个口子，口子里还在汩汩地往外冒水，那人一只手捂着腰上的伤口，一边靠着柱子"哎哟哎哟"地在轻声叫唤。

彭瞎子这回客气多了，他开始叫那人前辈，"前辈，这位前辈，在下确实没想起来您，恕在下冒昧，您可否给些提示，也好让我想起您，您也好……"彭瞎子想说您也好早点走，但是没说出口。

那人这下答话了，他非常虚弱地说："我，我就住在这里啊……"

彭瞎子说："怎么会，您是条龙，应该住在海里，您怎么能住在我这里呢？前辈你告诉我，是在哪里遇到的我，哪怕是想起来一点点，我都有办法把您放出去。"

可是那个人却坚持说自己一直住在这里。彭瞎子说前辈怎么可能，这里难道是你的家不成？那人很肯定地回答说对，这里就是他的家，然后把头垂得更低，只顾"哎哟哎哟"地叫，根本不理他了。

这回彭瞎子不敢贸然动粗了，这可不是随便的哪个人，这可是条龙，之前还冒

失地捅了龙一刀，这要是放在平日里怕自己早就死了。只是奇怪的是自己捅了一刀，可这条龙却一点都没生气的样子，只是自己站在那里"哎哟哎哟"地叫唤，难道真有这么好脾气的龙不成？

看到他扶着柱子直哼哼，彭瞎子便想趁他不注意再去看看他的脸。他知道要抓住一条龙是很难的，但龙也有自己的一个小弱点，这个弱点不是别的，就是那人背后一头乱发中的那缕黄毛。对，就是龙须。

只要抓住了龙须，就算是抓住龙了，不管他怎么扑腾，只要把龙须拽在自己手里，龙肯定就跑不掉，只是龙太威猛，根本不会给人抓住龙须的机会。彭瞎子觉得眼下这条龙就算是龙，也是非常虚弱的龙，而且，彭瞎子还觉得这条龙，好像还有点傻……

彭瞎子刚刚想找时机去抓住龙须，却突然感觉自己的身体开始摇晃起来，连腿脚都站不稳了，摇晃中彭瞎子还观察到了可以抓住龙须的机会，他马上伸出手去抓龙须，眼看就要抓住了，可是眼前的黄毛人却不见了。

彭瞎子挥舞着两只手从自己府邸里的书房里睁开眼睛。原来是沩水河小女人在摇自己，他刚想发火骂她为何要来打搅自己，沩水河小女人急匆匆地呃呃乱叫起来，边叫边指着外面。彭瞎子一看沩水河小女人这副样子，肯定是外面出了什么大事，连忙下座穿鞋来到大门外。

果然，只见大门外，湘江竟然断流，水全都干了。彭瞎子大惊，湘江水都跑去了哪里？！他一心在大宅里闭关打坐寻找阴面，却忘记了时间，沩水河眼看江水越来越少十分着急，而这一天湘江断流了，再没有一点水从湘江府前流过，沩水河便着急了，她推开门径直走到彭瞎子面前把他摇醒。

彭瞎子拿出一面怀里的水文扇打开看了片刻，然后绝望地说："龙死了。"

龙，真的像蔡一说的那样，死了。而跟湘江一样，蔡一脑海中的大海也开始萎缩，本来跟现实应该没有关系的脑海，也一天一天变得干涸起来。蔡一感觉水面在慢慢下沉，而水里逐渐露出一条巨大的黑色大鱼。它正在奋力地想要摆脱缠绕在嘴里的鱼钩。

第十八章　渔夫的后手

　　这条鱼的尺寸是蔡一从未经历的，那条大鱼仿佛一座大山一般，而蔡一看起来就像是这山上的一块石头而已。而即便是遇到这么大一条鱼，蔡一也并没有被吓到，只要是鱼，蔡一就有办法。眼下没有了水，反而不是坏事，因为鱼比人更需要水。

　　只是这条鱼太大了，蔡一的世界里从来没走进来过这么大的一条鱼，他一个渔夫为捕获到这么大的一条鱼开心地笑了起来。只是随着水位不断下降，这条鱼也变得越来越小，在水完全离开脑海的时候，这一条鱼变得前所未有的小，小小的它变得十分的虚弱，静静地躺在地上一副垂死的模样。

　　蔡一虽然捕鱼，但是他却最爱惜鱼，特别是这种缺水垂死的鱼，渔夫虽然捕鱼吃鱼，但看不得一条缺水的小鱼就死在自己的眼前，平时遇到这样的鱼也是随手一丢就扔回水里。蔡一想起自己船上还有一个陶罐，那陶罐里面还有仅剩的清水，便想把这条鱼拿起来放在罐子里。

　　那条在水里曾经大得如山一般的大黑鲨鱼，现在已经萎缩到只有一个指头般大，仿佛它身上所有的水也跟着脑海消失了一般。蔡一俯下身把垂死的小鱼拿起来，他知道现在水源出了问题，外面的世界应该已经早就乱作一团，他着急把自己脑袋里的事情做个了结，好去寻找那个可以让龙种变身的龙石，本来要不是这条黑鲨作梗，他应该早就找到龙石了。

蔡一想放手把它放进罐子里，谁知道拿在蔡一手里的那条小鱼却纹丝不动地沾到了蔡一的手里。蔡一摆了摆手想把小鱼甩到罐子里，却发现那条鱼牢牢地沾到了自己手上，再想拿手去抓却为时已晚，那鱼风干了一般消失不见，在蔡一手里留下一个鱼形印记。蔡一大叫不好，从那个蔡一庙里醒了过来……

这一下惊动了在庙里窝点居住的风水门的两只老鼠，这么久以来此人一直盘腿而坐，不吃不喝，一动不动，眼下怎么突然大叫着不好醒了过来？两只老鼠吓得"嗖"的一下马上进洞而去，直奔风水门大洞去告诉老白。

醒过来的蔡一跟跄着回到自己的家，他的脸上嬉笑怒骂交替出现，然后定格在了毫无表情。脑海里黑鲨缩成一条小黑鱼从蔡一手上钻了进去，用不了多久便会完全占住他的身体。

蔡一把黑鲨封在自己的脑海里，本来是想一举消灭它。现在眼看黑鲨就要占了上风，但毕竟是行走江湖一辈子的渔夫，他早就给自己留下了后手，才不至于败得无法翻身。

渔夫的后手本来是专门给捕鱼用的，因为捕鱼这事玩的是水，而水并非人的世界，风水门藏风防水和渔夫为自己留个后手其实都大同小异。一个好的渔夫之所以能够平安，并不是他长了一副鱼鳃，而是渔夫给自己所留的后手。

有很多关于渔夫蔡一的故事，都只是传说，有一些事可能跟他一点关系也没有。水路上本来就是些英雄好汉穿行的地方，但是也有很多恶霸流氓，但凡是水路走得远一点，都要说自己是拜了大哥的。遇到些时候，需要报出大哥的名号，水道上听了名号便知道是哪一路，遇到仇家便报仇，遇到一家便说是一家，几百年都是如此。后来出了蔡一，渔夫们都说自己是蔡一的人，就能通行得了江湖，省下一些麻烦（只是到了海里便不好用了）。

蔡一在蔡一庙里醒来后，虽然步履蹒跚却走回了铜官。蔡九的养母并不知道他到底是经历了什么，老头之前说是出门去找儿子，没想到回来后便完全痴呆了，只以为是儿子走失给他的打击过大。

彭瞎子以前也知道蔡一，但从没见过。一是因为蔡一很少露面，二是彭瞎子自己也不愿意见人。虽然掌管湘江的水文，但彭瞎子更喜欢扮成一个算命先生到处招

摇，他一边是想了解自己地盘上的一些情况，但主要是喜欢开人的玩笑和骗人玩，在码头看到了他觉得是坏蛋的人，便在人家过江的时候使出手段弄死。那些死了的人便沉到了江底，过不了多少时日就会被鱼吃掉，只剩下一具骨架白晃晃地落在河床上，彭瞎子还当自己是喂了湘江里的那些鱼。

三太爷在故事里写道，要说湘江府是干什么的，可能普通人都不太清楚，湘楚地理水文只是整个水系的一部分，而那些被称为是水族的人，其实并没有生活在普通人中间。他们的归宿和老巢就如同风水门一般是常人无法察觉到的，跟风水门一样，也许你偶尔能看到他们，但是他们的底细，你是绝不可能知道的。

本来彭瞎子和沩水河这些水族也是不大可能为人所知的，更不会跟自己根本就瞧不上的风水门之流在街上动手，可涉及水源就没有办法了。彭瞎子虽然纨绔又古怪，他圈住自己的地盘不入流，又不理会什么其他的同族，但是水源出事他也是不可能不管的。

而彭瞎子其实非常清楚蔡一说的那块龙石是做什么用的。蔡一说那东西自己藏到了阴面，彭瞎子也其实不是第一次听说，他祖上曾经有祖宗也说过，如今听蔡一说起，他才又想起来了祖宗……

再说蔡一慈悲，没能制住黑鲨，结果让它占了上风，直到最后不得已使出了渔夫的后手。

所谓后手，其实就是渔夫自保的手段，行船走水总不免遇到风险，人要气鱼要水，这是谁都改变不了的事情。彭瞎子弄死那么多人，使的手段都非常简单，统统都是淹死的。而蔡一却淹不死，蔡一早年捕鱼无数造下杀业，后来自己打抱不平又被江湖的好汉追捧为传奇渔夫，但有一年行船却迷失了方向，同彭瞎子的祖辈一样，他也遇到了野士岭，一座漂浮在水面的山。

但是蔡一跟彭瞎子的先人不同，蔡一不光是遇到了野士岭，还在野士岭待了很长时间。蔡一对野士岭的记忆完全不像彭瞎子先辈那般朦胧，彭瞎子的先辈只是仰望了一下野士岭，便随缘而去。但蔡一却在野士岭上待了一辈子，而他所经历的，实在无从说起。

蔡一在野士岭上证悟据说是最纯粹和原始的真理，看到了最深刻和最原始的奥

秘，然后他在野士岭上死去。他在野士岭上死去后却在自己那条迷失的小船上醒来，仿佛那在野士岭的一生完全就是他的一个梦，但是蔡一知道那不是什么梦，那是比自己作为渔夫的一生更加真实的生命。

彭瞎子一再想向蔡九阐述蔡一证悟的道理，但他自己也越说越糊涂，蔡九也根本没有听懂，其实彭瞎子只是想表达一下自己的崇拜，因为他自己是弄不明白那些道理的，至少在那个时候他是不懂的。

蔡一从小船上醒来，除了头脑里装载了那段野士岭的经历外并没有获得什么神奇的宝物，他仍然是会淹死的人，但是却已经真正脱胎换骨。他此后便不再捕鱼，而是进了林山寺，后来灰汤出了事，蔡一从庙里出来在灰汤锅子旁留下一串佛珠，然后跳了下去，而渔夫的后手就是灰汤锅子里留下的，而蔡一跳进灰汤锅子的原因也并不是江湖传言的去超度什么当年惨死的三万多冤魂。

可能是湘楚发生过的事情太多，渔民们又喜欢编故事，说着显得自己见多识广，再来就是渔民们确实崇拜蔡一，什么悲壮豪情的故事总往蔡一身上扯一扯，一来二去的便故事无数，把蔡一传得神乎其神。蔡九小时候听到那个灰汤的故事也吓得不行，想想那么好几万人，被地热水炖成了一锅汤，最后阴魂不散把皇帝的"龙脉财富"给抢走，还憋出一座爆发的火山。幸好来了这么一位得道高僧，纵身一跳去解这一劫，本以为此人已死，结果两百年后他又重出江湖钓起了龙种，还吓出皇帝老爷一身冷汗。

彭瞎子却说蔡一当年从林山寺下山，跳进灰汤不假，但他这一去跟去超度什么亡魂以及什么财富毫无关系。蔡一去灰汤，其实是为了解救一窝虫子。听彭瞎子说蔡一当年是为了救一窝虫子，蔡九觉得非常意外，因为那个灰汤的故事有各种的版本没错，但大意都是说在灰汤煮了一锅人汤，然后冤魂种种报复，最后有高人出手，但从来没有人提起蔡一是去救一窝虫子。

彭瞎子说那不是一窝普通的虫子。乡野之地虫子很多，风水门的洞里便有不少能够放光的虫子，当年胡麻子被困在土牢里还吃了不少虫子，但是彭瞎子说不是这类普通虫子。

在沙漠里彭瞎子领着蔡九和风水门一众老鼠去找那只老山羊，一路上说起来这

么多蔡九不知道事情，听得胡麻子身上的老白也一直啧啧称奇都忘了插嘴，但眼下彭瞎子提起说蔡一去救的这一窝虫子，老白却是不陌生的，这些虫子·风水门也遇到过。

老白当年为了一口生计，跟几个兄弟偷偷溜上一条大船，本来以为晚上是不会有人走船了，这样上了船偷到点吃食便能在天亮前下去，哪里知道一过半夜子时，船就动了。

别看彭之润现如今家败业败，搞得自己一点水都没有就不说了，但湘江府当年还是曾经威武过的。最威武的时候有上百条大船，一到六月初五便巡游湘江。那一年是彭瞎子第一次巡游，而碰巧老白混进的就是他的船队。

六月初五这一天是一个大日子，这一天据说是龙的生日。虽然龙在东海很少露面，但水族在这一天是要庆祝的，而水族巡游早就是一个传统。这一年彭瞎子刚从去世的父亲那里接过湘江府，所以当年的巡游格外隆重。

话说水族处世一直低调，不过说实话彭瞎子倒是想显摆显摆，毕竟他在湘楚的赌场和码头里招摇了也有不少时候，要说认识他的人也不少，那时候他眼睛没瞎，人也长得俊俏，而且还很有钱。不过有钱虽有钱，但人除了喜欢钱更爱权贵，彭瞎子无非也就是个富贵角色而已，遇到几个当官的，彭之润也是受过气的，轻一点胭脂楼喜欢的女子被人抢走，重一点被官府里的几个公子揍一顿丢到街上。

如今，彭之润得了湘江府，又是第一次船队巡游，他何尝不想在那些跋扈嚣张的公子面前得意一下，又或者让几个相好的女子看一看。但是，还就是不行。因为，水族对于人世间来说，还是个非常隐秘的存在，彭之润之所以能够在湘楚的地面上招摇，一是因为他不守规矩，二是彭之润自己有半副人身，不得已要去接一接世间的地气，免得坏了身子。

但是，湘江府的其他东西便不是了，那些大船还有湘江府那些家丁、仆役、丫鬟、太太们，人是看不见的。对于人来说，他们是神秘和不可能接近的存在，所以即便是一整条船队巡游在湘江上，人也是见不到的。人世间传言想见到水族的船队，只有唯一的一个途径，那就是遇到神鬼莫测的白毛子大雾。

风水门却不必等什么大雾，这也是风水门的神奇所在，这些对人来说肮脏下贱

的家伙，其实看到的东西比人多，基本没有什么东西是老鼠看不到的。在老鼠的眼界里，没什么东西被隐藏或者变得意义深重又无迹可寻，老鼠们真实地知道各种各样的存在。所以，那些虫子老白也看见了。

那天上弦月，彭之润船队起航，十几条大船张灯结彩鱼贯前行，新任的湘江之主在龙诞日子时准时起航，威风凛凛地巡游自己的地盘。

湘江就是一条普通的河，可在水族的族谱里，湘江却有一个让人匪夷所思的排位，连彭之润自己都不理解为什么龙要那么安排，而今天自己世袭湘江来第一次巡游还有件最重要的事情，那就是得到龙的祝福。虽然彭之润世袭了湘江之主，但是水都是龙的，按照传统他需要得到龙对他上任的祝福和加持。

这就需要召唤"神龙虫子"。

在龙诞日丑时召唤"神龙虫子"，是一个最重要的仪式。召唤出神龙虫子，让神龙虫子当着湘江所有水族的面停在自己的额头上，这便算是得到了龙的认可，真正成了湘江的主人。

这一巡游，湘江的水族都出来庆贺，其实也都是想看看彭之润召唤出"神龙虫子"，大部分的水族活着的时候都没有见过什么"神龙虫子"，而只有在湘江之主上任的时候才会有这样一个仪式来重新见证来自于龙的影响。

大船鱼贯而行开出湘江府，上了江心又走了一段。这时一轮满月挂在天空，湘江江面上江风徐徐，大船停住。大家都从船里走出来，迫不及待地开始交头接耳，首先彭之润能不能召唤出"神龙虫子"，然后如果"神龙虫子"真的现身，它能不能停到彭瞎子额头上，这两件重要的事情吊足了所有水族的胃口。

船行江心停了好久，大家都在等彭之润。彭之润焚香洒酒念咒搞足了神秘后，终于从怀里掏出了一团丝绸包住的东西，解开那团丝绸，原来是一个很小的玉瓶子。彭瞎子一掏出这个东西，船队里传来一阵哇呜的惊叹声，然后马上变得鸦雀无声。整条湘江此刻也都仿佛停住，天上的月亮愈发显得明亮，大家都在看着彭之润。

彭之润右手一抖，把手从袖子里伸出来，然后他拿住左手的那个小瓶子走到了船头。他把那小玉瓶子高高举起朝着众人示意一下，然后伸出船外，从那玉瓶子里面滴出来几滴液体，那几滴东西从瓶子里滑出滴到了湘江里。

几滴东西滴进江水里，然后所有人都在等待，仿佛大家在期待湘江裂开一条缝，然后从里面走出来个什么东西。

但是很久过去也没有见到湘江里有任何反应，没有打开一条缝，也没有神龙虫子，没有任何哪怕丝毫的一些变化，时间过去了半炷香的工夫，却什么都没有发生。

又过了许久，居然还是什么都没有。实在是等得着急，彭瞎子看没有反应连忙又往江里滴了三滴，他自己也变得有些慌乱起来，但是没有人看得出来。上次湘江召唤"神龙虫子"还是彭之润的父亲做湘江之主的时候了，而在场能活到现在的水族没有一个，就是说神龙虫子什么样，还真是没有人亲眼见过。

现在彭之润按照父亲的遗嘱，在这个龙诞日六月初五的丑时来巡游湘江，然后往湘江里滴下了三滴祖传的召唤"神龙虫子"的神龙水。结果等了这么久，却根本没有任何的反应，空气里显得有一股子尴尬，彭之润自己都感觉有一丝滑稽。

等了这么久，刚才仿佛停住的湘江像都没有耐性又奔腾起来，而之前在船上忙活的人也开始再做起手头的事情，大家像是都忘记了神龙虫子又变得喧闹起来，只有彭瞎子自己一个人站在船头上像是一个傻子。

但是，沩水河却一直像是察觉到了什么，她听到了上游的异动，隐隐一阵隆隆声从上游传来，仿佛有东西正在靠近。开始的时候并不明显，但现在愈发可以分辨出来。

随着隆隆声靠近，一时间湘江水汽弥漫，等声音足够近的时候整个船队才注意到，那些在干活的水族们重新抬起头来。那声音越来越明显越来越大，听起来像是来了一阵巨浪。那阵巨浪翻滚一般的声音慢慢地接近，变得越来越近，那恐怖的声音在可以辨识后变得铺天盖地地越来越响，让人感觉如果不马上逃走，整条船队马上就会被冲得七零八落。

但是却没有见到巨浪涌来，那隆隆声在要接近湘江府船队时，又突然变得安静下来，好像奔涌过来的大浪在靠近了船队后停了下来。大家都在期待会是什么从上游这么大阵势冲了过来，结果到了眼前却只剩下一片寂静。

水汽突然变得铺天盖地，整个湘江府的船队都被包裹起来，刚才那还在半空中高挂的满月也不见了踪影。这情况就好像不大对了，像极了是湘江府曾经遭遇过的

一次被围，那一次湘江府损兵折将损失惨重，人群里沩水河出来像一道闪电般扑通一声跳进水里，湘江府马上开始戒备。首先，所有的船灯全部被熄灭。然后，沩水河在船队周围设置起一道沩水屏障。彭之润站上船头准备迎敌。

来的，却不是湘江府的宿敌，寂静了也只有片刻，然后江底突然汩汩地往上冒泡，仿佛整条湘江都被煮开了一般。随着气泡翻滚，彭之润先是闻到一股浓烈的硫黄味。气泡又翻腾了好一会儿才停了下来，此时江面的气味变得十分的古怪，那味道从普通的硫黄味变成了一股子莫可名状的气味，但是闻到这股气味，彭之润却一下就高兴起来。

那就是"神龙虫子"的气味。

第十九章　神龙虫子

而此时，大船上藏身的老白早已经吃饱，本来想上船偷点东西就走，结果船一开把它带到了江上，现在不得已也只好跟着一起看看热闹。它跟几个兄弟溜到了桅杆上的船帆里，觉得这地方比较高好像安全一些，然后几双老鼠眼睛瞪着下面等着机会好逃走。

那股子古怪气味冒出来没多久后，老白看到一片雾气中，江水里浮现出了几个"人头"，那几个"人头"披着长长的头发，正发着黄光从水面升起。再低头一看底下的湘江府，彭之润正跪着，大部分人也都跪到了地上，还有一些人只是傻傻地看着空中忘记了跪下。

披着长发的"人头"升到河面上后开始胡乱旋转，然后慢慢到了半空中，接着像是无头苍蝇一般随意飘荡，乱窜了一阵好像是分清楚了方向，又开始像是在寻找什么目标。

老白几个人不是湘江府的，说实话吃湘江府的饭，这还是第一顿，以前还从没见过彭之润的船队，也就是听说过而已，没想到这一天彭之润把湘江府当家底的大船都拉了出来，老白它们肚子实在是饿才壮着胆子上了船。风水门觉得自己那可是天不怕地不怕的，也从来没给什么门外的人下过跪，看到眼下湘江府的人都齐刷刷跪下来，在老白他们几个看来，觉得人家湘江府显得不够硬气。

那发光的"人头"现在明显是在找什么东西，有一个发光的"人头"还好像注意到了老白他们几个，从下面升了起来直接往老白它们这来，再一看都飞到自己眼前了，老白一个兄弟叫宁大耳的，想都没想"呱"的一下就一爪子扇了过去。

宁大耳从来没怕过什么，虽然是只老鼠，但它有狗一般的胆量、力气和脾气。虽然老鼠爪子短没有抓到什么，但那若隐若现的发光"人头"却受了惊，它稍加停顿像是迟疑了一下，然后意识到了危险开始往旁边躲避。宁大耳哪管它是人是鬼，又伸出爪子一通抓。那"人头"漂浮着左右躲闪速度变快，宁大耳接着又是一扑撞了过去，眼看就要扑到，那"人头"披着长发忽的一下就升了起来。

宁大耳没有得手，还来了气，忘记自己是在一条船的桅杆上。它这会儿开始凶巴巴的像一条狗般缩着脖子张着毛"呜呜"起来。

那发光"人头"也慌了神，刚才迅速一升起躲开宁大耳，但这一受惊便没顾上左右，那飘着的长发被缠在了桅杆上。这下可好，"人头"扑腾了几下被挂在了船帆上。

一见机会来了，宁大耳欢快地一个箭步冲了上去，扎扎实实地咬住"人头"，然后拖到脚下。老白颇为惊喜，原想这水里面随着迷雾浮出来的东西应该很难对付，但没想到这鬼怪"人头"并不厉害，几下就被它们风水门给制服了。

再仔细一看，发现宁大耳咬着的不过只是湘江里随处可见的水藻而已。但是，水藻里面却有一只翅膀体型硕大的甲虫，正忽闪忽闪发着白光。这甲虫被水藻缠着正在挣扎，老白凑近一看吓了一跳，这虫子怎么长得如此丑陋，而且居然还有一张枯槁的脸。那脸上仿佛嘴巴鼻子眼睛耳朵都挤在了一起，脸上的小洞里还伸出来两只獠牙，一股黏液正从小洞里顺着獠牙淌了出来。

好丑的虫子啊，老白都泛出一阵恶心。虫子好像也看到了老白，它突然一张口，对准眼前老白的尾巴狠狠咬了一口。一阵剧痛袭来，老白差点没从桅杆上掉下去。那大虫子挣脱挂在身上的水藻，"嗡"的一声飞了起来。

这一幕，下面的彭之润和湘江府一众却没有看见，眼看虫子飞了起来，下面一片欢腾。"神龙虫子！快看神龙虫子！"一看天空中一共飞舞着六只这样的虫子，这六只虫子身上开始变得越来越耀眼，发出一种湘江府从未见过的光泽和颜色。

　　彭之润心里一阵迷惑，因为按照父亲的交代，应该是飞来三只虫子的，这一下来了六只，但一想自己本来是应该往江里滴三滴神龙水的，自己着急多滴了三滴，所以就来了六只吧。可眼下不是琢磨虫子数量的时候，最要紧的是抓住时辰，让虫子飞下来停在自己的额头上，否则虫子一飞走就又要再等一年。

　　彭之润心里着急，按照仪式他马上从怀里取出了湘江封印，然后迎风展开戴到了自己的额头上。湘江封印一露，全场再次变得鸦雀无声，水族们屏吸等待的时候到了，空中的虫子也变得更加透亮，所有人都在等神龙虫子飞上彭之润的额头。

　　随着汝河水漂泊到此，从铺子里下了楼后在沙漠里一路走着，正听到彭瞎子召唤出神龙虫子准备等虫子飞上额头，一下远处的沙漠里突然冒出一个巨大的黑影。

　　蔡九被吓了一大跳，那黑影是一尾巨大的鱼鳍，那尾鱼鳍乌黑透亮在沙漠中破沙游动，所到之处摩擦着沙子发出一阵哗哗的响声，正迅速向蔡九这边逼近，一看让人有种错觉仿佛这沙漠成了大海一般。蔡九没有见过这么大的鱼鳍，那鱼鳍从沙漠中划过把太阳都挡了个严严实实，阴影像一座小山一般横在眼前，光看这么大一尾鱼鳍，都不敢去想那沙子下面会是多大的一条鱼。

　　蔡九受了惊，彭之润却好像见怪不怪，他正刚想说那晚神龙虫子的事情，结果被这突然出现的一尾鱼鳍给打断。他告诉蔡九那便是之前他兄弟胡麻子放出来的黑鲨，现在这黑鲨到处在找自己的容身之地，别看它来势汹汹，但是害不了人，因为灵魂在阴面掀起的波澜只会停留在脑海里，却伤不到人的身体，要伤也就是伤一伤人的心。

　　蔡九非常纳闷，明明是巨大的危险就要来临，可是彭瞎子说的话却显得这么不伦不类，眼下如果不赶紧使些手段，那黑鲨一游过来，大家都会成了它牙缝里的东西。再一看旁边的老白也是一副见过大场面的样子，呆子胡麻子的脸上也一点害怕的表情都没有。

　　果然，那巨大的黑影靠了过来，感觉一股排山倒海的力量马上逼近，蔡九下意识地一躲。那巨鳍在眼前划过掀起一大片黄沙，眼看黄沙就如海水一般就要溅到身上，但是却什么都没有发生。如幻象一般，感觉那尾巨鳍像一阵烟雾一般从蔡九身上穿过，连一阵风都没有出现。

彭瞎子说:"不要去想,现在它只会伤心,不要去想它。"

蔡九不明白彭瞎子说的伤心是什么。

彭瞎子一指指胡麻子说:"你兄弟就是被伤到了心,所以他傻了。"

听彭瞎子说胡麻子伤了心,蔡九还有些不太信,因为自己这个兄弟从小就是那般大大咧咧心眼不小,不过心伤了就伤了吧,只要人还活着就好。

那尾巨鳍来势汹汹但走得也快,一转眼它就已经消失在沙漠远处,继续去寻找它的栖身之所。

一路听着彭瞎子和老白一唱一和,一个从小在其中长大,自己却毫无所知的陌生世界慢慢在蔡九心里浮现出一角,但他熟悉的那个世界却好像已经完全地消失了。

听着彭之润眉飞色舞地说自己过去的事情,蔡九也开始怀念自己的过去,他非常想回到以前的铜官继续过着他的幸福生活,可是一切都已经不在了,自己深爱的妻子那天突然变成另外一个女人,而儿子走散至今没有下落,那个自己眷恋的铜官也沉没在了沙子里。

蔡九正回忆起自己的过去,那尾巨大的鱼鳍又游了回来,它在沙漠远处兜了一个大圈,然后一转弯又朝着这边拐了过来,它这次再过来,蔡九就不慌乱了,风水门的那些老鼠也都比之前镇定了很多。果然,那家伙又游过来,这一次没有直接撞过来而是从旁边滑了过去。

这尾鱼鳍后来时不时地就在沙漠里出现一下,有时候它从很远的地方冲过来,有时候只是在沙漠上浮现一下便马上就消失了,次数多了大家都不再在意了。

蔡九问彭之润还要走多久,彭之润说等看到了水,就到了。

彭之润继续说那一天晚上他召唤出神龙虫子,正等着它停上自己的额头,可没想发生了他之前未曾想过的状况。他正欢天喜地地盼着神龙虫子飞下来停上自己的额头,然后全族欢天喜地地开始巡游,而空中的虫子也发现了他,那只咬过老白的虫子挣脱了水藻所以飞得比其他的虫子都快,它朝着彭之润飞了过来。

彭之润一看虫子飞了过来,笑得嘴巴都没合拢。可是彭之润还不知道自己就是最后的湘江之主,也许这是他和湘江的宿命,那时候水源暂且充沛,东海也无巨变,谁都想不到日后的这一片荒芜。

也不知晓是什么缘由让湘江之主在上任时走这么一个仪式，彭家留下的神龙水本来就不多，本来一次只用三滴，但那一天彭之润着急多滴了三滴后，玉瓶子里面便空了，但也正好赶巧是遇到了最后一任湘江之主，没算白白糟蹋掉祖宗留下的东西。后来彭瞎子还经常后悔自己多滴了三滴，说要不是自己着急，这湘江之主他彭家也许还能坐上一代。

而神龙虫子有一个秘密彭瞎子却并不知道，这虫子确实不是俗物，那神龙水据说是龙身上的东西，只要闻到了神龙水，哪怕是隔着百里，神龙虫子也会迅速赶来。至于神龙虫子停在新任湘江之主的额头上，可能和那被称作是湘江封印的头巾有关，但那头巾是不是有什么秘密，彭之润自然是不会说的。

彭之润之前也只见过神龙虫子两次，一次是他爷爷在龙诞日任湘江之主，一次是他父亲，他并不知道这神龙虫子还有哪里稀奇，但是不巧这个秘密当晚被老白发现了。

之所以被老白发现，是因为神龙虫子咬了它一口，老白被咬了一口后开始只是感觉一阵剧痛，后来那虫子挣脱水藻飞到了空中，老白还兴致勃勃地去看下面湘江府的热闹，但是不久后旁边的宁大耳却吓了一大跳。

宁大耳和几个兄弟发现老白起了变化——老白的尾巴不见了。宁大耳以为自己眼花了，再仔细一看，老白的尾巴真的不见了。它一拍自己带上船的几个小兄弟，那几个也吓了一跳，刚才老白的尾巴明明还在的。

宁大耳连忙想过去告诉老白，一接近却发现老白虽然在饶有兴致地看着热闹，但是它的整个身体变得模糊和透明起来，宁大耳自出了紧骨洞以来还没见过这般情况，幸好它尾巴紧紧勾住了旁边的船帆，不然早就吓得掉了下去。它招呼几个小弟不要过来，以为老白是中了什么邪。

宁大耳爪子都吓得伸到了嘴巴里，它看到老白的整个身子像是被空气融化了一般，又或者是正在变成空气慢慢消失。宁大耳张口结舌地看着老白的时候，老白也发现了宁大耳。它一转头冲着宁大耳问："大耳，你在作甚啊？"

老白转过来的脸上已经见不到了眼睛和耳朵了，只有一张尖嘴在半空中说话。宁大耳那几个小弟这下也发现老白出了状况。它只剩下一张尖嘴在空中对着宁大耳

一张一合地问话，但照样喷了宁大耳一脸口水。

船上的彭之润正一脸憨笑等着神龙虫子降临，这可是他人生中最重要的时刻，看着通体放光的神龙虫子飞过来，感觉是自己的宿命正在靠拢，那虫影在彭之润的憧憬中变成了一团温暖的光晕就要把彭之润包围在其中。

神龙虫子从天而降，眼看就要停上新任湘江之主的额头，然后水族一片振奋欢腾，湘江从此开启新的纪元。但是事情却没这么顺利，彭之润从那团接近的光影中眼睛睁开一条小缝想瞻仰一下神龙虫子，但是他一睁眼看到那团从天而降的光影中的却不是什么神龙虫子，而是一只尖嘴长耳的白毛老鼠。

这一下就惊到了彭之润，等确实发现那正在接近的一团东西是一只老鼠后他一阵慌乱马上躲避，要知道彭之润最不喜欢的就是老鼠，老鼠不是什么水里生养的东西，而且但凡彭之润遇到老鼠都是杀无赦的。在他看来，老鼠这东西坏水，所谓坏水就是老鼠会把水文弄坏弄脏，而水一弄坏就影响水族的生养，所以老鼠必须杀。这一下可好，这么重要的场合这么重要的仪式，半空中突然飞来一只自己最讨厌的老鼠，彭之润别提有多生气了。

那从半空中飞向彭之润的老鼠，正是老白。老白之所以从船上的桅杆上飞到了彭之润眼前，是因为神龙虫子会吸走被它咬过的身体，并带着这个身体所有的血肉骨骼飞走，所以看起来就像虫子变成了被它咬过的东西。而那些被咬过的东西在失去了自己的身体后，它没有身体依附的灵魂便会往北飞升，变成白毛子大雾的一部分。

那一天老白却捡回来了一条命，因为彭之润手起刀落，把眼前飞来的东西劈成了两半。本来老白是会完全消失的，但它那一张尖嘴却顽强地挺了好久，而只要尖嘴还在身体就没有完全消失，灵魂也就不会离开。

彭之润一刀劈过去，空中掉下来两瓣东西，落地后一看却不是老鼠而是掉下来两瓣虫子，那神龙虫子被他一刀劈成了两半。彭之润额头马上就冒出汗来，他顿时大惊失色，明明是一只老鼠飞了过来，怎么就变成虫子了？

他已经忘记了神龙虫子的传说，那传说讲神龙虫子咬了什么就会变成什么，直到被咬的东西消失不见，神龙虫子才会变回自己原来的样子，但是那些被他咬过的

东西就真的消失了。神龙虫子是不随便咬东西的，因为它们是神龙的侍者，而那些被它们咬过消失的东西其实都是去喂了龙，而龙是不会随便乱吃东西的。

彭之润一刀砍过去，这一刀砍死了神龙虫子却救了老白，那两瓣虫子一落地，宁大耳就发现老白的嘴巴耳朵尾巴身子都回来了。要是再晚一步，老白那张尖嘴一消失不见，魂魄就会无处安身而走，老白就这样捡回来一条命。

神龙虫子被劈成两半掉落下来，可是虫子身上的光影却没有，它身上的那团光并没有消失或者跟着一起掉落，而是仍然停留在原处。彭之润刀还未落，剩下的那五只虫子马上意识到了危险，空气中其他五团光影也停住不动了。

彭之润刚一抬头去看，突然"嘭"的一声，被砍到的那只虫子留下的那一团光影变成了一大团火球。那火球把彭之润的眉毛都烧到了，而剩下的那五只虫子马上就像意识到了什么开始慌不择路地四散飞升，那样子仿佛是要逃离什么巨大的险境。

果然，很快那团空气中由虫子光影化成的火球变得越来越大，没等彭之润回过神来，他脚下的那条大船就已经着了火，那火球飞舞乱窜越烧越大，最后整条船队都被点着，一阵烈焰腾空烧得噼啪作响。

大火吞噬着湘江府的船队，火烧得很大，根本就无法熄灭……湘江府一众纷纷跳水保命，那些围观的水族也四散逃走。

彭之润头发胡子都被烧焦，一身的礼服帽子不知了去向，看到自己祖上一直传到现在的船队被烧得七零八落，他着急伤心地生气叫喊，可是都没有用。明明是在湘江中间，又是一众水族在此救火，按理说是不可能有如此张狂的大火，但是那火就是烧得那么旺盛和彻底，没有一条船侥幸脱身。

彭之润开始一把鼻涕一把眼泪地哭自己的船队，湘江府纵横江湖，哪一条船不是浪里雨里多年出生入死地相随相伴，就算是普通渔夫也会心疼自己的小船，更不要说彭家这种大户。那条条大船都是彭家的命，十几条大船都是一代代遗留下来的祖产，每一条都有自己的故事和作为，经历了这么多风雨波折，结果今天全部毁于一场大火。

彭之润本来今天是要荣登宝座，把祖上的荣耀戴到自己头上的，结果却把祖产烧了个精光。那大火烧得旺，正在号哭中的彭之润突然看到那腾空的烈焰中出现了

一条火龙，那火龙"呼"的一声蹿起来好高，看到这条火龙，湘江府水里的岸上的都吓了一跳，彭之润心里"咯噔"一下，那条火龙出现了片刻便消失在了空中，仿佛是龙真的来过一般。

还要说那船帆上的风水门老白，它带着几个兄弟看热闹，自己差点就没了小命，刚活过来就遇到一场大火。火起时老白还在桅杆上，一看状况不对，马上就带着兄弟逃命，后来它们跳上一块船桨漂回了岸上，那是老白第一次见到神龙虫子。

彭之润说神龙虫子不会随便咬人，如果说神龙虫子咬了老白就说明老白不是平常的老鼠，按理说它的肉应该是可以喂龙的，而并不是什么随便的肉都可以喂龙，龙非常非常非常挑剔自己的食物。

老白听彭之润这样一说虽然觉得有些别扭，但是心里还是说不出的高兴。因为还没人用三个"非常"来这么肯定过自己，这起码说明自己是很独特的东西不是。它倒是挺喜欢别人这样说它不是平常的老鼠，尽管人家说的只是食物而已。

第二十章　被牵引的灵魂

彭之润说龙之所以强大不全是因为神龙虫子去捕获可以助长它威力的肉食，神龙虫子捕获了那些猎物的肉食后，肉食们的魂魄汇聚在了一起形成了白毛子大雾，而白毛子大雾才是龙的力量源泉。那白毛子大雾是世间最隐秘最强大的存在，但是它不是属于龙的，应该说龙是属于白毛子大雾的。

蔡九那一天才知道了白毛子大雾的由来。听到彭瞎子提到白毛子大雾，他心里马上想起烟雨楼的凌瑶，虽然感觉自己已经和凌瑶在一起生活了好几年，但是现在看来所有的一切都结束了，因为在她身边的女人可能一直都是秦小翠，而凌瑶只是他的期待和幻想。等他从烟雨楼那晚的回忆中回过神来，听见彭之润从神龙虫子又说到了蔡一。

彭之润说蔡一在脑海里和黑鲨缠斗最后成了一个痴呆，偶尔蔡一在脑海里占了上风，变回有些像自己的样子，但马上就又成了个呆傻。让蔡一真正摆脱黑鲨锁制的正是神龙虫子，蔡一在最后关头和黑鲨缠斗马上就要失利之时，正在节骨眼上来了两只神龙虫子。

原来是蔡一在指甲缝里藏了两滴神龙水，这就是他留给自己的后手之一。蔡一的十个手指甲缝里都藏了东西，虽然东西都很小，但是在关键时刻都可以救命，而这藏着右手小指上的神龙水是最紧要关头才使用的一招，因为这一招其实非常危险。

　　蔡一在脑海里突然有片刻占了上风，这时的他便陡然清醒过来重新控制了自己的身体，利用这片刻的时间他弹出了自己藏在右手小指的神龙水，那两滴神龙水从蔡一的指甲缝里流出来滴在了地上。

　　也就是铜官陷落的那一天，蔡一使出了后手之一神龙水召唤神龙虫子，两只巨大的神龙虫子不久后从土里大摇大摆地钻了出来，然后马上就被蔡一吸引到了，也许那是人世间最值得龙吃的肉食了，彭瞎子说到这里显得一脸的羡慕和崇敬。

　　那两只大神龙虫子没有片刻犹豫便凶神恶煞般直奔蔡一而来，然后对着他的脚踝就狠狠一口咬了上去。

　　片刻后，蔡一全身开始变得透明，而缠斗在脑海里的蔡一神识和黑鲨魂魄此刻却正争斗到了极限，蔡一的身体从脚开始消失，然后慢慢往上直到头部也不见了。此时蔡九已经带着胡麻子和蔡十八去了镇上大街第二间铺子里面接鬼二说要接的那个人。

　　神龙虫子正逐渐取走蔡一的身体，而他之所以召唤出神龙虫子咬了自己就是为了让自己的肉体消失，这样就可以释放出在脑海缠斗的黑鲨和自己，而每一个被神龙虫子咬到肉身的魂魄都会被白毛子大雾吸引，最终成为白毛子大雾的一部分变得无影无踪。

　　当蔡一的身体完全消失，在蔡一脑海里两个缠斗的魂魄终于分开并升到了空中。蔡一的魂魄看着对面的那条大鱼，那条大鱼也正睁大眼看着他，而他们正在半空中往北飘去。

　　但是蔡一却并没有完全的消失，他还有另一个渔夫的后手——藏在左手小指的指缝里，那是一根细小的软毛，毛就长在指甲缝里，但是这根毛虽然长在身上却不是他的毛发，那是龙身上的一根细毛。

　　三太爷继续描述道，传说渔夫捡拾龙的细毛并种在自己身上是一个非常古老的做法，据说这样可以避免让水伤到自己。龙行东海，来去磅礴，却很少在世间露面，但龙经过的地方会留下它身上的一些细毛。一直都有渔夫想收集到龙毛然后种在自己身上，不过从来没人真正捡到过龙毛。

　　但如果渔夫的身上真种下了一根龙毛并让它和自己的身体长到一起，也就是让

这根龙毛汲取人的养分和人的血脉融为一体，那么仿佛是作为回馈一般，这个渔夫便不再怕水，而水族的东西也都不会再伤害他，神龙虫子也是。

所以当蔡一的身体消失后，只留下了它左手小指指缝里的那根龙毛。那根毛在身体消失后像一根小苗一般挺立起来并随风招展，而让身体消失的那一头的神秘世界像是突然觉察到了什么，那根龙毛寄生的蔡一的身体开始又逐步从透明中恢复。

半空中那个正在往北飘去的蔡一魂魄像是风筝一般被一根线拽住，然后被拉回到自己的身体，而他对面的那一条大鱼正像被钓起来一般挣扎着继续往北飘去。

蔡九听彭之润说起蔡一如此脱困，觉得既尊敬又困惑，那一天自己受到鬼二的指引去了镇上大街第二间铺子找一个人，却没有想到自己的父亲在家正经历着这样一次殊死搏斗……

沙漠中走了很久，蔡九早就口干舌燥，呆傻的胡麻子看起来也一副快要蔫了的样子。

彭之润从自己的皮箱里掏出一把壶给众人分水，它那把壶的样子倒是挺有意思，看起来像是一把烟斗。他先是喂了胡麻子，呆子胡麻子抱着壶喝了好一阵才停下来。

胡麻子喝了个够，彭之润又把壶递给蔡九。蔡九想这么小一把壶，被胡麻子抱着喝了那么久怎么还会有水，自己接过来一喝还真有，蔡九也抱着壶喝了一通水饱，奇怪的是那壶里的水一直不见少。

而蔡九刚一碰到壶里的水，就闻出了一股沩水河的味道。彭之润告诉他那的确是沩水河的水，因为他把那剩下的沩水河都装了在了那把壶里。蔡九心想难怪怎么喝都还有水，原来一条河都在那壶里。

彭之润喂完了两人后，又给风水门那一众老鼠喝水，完全看不出他哪里有讨厌过老鼠的样子。这人一经历过太多事情就会变得豁达和开朗，当年的彭之润现在的彭瞎子虽然都是同一个人，但是已经变得像两个人。彭瞎子现在全部的所有便是那口大皮箱和那把壶里的沩水河。沩水河大家刚才都喝过了，而那口大皮箱里面有什么却不知晓。

老白时不时往那口大皮箱瞄上一眼，它还是一直惦记着那本印有鼠文的古书，它还好奇那箱子里的一大堆玩偶。老白还有一个预感：那些玩偶一定不是什么好

东西。

　　天色终于变得暗淡下来，蔡九这才发现原来这个沙漠也是有黑夜的。夜幕降临月亮升起，天空显得特别的宁静，大家坐下来生火，本来是没有任何吃食和干粮的，但是彭瞎子又从自己箱子里掏出来一小截棍子，他前后一扯，那棍子两头变长，原来是一根竹子做的鱼竿。

　　彭之润展开那根鱼竿，竹子一截套着一截全展开后居然有一丈多长，他往鱼竿上面的钩子上糊了一点不知道啥东西，然后站起来用力把杆子一甩，那鱼竿前面的钩子"嗖"的一声就飞了出去，线滚子咕噜噜转了好久才停下来。

　　鱼钩被甩出去在空中飞了有几十丈远，然后重重的一头掉下去栽进了沙子里。彭之润下了钩子后像是一个渔夫坐在自己的船上一般，从怀里掏出他那口烟枪对着火苗一点又"吧唧吧唧"的抽起烟来。

　　蔡九和老白脖子伸得老长都去看那钩子，一下还没明白彭之润这是要做什么。

　　彭之润说这还是他湘江府的地盘，虽然是走了很远，但其实一直是走在湘江的河道里。

　　原来彭之润接了蔡九后一直都是沿着他说的湘江河道往北走，但河道已经完全被沙漠覆盖，看不到他说的湘江河道在哪里。他说往北，如果走着的话得再见到三十次黑夜才可以到洞庭，老山羊就在那里，不过已经没有那么多时间了，必须要尽快赶到。

　　蔡九其实已经隐隐猜出要去的地方就是洞庭，因为当时那只鬼二萤火虫跟蔡十八说让他得到湘江之主的帮助离开铜官，而目的地便是穿过洞庭去长江，所以彭之润说去洞庭蔡九不觉得意外。

　　蔡九刚想问为啥要走在已经没有水的湘江河道，这时彭之润那根鱼竿有了动静，竿上面那个线串上系着的小铃铛"铃铃铃"地响了起来。

　　彭之润马上站起来利落地把鱼竿一举然后开始收线，他转动那个鱼竿上的线滚，鱼线马上呼啦啦往回收，蔡九又是一阵诧异，不知道鱼钩那头是钓上来了啥东西。

　　鱼钩收到一半，蔡九看到从沙子里扑腾出两个东西，到了眼前一看，居然真的是两条鱼。彭瞎子真从沙漠里钓出了两条好大的鱼，那两条鱼正在眼前的沙子里活

蹦乱跳。

彭瞎子麻利地把那两条大鱼提溜起来，随便收拾了几下就架在火上开始烤。

不一会儿，香气就弥漫开来，那真是特别香，呆傻的胡麻子闻到这股烤鱼香味都好像变得正常了一些，他咽着口水扭头到处去找这香味的来源。

老白和土六十六妞还有风水门其他老鼠闻到了烤鱼的香味，也都凑了过来。

鱼烤得差不多了后，彭瞎子开始给大家分食，蔡九虽然从小在湘江边生活了那么久，但是从没吃过这么好吃的烤鱼，而且这鱼还是从沙漠里钓起来的。他往胡麻子嘴里也塞了不少烤鱼，这家伙人是傻了，可是吃相还跟以前一样，蔡九心想傻就傻了吧，只要他人还在就行。

一众老鼠吃得也很欢快，连骨头带渣都吞咽了下去。

大家正欢喜地分食两大条烤鱼，远处的沙漠里又游过来一大团黑影，它仿佛也闻到了烤鱼的香味被吸引了过来，现在见惯了那东西的风水门连头都没有抬只顾着吃着眼前的美味。

果然，又是那个寻找宿主的黑鲨，它幽灵一般地游了过来只露出一尾大鳍，然后一转弯又消失在沙子里。

只是每一次黑鲨幻影接近，蔡九都觉察到一丝恐惧，这个沙漠大得漫无边际，为什么这家伙却一直在附近徘徊？白天一直赶路没有细想，现在趁着夜黑静下来细细分辨出自己心里的这些情绪，他发现那一丝恐惧是非常真实的。

蔡九隐隐感觉到黑鲨幻影之所以总在接近也许并不是偶然，虽然它没有一直在周围，但是每次它游过来，蔡九都觉得它是发现了什么，而这次吸引它过来的肯定不是烤鱼的香味。

蔡九突然觉得吸引黑鲨幻影游过来的就是胡麻子……因为每一次黑鲨幻影靠近，那个呆傻的胡麻子都好像能察觉到什么，当巨鳍接近的时候，虽然他还是那副傻样，但蔡九能觉察得到他变得有些不同。

之所以能察觉到胡麻子这些变化是因为蔡九非常了解和熟悉胡麻子，胡麻子可以说是蔡九的另外一条生命或者自己的影子一般，而从小无论蔡九做什么，胡麻子没有一件事情是落下的，本来他还有两个兄弟也是如此朝夕相处，但是现在就剩下

他胡麻子一个人。

　　彭瞎子说本以为那天黑鲨的魂魄会受到白毛子大雾的牵引而去，最终汇入那片大雾变得无影无踪，但它却没有。虽然黑鲨没有蔡一那种渔夫的后手，但是它有一个想念他的人，一个真心实意思念和渴望它的人。

　　胡麻子当时正在镇上大街第二间铺子里撕心裂肺地想他的爱妾胖球球，那在半空中飘浮的黑鲨魂魄却一下有了方向，它挣脱白毛子大雾的牵引向着镇上大街第二间铺子就飞了过去……

　　一个魂魄飘浮在半空中，却有人在想它，这对一条鱼来说是一种最大最大的礼物，大得足以给予一条生命，并不是有牵挂的灵魂太重不适合白毛子大雾，而是人的思念给了黑鲨一个机会，那感应是一种巨大的引力，足以让灵魂离开任何地方。

　　三太爷在他的故事里写道，黑鲨虽然没有渔夫的那种后手，但是它也并没有把全部灵魂都集中在一起，它之前分散开了自己的小部分魂魄在铜官镇上那些被咬的人身上，然后控制了这些人。黑鲨之所以想控制整个铜官，是为了寻找机会阻止神龙重新回到世间，但此时它大部分精魂都被蔡一锁在了自己的脑海里，而风水门的一众老鼠当时也已到了铜官分散在各个被它控制的傀儡身上，鼠王也到了蔡一身上帮忙，唯独胡麻子那里是个空隙。

　　彭瞎子说黑鲨是想把胡麻子变成它可以控制的一个活人，而作为一个活人，胡麻子最饥渴的就是女人。于是，胡麻子夜里便见到了一个女人，而这女人居然和蔡九身边的女人长得一模一样。这个女人每晚都来和胡麻子交媾，时间一久胡麻子便对她产生了依赖。

　　蔡九说是的，他非常迷恋他的小妾。

　　彭瞎子说那就对了，黑鲨看出胡麻子其实是一个痴情之人，所以故意让他爱上了那个幻象。结果后来还真的帮助它在关键时刻抵抗住了白毛子大雾的引力，在蔡一使出渔夫的后手，两人的魂魄都飘在空中后，黑鲨被一个男人痴情地想念而获得牵引得以脱身。

　　蔡九问难道痴情的力量如此之大吗？说完看了眼对面的胡麻子。

　　彭瞎子说是的，这种力量比你想象的还要大。

蔡九问那黑鲨后来去了哪里？

彭瞎子说虽然黑鲨从白毛子大雾的牵引中脱了身，但它还是没有逃离蔡一的布置。当时黑鲨被胡麻子的痴情牵引到了那间他所在的镇上大街第二间铺子，而这间铺子其实是野士岭秘密的中转站，野士岭秘密的中转站会把人带到他应该去的地方，哪怕这个地方是在七百年以后，但野士岭的中转站是不会允许一个没有身体的魂魄随便进出的。

蔡九没有想到神秘高大的野士岭会把所谓的中转站设在一间窑子里，但自己又确实是坐在那间窑子里脱困来了眼下的这个沙漠。

彭瞎子说黑鲨精魂被牵引到了那间铺子里，在那铺子二楼墙上有一面非常宝贵的镜子，这面镜子会吸收所有闯入的灵魂，任何已经没有身体的魂魄只要出现在铺子里，都会被镜子吸进去，黑鲨也不例外。那面镜子吸收魂魄后会把它变成一幅画永远地固定在里面，也就是你兄弟之前打坏的那幅画。

蔡九想起了铺子二楼里的那一幅画，就是沩水河一生气从墙上掉下来砸在胡麻子头上的那幅，那画里还真是有一个美女在翩翩起舞。

彭瞎子说真是可惜了那面镜子，没想到黑鲨虽然被关住了，但是还是使出了手段让你兄弟把它给放走了。

蔡九问既然和我兄弟是老相好，为啥他放了黑鲨后还变成了这个死样呢？

彭瞎子说黑鲨也没有伤害你兄弟，把他变成一具干尸不是？你兄弟之所以变成这样是因为他自己，从症状来看，是因为幻灭。

幻灭？蔡九不懂。

彭瞎子说是的，你兄弟认为自己被骗了，非常伤心。

蔡九问为啥黑鲨还在我们附近徘徊，我总感觉它还是在找胡麻子。

彭瞎子说也许是你兄弟还在想念着它的小妾。

蔡九确实不了解自己的兄弟是如此痴情。他突然又觉得好笑，胡麻子一生好色贪吃，真没想到他居然还干了一件这么大气的事情，在铜官镇上救了那个把蔡一都打得快要自杀的黑鲨。

彭之润一听也哈哈大笑，一口烟又呛到了自己开始大声咳嗽，咳到了极点，喉

咙里还掉出来一截蜈蚣。那一截蜈蚣扭动着还是活的，彭之润一把抓起来又塞了回去……看得蔡九一阵恶心。

彭瞎子一口咽下那截蜈蚣，然后说也许蔡一安排黑鲨来到七百年后的这个沙漠也自有他的道理。

蔡九说他完全弄不清楚时间的长短了，脑袋里有很多的事情，有的好像很遥远却又在最近，而有的好像就在最近却已经非常遥远，他说自己甚至不知道七百年到底有多久。

彭之润说七百年是作为一个人无法跨越的时间，蔡一是不可能活七百年的。蔡一当年说要他在这里等那个身上藏着整个水源的孩子，但是他在这里等了七百年却只看见了蔡九，那孩子却没有来。

第二十一章　阴面的另一个自己

听彭瞎子这样一说，蔡九的内心顿时涌起两重的悲伤：一是彭瞎子说蔡一无法活七百年，那么意思就是说他已经死了；第二是彭之润在此等蔡十八，可是十八却生死未卜。

彭瞎子说龙死那天白毛子大雾出现在了洞庭，它显得愈发浓烈和悲壮，那次变得特别浓厚是因为龙的灵魂也最终汇入了进来，成了白毛子大雾的一部分。

那是白毛子大雾最后一次出现，整整七天七夜，然后它就消失了。

雾在湖上出现的那七天是龙投胎的日子，龙选择在洞庭走完自己最后的一段旅程。

而所有生灵的主人都在那几天里来到洞庭坐上洞庭奶奶的船队，他们和整个大雾一起都在等一个人，等那个可以重新给龙生命的人。

那几天洞庭来了很多不速之客，但都不是龙在等的。如果龙等的这人不来，世界变成它的阴面后就无法再恢复过来，因为世界不会再有新的龙，没有龙就不再有白毛子大雾，而白毛子大雾一直在维护着阳面和阴面的平衡。

"直到第五天，龙等的那个人才出现，那人就是你。"彭之润说到这里，睁开那只仅剩的眼睛看着蔡九。

蔡九被他看得直发毛，因为尽管被暗示或者明说了好几次，但蔡九一直都没有

接受这个说法。而且蔡九在心里觉得自己去白毛子大雾是他私人一段非常隐秘和美好的回忆，因为那一次他遇到了一生中最初最美最爱的女人。

蔡九觉得没人会愿意随便就把自己最珍视的一段经历告诉别人，也不会愿意在那个时刻成为"所有的生灵"都在围观的对象，让那些坐在什么一整条船队上的人来观摩，因为那只是他自己的事情。

不过那天蔡九是记得的，是有一条船队经过，浓雾里出现一盏大得出奇的灯笼，灯笼上面是一张怪异的脸谱，像在哭又觉得是在笑。十几艘大船徐徐跟在脸谱船后面，发出一种缓缓的类似人喘着粗气的呼呼声，感觉让人晕晕沉沉。

彭瞎子说那就是"洞庭奶奶"的船队。

那一天像是一次大的终场聚会，又仿佛是参加一个葬礼一般，该来的都来了，不该来的也来了。

彭之润说他当时和父亲一起也在船上，而且黑鲨也已经游进了洞庭。

蔡九非常不解和厌烦地问，龙等我干什么？它不是已经都死了吗？

彭瞎子说五湖四海都在等你，因为龙必须在那七天里投胎，否则白毛子大雾一散，以后就再也没龙了。

蔡九说它投胎关我何事呢？

彭瞎子说因为龙选择做你儿子而重新来到世间。

蔡九心里一阵特别的欢喜，他早就跟妻子断言过儿子一定不是等闲之辈，鬼二说他是野士岭之主，而今天彭瞎子说他是龙的转世，这更让蔡九想儿子。蔡九说他自己想马上去找儿子。

彭瞎子说七百年以来世界已经大变，现在只要你离开湘江水道便肯定是凶多吉少。现在孩子没来，也许就说明龙自己并不喜欢这样的安排，但既然他还未变身，就会有宿世的侍者出现去保护它。

蔡九问蔡十八是否已经得到了龙石。

彭瞎子说龙石认为时机已经成熟就会重现，如果能重新看到神龙虫子，就说明龙就快回来了，但现在肯定是没有。

蔡九问如果龙回不来那会怎样？

彭瞎子说龙死后，神龙虫子便不再狩猎，所以再也没有肉身消失后的灵魂汇入白毛子大雾，而没有了白毛子大雾后，世界会慢慢变成它的阴面。

世界的阴面？蔡九一脸惊讶的样子，他不知道瞎子这是在说什么。

彭之润说世界在阴面对应着另外一个世界，而每一个生命都在阴面有另外一个自己。

蔡九若有所思地问，难道我在阴面也有另外一个自己？

彭之润说没错，我当年在湘江府打坐寻找阴面而求之不得，而最后出现那个自称是龙的家伙一直在阻拦我，后来我才知道，它就是我的阴面，而我要见到的阴面就是它。

蔡九马上好奇地问，我在阴面的那个我是什么？

彭瞎子说他怎么会知道，那是蔡九自己的事情。

蔡九说他没明白世界变成它的阴面是什么意思。

彭瞎子说就是让本同处在一个空间里的属于不同面的东西展现到了对面的空间里。

蔡九更加糊涂了……

彭瞎子说湘楚慢慢变成了这个沙漠，而我也在一点点的变成我的阴面，也就是那个自称是龙的家伙。如果龙种不能变身去重启水源，那么水族和这个世界就都完了，说完他撩开自己额头上的头发，露出眼罩下面的那一只残眼还有那半边额头上莫以名状的伤疤和黑色的皮肤，吓了蔡九一大跳。

蔡九连忙把自己身上摸了个遍，却也没发现身上哪里有什么地方在起变化，仔细看了看胡麻子，他也没啥变化。

彭之润突然感慨起来，他说其实所有的水族都是龙的后代，之所以自己不能成为一条龙，是因为在自己的意识里从来没有把自己当作是龙，而成为龙的那个念想或者野心早就已经在内心里被自己杀死了。

他说那个由被他杀死的人参加的舞会里最后剩下的人，也就是那个自称是龙的黄毛，其实就是自己身上已经死去的可以成为龙的那一部分，那些属于龙的细胞和精神被自己的不屑和怀疑以及自卑杀死了，而那个舞会到了尽头所有的人都被想了

起来，唯独这个被自己杀死的属于龙的那一部分被忘记了……

蔡九突然很同情眼前的彭之润，因为蔡九小时候也想过自己会成为一个最好的渔夫，但结果第一次掌船运货就把两个最好的兄弟丢在了洞庭，现在蔡九连船都不想再碰，因为一碰到船就想到自己的兄弟。

彭瞎子说如果龙回不来，那水族消失后世界将会永远都是沙漠。蔡一本来是让自己接了孩子走水道送到洞庭，他彭之润的任务就算是大功告成，然后水族在世间的残留以及还在世的野士会找到龙石，让龙种也就是这个孩子变身。

现在孩子没来，彭瞎子也只好按照承诺先把蔡九一行护送到约定的地点——洞庭湖，因为马上所有仅存的生物就会聚集在一起进行一个最后的仪式。这个仪式本来是让龙种变身，而现在这个孩子没有来，仪式的内容就会有所改变，但是离约定好的时间却只有一天了，可还有三十天的路要赶，所以必须得想尽办法加快速度。

蔡九问那该想啥办法呢？

彭瞎子说等到了午夜子时就会有办法。

想再问点什么彭瞎子却不说话了，他盘腿一坐闭上眼开始养神。一看天色已晚，风水门的那一群都倦得三五成群缩在一起，蔡九便也准备休息。

但是蔡九却怎么也睡不着，他心里一直还在感慨，没想到湘江之主真的就坐在自己面前，有太多关于湘江的事情和传说，蔡九都想问问他，更重要的是现在他坐在这里，给了蔡九一种巨大的安全感。

蔡九躺在那个据说曾是湘楚的沙漠里想儿子，蔡十八被钱胖子拐走，现在依然下落不明，开始彭瞎子说儿子身上藏着水源蔡九并不相信，因为当时觉得彭瞎子是个骗子，现在才知道儿子原来真的是龙，这样对蔡九来说不光是自己的父亲，就连儿子也成了一个谜。

而对于自己的父亲，蔡九更是一团雾水，在他心里有几个关于父亲的影像。最为熟悉和亲近的便是养父蔡老头，一个老老实实的渔民把自己从河里捞上来，然后拉扯成人，好不容易蔡九长大能够独立去行船走货结果却撞上了白毛子大雾，回到故乡，养父已经成了一个痴呆。现在才知道原来养父一直在隐瞒自己的另外一个身份，这个身份就是传奇渔夫蔡一。

胡麻子之前说蔡老头走上铺子二楼吐出一只大萤火虫，然后痛哭铜官没了，他说出蔡九一段身世后报出自己的名号蔡一后跳窗遁水而去，而彭之润也说自己的父亲是渔夫蔡一，那个湘楚的传奇渔夫，一个神一般被供奉在庙里的人物。

但蔡九对蔡一确实没有感情积累。对他来说，蔡一只是供奉在庙里的那尊形象，又或者是田间船头渔夫们聊以打发时间的故事人物而已。

说到关于父亲，蔡九内心里也想到了鬼二，如果说蔡老头养育了蔡九，那么鬼二则像一位导师一般为蔡九开启了一个不同的世界。他一度是蔡九童年时候的精神依靠。后来鬼二离奇的失踪给了蔡九很大的打击，但他失踪多年后却化身一只大萤火虫出现在自己儿子蔡十八的面前，可湘江之主彭之润却说根本没有鬼二这个人。

还有那个经常在梦里出现的在白毛子大雾里隐藏在船舱一角的影像，也就是蔡老头在铺子里交代蔡九身世时留下的那幅画像里面的人，据胡麻子说是西海龙王，但蔡九却没在哪个龙王庙里见过这西海龙王。不过，蔡九对这个影像有一种莫名的亲近感，那种感觉很明显也是和父亲联系在一起的。

而深夜里蔡九最最想的还是妻子。他一生最幸福的时光便是在铜官那段有娇妻爱子的生活，而那一天在脑海里和黑鲨缠斗本来痴呆的养父突然显得有些清醒，大声不停地叫：“喝！”再加上蔡十八说鬼二来取童子尿，让蔡九产生好奇喝了儿子的尿，结果看到了自己的妻子是另外一个女人。后来整个铜官都沉到水里，自己和妻子从此分别，但在蔡九的心里，妻子一直都是秦淮河烟雨楼里的凌瑶，而不是自己在喝了童子尿之后见到的村姑秦小翠。

蔡九还非常想自己的兄弟，老贾和刘春球现在也不知道身在何处，是不是还活着，他每每遇到麻烦便想起老贾，总是觉得要是老贾在此会如何如何，而身边仅剩的兄弟胡麻子已经显出过“死相”，如果不能尽快把他带到彭之润说的老山羊那里，他也凶多吉少。

沙漠的黑夜十分漫长，一生最重要的人被蔡九一一想起，现在父亲、妻子、儿子、兄弟都已经不在身边，唯一在指引他前行的只有湘江之主彭瞎子。彭瞎子正坐在那里一副非常深入的样子，蔡九便好奇他是不是又遇到了他的阴面——那个自称是龙的家伙。

蔡九好久没有睡个好觉，可是刚一合眼，那个梦又出现了。等梦醒了，蔡九一睁眼不知道是什么时辰，天上月亮星星全都不见了，一看彭瞎子那边，差点没把蔡九吓死。

那里坐着另外一个人，这人一头长发垂下整个人佝偻着像是枯槁一般，一头长发中还有一小缕黄毛从顶上一直垂到地上，整张脸也被头发遮住了。

蔡九看到那一缕黄毛一下就想到了彭瞎子说的那个在他脑海里阴面的那个自己，眼下这人不正是彭瞎子说的那个一直都不敢露脸的自称是的龙的家伙吗？那个黄毛的家伙好像也正看着蔡九，但根本看不到它的脸。

蔡九揉了揉自己还睡意蒙眬的眼睛，想看清楚这个人，再一看那人又不见了。只有彭瞎子还坐在原来的地方，突然睁开那只没瞎的眼睛，说："我要用彭家最后的一条船送你到洞庭……"

蔡九还没来得及问，眼前的人又换成了刚才的那个黄毛。蔡九连忙猛揉自己的眼睛，再一看还是黄毛，而且黄毛已经不再像刚才那样就是坐着，它开始吱吱呜呜说起些什么，可是蔡九就是一句没懂。

蔡九一下明白彭瞎子这是真变成了阴面，即自称是龙的家伙。而彭瞎子带的那只大皮箱里也开始有了动静，整口皮箱正在蔡九眼前慢慢膨胀变大，而皮箱里面像是有东西正拼命地碰撞撕扯着想要爬出来，看起来是里面那些东西膨胀的速度比皮箱要快，皮箱正被弄得越来越鼓，像马上就要胀开了。

里面声音越来越大，能听见爪子挠牙齿撕咬的狠劲，皮箱的缝隙里还不时地伸出一只锋利的爪子，里面的东西想出来，可只有小小的一个口子明显有些局促。

黄毛还在支支吾吾的，听起来像是在唱着一个古老的调子或者咒语。终于那个小开口被弄得越来越大，有东西喘着粗气"嗷嗷"地叫着挤出来一个头。

蔡九睡眼蒙眬地看到一个猪头从彭瞎子的皮箱里硬生生地挤了出来。

这头猪出来后，像是打开了一个仓库一般，从箱子里溜出来一串的牲口，沙漠里一下就热闹起来。蔡九做梦也没想到彭瞎子的皮箱里装了这么些活物，仔细一看，活生生的真的是一个牲口棚，里面先后出来了猪、獐、麂、兔、鹿、果子狸、五步蛇、三爪鸭、黄嘴鸡等牲口，还有好多蔡九根本就叫不上来名字，有的甚至连见都

没见过。

这莫非是彭之润怕自己一路肚子饿了没有吃食，便在这箱子里硬塞硬挤装了这么多荤腥，想是在沙漠里走着，万一哪天真是钓不上鱼了便从这皮箱里拎出来一只就地宰杀吃了便好。

最后嗖的一下跑出来一个东西，速度极快地到处乱窜，看到眼前一群老鼠像是也被吓了一跳。蔡九仔细一看，原来是只黑狗。

黄毛看见箱子里面的东西都跑了出来，便站了起来，它伸出自己的两只手。蔡九一看那两只手完全就只剩下了骨头一般，干瘪，修长，指甲长得让人联想到一种恐惧，那种恐惧代表着死亡。

牲口们开始围着已经变大的皮箱欢腾，好像是庆祝自己获得了自由，又或者是跟黄毛一起在期待着什么事情发生。

黄毛伸出自己的指甲去触碰皮箱，它的手一接触到箱子，箱子就像是被触发了什么开关一般"忽"的一下开始燃烧。不一会儿，沙漠中一团大火就烧了起来，牲口们围绕着大火开始欢腾撒野，箱子在火焰里又继续开始膨胀，一直到大得足以装下眼下所有的东西。

一看箱子边燃烧边膨胀到了该有的尺寸，黄毛又伸出手去触碰皮箱，它的手指一接触到箱子，刚刚还在熊熊燃烧的火焰转眼就不见了。火焰消失后，眼前一阵烟里陡然出现了一艘奇特造型的大船，虽然看起来还像是一个大皮箱，但那确实是一艘船。

蔡九看到船十分诧异，虽然惊讶黄毛的厉害，但在眼下的这个沙漠里，黄毛弄出这么一艘大船又有什么用处呢？莫非这是疯了不成。

黄毛这时候说话了，声音非常微弱，像是在自言自语一般："一天……只有一天的时间了……"

蔡九不知道彭瞎子是和谁约定了什么时间，为什么一定要赶在一天后到洞庭。这时脚下的沙漠开始变得像沼泽一般，沙子里居然涌出了水，蔡九没站稳滑到地上，手上沾了一手的沙子。他爬起来一看，手里的沙子像是冰被融化了一般正在变成水，那是一种散发着淡淡蓝光和幽香的水。

牲口们开始欢天喜地地登船，黄毛转过头来对着蔡九，伸出它那根细长得像是

树枝般的手指指了指，蔡九明白那意思是要自己也上船。蔡九便和胡麻子、风水门一群上了船。

黄毛最后一个上船，它用手指指了指船的上面，船上桅杆的尽头一下起来一团大火，火在船头烧得旺盛，就像是一盏船灯一般，而夜里在船头点燃一盏这样的灯，意思就是要准备起航。

全部的沙漠在很快变成水，白天还一望无际的沙漠现在成了一片发出淡淡蓝光的幽蓝水域，刚才还在沙漠里的皮箱船现在漂在了水上。黄毛站上船头扯起一张大帆，船借着风势开始往北走。

正行船在这一片宽广的幽蓝水域里，刚刚开始扬帆，但仿佛是一个封闭和戒备森严的堡垒突然发现了入侵者，水域的尽头，一堵高墙般的风暴电闪雷鸣地撞了过来。一下所有的感觉都变成了风暴的咆哮，风声大作，大雨滂沱，天空中还亮起巨大的闪电。

牲口们和风水门一样也没有见过这种风暴，感觉船随时都可能被掀翻，把他们掉进水里，但蔡九却兴奋起来，他一直想像一个老渔夫那样跟这样的一场大风暴抗衡和搏斗一下，只是没想到是在这个午夜子时的幽蓝水域里。

本以为船是要翻在这场风暴里，然后这些牲口都要和自己一起葬身在幽蓝水域里喂鱼的时候，船身的一侧突然伸出十几门粗重的炮口，蔡九很是惊叹他们湘江府毕竟还是瘦死的骆驼比马大，最后的一条船居然是一条战舰。

蔡九眨巴了一下眼睛，炮就响了，轰隆隆震得耳朵都快聋了，几十颗炮弹滑膛而出，一阵炮雨带着烟就倾泻而去。不一会儿远处一阵嗡嗡作响，刚才飞出去的那些炮弹炸了，只是蔡九不知道这炮要打的人是谁。

遇到打架这种事蔡九还真是不惧的，而且他天生对打仗，也就是在他看来是"打更大的架"的这种事情充满了兴趣。那些炮响起来时蔡九内心说不出来的一阵激动，以前一直都听说过大炮这种东西，现在不光是亲眼见到，而且还是十几门大炮一起开火，他不由自主地躁动起来。

一通炮打出去，不久，风暴居然停了，像真是被炮给打退了一样。黄毛在船头发出一阵轻细的笑声，听起来像是在抽搐一般。

第二十二章　跳变的世界

虽然天空一片阴暗，但整片水域却是明亮的，这种水蔡九以前从未见过，因为水本身发着微光，一大片水域在眼前看来就像是一块巨大通透的淡蓝色块状体，相对于天空来说水域是明亮的，如果倒过来看好像是灰暗的天空是平时大地的样子，而水面却像是天空。

蔡九很奇怪为什么这水里没有一条鱼，如果有鱼，蔡九是看得出来的。因为这么大的水域，一定会有不同的洋流潜藏在水面下，这些洋流相汇的地方就会有波纹或者旋涡，识别这些水纹有时对捕鱼来说非常重要。但现在蔡九看到的水域却跟之前那个沙漠一样的平静，只是蔡九感觉在这一片平静的下面潜藏着一个自己未知的世界和绝对不平静的真相。

之前一通沩河水的水饱也过去了好久，蔡九本来就有一些口渴，正准备想办法去船外打一点水喝，那只之前从皮箱里拱出来的肥猪也渴了。经过刚才一阵风暴，它脚下正好有一摊积水，肥猪大舌头一舔就开始喝了起来。

其他的牲口也想如此效仿，那只黑狗却马上叫了起来，牲口们一听见黑狗叫连忙停下。可惜晚了一步，肥猪已经把自己脚下的水都舔得差不多了。不一会儿它全身都开始变得通透，四只蹄在甲板上滑动然后开始慢慢地往上浮，牲口们看到它这样都吓得往后直退。

那头猪在众目睽睽之下嚎叫着飘到了空中，它自己不知道这是发生了什么，四只蹄子用力四处挣扎着离甲板越来越远，全身也越来越亮，蔡九看见一只发光的猪正飘了起来。

黄毛站在船头抓耳挠腮地生气，看起来对那只肥猪很不满。眼看着猪越飘越高，黄毛气得在船头直跺脚，它抓起船上的一根绳子抛到了空中正好套在了猪身上，然后随手把绳子的另外一头系在了船头上，继续驾着船往北走。

那头猪继续挣扎着往上升，最后像一个风筝一般被拴在船头。它在半空中恐惧地嚎叫着，船上的牲口们都抬起头看着它。

黄毛一副非常着急的样子，嘴里节奏很快地叽里呱啦一通乱叫，但完全不知道它是在表达什么，只是感觉它那腔调像是在吟唱着某种符咒。有时候它还突然停下，然后像是发号施令一样地喊一嗓子。

蔡九很奇怪这条船的前行方式，因为没有看到船桨，也没有看到有经验的渔夫常用的那套弄潮和逐浪的手段，只感觉这条皮箱船像是黄毛身体的一部分，每次它在船头有所表示的时候，这条船都好像听懂了它的意思。

明显感觉黄毛现在非常着急，因为整条船在颤抖着往前冲，黄毛之前说了仅有的一句话，是说只有一天的时间了。看到它越来越着急，蔡九感觉自己也帮不上什么忙，胡麻子和老白像见了大世面一般还是张大嘴不停地盯着这一片从未见过的发光水域，风水门其他的家伙倒是对那群牲口挺感兴趣，在牲口之间穿来过去地乱窜。

船的速度越来越快，而水域尽头那边正又积聚起来一片黑云，黄毛像是在利用风暴之间的间歇，抓住时机拼命赶路。蔡九从没有想过一条船可以开得这么快，这种速度别说是洞庭，就算再远也是一天内就能到的，本以为会这样一直快下去，结果船速突然慢了下来。

老白在船边往船外指，蔡九一看，船左前方水下很远的地方出现了一个巨大的阴影，这个阴影在水里特别明显，因为它和周围的发光水域反差很大，蔡九不知道那东西到底是什么，总之肯定不是一条鱼，因为不会有那么大的一条鱼。

当那个巨大的阴影逐渐逼近，蔡九一看原来还是老冤家，水面上仍是那一尾熟悉的黑色巨鳍。之前在沙漠里，每次黑鲨巨鳍冲了过来都像一座小山一般横在眼前，

光看这么大一尾鱼鳍，都不敢去想那沙子下面会是多大的一条鱼。现在还是那一尾巨鳍，但是却可以看到水下它巨大的身影了。

之前彭之润在沙漠里告诉蔡九，那尾胡麻子放出来的黑鲨还在到处寻找宿主，但别看它来势汹汹却害不了人，因为灵魂掀起的波澜只会停留在阴面里，虽然偶尔可以看到却伤不到人。可眼下已经就是在阴面里，黄毛正行船在黑鲨游弋的幽蓝水域，所以这是一次真正的袭击，

眼看那团巨大的水中黑影转眼就要撞了上来，老白都一闭眼睛准备等死了，桅杆上那团黄毛之前点燃的火突然一下灭了。

周围顿时一片漆黑，蔡九一看船外幽蓝水域的光不见了，水域尽头正在酝酿风暴的闪电也没有了，仿佛是有人在封闭的房间里突然吹熄了仅有的一盏灯，让人对突如其来的黑暗好不适应，但是片刻之后大船桅杆上那团火又着了起来。

那团火一亮起来，蔡九看到黄毛不见了，彭瞎子正站在黄毛刚刚站的地方。再一看周围，又回到了之前的沙漠，船还是那条船，但船左前方小山一般的黑色巨鳍正排山倒海一般撞了上来。

巨鳍撞过来拦腰从船身划过，老白一看吓得半死，它驾着胡麻子纵身一跳逃到船外，蔡九也连忙想找地方去躲。但跟之前一样又只是个幻影，没把船撞碎也没把蔡九一口吞了，黑鲨幻影划过船身又继续徘徊，剩下皮箱船伫立在沙漠中间显得那么突兀和笨重。

"好险……"船头上的彭瞎子一擦额头自言自语地说。蔡九明白了，刚才是彭瞎子从阴面中把船又带了回来，如果还停留在那片幽蓝水域里，只怕现在大家都已经在黑鲨的肚子里了。船上还横七竖八地躺着很多的人偶，蔡九问彭瞎子这些是什么，彭瞎子说就是刚才那一群牲口。

这时从空中又落下来一个人偶，重重地砸在甲板上，原来是之前那只喝了幽蓝水域里的水，结果全身变亮飘到空中的肥猪，现在回到了沙漠，这头猪便从空中掉了下来，蔡九捡起来一看，是一个很逼真的人偶，上面还有个名字：大丰。

蔡九发现甲板上每个人偶身上都有两个字，这两个字非常像是它们的名字，但又感觉代表了什么其他的意思。

　　彭瞎子说，这些人偶代表的是已经消失了的族群，因为水源出了问题，所以大部分的族群都消失了。他留存这些族群序列标本并不是为了作纪念，而是希望时机成熟的时候可以复原它们。

　　老白在旁边啧啧称奇地小声说："哎呀呀，幸好我们风水门没有在里面。"

　　彭瞎子说制作这些人偶的人是想让这些族群的精神在阳面有一个地方可以安住，因为如果没有能和阴面对应的属于阳面的存在，这些族群就会永远消失，再也不会回来，虽然在阳面这些只是一些玩偶，但在阴面它们就会恢复成本来的样子。

　　蔡九知道算命先生一般都会有几个小人偶，但今天才知道原来这些人偶还有其他用途。彭瞎子看着周围游弋的黑鲨，有一种想走却走不了的无奈。他说等黑鲨一游走就马上继续赶路，然后显得十分疲惫地坐了下来开始抽烟。

　　"不能在沙漠里浪费时间，沙漠里走不了多远，必须走阴面的那片幽蓝水域。"彭瞎子一边抽烟一边跟蔡九解释刚才的事情。

　　"要是用刚才那片水域里的速度，有两个时辰肯定能到洞庭。"蔡九说。

　　"可是我们不可能在阴面里停留太久的。"彭瞎子说。

　　"是因为黑鲨吗？"蔡九感觉自己从阴面回来后体内有一种异常，那是一种从未经历过的躁动，这股躁动让他莫名的静不下心来，他站在船上走来走去，时不时跳到船下面，头脑也变得十分的活跃，感觉能想起来很多事情。

　　"不全是因为黑鲨，我担心在阴面停留太久，你们可能会出问题。"彭瞎子看着正在走来走去的蔡九。

　　"我们？我们能出什么问题？"蔡九嘴上这么说，可身体的那股躁动让他根本就静不下来，那种感觉像是体内有什么东西想要跑出来一样，一股蛮荒的力量正想突破皮肤到外面的世界来。但蔡九却感觉十分受用，仿佛是对那种变化有本能的期待。

　　"我担心你会跟我一样，变成完全不同的东西，但是你却控制不了它。最主要是你这个兄弟可能会是一个大麻烦。"彭瞎子留意到了蔡九的反常。

　　蔡九其实非常想知道自己能够变成什么，体内那股力量正在蛊惑他成为另外一个自己，而且在内心里，蔡九很想回到那片幽蓝水域，因为他喜欢那片通透的放光看起来很温暖的一大片水。自从第一次见过所谓世界的阴面后，蔡九感觉自己头脑

里突然一下豁然开朗起来，那是一种拨云见日的感觉，好像突然间发现了之前一直就在自己的世界里自己却视而不见的真相，这种感觉就像是之前天天对这一个人的影子去揣测这个人的长相，而有一天这个人突然站到了眼前一下让人看得真真切切。

蔡九从那天起回忆也变得清晰起来，他开始刻意记住每天都发生了什么，因为他不想像之前那样浑浑噩噩地充满对时间流逝的不确定性和恍惚。

彭瞎子说知道了阴面的存在只是修行的第一步，剩下的事情便是如何在阴面和阳面之间进行平衡，这非常非常难做到。

一直在周围徘徊游弋的黑鲨幻影这时一转身，迅速消失在沙漠深处，彭瞎子看到黑鲨一走马上站了起来。

"我们得赶紧走……"只是感觉他有些虚弱，颤巍巍地晃了一下才站稳。

彭瞎子一说要赶紧走，船头桅杆上的那团火一下就灭了。仿佛是一场魔术的转场一般，蔡九又感觉到眼前伸手不见五指，有时候他心里也在怀疑，这没准就是彭瞎子秀出来的一场把戏而已，什么幽蓝水域，什么黑鲨幻影，还有那只飘浮的发光的肥猪都是彭瞎子骗人的把戏而已。

蔡九睁大眼睛想找出彭瞎子这个把戏的破绽，桅杆上那团火又"噗"的烧了起来。火刚一燃起来，地上马上又飘起来一只发光的肥猪，它跟之前一样还是扑腾着四只蹄子嗷嗷地叫着升到了空中，它这一叫唤好像一出把戏又重新开锣了一般，甲板上那一群牲口又开始嘈杂起来。

船晃起来了，外面又是幽蓝水域，彭瞎子站的地方又站着那个黄毛，它继续欢唱着只有自己才能听懂的调子，牵引着这条船继续前行。

整条船像是复活了，继续着飞奔的节奏往北驶去。蔡九看着船头亢奋而又显得有些虚脱的黄毛，还有上面一直飘浮着但仍然倔强着在嚎叫的那头猪，有一种说不出来的豪迈感，仿佛这是他一直在寻找的刺激。

不光是蔡九，还有他身边觉得是见了世面的风水门也十分的亢奋，后来就连半空飘着的那头猪也叫唤得越来越响。开始那头猪叫得那么惊恐和不情愿，最后它的叫声里也像充满了对参与这样一场冒险的满足。

上次进入幽蓝水域马上被察觉到然后起来一场风暴，结果彭瞎子放了几炮就风

平浪静了。这一回船走了这么久却没有见风暴再来，后来彭瞎子说那几炮是水族的开山炮，不管在哪里，放上那几炮，准保不会有什么风暴来袭击自己。

在幽蓝水域里行船的速度是在沙漠里步行的很多倍，这样便能赶在被黑鲨发现之前尽量赶路，只要能再这样走上几个时辰，一定可以在一天内赶到洞庭。黄毛看起来是在用自己的精力驱使整条船以很快的速度前行，它一直在船头不停地哼唱着那种调子，像是一种咒语一般，而它背后的那一缕黄毛也飘了起来。

蔡九看到那缕黄毛，想起彭瞎子说自己遇到他这个阴面的时候曾想去抓它这一缕黄毛，因为据说这缕黄毛是龙须，而只要抓住了龙须就算是抓住龙了，可惜彭瞎子说自己刚想去抓那根龙须结果就被沩水河摇醒了，然后走出湘江府看见了湘江断流。

黄毛说自己是龙，但蔡九怎么看都不像，这从背后看它，它后腰上还真的有一个洞，那应该是彭瞎子捅的那一刀。看到那飘起来的龙须，蔡九心里还挺好奇，莫非抓住这根龙须就真能制住它不成？

这彭瞎子也确实厉害，每天能面对面和自己的阴面说话，还能捅自己的阴面一刀。之前他说每一个人都在阴面有另一个自己，但是蔡九一直不知道自己阴面的另一个自己是什么，还有胡麻子的另一个自己是什么。

彭瞎子说湘楚已经成了一个沙漠，结果在阴面的世界里却还可以行船赶往洞庭，但明显这消耗着他的精力，因为在船头赶着船走的黄毛显得越来越虚弱，发出的声音也越来越小，但船的速度却丝毫没有慢下来。

本来以为这一下没有风暴也没有了黑鲨能好好走上一段了，结果看到胡麻子手心突然亮了。蔡九扒开他的左手一看，胡麻子手掌心上有一对米粒一般大小的光点。那个光点越来越亮。蔡九看了半天才想起来那是当年在白毛子大雾里，胡麻子从锅里拿勺子捞出来的一条怎么煮都没死的小黑鱼，后来小黑鱼在胡麻子手里化成了一团瘀血，瘀血一见风就干了，剩下手上两颗米粒大小像宝石般的鱼眼。

胡麻子当时想把这鱼眼当宝石给卖了换酒喝，结果却发现两只鱼眼居然牢牢地长到了肉里，后来这两个鱼眼印记便一直留在胡麻子手里，这么多年来从来没有过什么异样，今天却重新放光了。

老白在旁边往船外一指，只见幽蓝水域里出现一大群的光点。蔡九正好奇这些是什么，那一大群光点又不见了，这看得蔡九好生奇怪，正纳闷着那一群光点突然又出现了，就这样出现又消失了好几回，蔡九才看明白是怎么回事。

原来是一大群鱼，只是这种鱼在停下来时是透明的，而在它们快速游动的时候才会发光，这时便可以看到它们，所以才看到有一大群光点若隐若现，蔡九还发现这群鱼游得越快身体便越亮。

这群鱼又让蔡九想起白毛子大雾里那一群鱼，在那个梦里老贾说这是影子鱼，果然像是影子一般。当年白毛子大雾里那一群鱼，在黑暗里像一群流星一般整齐划一地在湖水中潜行，然后翻滚闹腾了片刻便不见了踪影，而现在眼前的这一群却目标明确地正对着皮箱船而来，而且游得越来越快。

这群鱼游得越快，胡麻子手上的鱼眼也就越亮。黄毛看到那一群鱼一副非常失望的样子，它把船赶得越来越快想避开这一群鱼。不过那一群鱼却一直紧追着不放，于是黄毛又继续加快速度，蔡九感觉胡麻子手里那两颗鱼眼都快烧了起来，

蔡九从没坐过这么快的船，渔夫们哪怕是顺水顺风使出浑身的力气赶船也远不及这种速度的十分之一，老白对蔡九说："大哥，你看麻兄的手都冒烟了……"

蔡九低头去摸胡麻子的手心，还真是被烫了一下，正忧虑着胡麻子这只肥手会不会被烫熟了，那两颗鱼眼突然不亮了，这时感觉到脚底下"咚咚咚"沉闷密集的一阵撞击声，像是有东西雨点一般扎进了船身。

原来是那一群鱼突然加速，像一通发光的箭雨般在水下射了过来，最先到的一群已经迎头扎进了船身，蔡九能感觉到每条鱼射过来整条船的一阵颤抖，还有船头黄毛的抽搐，而更大的一群发着光的"箭雨"正在水下逼近……

居然有这么快的鱼，蔡九又惊又怕，正担心那更大的一群"箭雨"马上就要过来，船头桅杆上的那团大火又灭了。一片漆黑中蔡九听到船头一阵呻吟声，彭瞎子正倒在地上哼哼。

"没想到，差点死在一群鱼手里……"彭瞎子倒在地上说。

蔡九连忙想扶他起来，彭瞎子却着急地说："快，快把船上的洞补好，氿水河要流光了……"说着掏出一大团泥巴状的东西让蔡九拿去补好船上的那些洞。

蔡九跳下船，发现已经回到了沙漠里，鱼射过来扎进船身的地方有一个小洞，小洞里有一块小小的石头而且正在往外淌水，石头拔出来一看就是沙漠中非常普通的那种碎石。蔡九连忙用彭瞎子给的泥把一个个窟窿都堵上，老白和风水门也跳下来帮忙，忙活了好一阵才把全部的窟窿都补好了。

离一天后的时间约定已经越来越近，彭瞎子为赶时间挣扎着爬起来第三次进入阴面，蔡九也对那片幽蓝水域充满了向往。他想看看是不是跟当年在白毛子大雾里一样，等那一群鱼消失了，就会出现一个秦淮河上的烟雨楼。

等再一次进入阴面，幽蓝水域里那一群鱼已经不知去向，黄毛继续赶船往北，走了好一阵也没有遇到蔡九期待的烟雨楼。自从进入阴面行船以来就一路麻烦不断，这一次的麻烦，蔡九没想到会是船。

第二十三章　安静的肥猪和就要熄灭的火

　　当年在白毛子大雾里，曾见过很多隐隐约约的船影，各种各样的船不见船夫也不见旗帜静静地停在水面上，看起来什么年代的船都有，那些船影始终保持着一段距离难以接近，那是到了船冢。船冢就是传说中江河湖海里堆放死船的地方，死船就是在行驶途中失踪的船只，如果船遇险倾覆后葬身水底也多少会有一些东西浮上来，但死船的失踪却是没有一丝痕迹的消失。

　　第三次进入幽蓝水域后行驶了不久就遇到了船冢，一片巨大的船冢。各种各样的大船小船迎面挡住了去路，水面上一条船接着一条船看不到边，不知道是累积了多少年的失踪船只才汇聚成这么一大片船冢。

　　这阻挡了黄毛用最快的那种速度航行，使得皮箱船不得已慢下来在这些船中间穿行。上次在船冢遇到的船感觉都是半透明的影子，无论怎么也无法真正靠近，但在幽蓝水域里不是这样，在幽蓝水域里这些船真正就横在那里，如果愿意还可以跳上去。

　　看到这么多船，蔡九心里还挺欢喜。他从小就想有一条自己的船，当初铜官镇里有两条船便算得上富裕人家，现在这么多的船白白地停在这里，蔡九觉得特别浪费。他心想要不要换一条大船，一想没有哪一条船比得上湘江之主彭之润的这一条船，这条船像是靠着意念在行走。他不知道其实船冢里的船是绝对不能上的，如果

去赶船冢的船，就再也回不来了。

因为一大片船密密麻麻地横在水上，所以只好左躲右闪地勉强通行。本来以为黄毛会再回到阳面等这些船先走掉再重新上路，可它仍在船中间坚持着往北挪动，因为这片船冢有着数量庞大的船，这不是一时半会就可以通过的，而如果回到阳面继续等待，那等船冢完全经过后，时间肯定已经过去了一天。

虽然还是比在沙漠中步行要快很多，但这样的速度肯定也没法在一天内赶到洞庭，而时间已经剩下不多。从子时彭瞎子变成阴面的自己开始算起，如果不能在今晚子夜之前达到约定的地方，彭瞎子之前说就没法赶上那个最后的仪式。

在船冢里又走了好一阵还是看不到边，各种不同类型的船铺在水面上，有的大，有的小，看得人都疲劳了。蔡九正不知道什么时候才能通过这船冢，抬头一看远处，远处有一条船上居然有一个人影，那个人影正双手朝上冲着这边挥手……

怎么会有人在阴面的船冢里？这地方不应该是空无一人的吗？这到底是谁？蔡九一直诧异，老白扯着胡麻子站过来往那边仔细看了好久说："这人到底是谁啊？"

慢慢的，船越靠越近，那个人一看船靠过来拼命地挥手，那感觉就像是一个人独自走在沙漠里快要渴死的时候，突然看到经过了一只驼队。等再靠近一些还听到了他在叫喊，只是声音太小听不清楚。老白的耳朵灵，听见了那人在叫什么，它说大哥，那人在叫"九哥，九哥呢"。

蔡九也听到了，还真是有人在喊"九哥"，那人声音越来越大，手舞足蹈歇斯底里地喊叫。好一会儿后蔡九终于看清楚了，那人像是胡麻子！

蔡九听到胡麻子在前面叫自己，心里开始还高兴了一下，可一想感觉有些不对劲，胡麻子不正在自己身边吗？他转脸一看，身边的胡麻子正呆傻地站着一动不动。

难道有两个胡麻子？可是身边这个胡麻子不过是老白那家伙的大条罢了，但远处那个拼命招手的越来越清晰的人影分明也是胡麻子。看到他一直在喊自己，蔡九也忍不住开始对他招手，边招手边喊："麻子，麻子，我在这儿呢……"

正想靠过去看清楚那个人是不是胡麻子，船头桅杆上那一团火突然就灭了，眼前又是一片漆黑，片刻后听到彭瞎子在船头说："哎呀……我忘了告诉你，不要在阴面去应答任何人的喊话。"

蔡九一看周围又转场到了沙漠，每次彭瞎子在阳面和阴面之间切换，蔡九都十分好奇，因为这确实像极了一个把戏。他连忙说那人是胡麻子。

彭瞎子说就算是你妻子也不行。蔡九问为何不行。

彭瞎子说你刚才应了他了，这一下你再回到阴面，他就会一直在你周围，因为你刚才答应他了。

蔡九问为什么会有两个胡麻子，一个是呆子，一个在对面的船上叫。

彭瞎子说那是因为之前你兄弟的魂魄被黑鲨给勾走了，现在他的身体出现在阴面却没有自己的魂魄，所以有阴面里其他的魂魄想扮成他的样子，这样便可以通过你接近胡麻子，然后再找机会进入他的身体，重新成为一个有身体的人。

"难道你是说这个人不是胡麻子吗？"蔡九问。

彭瞎子说："这个在叫你的人是不是就是他我也确定不了，不过你可以试试他。但我们必须非常谨慎，因为如果让阴面里其他的魂魄控制了你兄弟的身体，那我们可能会被永远留在阴面。"

"我应该怎么试呢？"蔡九问。

"问一些只有他才知道的事情。"彭瞎子说，"不过我们最好等一等，因为阴面的那些灵魂都在渴望重新得到一个身体，现在突然出现了那么一个人，说明我们已经被盯上了。"

彭瞎子说准备再等一等，等刚才阴面里那个叫蔡九的灵魂离开后再启程。蔡九倒是十分想见那个在船上喊自己的人，然后问他一些只有胡麻子才知道的事情，看看他究竟是不是胡麻子的灵魂。

之前每一次回到阳面的沙漠，彭瞎子都显得非常着急，可是这一次他却安静地抽起烟来。离一天结束的时间越来越近，连蔡九都觉得不能再继续等了，彭瞎子才站起来准备启程。

蔡九非常想看到彭瞎子是怎么一下变成自己的阴面黄毛的，但是每次都看不到，因为每次都觉得眼前一黑，然后重新见到光的时候已经换到了另一面，这一次也不例外。

再一次回到阴面里，蔡九睁眼一看周围差点从船上掉了下去，只见周围还是被

各种各样的船密密麻麻地包围着，但是跟之前不一样的是，刚才还空无一人的船冢现在居然一下人满为患，每一条船上都人头攒动被挤得水泄不通，而神态服饰各异的那些人正一个个瞪大着眼睛看着皮箱船……

皮箱船上所有的东西都被吓到了，本来一到阴面就会到处欢腾撒野的牲口们都站着不动了，也许是听到下面安静了，船上飘着的那只发光肥猪也不叫了，它安静地飘浮在空中，好像生怕下面的那些人发现自己。

老白和风水门马上聚在了一起，形成一个向外的圈，这是老鼠们无处可逃时自我保护的最后办法。黄毛在船头也怔住了，蔡九明显听到了之前它唱过三次的那个简单的调子，每一次它哼出那个调子，就会转场一般地从阴面回到沙漠里，然后一切都化险为夷。

可是这一次，黄毛唱完了那个调子，却没有回到沙漠里，站在船上感觉到皮箱船有一点反应，但之前的那些变化却没有发生，桅杆上那团大火没有熄灭，蔡九也没有眼前一黑，外面还是那些船那些人，还是在幽蓝水域里，黄毛这一次转场看起来是失败了……

船头的黄毛估计自己也一阵疑惑，这下可好，那一套转场的把戏用不了了，本来就面临着两难的困境，要是真逃回阳面，只怕是几个人走死了也没法在沙漠里一天内赶到洞庭，但如果在阴面的幽蓝水域里行船，又没有多久可以畅快的时候，总是有各种各样的麻烦出来，这回可好，还被关在阴面里了。

周围那些各种各样奇装异服表情呆板的人虽然一个个瞪着眼睛，但却没什么下一步的反应，既没有像一群暴民或者厉鬼一样冲过来马上把大家扯成碎片，也没有开口打招呼要皮箱船干什么，他们连名号都没有报，只是像不含任何意图的直瞪瞪看着，而且是所有的人都这样看着，他们的目光像桶一般把皮箱船包围了起来。

黄毛意识到有了大麻烦，但是它非常机智和处变不惊，看到没有办法逃走，因为转场的调子刚才它又悄悄哼过了好几次都不见有任何反应，所以它换成了前行的调子。皮箱船于是开始慢慢地往前走，黄毛开始无视周围的这些人像之前一样赶着船慢慢在船冢中穿行。

那些人没有阻拦也没有说话，只是继续瞪着眼睛看着，等黄毛赶着船慢慢从眼

前经过后，他们又把脖子齐刷刷地转了过来继续瞪眼看着。

黄毛继续哼着前行的调子往前走，只是蔡九非常不习惯被这么多人盯着，皮箱船和旁边的船擦身而过，他仔细看那些船上的人，发现这些人眼神中有一种饥渴和惊喜却显得十分呆滞的表情，他们身上奇装异服，但穿戴打扮感觉都有一些土气，有的还别着佩剑或者佩玉，发髻和帽子都不是蔡九熟悉的那些造型。

有一些人还穿着式样很好的灰色长袍，像是蔡九在铜官镇祠堂看到的一些画像里先辈的装扮。还有一些人又是蔡九从来都没有见过的装束，虽然是没有见过但觉得那种装扮确实又挺好看，特别是有一些女子盘着铜官镇上甚至长沙都从来没有见过的发髻，发髻上还插着特别雅致的细软。

蔡九仔细一看，发现这些人齐刷刷瞪着胡麻子，很明显是对他感兴趣。只是蔡九奇怪这些人为何就是这么瞪着他看却没有什么其他行动，他还在人群中找了好久之前出现的那个人，就是另外那个向他招手的胡麻子，那家伙却不见了踪影。

就这样在这些人的注视之下又往前走了好一阵，船冢比蔡九想象的还要大，一条船连着一条船望不到边，放眼望去水面上全都是人。走着走着，蔡九突然发现远处有一条船上的人群中有那么一个人没有一直看着胡麻子。

人群中那个人突然抬头往上看了眼，旁边的所有人都在看着胡麻子偏偏他抬头看了一眼，那人往上看了一眼后马上又继续看着胡麻子。蔡九连忙也抬头一看，头上除了一片阴暗的天空外什么都没有，不知道刚才那个家伙抬头是在看什么。

又走过了好些船，突然蔡九看到左边船上的人群里又有个家伙往上看，蔡九连忙一转头盯住这个家伙，不远处又有第二个人往上瞅，蔡九马上又去看那个人。第一个家伙迅速把头低了下来，蔡九顺着他往上看的角度一看，原来这家伙是在看皮箱船的上面。

船上面正飘浮着一只安静的肥猪，但那个人看的角度没有这么高，再低一点就是那团桅杆上正在燃烧的火了。那团彭瞎子和黄毛之间用来转场的火现在烧得没有那么旺盛了，在船冢里走了这么久，刚进来时它还熊熊燃烧在头顶上，把整条船照得透亮，现在它的火焰却只有当时的一半大小了。

继续前行，蔡九发现周围船上抬头看这团火的人越来越多，开始出现那么三五

个往上看一眼然后马上又重新盯着胡麻子，再过了一会儿一小半的人都去看那团火，而那团伙烧得越来越微弱。

蔡九突然一下明白了！原来船冢里船上数不清的这些人之所以都在看着胡麻子而没有什么行动，是因为黄毛在皮箱船桅杆上点的那团火，那团火看来是镇住了所有在船冢里对胡麻子打主意的这些人，而现在这团火越来越微弱，这些人开始蠢蠢欲动了。

看来他们都在等那团火完全熄灭的时刻。蔡九不敢想象要是头顶上这团火一灭到底会发生什么，从现在粥少僧多的情况来看，最坏的结果可能就是被吃掉，但是最先被吃掉的应该也是胡麻子，因为那些人看的是他，不过蔡九在想那团火要是灭了后该如何带着胡麻子从这里脱身。

但这里并不是自己熟悉的地方，如果这是在湘江河里遇到了有人围堵，蔡九也是不怕的，但这里不一样，这里是阴面的世界。虽然阴面是和阳面同一的存在，但这里是世界的另一面，蔡九甚至不知道眼前的敌人是谁，而如果贸然跟在湘江河里一样跳水逃走，头顶上那一头飘浮的肥猪就是先例。

蔡九倒是很好奇如果黄毛不拴住那头猪的话它会飘到哪里，不过现在看起来最安全的就是那头猪，它飘浮在半空中至少和下面的船保持了好长一段距离。眼看着桅杆上那团火越来越微弱，周围船冢里的人感觉都已经开始骚动了起来，这时几乎所有的人都在抬头看着那团火。

现在就连黄毛都感觉有点慌了，因为它哼着那个前行调子的声音也像是那团火一样越来越微弱，而且它的声音中间还有停顿，能感觉到它在犹豫甚至是有一些恐惧，它还尝试了一些其他调子，有几个调子蔡九之前从没听过。最后黄毛又试了几次那个转场的调子，结果还是没有用……

眼看那团火马上就要灭了，周围越来越暗，低头都已经看不见自己的脚，船冢里那些人此刻已经全部都抬头盯着那团就要熄灭的火。

黄毛也停了下来盯着那团火，蔡九看到它身后的那缕黄毛慢慢地飘了起来，蔡九想一会儿火一灭，黄毛估计也是有招式可以对付的，湘江之主哪怕就是在阴面了也应该是不惧在水里跟人动手的，只是这周围人数太多，感觉就是一大盆红豆里放

了几颗绿豆，就算是再能打，也是不可能有胜算的。

火忽闪了几下，又暗了几分，黄毛"呃"的从嗓子里发出一个拖着尾音的声音。那团火好像听到了它这一句，开始挣扎努力着不熄灭。一团小得不能再小的火苗左右摇晃眼看就要灭了，居然像是强打着精神又烧了起来。

看到那团火又着了起来，船冢里的人便不再看火，他们又继续盯着船上的胡麻子。这时远处传来一声炸雷般的咆哮："他奶奶的！我看哪个敢跟老子抢老子的身子？！"

只见远处过来一条小船，小船还点着一盏小小的灯，而船上站着的人正是之前在呼唤蔡九的那个胡麻子。之前彭瞎子说问点只有胡麻子才知道的事情，可是蔡九还没有开口便知道这家伙一定就是胡麻子。

看到这个人，旁边老白也扭头过来看着蔡九。蔡九看着旁边自己这个胡麻子呆傻的躯体心想，麻子啊这下可算是找到你的魂了。

黄毛又想转场回到沙漠，可是就算是桅杆上的火焰又重新烧了起来，但它哼完了那个调子却仍然没有反应，自从船冢上出现了那些人后，这条船便感觉已经被封锁在了阴面的幽蓝水域里。

远处船上的胡麻子摇着那一条小船慢慢靠了过来，"九哥！九哥！你在这里啊，找得我好辛苦……"

小船上的胡麻子靠近皮箱船然后爬了上来站到蔡九身边，那一大群牲口看到他上了船"哗"的一声马上退后好几步，那只黑狗在前面站着很是一副戒备的样子。

蔡九刚想跟爬上来的胡麻子搭话，只听见爬上来的这个胡麻子又爆出炸雷一般的吼叫："他奶奶的，你这个死老鼠，赶紧从老子身上下来！"

老白吓得连忙就从裤管里溜了出来，爬上船的那个胡麻子看到老白窜了出来伸出大脚就去踩，蔡九去拦都没拦住。只见他一只大脚一下对着老白过去，狠狠地把它踩到地上，踩了还不说，还在地上左右碾了好几下，那个狠劲看得蔡九都快要哭了，心想这老白应该怕是都成了一团泥巴了吧，可怜它也是风水门活得最久的一只老鼠了，就这么被一脚踩死了。

蔡九一把去拉胡麻子，结果什么都没有拉到，他的手从那个胡麻子身上穿过，

蔡九吃惊地看着自己的手，而旁边的那个胡麻子身上被蔡九双手穿过的地方，冒出一圈蒸汽一般的烟雾，就像有人在望城街角大米面馆的那一口大锅揭开后挥手赶走扑面而来的水雾一般，蔡九被自己双手从这个胡麻子身上带出来的烟雾惊到了。

本来以为被踩死的老白，却从胡麻子的脚下又跑了出来。原来那只从天而降的大脚并没有伤到它，等它意识到眼前的胡麻子只是一场烟雾做成的后，马上爬起来迅速地逃到船头黄毛的脚下，在它身后躲着探出半个脑袋往这边张望。蔡九没想到黄毛居然给了老白这样一种安全感。

风水门和牲口们都往船头黄毛那里躲，船这一边就剩下蔡九和两个胡麻子。踩了那一脚后赶走了老白，烟雾做的胡麻子大摇大摆地走到那个肉做的呆子胡麻子前面，然后他面对面看着眼前的这个身体说了句："妈的，老子长得确实是不好看啊……"

"噗……"蔡九听到了这一句，虽然是身处险境，但是还是忍不住大笑了起来，这绝对是正宗的如假包换的胡麻子，他笑的是自己的兄弟又回来了，别管他是烟雾还是魂魄，反正他又活蹦乱跳地在自己身边开始聒噪起来。

结果蔡九这一笑，旁边船冢上那些无数的船上的无数的人也跟着大笑了起来，整个幽蓝水域里一阵震天响的哈哈笑声。笑声刚一停住，那个说自己不好看的胡麻子问蔡九："九哥，人世间都是虚幻有什么好的，不如跟我走……"

而旁边船冢上那些无数的船上的无数的人也跟着他异口同声地大声说："九哥，人世间都是虚幻有什么好的，不如跟我走……"

这一句话又像一阵炸雷一样在水面上响起，听得蔡九心里跟着一阵震颤。他从来没有被这么一大群人这么大声地同声质问过自己在世间到底有什么意义，这就像是一记闷棍当头打了过来，蔡九一下觉得说得对啊，为何一定要停留在人世间呢？虽然那些娇妻爱子相伴的好日子重新被想起，但可惜那仿佛是一阵烟般消失了，而此刻剩下他一个孤独的灵魂和困倦的身体还在坚持着不知道是要去哪里，既然人世间所有的一切都那么易变和虚无而且人生充满了痛苦，那干吗不索性离开呢？

不，不，不能离开，蔡九马上开始在心里拒绝这种危险的想法，他想到儿子蔡十八还不知去向，这像一根针狠狠地刺在蔡九身上，让他顿时惊醒。他觉得刚才有

一种能量在船家那些人说话的时候被传递了过来，压进了自己的身体，把自己脑袋里本来已经十分熟悉的焦虑或者担忧替换成了另外一种，让他一下不知道过往也忘记了期待，只是头脑一片空白地去思考那个虚无的问题。

片刻之后蔡九重新想起自己的境遇才觉得这股力量的恐惧，因为感觉自己在它面前就像一张可以随意涂抹的白纸，但更让蔡九感觉到不解的是自己在迎合着这样一种力量，仿佛自己确实是错的，而真理就是应该离开人世间。

看到眼前这个眉飞色舞正看着自己的胡麻子，蔡九想起彭瞎子之前的告诫，这下竟然真被困在了阴面里。他转头一看船头的黄毛，但它正安静地站在那里一动不动，一头长发从眼前垂下，还是根本看不清它的脸。

虽然觉得这肯定就是胡麻子，但蔡九还是想问点什么确认一下，问一个只有他和胡麻子才知道的问题。

第二十四章　黑色浓雾和"胡麻子二号"

"麻子，你还记不记得上次我跟你在长沙，就是我们陪着老贾去长沙找他媳妇如烟姑娘的那次？"蔡九想了片刻这样问眼前的胡麻子。

"如烟姑娘？九哥，你说的就是那个铜官窑子里的头牌吧？你问这个干吗？"眼前这个烟雾做的胡麻子被问得有些莫名其妙。

蔡九一听胡麻子还记得心里便大喜，看来真是胡麻子。他又接着问："那天老贾带着我们找到长沙一处刘姓大户的宅子前，然后他和刘春球装成应征杂役混进去打探如烟姑娘的下落。我跟你在外头街面上等他们的时候，你告诉我的那几句话你还记得吗？"

"几句话？"眼前的胡麻子显得有些迷乱，"什么话？"他看起来是记不得了，反问蔡九。

"你说那事要我到死也要保守秘密，除了我你再也不会告诉别人了，这事你应该还记得吧？"蔡九非常坚定地说。

"几句话？……秘密？"烟雾胡麻子一副完全不知所云的样子，他甚至还揉了揉脑袋使劲地想了想，但是看起来还是没想起到底告诉过蔡九什么秘密。

"是的，就是你告诉我的那个你说是你最大秘密的那个秘密。"蔡九连忙引导胡麻子希望他能够想起来，可是烟雾做的这个胡麻子却一点也不记得了。

看到他抓耳挠腮地在那里冥思苦想，蔡九马上警惕起来，看来这可能不是真的胡麻子，如果是胡麻子他肯定是记得的。

听到蔡九这个问题后，旁边船家上密密麻麻的人群也开始左右互看、交头接耳起来，看起来他们像是在想帮着胡麻子一起想问题的答案，但一通嘈杂下来，他们中间还是没有一个人知道。

这个人不是胡麻子！蔡九心里完全反转了刚才自己的看法。他绝对不是胡麻子，就算他欺骗了所有人也差一点欺骗了蔡九，但蔡九已经看出来了，他不是真正的胡麻子，虽然他说话的声音很像，而且他还知道很多蔡九和胡麻子之间的事情，但这个人绝对不是那个自己的兄弟。

蔡九内心里迅速闪过很多种脱身的方式，就像他当年在湘江河上混迹的时候一样，可是这一次却感觉真是无路可逃了，更加窘迫的是桅杆上那一团火已经又越来越暗，而这次黄毛意识到后又努力了好几次却仍然没有什么作用……

一种身陷绝境的恐惧袭来，周围那些人群又继续盯着那团火，而那个烟雾做的胡麻子却一直盯着蔡九。这种感觉让蔡九特别混乱，因为他对眼前这个人有一种非常复杂的情绪，他甚至希望这个家伙能马上就回答出自己的那个问题，这样自己也好抱住他庆幸又一次的重逢，可惜他不是……

船头的黄毛又拼命地哼那个转场的调子，可是无论怎么哼都没有作用。它这一哼哼倒是把那个烟雾做的胡麻子吸引了，他马上丢开蔡九刚才的那个问题，扭头走到黄毛那里去看它。

"哎呀……这个丑东西是什么啊，怎么一脸的头发这么奇怪呢？"他问。

"你别碰它，它是彭瞎子。"蔡九马上说。

"彭瞎子？彭瞎子不是这个样子的哇？"烟雾做的胡麻子说。

黄毛在阴面里感觉就只是一个船夫，它很少说话只是埋头赶船。此刻它正不停哼它那个可以转场的调子，可是烟雾做的胡麻子却想撩开它的头发，看看它到底是谁。

"别碰它，它是彭瞎子的阴面。"蔡九阻止说。

烟雾做的胡麻子这句话都还没听全，就出手想去撩开黄毛的头发看一看。他刚

一伸手，黄毛脸前的头发里"噗"的一声急速吹出来一口气，那口气对着烟雾做的胡麻子就吹了过去，黄毛自己那一脸的头发也被吹得往两边一摆。

那一口气忽地一下吹过来，速度极快，烟雾胡麻子刚才还人模人样地站在黄毛前面想要揭开它的头发，结果现在一大半身子都被这股气给吹散了，就剩下了下半截还站在船上。它的上半身被吹得像一股蒸汽般的到处四散开来，那味道蔡九一闻，真像望城街角大米面馆门口那个巨大的蒸锅里散出来的气味。

黄毛脸上的头发也被自己一口气吹开了，蔡九一下瞥见了里面它那张脸。我的天！蔡九看到的是一个孩子的脸，那张孩子的脸眨眼又被落下的头发遮挡起来。蔡九没有想到彭瞎子的阴面是一个孩子，之前他说自己把身上那些属于龙的部分都杀死了，而那些东西在阴面形成了他另外一个自己。

船家上的人群这时开始骚动起来，因为桅杆的小火苗已经摇摇欲坠，马上就要熄灭……被黄毛一口气吹散的那个烟雾胡麻子的上半身正重新慢慢集结，而刚刚好他聚拢成原来的样子，桅杆上那一星半点的火苗就灭了。

火刚一灭，蔡九听到外面船家上那些人发出"哇喔"的一声惊叹，好像是目睹了什么惊讶的大事发生了一般。刚恢复成原状的烟雾胡麻子站在那里激动地号叫："九哥啊！九哥！我胡麻子回来了咯……"

借着幽蓝水域发出的微光，蔡九看到恢复成原状的烟雾胡麻子走了过来，然后一伸手想把刚坐在船上的自己拉起来。

蔡九下意识把手一伸，烟雾胡麻子一使劲就把蔡九从地上给拉了起来。蔡九被拉起来的一瞬间才意识到不对：咦？这家伙不是烟做的吗，之前一碰他他身上全是虚的，怎么会有劲把我给拉了起来？起来一看，蔡九发现那个呆傻的胡麻子不见了！他刚才明明就一直站在那里。蔡九着急起来，到处去找呆子胡麻子，旁边那个拉他起来的烟雾胡麻子却拍着他说："九哥，九哥！你别找了啊！我在这儿呢，我这不就在这里吗？"

蔡九狠狠一捏他的脸，还真是肉做的，可之前他明明是一阵烟，而那个呆子胡麻子却凭空消失了。蔡九在船上找了个遍也没发现他，又担心他是否失足掉进了水里，但刚才也没有听见有人落水，而且在幽蓝水域里要是喝了那些水，应该就跟那

头猪一样会飘到空中，可是现在上面除了那头肥猪外没有其他的活物。

虽然眼前这个家伙坚持说自己真的就是胡麻子，可蔡九就是觉得哪里不对。他很想让彭瞎子来鉴定一下，可是这里是阴面，彭瞎子的阴面黄毛转了半天也没回到沙漠，而且黄毛好像不想或者是不能在阴面里说话，之前蔡九跟它搭了好几次话，它都是毫不理会只是埋头赶它的船。

蔡九觉得现在能断定这人是不是真是胡麻子的就只有之前他想到的那个秘密了，于是他继续问："那你告诉我那天在长沙刘府的门口你要我打死也不能说出去的那个秘密是什么？"

可眼前这个胡麻子就是支支吾吾说不出来，他居然耍赖说那件事情他已经忘记了，而胡麻子一说自己忘了，蔡九却反而同情他起来，因为蔡九自己也有很多事情不记得了，记忆有时候对蔡九来说像是一个不断跳跃着的谜语。

眼前这个人一直说他就是胡麻子，而那个呆子胡麻子明明就是失踪了，可时间一久，人就会忘记事情本来的真相去接受一个本不认同的现实。后来蔡九本来寂寞又渴望兄弟相伴的心里慢慢地接受了眼前这个自称是自己兄弟的人，或者说眼前的这个人至少满足了蔡九内心里对于兄弟相伴的一种饥渴或者是愿望，只是日后每每有一些时候蔡九看着他又总会怀疑到底是不是胡麻子在幽蓝水域里让哪个未知的灵魂钻进了自己的身体。

眼前的这个胡麻子还显得有些自恋，他正不停地摸着自己脸上的麻子，又扯扯自己的头发，好像在鉴赏着什么珍宝一般。他走到船边让旁边船冢上的那群人都能看到自己，然后伸出一只手指着那些人。

他手指到的地方，那些人"哇"的一声都伸出手来挡住自己的脸，就好像胡麻子那根手指是在喷射出什么让人难堪的东西一般。胡麻子大模大样地慢慢转了一个圈，把周围船冢上那些人都指了一遍，然后他走到蔡九前面说："九哥九哥，你看那边……"

蔡九抬头一看，只见远处天空中飞过来一个小小的光点，那个光点刚一出现，一直不说话的黄毛却突然激动起来。它"噶"地叫了一声，然后抬起枯枝一般的手指指着那个正飞过来的光点颤抖地说："神……神……神龙虫子！"

只见那光点从远处飞过来，所到之处像是吹起来一阵飓风，船冢上刚才还在吹胡子瞪眼的人一下像被吹开了一般一个个化成一团黑烟，他们脸上一脸惊恐的表情像是一点油墨滴进了水中一样慢慢化开成浓浓的一团……

不一会儿，船冢上便笼罩着厚厚的一层黑色浓雾。

光点飞近了，蔡九抬头一看，原来就是那种蔡一吐在铜官镇上第二间铺子里的大萤火虫，也就是当年停在蔡十八房间里的那种虫子，蔡九万万没想到这就是传说中的神龙虫子……

神龙虫子已经有七百年没有出现过了，看到它飞过来，就连一直是哑巴的黄毛都开口说话了，它一般只会哼哼一些调子或者发出一些简单的声音，而那一天它憋足了力气告诉蔡九那就是神龙虫子。

黄毛这样激动蔡九是可以理解的，因为彭瞎子之前说，龙在东海已死，而龙一死，神龙虫子便不再出来觅食，这样世间便再没有白毛子大雾，而没有白毛子大雾阴阳便会失去了平衡。世间已经七百年不见了神龙虫子，现在它又重新出现……难道是龙要回来了？

让蔡九高兴的是之前彭瞎子说蔡十八就是龙的转世，但他一直没有遇到龙石所以还未变身，而彭瞎子说只要看到白毛子大雾就说明蔡十八已经成龙，现在虽然没见到，但神龙虫子已经重现了。

神龙虫子刚一现身，船顶上那一头安静的肥猪马上喧闹起来，它开始嗷嗷地叫唤，像是在发出危险已经解除的信号一般，下面的牲口们还有风水门也跟着它活跃了起来。

蔡九十分吃惊这个"胡麻子二号"的能力，为了便于自己把他和之前的那个胡麻子区别开来，以便以后自己记起来能够清楚地将两个人分开，他之后在心里一直称呼这个胡麻子是"胡麻子二号"。

他不知道"胡麻子二号"到底是有什么东西在隐瞒自己或者他有什么阴谋，但坦白说"胡麻子二号"真的和之前那个"胡麻子一号"没有什么区别，还是一样的脾气个性，一样的口味喜好，唯独有些不同的地方，就是蔡九觉得他在某些关键的时候会有些不同寻常。比如刚才他站到船头去指那些船冢上的人，为什么那些人会

那副德行呢？难道他们都害怕他不成？而且首先发现神龙虫子的也是他。

神龙虫子飞过船冢，船冢上的那些人统统都化成了黑雾，一时间周围一片浑浊分不清方向。不过一般雾气应该是往上走的，但这片黑雾却是往下沉，黑雾慢慢地沉下来浮在了水面上，挡住了一大片幽蓝水域里发出的微光，像是一块膏药贴在了水面上。

片刻后，这片黑雾沉到水里。水里像是被倒进很多墨汁，形成一片巨大的黑影，黑影边往下沉边缩成一团。蔡九刚想看个清楚，结果那团影子突然动了起来，"哗"的一声推开一大片水往前游去。是黑鲨！蔡九认出来了，这影子太熟悉不过，就是那条一直在游弋寻找宿主的黑鲨，刚才它化成了无数的人堵在船冢里想要有什么企图，结果现在仓皇逃去，只是蔡九看到它好像没有了鱼鳍，它刀锋一般游走的大黑鳍不见了。

黑鲨一走，黄毛马上不顾一切地赶着船往北走，它非常精细地在船冢中那些船里面腾挪穿行，往北又走了好远后才转场回到阳面休息。

船头桅杆上那一团火灭了后，黄毛这次转场时蔡九却看见了，他看见周围的水域里像是被人拉开了一张幕布露出了后面的另外一张幕布，幽蓝水域消失不见了，取而代之的是一片沙漠，而周围船冢停泊的那些船在沙漠里不过就是一些沙丘而已，这些沙丘在沙漠里随风而动，从一头被吹到另一头，没有想到在阴面里它们是船。

那只神龙虫子也还在，它在沙漠快要天明的夜空里闪闪发光地盘旋，彭瞎子刚一回到沙漠马上就上前一把抓住"胡麻子二号"的衣领厉声质问他："你哪里来的神龙水？！"他好像一点也不诧异胡麻子已经从一个呆子成了这个"胡麻子二号"，而只想知道神龙水是从哪里来的。

蔡九明白了，刚才那只神龙虫子是被召唤而来的，有人滴了一滴神龙水，所以它才来了。可问题是，彭瞎子抓着"胡麻子二号"说神龙水是龙身上的一部分，可七百年前所有的神龙水都已经失效了，他"胡麻子二号"又是从哪里得来的神龙水，难道是从龙身上弄到的不成？

可"胡麻子二号"却坚持说自己根本就没有什么神龙水，这时从彭瞎子身后又走出来另外一个彭瞎子，那个彭瞎子迅速地在周围移动。首先围着"胡麻子二号"

飞快地转了几个圈把蔡九看得一阵眩晕，然后又停留在每一个活物的前面像是在检测着所有的细节。他在极短的时间迅速查看了他认为所有可疑的地方后，一翻身用头顶着"胡麻子二号"的头，在他的头顶上倒着立了起来。

"胡麻子二号"意识到头顶上有东西刚想抬头看，头顶那个彭瞎子往前一倒，从他头顶上翻落下来正好和他眼前那个抓着他的彭瞎子合二为一，然后彭瞎子松开抓着"胡麻子二号"的手，狠狠地说了一句："你给老子小心点！"然后他弹了弹自己衣服上的灰走开了。

蔡九非常惊讶"胡麻子二号"没有反抗，因为如果按照胡麻子的性格，哪怕是皇帝抓着他衣领，他也是敢上手抽人家一巴掌的，可"胡麻子二号"好像并不想跟彭瞎子有什么冲突，蔡九感觉这两人之间的眼神交流好像是达成了什么默契。

沙漠中神龙虫子还盘旋在空中，彭瞎子掏出那把壶又让大家喝了一点汋河水，然后马上准备继续赶路。现在正是最黑的时候，也是最接近黎明的时候，等再到了阴面，黄毛便开始争分夺秒地抓紧赶船，左突右绕在船冢中穿行，而不知道是在准备狩猎还是在提供着保护，那只神龙虫子一直都没有走远，感觉可能是因为有神龙虫子在，一直都没有发生什么事情让黄毛被迫回到沙漠。

蔡九感觉自己已经适应了阴面，完全没有像刚刚接触到阴面的时候有一种被压抑住想要释放的冲动，他也没有变成另外一个自己，因为据彭瞎子说是要有了很深的修行并学会控制了那股力量后人才会在阴面成为另外一个自己。

黄毛抓紧时间终于穿越了船冢，它又可以用之前的那种速度航行，就这样奔袭了好一阵后突然慢了下来。远处飘来一阵幽远的琴声，仔细听还有人在浅吟低唱附和着琴声。只见前面到达的水域不再发光，在幽蓝水域和眼前这片不再发光的水域之间形成了一条明显的界线，黄毛在这条界线前停了下来。

"胡麻子二号"偏过头来"嘘"的一声把手指按在自己肥大的嘴唇上，小声跟蔡九说："九哥，你听，前面有人在唱戏呢。"

蔡九也觉得是有人在唱戏，此刻站在一片放光的水域里面对着一片不发光的水域，蔡九觉得有一点恐惧，虽然自己一辈子都在不发光的水里行船，但到了幽蓝水域里才几个时辰就已经深深地觉得还是能发光的水好，他本能地对幽蓝水域有一种

迷恋和不舍，不想去眼前这一片黑暗的水里。

那声音抑扬顿挫地在水面上传递，听起来很近了，仔细一听又感觉很远。那只在天空中盘旋跟随的神龙虫子却飞了过去，它越过发光和不发光的水域间那条边界，飞进了那片黑暗的水面，它刚刚触到那条边界，隐隐的独白一般的吟唱便马上戛然而止。

神龙虫子飞进照亮了那片不发光的水面，蔡九看见那片水上也有一条船，船上正站着一个人。神龙虫子飞下去停在那条船的桅杆上，蔡九看到船头那个人戴着一顶包裹着整个头部的帽子，他一袭长衣，两袖飘舞，仙风道骨般伫立在船头。

刚才那阵惊为天人的吟唱看来就是这人所作。蔡九虽然不懂戏，但刚才那股子高洁和深远甚至放纵却感觉清高无比的独唱，却让每一个人感觉到为之一振。这就像从来不懂得阳春白雪的俗世之人见了自己怎么都不曾想过的高雅，虽然是完全不懂，但也被深深地震撼到了。

而彭瞎子是懂戏的，彭瞎子不光是懂而且很痴迷听戏。你看黄毛刚才那一副走神的样子就知道，船在水面都失去了控制开始打转，因为它完全沉迷在那吟唱之中，直到那人出现在船头，它才重新想起自己的船。等它把船重新打直了横在水上，蔡九看见对面船上的那人一下掀开自己那顶一直裹到下巴的帽子，露出了自己的一张脸。

在神龙虫子的光芒下，蔡九看见那里站着的是一个有着一张狐狸脸的人，当蔡九看到了这张脸时，整个世界又迅速转回到了阳面的沙漠。蔡九看见这里已到了沙漠的尽头，而眼前横着一片岩石密布的地带，在这一片地带和沙漠中间也有一条长长的分界线。

第二十五章　戏子刘德水

只见对面一片砾石重生的荒地上站着一个人，看到那个人蔡九心里莫名的一阵敬仰，只见他一身黄袍气度不凡，身上还配着一块硕大的白玉，正站在一辆马车上对着这边微笑，而神龙虫子正停在那马车的马头上。

"这里就是湘江府的尽头，往前就不是我的地盘了。"彭瞎子开始捡起地上那些四散的玩偶，像是把戏到了收场的时候开始检场准备收工。

"天马上就亮，你们得跟着他走……"彭瞎子指着对面那位高士对蔡九说。

"我们？难道你不跟我们一起去吗？"蔡九见彭瞎子这么说。

"我绝对不能离开湘江，我得守在这里一直到死。"彭瞎子很坚定地对蔡九说，边说他边把地上的那些玩偶装进大皮箱里。

"小子，我再告诉你一个秘密，其实我在阴面里还可以变成一条龙。也许有一天你在阴面里遇到了困难，我会变成一条龙来救你。"彭瞎子好像有点吹嘘地告诉蔡九，然后他哈哈的大笑，露出自己的几颗黄牙。

蔡九没有想到那是自己同故乡一个长长的告别，以后的日子里，蔡九经常想起彭瞎子，想起他的阴面那个黄毛，那个躲藏在长发之下的孩子。

"不要忘记，千万不要忘记沩水河的味道！"彭瞎子边说边递过来他随身带的那把壶，"这个你拿着……"

见到彭瞎子把装着沩水河的水壶递给自己，蔡九连忙推辞："不行，你给了我，你怎么办？你没有水能活吗？"

彭瞎子听了大笑，一瞬间只见虽然脚下还是踩着沙漠，但周围全都变回到幽蓝水域。对面还是那一片不发光的水，水上停着一条船，船上是那个狐狸脸的人，而这边发光的幽蓝水域上黄毛一扯自己身后的那一缕黄毛，只听见"呼"的一声，蔡九眼前突然升起来一条龙。

一看到这条龙，蔡九差点笑出声来。因为这条龙长得也太丑了，龙脸上还戴着一副眼罩遮住一只眼睛，眼罩旁是另外一只特别猥琐的小眼睛，衬得整张龙脸显得更加滑稽……

原来只要狠狠一扯彭瞎子的阴面黄毛背后的那一缕黄毛，它就真的可以变成一条龙，虽然是一条猥琐的龙。但这条龙当着蔡九的面摘下了自己的眼罩，蔡九看到本来是彭瞎子瞎眼的眼球里有一团东西在闪动，那东西是一团水。

蔡九刚想看清楚那团水，幽蓝水域马上变回了沙漠，彭瞎子站在蔡九对面说："你不用担心我，我还有水的……"

就这样，彭瞎子把整条沩水河送给了蔡九，让他一个在旅途跋涉的人永远不再缺水，而彭瞎子的馈赠还没有完，他从怀里掏出那本老白一直惦念的古书，往脚下的老白手中一递："喏，它是你的了……"

老白完全没有想到以往的天敌能把自己一直在惦记的东西送给自己，彭瞎子又补充道："把这本书带给老山羊，在这之前这本书属于你。"

老白拿不了书，蔡九接过这本书放在怀里，心里一阵感激。这个被自己从小就视为是骗子、无耻之徒的彭瞎子，现在正把自己身上最为要紧的东西一件件地送人。他把那些玩偶装在皮箱后又递给蔡九，然后指着对面那个砾石丛中站立的人说："帮我把这箱子交给刘德水……"

"刘德水？对面那人叫刘德水？"蔡九问彭瞎子。

彭瞎子点点头，然后把手搭在蔡九的肩膀上小声地说："你的那个兄弟，我说的是另外那个，就是姓贾的那个。"

"老贾，贾正欢，你说的是他？"蔡九没想到彭瞎子也知道老贾，心里马上一阵

激动想知道老贾的消息。

"对，就是他，刘德水知道他的消息。"

蔡九心里那叫一个高兴啊，这下马上就要知道自己兄弟的下落了，他想到这里都等不及想见对面的那一位了。

"湘江永远欢迎你……上路吧，孩子。"彭瞎子一挥手。

那一刻永远留在了蔡九的心里，就是彭瞎子一挥手跟自己道别的那一刻。就像是一个孩子挥手跟一段本来以为自己随时都可以再回去的时光告别，或者像是一个已经习惯了随时都可以拿出来喝水的杯子一样，可有一天它就那样消失了，等自己又想起它的时候，却发现再也回不去了，那个喝水的杯子已经摔烂只剩下了碎片。

匆匆一别，彭瞎子头一撇往沙漠深处走去，给蔡九留下一个背影，突然他一阵小跑又跑了回来，在蔡九耳朵边耳语了几句，蔡九听了后笑了，因为彭瞎子告诉了他一个召唤他的方法，而那个方法非常好笑。

刘德水已经在那边等得有点着急，彭瞎子跟蔡九很有默契地一对视然后一个人走了，蔡九看着他的背影还是各种不舍。对面刘德水好像又不敢跨过那条边界，他抬头看了眼天，然后斯文扫地地站在那边一跺脚手一指就开始吼叫："还磨蹭个啥？赶紧过来！"然后不停地招手要蔡九马上过去。

蔡九领着风水门，拿着那只大皮箱和"胡麻子二号"一脚踏过了那一条沙漠和碎石之间的边界，刚踩上那一片碎石，蔡九马上就觉察到有些不对，因为那些石头非常烫，根本没法让人安静地站在上面。

就在这时，一个日头突破云层露了出来，天终于亮了，蔡九往那片沙漠一看，彭瞎子早已经不见了踪影。

三太爷的这个故事里写过很多人，有一些人混乱恐怖，都被我省略掉了，他虚构出了很多他认为配得上是野士的人，这些人经历传奇又涅槃重生，个个都不是普通人却又生活在普通人中间，还有一个个怪异离奇的小故事，这个刘德水的故事就是其中之一。

这个在湘江边界来接蔡九的人，是一个天生的戏子。别人问他身世，他会说自己在戏里的身世，说自己平时没事喜欢唱两句花鼓戏，后来还上了瘾，丢了自己衙

门里的差事专门去唱戏。刘德水唱的最拿手的戏是《菜户遇仙记》，讲的是一个种菜为生的农夫在地里遇到了一个丝瓜，然后那根丝瓜变成了一个美女和他成了亲。

这个美女什么都不喜欢就喜欢唱戏，刚开始就在村里办点红白喜事的时候露一手，看到自己的媳妇这么能干，农夫高兴得不得了。后来她唱得好到被人请到镇上去唱，结果场场爆满，镇上的人都说从来就没有听过唱得那么好听的戏，据说是花鼓戏问世以来最好听最不得了的戏，后来岳阳城里的人都跑来听，最后终于被请进了岳阳城，成了戏院里最红的角。

那个菜户的生活于是得到了巨大的改善，从村里快要塌了的两间破房搬到了县城的一个大宅院里，还请了一堆下人来照顾生活，之前媳妇在台上搭班子唱戏的时候自己在门口收钱，到了县城也是负责在戏院门外卖票。

他那个丝瓜媳妇最拿手的戏就是那个《狐姐姐》，这个戏到最后有一个高潮的唱段最为经典，这段最经典的戏就是"狐仙三别"，说的是狐姐姐被迫要离开自己的情人回到山里，最后两个人在大雪天里告别。这段戏十分难唱，轻吟低唱经久不息不说，最难的是那段叙别离的高调，狐姐姐告别了一次又哭着回来告别一次，第三次回来告别时狐姐姐心都快碎了。在最动情时她忘记了自己是个狐狸，拥抱着情人后一转头她的脸变回了狐狸的样子，这一下可好，把那个书生给吓死了。

刘德水最擅长扮演的就是这个《菜户遇仙记》里的丝瓜精，而在《菜户遇仙记》里丝瓜精最喜欢扮演的是那个狐姐姐。刘德水虽是男儿身，但他唱戏和演戏的功力却非常之深厚。尽管他从小并未经过什么师傅的调教，可这一切好像就是浑然天成一般。作为一个戏子，这种戏中戏的难度非常之大，因为本来就要去扮演一个虚构的角色，然后在戏里这个角色却还要扮演另外一个完全不同的角色，而且几段戏的唱法迥异，情绪上又特别细腻，可刘德水都能一一应付自如。

有一年过年，岳阳城里专门特意摆下了一个大场子，喜欢听戏的人都慕名远道而来听刘德水那场最有名的"狐仙三别"，别的地方也是唱戏的戏班子还专门把学生都统统领了过来，官家民家都早早打烊关门，随便吃点饭，专门留出时间来到场子里等刘德水登台唱戏。就连绿林江湖上也来了不少人。衙门里平时身居要职的当地大员也各个都穿了便装，低调地来到现场。各种人群都在戏院周围集结，衙门的衙

役、江湖的好汉、贩夫走卒、老爷员外坐了一屋子，外面张灯结彩，连轿子都停了几十顶，好马上百匹。

开戏的锣敲了三次，在大家翘首期盼中，刘德水终于上了台。那一天晚上唱得带劲，唱得过瘾，那是作为一个戏子一生最幸福的时候，因为有那么多人尊重自己，有那么多人陪着自己到达一种剧情加上生理和心理三重高潮的叠加，让人在最亢奋的顶点感觉到一种永恒和空灵，而那场戏的顶点便是狐姐姐露出了狐狸脸吓死了自己挚爱的情人。

一切都进行得十分的顺利，那场戏循循推进终于到了高潮，此时台上台下都忘情在戏里。只见台上狐姐姐和自己的情人抱在一起哭得死去活来，情真意切、款款情深，到了最后，狐姐姐从情人怀里抬起头，观众看见一张真真切切的狐狸脸从那书生肩头抬起，虽然是戏，但台下还是一阵喧哗。

戏里那书生看见那张狐狸脸，连忙就吓得死了过去，这种显得唐突的死法虽然有些生硬，却留下一个顿显孤独和悲怆的狐姐姐在舞台上，观众们都被那惊变吓到了。台下鸦雀无声，那魔术一般的突然转变是那样的惊骇和突然，只留下台上一张狐狸脸茫然地看着周遭的世界，台下一片死寂……

最后是狐姐姐一段经典的悲怆告白，就在观众有些混淆现实和戏的时候，整场演出便结束了。幕布快速地落下，然后上来一阵收场的凄厉唢呐，唢呐声如悲鸣一样响起来，那些困扰和小小受了惊吓的观众们纷纷起身离席，顿时门外车马又忙碌起来。

而刘德水也在幕布后匆匆回到了后台，一场重要的演出终于结束，刘德水从一场戏和身心的高潮中回到现实，而在后台卸妆的他发现自己再也回不去了，他摸着自己的脸从镜子里真真切切地看到，他的脸真的变成了一张狐狸脸……

于是从那一天起，声名赫赫的名角刘德水突然失踪了。在那场演出结束后，他像是凭空蒸发一般彻底消失了。人们打开他最后进入的那个房间已经没有了人，而找遍了整个岳阳都不见了他的踪影，那场伟大的演出和他一起都成了一次诀别，只留下很多戏迷久久都不能接受这个现实。

那便是刘德水在世间的故事，那一天戏唱到情最深处，刘德水在一片空灵之中

悟到了世界其实真实不虚地存在着一个阴面，而就在他在舞台中央觉悟到这里的时候，他的阴面也就是那个狐狸脸的家伙跑出来接管了刘德水，至少在身体上，那只狐狸接管了刘德水。知道自己在阴面原来真的是一只会唱戏的狐狸后，刘德水竟然欣喜不已，因为那只狐狸其实就是他最喜欢扮演的角色。

身体发生巨变的刘德水不仅不害怕，反而觉得非常幸福，他准备彻底离开自己的圈子，然后找个地方细细地体会阳面和阴面之间的奥秘，寻找一种比唱戏还要更彻底的永恒和解脱。随后，隐姓埋名、乔装打扮、一路艰辛的刘德水经历了种种挫折和苦难，却始终也没有找到把自己变回原来那个样子的方法，虽然他领悟到那是可行的，但是他就是做不到，他一张狐狸脸在人世间受了太多的委屈。

有一次他那张脸被人看到了，结果一个村的所有人都全部出动上山来抓他这只狐妖。几百只火把把那座山照得通明透亮，人们气势汹汹地寻找着一个狐狸脸的妖怪，准备把他开膛破肚烧成灰，就在他们在山顶马上就要找到刘德水的时候，突然下起一阵暴雨，浇灭了所有的火把，本来近在咫尺马上就要被发现的刘德水得救了，没有了火把的人群突然在黑夜里开始四散奔逃，刘德水捡回了一条命。

脱险后的刘德水在电闪雷鸣的那个夜晚，在突如其来的暴雨中看见一只宁静的老山羊，老山羊安静地坐在山顶的一块巨石上一动不动，一点都不理会正瓢泼一般的大雨，刘德水便在老山羊打坐的那块巨石下躲雨休憩，等第二天一早他醒来，发现自己的脸又变回原来的样子，那张狐狸脸不见了。

而那只晚上在大雨中打坐的老山羊，却正在旁边悠闲地吃着青草，好像一只普通的山羊一般。刘德水摸着自己恢复如常的脸，心想这只山羊一定不是平常之物，于是便寸步不离地跟着它，这一跟，就是三年。

这三年里一直都在山林中穿行，刘德水到了晚上就跟那只山羊一起坐在石头上打坐，开始时他并未得到什么要领，只是枯坐在那里十分困倦地等来黎明，后来他慢慢听到一个声音在指引着自己，他按照指引修习，直到有一天终于完全沉寂下来，忘记了时间。

经过很多的努力，刘德水终于可以在一睁眼一闭眼之间就走过整个黑夜来到黎明，仿佛在天亮的山头沐浴着阳光醒来的那一刻就在自己昨天一闭眼之后，而之前

枯坐等待的黎明现在是那么唾手可得。刘德水开心得不得了，每次醒来都看着眼前的世界笑着说："妙啊，妙啊！"

有一天，老山羊带着他走到一棵大树下。那树上和周围有很多蝼蚁来往搬动着一些零碎的食物。老山羊往树下一坐就不动了，刘德水也跟着坐下开始休息，等到了睁眼的那一刻，刘德水听到对面说："好了，就到这里了。"

然后他一睁眼发现自己正坐在一个馆子里的正中间，而旁边的食客看到他突然都大叫着跑了出去，只剩下自己对面还坐着一个长长胡子的老头。这个老头手捻着胡子笑呵呵地看着刘德水，刘德水看着这个老头觉得非常的熟悉，老头边笑边说："好了，就到这里了。"

"难道？你就是……"刘德水刚想说莫非就是那只老山羊。

老头笑着说："对，就是我。"

两个人走出馆子来到街上，一下又把悄悄躲起来围观的那些人吓出去好远。刘德水一摸自己的脸发现不对，跑到路边的一口水缸里一照，发现自己竟然又变回了那只狐狸……

老头子说自己是阳仙山人的后人，也叫阳仙山人，虽然自己是一位道士，但其实最重要的身份是一位野士。

道士刘德水懂，野士刘德水就不知道了，便问这位自称是阳仙山人的老头。老头说野士就是一直在努力维持着阴面和阳面平衡的人。他说刘德水跟着他在阴面里穿行和游历已有三年，现在见到了阳面难道就全然忘记了不成？刘德水才知道自己之前跟着老山羊一直穿行的那片山林其实就是眼下的这座州府。在阴面里这座州府便是那片山林。在那片山林中，刘德水是一张人脸，他跟着一只谜一般的老山羊风餐露宿每夜修习，而这只老山羊在阳面里就是这个老头。

在阳面的这座州府里，这位老者带着一个裹着头脸、一言不发的随从到处游历。直到三年后的这一天，老头撩开刘德水头上的裹头布，在众目睽睽之下露出他那张狐狸脸，然后告诉刘德水就到这里了，再把他带到街上告诉他，其实他也将成为一名野士，只剩下一个还不是太明白的刘德水在街头摸着自己的一张毛脸满脸的狐疑和不解。

　　蔡九和刘德水在湘江边界外的马车上相遇，刘德水兴奋地指着蔡九身上，像是发现了什么宝物一般。他指着那个彭瞎子送给蔡九的水壶期待地说："那个……可以给我，给我喝……喝一口吗？"

　　蔡九才明白刘德水是想要喝水，那又有什么好稀奇的呢，这壶里装着整个一条河，给他喝一口又何妨，哪怕是让他喝个肚胀反胃又如何？蔡九大方地把壶递到刘德水的眼前。

第二十六章　百分之一的老贾

只是蔡九没想到自己刚才还在敬仰的这位高洁之士，见到眼前彭瞎子送的这把水壶后整个人仿佛塌了一般，这感觉如同一个贵族被人奴役和饿了多天后，一下见到了食物是那样的不可抗拒和斯文扫地。

刘德水抱着那个水壶，就像是一个饥渴的婴儿一般，但是非常出乎意料的是，他打开水壶就只喝了一口。他像是不忍心接下去再喝第二口，喝了这一口后他站在那里一动不动，像是在慢慢体会着那一口水在身体里流动。

刘德水透出的这一种巨大的满足感把蔡九看得莫名其妙，他和"胡麻子二号"对视了一眼，两个人都是一脸的茫然。

"呼……"刘德水长长地吐出一口气，像是那一口水已经走遍了他的全身。"沩河水，真正的沩河水。"刘德水伸出拇指一阵赞叹却又不说任何理由，看得蔡九觉得好笑，因为不就是一口沩水河的水嘛，犯得着这样大惊小怪的吗？

蔡九再把那口大皮箱往刘德水眼前一递："喏，这是彭……彭之润给你的皮箱。"蔡九本来想说彭瞎子，但是觉得那不够礼貌，于是便称呼他的大名。

刘德水接过箱子，脸上一阵笃定、敬重和感慨的表情，然后他把箱子恭恭敬敬地放在马车高处，自己在那片发烫的砾石地上一跪，朝着箱子重重地磕了三个响头。

蔡九心里一阵纳闷，老白在旁边没有理会任何人，它一上车就从蔡九手里把那

本古书要了过去，认真地看，丝毫不理会任何旁物。

蔡九马上想起彭之润告诉他说刘德水知道自己兄弟老贾的下落，连忙就问他："我兄弟贾正欢你可知在何处？"

刘德水干脆地指了指皮箱说："大部分的老贾就在箱子里。"然后他把那个大皮箱恭恭敬敬地放好，高声地喊了句："走咧！"然后"啪"的一声打马扬鞭上了路。

蔡九听了一阵迷糊，怎么自己的兄弟，还是他的大部分在那箱子里呢？那箱子里明明就是一堆牲口的玩偶而已……刘德水只顾着赶路，他说到了洞庭湖再告诉蔡九。蔡九便不再问他。

那两匹大黑马嘶鸣着飞起蹄开始在滚烫的砾石中往前奔袭，蔡九回头看着湘江府的方向有一些不舍，"胡麻子二号"也是如此。刘德水驾着马车跑过那一片滚烫的砾石地，马不停蹄的一路狂奔了好久，然后他在一个山头上停了下来，回头看着那远处已经被跨越的黑色的滚烫地带。

就在这时候"呼"的一声起来一阵火，那整片黑色的砾石地全部烧了起来，这像是在与那片沙漠之间隔离出一段无法穿越的边界，蔡九马上明白了那黑色的砾石地上会如此滚烫的原因。

就在刚才火停的这个间隙，刘德水接引出了穿越沙漠而来的蔡九一行，而彭之润也完成了自己在幽蓝水域里的护送。现在这边界一般的大火又熊熊燃烧起来，要是晚一点只怕就要被困在沙漠里出不来了。

火起后，刘德水一转马头继续狂奔，他一直跑到再也看不见那无法穿越的大火边界后才慢了下来。又爬过了许多山谷和陡坡后，终于来到了一片开阔之地。

眼前是一片可以称之为绿洲的地方，因为这里有水，确切地来说是有一口小小的池塘，围绕着这一口池塘匍匐或者站立着很多的动物，在池塘边一块石头上坐着一只老山羊。蔡九看到那只老山羊马上就认了出来，它好像就是当年在风水镇那口池塘边，自己和胡麻子去挖心形翠玉时曾经见过的那一只，蔡九得手后，这只老山羊便不见了。

刘德水走过去说："老大，我们回来了，那孩子果然没来。"

大石上，老山羊缓缓地睁开眼睛，和蔼地看着蔡九说："欢迎来到洞庭湖。"然

后就开始迫不及待地跪拜起那口大皮箱，它边跪边嚎哭："呜呼我兄弟啊，今日果然它没再返来，是我百兽之大不幸啊，如此水族何以保全，神龙何以清正保源啊！"

老山羊突然来这一下，把蔡九搞得一阵迷糊，蔡九本来想说原来洞庭湖真的只剩下了一口池塘般大小，一回头看，"胡麻子二号"和老白也跪了下去。

蔡九马上觉得"胡麻子二号"这厮确实是有诈，真的胡麻子从来不随便下跪。还有这老白，按说风水门应该只跪自己的大哥，这也是湘楚绿林走江湖的时候遵从的一个规定，可这畜生倒好，随便就去跟着人下跪，一点风水门的节气都不讲。

蔡九刚想发飙去骂，听见老白在那里小声地说："大哥，贾正欢，贾正欢在箱子里呢……"

"贾正欢？难道老贾真在箱子里？他怎么可能在那口大皮箱里呢？还被这一群家伙如此顶礼膜拜，这也太荒诞了不是？"蔡九心想。

虽然三太爷这个故事基本都是他的虚构和听闻，但其中他那三个兄弟用的却都是真名。老贾他们就是他真正出生入死的好兄弟，三太爷多次提到他和老贾的游历，但大部分都是和人打架。他们的活动范围应该就只是沿着一条湘江，最远也只是到过一次洞庭。

在故事里的那一天，本对女人彻底死心的老贾跟着蔡九闯入白毛子大雾，飘荡到那船家尽头的秦淮渡口。哪里知道那天进了烟雨楼，老贾头一抬就见到了他走遍长沙全城而寻之不得的心上人柳如烟。

当年老贾年幼，父母双亡被叔叔收养，他长众人几岁便先谋生立业，小小年纪就外出干活贴补家用，吃了很多苦头。那时候赌场和窑子这些地方都需要一些帮工，而这些地方由于特殊，老板都不愿意请一些成年的帮工，老贾这种刚刚略懂人事又还未成年的小工便十分吃香。当时赌场和窑子只有一墙之隔，老贾便在两地之间穿梭，干点迎来送往、鞍前马后的活。

虽然老贾在外人看来只是个能干活听使唤的孩子，但这家伙其实心思很重，他每天辛苦干活，早出晚归忙活得像个成年男子。谁都不知道，他小小年纪却深深地痴恋上了隔壁窑子的头牌：柳如烟。

老贾对柳如烟的感情可谓相当深厚，为了在柳如烟面前显得自己成熟能干，他

有几次还跟在巷子里面跟调戏她的地痞斗狠，结果被人打得鼻青脸肿。老贾最惬意的时候就是隔三岔五去给如烟姑娘的院子里送柴火，偶尔能见到柳如烟。柳如烟虽然大上老贾八九岁，但也正是活泼的年纪，她样子媚、身段好、声音甜，偶尔跟老贾聊上几句，就能让老贾脸红上半天。

看到眼前这小孩子如此害羞，柳如烟更是哈哈大笑，一看到老贾就说姐姐抱一抱。柳如烟在窑子里面厮混了几年后，便被省城路过的盐商刘员外看上赎了身，去做了那位财主的九姨太。临去省城的前几天，老贾专门找机会去送柴火，又遇到了柳如烟，柳如烟就要嫁给财主，心情想是大好，看到平常经常取乐挑逗的小弟弟，没头没脑地丢下了一句话："有空来长沙找姐姐玩！"

如烟走后，老贾更加寡言少语，他心灰意冷没有了念想。他一直勤奋练习点粗笨的功夫招式，还在家里收藏从江边捡来或者从别处搞来的一些刀剑兵器，就想着哪一天能够有一身好武艺去行走江湖。柳如烟去了省城后不久，老贾想到她留下的那句话，便决定去省城找她一趟，也正好闯荡闯荡江湖。

老贾上了船，到了长沙，他也并不知道柳如烟具体在哪所府邸里面享福，就知道赎她的员外姓刘。长沙城里的刘员外还真不少，两个月里老贾访遍了整个长沙城，最后也没有找到如烟一丝的踪迹，只好返回铜官。

如烟走后，大概是这种事情太让他费心伤神，老贾便断了再恋上女人的心思。他大大咧咧地只管练习武功和刀剑，但没有良师指导也只是长点蛮力而已，后来想拜鬼二为师学点本事，结果鬼二却失踪了。

万万没有想到，那天在烟雨楼他却偶遇了柳如烟，楼梯上柳如烟浓妆艳抹正跟着众人下楼，手里还拿着一块小小的丝巾。

老贾对柳如烟有一种特别的眷恋，这青楼女子可以说是老贾一生唯一痴迷过的女子。看到心上人竟然在这里，老贾心里一紧，想喊句："姐姐你怎么在此？"哪知道那柳如烟却根本不认识他，只是从他身边经过，一把扑进了胡麻子的怀里。

老贾看到心里生气，一把从胡麻子手里把柳如烟抢了过来。胡麻子看到老贾喜欢也只好让了过去。老贾看到眼前的柳如烟一点也不像认识自己的样子，以为她是被人强迫，几次试探，柳如烟都没有反应。

老贾偷偷在她耳边说道："姐姐，你可曾记得我？"

柳如烟只是哈哈大笑道："哈哈，当然记得，你是皇帝哥哥。"

如此，老贾更加伤心，他想知道本嫁去长沙享福的柳如烟为何流落到这烟雨楼成了风尘女子。

当晚，老贾便是睡到了她的房里，他反复从各个角度观看此女子，确定她一定就是柳如烟，可为何她不认识自己？这让老贾十分疑惑。老贾说起之前的种种旧事，这位女子只是哈哈地傻笑，完全没有应有的回应，她搔首弄姿，就想跟老贾洞房。

老贾看到她如此，心里更加不好过，柳如烟虽说是青楼女子，却是老贾从小就百般喜欢惦念的女子。老贾曾跑遍整个长沙城去寻找她，如今好不容易在这里偶遇，她却不记得自己。老贾心里觉得失望，他挣脱柳如烟百般殷勤的怀抱，想来到门外透口气。

来到门外，他隔壁正是胡麻子去的房间，胡麻子房间的窗户开了一条缝，老贾不经意往里面一瞥。

他看到胡麻子正躺在一张雕花大床上，周围烛光隐隐，那床上垂下丝绸锦缎，床上胡麻子正赤身裸体气喘吁吁，他眼睛半睁半闭地看着房顶，而在他身上正趴着的居然是一具人的骨骸。

这具骨骸正坐在胡麻子身上，头上垂下长长的绿色头发，身上还有腐败的肌肉未完全退下，那头颅正俯身在胡麻子身上吮吸。

窗外的老贾看到房里如此，差点昏死过去。那具骨骸也好像发现了老贾，它停下吮吸胡麻子，扭过头来，朝老贾的方向看了过来。

老贾看到转过来的头骨上有两个巨大的眼洞，那眼洞里面还有两颗干瘪的眼珠在转动。

老贾想大叫，却发现叫不出声。而此刻柳如烟从房间里走了出来，她打开房门，露出一张浓妆艳抹迷人的脸，招呼老贾："哥哥啊，你为何在外面，快点进来，快点……"说着那谜一样的美丽女子开了门，走到老贾身边伸手去抱他。

老贾看到眼前袒胸露乳、风情万种的柳如烟，又偏头看了眼胡麻子身上那具正盯着自己这边的骨骸，再也无法维持自己的正常站立，他突破了喉头的阻力，声嘶

力竭地喊了出来……

　　老贾喊的这一嗓子，蔡九却没听到，此刻他正躺在他人生最初的女人身边欣赏着她月光下美丽的身体。老贾一叫，他隔壁房间的胡麻子和那具俯在他身上的骨骸马上就不见了，而柳如烟纤纤一指放在红唇上示意着老贾安静。

　　老贾觉察到了巨大的反常，那是一种身处险境的警觉。其实老贾这个人从来就没有真正放松过，他撇开眼前的柳如烟，开始楼上楼下每个房间找自己的兄弟，却完全没有发现蔡九他们的踪迹，而且他发现烟雨楼被从外面锁住了。

　　这时候外面的水里传来一阵呼喊，老贾跑到二楼一听，那正是蔡九的声音，蔡九正不知道在哪里呼喊："老贾，救我！老贾……快救我！"

　　历来蔡九有难，第一个来救的必是老贾，这一次肯定也不例外。

　　老贾听清楚是蔡九在喊后，马上就纵身从烟雨楼跳下浸入冰冷的水里，然后使出浑身的力气往那个声音游去，老贾这一游，游到自己都不知道游了多远，但那个声音却一直还在前方。

　　等他终于精疲力竭地停了下来喘息，那个呼喊的声音却听不见了。老贾在水里又到处找了一阵但还是找不到蔡九的踪迹，也听不见他的声音，回头已经再也看不见了烟雨楼。他一拳重重地打在水上，责怪自己一个人逃了出来把兄弟丢了。

　　老贾在水里歇斯底里地哭，因为他觉得蔡九等几个兄弟肯定是遭遇了不测，可他没有想到，一个更大的不解正横在他眼前。

　　老贾，一个只是第一次走出湘江来到洞庭的莽撞少年，竟然在落荒而逃又后悔不迭的绝望之时遇到了神龙。

　　一个山一般的龙头正从老贾眼前的水下浮现出来，神龙现身，两撇胡须在水中闪闪放着金黄色的光。

　　那是神龙谢世之前的最后一次托付，那一天东海神龙死在洞庭湖，所有的神龙虫子全部熄灭光泽藏了起来，神龙的魂魄混入白毛子大雾一共七天七夜遮天蔽日。而就在那七天里，一艘由几个莽撞少年驾驶的小船闯入洞庭，而船上正有世间最后的龙种，西海的龙种。

　　西海早已一片荒芜，却为世间藏了最后的龙种。龙死这天，西海龙种现身来到

洞庭，它来完成自己的宿命。

等它的人就在一群风尘女子当中，她们飘荡在洞庭之上，从秦淮河上逃难而来，以往都曾是名利场上娇媚的中心，却朝代更替世事变迁，堕入红尘后又看破红尘。为首那位叫作凌瑶的本就是当年秦淮河上一名奇女子。那晚她和蔡九交媾，本来以为一切都很平常，结果却在月夜怀了胎。凌瑶从未生养，可这一次蔡九沾了她，便马上就觉察到了不同。那一下进来的绝对不是随性和无耻，那是一种重生的感觉，而凌瑶就在那一刻，让神龙重生了……

在洞庭湖水里和神龙对视的老贾，抹了把透湿的脸，睁大眼睛看着水中出现的龙。此时浓雾弥漫，再也不见任何旁物，贾正欢在看着龙，龙也在看着他，龙在最后的时刻仍然是威风凛凛。神龙谢世之时，一条巨大的黑鳍略过水面，神龙瞥了一眼那鱼鳍，仍然回过神来盯着贾正欢。

神龙那天召唤老贾，是为托付一样东西，那便是百兽的灵魂。这百兽的灵魂本是寄生在龙身上，那一天龙在白毛子大雾里去投胎，走之前在水里把百兽的魂魄托付给了它认为是可以值得托付的老贾。

百兽的魂魄都被神龙挤进了老贾的魂魄里，可那些百兽却不想安住在老贾身上，它们各自用力把老贾的灵魂撕扯成了一百份，其中九十九份都要追随着神龙去湘江府的铜官，而因为那一年是乙未年羊年，就商定让羊留下，将来接引神龙的转世和其余的百兽。

而老贾的身体被留在了洞庭湖，他身体里装载着羊的魂魄和自己百分之一的灵魂。那九十九个不安分的动物到了铜官后，全被镇上大街第二间铺子里那块镜子吸了进去，后来驯龙师将这些捕获的灵魂做成了一个个玩偶，封在那口大皮箱里送到了湘江府，让他们七百年后交给前来接引神龙的人。

神龙托付完百兽的灵魂后，水面升起两股雾气，一股白，一股黑。两股雾气纠缠在一起往上飘，只是白色雾气仿佛无穷尽般一直冲向天空，而黑色雾气在并行缠绕了一会儿后就不再从水面喷出来了。

那是黑鲨和神龙的重逢。在神龙还小的时候，黑鲨曾经是它的玩伴之一，虽然它的存在并且变得强大的原因只是驯龙师为了给神龙树一些假想的敌人，并以此来

帮助神龙成长，可是黑鲨却不这样认为。

黑鲨认为自己也可以变得和神龙一样，甚至可以成为神龙。它的这种感觉类似当年跟着员外去了长沙城里的柳如烟一般，以为自己这一下就可以攀上高枝成了凤凰，但结果她的下场却非常惨，她最后被卖到南京的秦淮河成了一位歌妓，每天弹唱伺候各类雅痞不说，最后没想明白这一生跳了秦淮河。

黑鲨以为自己看到了龙出生，还看到了龙怎么长大怎么成龙，就以为自己也可以成龙，它盼着龙死盼了好久好久，现在龙马上要死，它便以为自己最大的机会已经来临。它以为自己可以接管水族，接管整个本来属于龙的世界，可它却没有一个可以依附的身体，现在龙一死就可以去投胎获得它下世的身体，黑鲨却没有这样的机会。

没有身体其实只是一团黑雾的黑鲨在白毛子大雾里眼看神龙化作雾气而上，便妄想取代它成为那个新身体的主人。可在那条重生的路上，它只能陪着神龙走一小段而已，于是黑鲨便成了那个窥觑、嫉妒又崇拜和最怀念神龙的存在。它一路追随龙的踪影，一路旁观着龙，有时想取代，有时它作乱，有时却充满了对龙转世的崇敬和对龙的怀念。

而在那一天，随着龙的逝去和往生，所有的水开始从洞庭湖底部的巨洞中流走，阴面和阳面的边界暴露了出来，世界慢慢变成了它的反面。水族们见证了历史性的时刻后纷纷返回自己的属地，而湘江府迎来了自己的重任，因为必须有一个地方可以养育龙，可以让转世的神龙有一个家。

那个地方就是铜官，而铜官已经为龙的到来准备了很久。首先，那里是渔夫蔡一在遇到仅剩的龙种后选择归隐的地方。其次，驯龙师为了完成自己的使命已经在神龙转世前很久就到了这里，驯龙师来到铜官是为了等待神龙转世和保护可以带给神龙重生的人，这个人就是蔡九，而驯龙师就是鬼二。

第二十七章　九种生物

　　鬼二一直都在观察和留意着蔡九。那天，彭瞎子在街头算命偶遇了贾正欢，便觉得这孩子有些不同，于是便想试试他，看看湘江府里到底会不会有什么人才。他想骗老贾下到江底去帮自己清除一个水蛭一般的疮包。那疮包其实是一个冤死却偏又不肯远离的家伙，这家伙吸住湘江河床好几百年，一直寄生在这里，彭瞎子早就想弄走它，但这个疮包好像游离在水族和人类的世界之外，让彭之润一直束手无策，多年来竟成了他心里隐秘的一个恐惧所在。

　　而贾正欢却不一样，贾正欢可以看到那家伙。他夜深划船渡过湘江时竟然看见了彭瞎子以为只有自己才能看见的湘江河床上的那个疮包，第二天他还跑到码头上来问当时在算命测字的彭之润那玩意到底是什么。

　　彭瞎子心里一惊，他没有想到自己湘江府里有这样的人，是什么人可以穿越水族和人的界限看见一个本来并不属于两个世界的东西。于是，他便想利用老贾。

　　可这一下便牵出了蔡九。谁知道老贾带来其他三个人，而这三人竟然都可以看到那个河床上的寄生疮包。彭瞎子这一下才知道自己的湘江府并不简单，今后怕是有大事会发生。

　　彭瞎子想让老贾帮自己清除那个自己都弄不掉的疮包，而最后弄掉那个疮包的人却是蔡九。蔡九那一天跟自己的兄弟去捞"夜明珠"，几个人想发一笔横财好光宗

耀祖，结果却差点赔了小命。

蔡九一出事，就惊动了一直隐藏在他周围的驯龙师鬼二。彭瞎子完全不知道驯龙师就在湘江，他没想到自己看似随意的一次恶作剧或者坏主意却被驯龙师用来当成了一次最为重要的考验。

虽然是西海的龙种，可蔡九已经是一个非常普通的人，想要让他真正脱胎换骨孕出神龙新的身体，他就必须经历一次死亡。确切地说，是让死亡激发出蔡九身上那些被隐藏的属于龙的生命，虽然仅仅只是激发出一种生存的本能，但却启动了龙的重生。当鬼二正在考虑如何让蔡九去经历这一次死亡的时候，蔡九真的就遭遇了危险，而且还真的死了。

弄死蔡九的就是湘江河床上那个连彭瞎子都害怕的疮包。那个疮包吸附在河床上已经有几百年，并不是随便什么人都可以把它从河床上扒拉出来，然后让它吸血虫和泥鳅一般的灵魂得以离开自己干瘪的躯壳升到白毛子大雾里。

蔡九却可以做到，发现被困的灵魂并且解救他们是龙独有的能力之一。鬼二当夜在见证了蔡九这种能力后十分开心，而蔡九移除的那个让彭瞎子都感觉到害怕的寄生疮包，其实就是湘江河床上隐秘的"灰汤封印"，那个等待这一刻已经很久的灵魂跑了出来，跟着它一起从那个疮包里被释放出来的毒素却毒死了蔡九。

而当年在灰汤锅子里经历过不公和杀戮的人们，在湘江河床上那个封印被解除后从深深的地下苏醒过来，开始去完成属于他们的远比复仇更为重要的使命，这个使命就是保护神龙的转世，用那些给予灰汤锅子温度的熊熊燃烧的地底之火将整个湘江府重重围困，直到神龙重新得以在铜官成长为新的自己，得到龙石后变身。

在蔡十八出生后，大火封锁了所有和龙生长有关的东西，没有人可以进得去，更没有人可以出来。当世间因为缺水变得干涸的时候，湘江府这里还是水草丰茂、鱼米不缺。直到神龙的转世基本成形时，那个和龙生长息息相关且被设定为是它的敌人的东西——黑鲨终于在这个封闭的世界里跳了出来。

龙仿佛从一个破碎的蛋壳里钻了出来，看起来是一个小小的孩子将要独自面对一个对他并不友好的世界，而龙一成形，驯龙师便要马上安排野士岭留在铜官的那间中转站送龙离开，送它去龙石出现的地方。

在三太爷的故事中，龙石一直在游历时空等待神龙，它在风水门现身过一次后便消失了，直到七百年后才重新出现。尽管龙石重现在只剩下一口池塘般大小的洞庭湖，但对于水族来说，希望如同天空中暴烈的太阳一般撒了下来。

那天黑鲨剪破了蛋壳一般的铜官后，沩水河授命去托举在镇上大街的那间铺子，也就是野士岭的中转站，这一去就是七百年。七百年后彭瞎子拎着箱子上楼接人，结果却不见蔡十八，不得已他只好先带着一箱子百兽的灵魂送着蔡九一行出了湘江府。

现在老山羊虽然等来了百兽的灵魂，却没有办法让他们复活，因为神龙的转世并没有出现，而蔡九只想知道骑着钱胖子下楼去找妈妈的儿子，现在到底在哪里。

老山羊说仅存的水马上就会消失，但神龙的转世却没有来，所以必须尽快进行那个最后的仪式。它拿起那本彭瞎子带给他的古书，它说古书上这九种神秘的文字，其实就是一个召集的咒语。只要能够同时读出这九种不同文字，便可以召唤在世间仅存的生物，所谓生物就是有身体同时还有灵魂的存在，在世间只剩下了九种：鼠、羊、萤火虫、影子鱼、狐狸、人、水族、野草、骆驼。

老山羊开始翻开古书，用九种不同的声音一起念起古书里那些文字。不一会儿，沙漠的尽头就一阵隆隆作响，听起来是正有东西冲了过来……

首先到的是骆驼。骆驼从沙漠的远处裹挟着流沙飞奔而来，但是数量不多，只有几十头。这些家伙并不像蔡九心里的那种骆驼，它们的脖子太长而个头又太小，分别单独从不同的方向过来，行走时把身体埋在沙子里的，而头却露在外面，这样它们快速移动的时候就像是一个沙丘在沙漠中移动，只是这个沙丘的顶部还探出一个瞪着两眼四处张望的脑袋。

现在周围突然多了这几十个沙丘，沙丘上的那些脑袋转过头来齐刷刷地瞪着蔡九。这时地面上出现了跟刚才很大的不同，一些非常细小的根茎密密麻麻地冒了出来，本来围绕着这口池塘的黄色干涸沙漠一下成了一块绿洲，这时野草正从不知道哪里钻了出来。

见到沙漠中这些唯一的植物，蔡九心里一下好怀念那个充满绿色的湘江府，脚下的这一片野草十分细小，看起来像是一层薄薄的灰尘。单独见到可能都没法发现

它们，要不是它们密密麻麻地挤在一起，肯定是显不出这种翠绿的，但就算是现在，这一片绿色给人的感觉也是那么不真实和脆弱，仿佛只要吹上一口气，这些绿色便真的会像灰尘一般消散。

现在在洞庭湖也就是这口池塘边，已经有了古书里说的骆驼、野草还有羊和鼠族四种生物。听到召唤后最快抵达的是骆驼和野草，而剩下的萤火虫、影子鱼、狐狸和人还没有来。

蔡九觉得人应该也是到了的，就算是自己和"胡麻子二号"的身份有点诡异和特殊，但这个刘德水总归算是个人吧？他刚一这样想，刘德水在旁边马上一摆手说："不，不，我不是，我是野士岭的，我不在这些生物里面。"

老山羊这时往上指了指，蔡九抬头一看，天空中有动静，虽然并没有见到那是什么，但是听见了声音。顺着老山羊这一指，洞庭湖边的那些残留的水族们还有所有的生物都安静了下来，大家都抬着头看着天，就连沙丘上的那几十个大骆驼脑袋也都抬起来，还有地上那些细微的野草茎叶。

仔细一听，空中像是有某种东西在扇动着翅膀，声音虽然微弱但是很明显。

刘德水说："萤火虫到了。"他说萤火虫现在只在晚上发光，而白天他们是透明的。这一下蔡九才明白，天空中正有一大群见不到的虫子在扇着翅膀，"胡麻子二号"以及从湘楚而来的风水门也都十分好奇，想见见这种透明的虫子。

脚下砂砾里传来阵阵有如流水一般的声响，虽然水源是绝对不可能在这里出现的，但听到了水的声音，所有人都高兴起来，而这个在地下移动摩擦着沙砾发出水一般声响的东西就是影子鱼。影子鱼还是跟以前一样透明，在水源消失后，它们改为栖身在沙子里，这样天空和地下便在白天有了两种透明的生物。只是影子鱼一旦快速移动就会发出耀眼的光泽。这种光泽即便在烈日下都可以分辨出来。

现在到齐了七种生物，只剩下狐狸和人还没有出现。刘德水说等人和狐狸出现后，老山羊便会举行一个仪式。这个仪式是集合现在世间还剩下的生命力量去避免毁灭并获得可能会重生的机会。因为出生并长成人形的神龙在七百年前没有选择从野士岭留下的中转站来到这里，这说明了一个问题，那就是神龙可能不愿意来。

蔡九马上焦急地问神龙也就是自己的儿子去了哪里？

　　刘德水说，本来七百年后到洞庭湖的应该是一个六岁的孩子，这个孩子就是已经长成人形的神龙。现在如果这孩子到了，那么给他那个被老山羊找到的龙石，他便可以变身成龙，水族和水源便可以迎来一个新的纪元。而现在这个孩子没有来，那只有两种情况会发生，第一就是这个孩子已经死了。

　　蔡九一口咬定蔡十八还活着，但又突然想起渔夫蔡一跳窗说去救自己的孙子就焦急起来，蔡一为什么说的是要去救他呢？难道是儿子有什么危险吗？

　　刘德水说如果孩子还活着，那么他想要到这里拿走龙石就只有一个方法，就是分秒不缺地渡过这七百年。也就是说，他要从七百年前那个开始凋敝的世界一天又一天地活到现在，那么如果他到了这里应该已经是七百多岁了。

第二十八章　过期的蔡十八

蔡九马上问刘德水儿子到底会不会来。

刘德水说他一定会来，因为龙石在这里，而没有龙石他就无法变身，所以他一定会来。

听到儿子要来蔡九十分高兴，老白和"胡麻子二号"也都为蔡九感到高兴，但刘德水却说这会是一场灾难。当刘德水说出灾难两个字，所有的生物们一下都变得十分地安静，几只正在尝试吃野草的小羊羔也停了下来，转过头看着蔡九，只剩下天空中透明的萤火虫还在"嗡嗡"地扇动着翅膀。

刘德水说刚才老山羊告诉他，六岁的神龙接触到龙石才是最适合的时候，因为六岁的孩子内心最为纯净，这时候的神龙如果得到龙石然后变身将会是所有水族的大幸。但如果让这个孩子继续成长一直到成年，那么一个成年人在生理上就不再适合接引龙石，因为龙石在加强一个成年人力量的同时也会放大他内心里固有的失衡和欲望甚至到失控的地步，而这样的神龙对于所有仅存的水族和世间来说就会是一场灾难。

现在，神龙在七百年前选择不通过野士岭的中转站来到这里，那么如果他再出现的话将会是一个七百多岁的人，而这种年纪的人按照规则是绝对不可以得到龙石的，因为超过了六岁还没有变身，就说明神龙的转世失败了。

如果让一个过期的转世得到了龙石并获得了那种无法自控的力量，那么这个已经过期的成年人肯定就会坚持自己的判断并妄图用自己获得的力量去改造这个世界，当一个普通人去实践自己所谓的自信是无足轻重的，但一个顽固和偏执的龙的转世去做结果就会完全不一样了。

所以野士岭在中转站留下了一本古书。这本书上虽然有那些关于半边脑袋的女人的看似随意的字句，但没想到却正符合了蔡九和胡麻子当时在铺子二楼的境遇，仿佛是在这之前已经有人遇到了同样的事情。而除了那些涂鸦一般的戏谑文字外，这本书给了一个如果万一神龙转世过期的解决办法，而这个办法是用羊的文字写在了书上，因为按照约定来接引神龙的是羊。

所以老山羊接过古书后知道了应该怎么做，它首先用九种不同的声音同时念了书上的咒语以此来召唤那些还坚持在世间的生命，等这九种生物聚齐后便开始那个最后的仪式，但过期的神龙肯定也不会放弃龙石，所以将会是一场争斗。

但对于蔡九来说，这根本无法接受，因为他不可能站在儿子的对立面。蔡九觉得自己必须保护蔡十八，哪怕他在这七百年里已经成了一个怪物，他也是自己的儿子。

天慢慢地黑了下来，整个洞庭湖和那些已经到来的生物们聚集在一起，等待那个随时都可能会出现已经有七百多岁的神龙转世。天空中的那一群呼扇着翅膀的萤火虫开始发光，等到天完全黑了，这些萤火虫已经变得透亮，整个池塘（洞庭湖）都被照得犹如白昼。

见天一黑，刘德水马上打开彭之润的那口大皮箱，恭恭敬敬地把里面的人偶摆在那块巨石上，老山羊对着这些人偶坐了下来，然后闭上眼睛。

蔡九突然一下就感受到了老贾，他觉得老贾就在周围，虽然见不到，但他就在这里。之前彭瞎子因为着急赶路用了巧劲，在阴面的那片幽蓝水域里赶船前行，这样才赶在了湖水完全干涸之前到了洞庭湖。当时在幽蓝水域里，这些百兽的灵魂都变回了自己的原形，但蔡九却并没有见到老贾，因为老贾的灵魂被分成了一百份并且和百兽混在了一起。

刘德水说想让老贾重新回来，就必须让神龙复活，这样百兽的灵魂便会离开老

贾,而就算是已经没有了身体,老贾分开的灵魂也可以重新聚拢。

可是神龙回归的日子现在看起来变得遥不可及,老山羊守着洞庭湖等了七百年,终于等到龙石出现,然后封闭湘江府的"冲天地火"打开,可出来的一行人中却没有神龙的转世。现在龙石还在洞庭湖湖底,但也许马上就会消失,所以老山羊必须立刻进行那个最后的仪式,而这就得进入阴面了。

老山羊进入阴面的办法和彭之润完全不同。彭之润那一套玩起来更像是一个江湖的把戏,而老山羊却中规中矩只是抬头看了眼北方,然后影子鱼马上开始游动,"哗"的一声它们在沙砾中游出去好远,所有的沙砾全都化成了水。

蔡九看见了龙石。一座高高挺立的礁石孤独地杵在水中,而龙石就在它上面闪闪发光。各种不同的生物也都有了自己的变化。影子鱼在水里翻滚追逐,弄得水里一片耀眼的光泽此起彼伏。之前那些趴在洞庭湖旁边奄奄一息,看起来像是走兽的各种水族,现在到了水里一个个都像海绵吸水一般变得巨大无比。

刘德水站在船头,又成了那个衣冠楚楚、发带飘飘的吟唱者,只是他端庄和一丝不苟的身体上还是一张狐狸的脸。

那只从湘楚飞出来的神龙虫子在阴面活跃了起来,它从刘德水变成船的马车上飞了起来。它这一飞马上就吸引了空中那一大群萤火虫,萤火虫们跟在这只神龙虫子后面飞来飞去,神龙虫子却骄傲地自顾自地飞着,像是在找着什么东西。

脚下那些覆盖在沙土上密密麻麻的野草此时有一半已经飘到了空中,还有一半浮在水里。这些不计其数的野草其实也有自己的分类,它们有完整的各不相同的根系和枝叶,此刻它们飘浮着完全展开,看起来飘在空中的那些是本来属于水里的植物,而悬浮在水里的是陆地的植物,蔡九感觉这些野草只要给予合适的环境和时机,它们就完全可以再孕育出一个全新的充满绿野的大地和海洋。

那几十只骆驼在阴面成了蔡九之前从没见过的一种大鱼,这种鱼在头上有一个可以往外面喷水的气孔,它们吸进很多水后便开始通过头顶的那个气孔往外喷水,这时一道高高的水柱便会出现,然后伴随着这些大鱼的一声嘶鸣,它们会重新潜到水中。

羊在阴面却还是羊,那些为数不多的山羊们聚集在老山羊的周围,镇定地看着

周围的这一切。而最让蔡九和"胡麻子二号"震惊的是风水门。

在龙石光芒普照的洞庭湖属地上，即便是在湘楚之地的幽蓝水域都不为所动的风水门，现在却成了五百三十一个人，他们正是蔡九在铜官的那五百三十一个父老乡亲。前面站着的那个一席白衣白发白胡须的尖嘴家伙正在人群中贼眉鼠眼往外张望，蔡九一看这人就是当年铜官当铺里的那个出了名的奸诈老板。

蔡九突然意识到，当年的铜官可能是阴面和阳面的一个复合体，在铜官阴面和阳面同时展现而且互相纠缠在了一起，风水门得到鼠王龙哥的消息一起去对付黑鲨，结果一众鼠辈到了铜官后分别附身在一个人身上同黑鲨分散的魂魄角力，现在看来更像是阴面和阳面的争夺。当年的整个铜官也许就处在阴面和阳面的对峙里，生和死的对峙，洪流和干旱，鼠族和人群，还有蔡一和鬼二，秦小翠和凌瑶。眼前的所有人又让蔡九开始似曾相识却又完全陌生，他还突然想起了自己完全不记得的那五年。

蔡九马上想起来问老山羊："师傅，我那五年到底去干了什么？"他也不知道怎么称呼老山羊，喉咙里一滚就出来了师傅两个字。

老山羊听他这么一问，马上支支吾吾地开始左顾右看，原来它是在找刘德水。

一张狐狸脸的刘德水从旁边马上过来跟蔡九说，"老大说它当不了你的师傅，你叫它师傅会让它死得快的。"

"胡麻子二号"在旁边抢话说："仙人，我说大仙啊，您指点指点我们，我这位哥哥当年成亲后去帮媳妇办点事，结果他带着我跑到了一个老鼠洞里，后面这群老鼠……"边说着胡麻子想指一指风水门那一群，手刚一抬想起那些鼠辈现在都一个个活灵活现地成了人站在那里又收了回去。

"后来我们跟一个小女人狠狠地打了一架，结果再醒来就是五年后了，这五年里发生了很多事情，我们一直都没弄明白，再后来就遇到了彭瞎子，彭瞎子说您知道这事，这不，我兄弟跟我也是刚想起来问您这事，您看您折腾这么大的动静把这口池塘搞得这么威武……您能告诉我们那五年是去了哪里好不？"胡麻子接着说。

老山羊听了狠狠地咳嗽，旁边刘德水马上安慰道："老大，老大，你千万别动气，他说错了，不是池塘，是咱们洞庭湖。"然后刘德水用狐狸眼睛狠狠别了一眼"胡麻

子二号"。

"胡麻子二号"倒也不傻，连忙纠正过来："对，对，把洞庭湖，把咱们洞庭湖搞得这么威武。"

老山羊可能是耗费了很多精力念了那些咒语，然后刚才这阳阴一转又消耗了很多，现在它说话的声音越来越微弱，蔡九感觉它像是快要断气了一般。刘德水马上低头去理解它说的意思，而且还从它那里接过来一个像是项链的东西，看起来他们之间正在完成一次传承，因为那几只还小的山羊看到老山羊把那个像是项链的东西给了刘德水后，就前蹄伏地在刘德水前面跪了下来。

龙石高高在灯塔一般的柱形礁石上，眼前的世界都在龙石光芒的照耀下，天空中有一大群跟随着那只神龙虫子在飞的萤火虫，无处不在的野草飘浮在空中和水下，影子鱼在欢腾雀跃地快速移动，在它们周围是那些体型硕大的一个个水族。

老山羊交代完了就闭眼坐在那儿一动不动。刘德水接过老山羊给他的东西，把头转了过来，一脸诧异地看着蔡九和胡麻子，好像在反复理解着刚才从老山羊那里得知的事情。

蔡九焦急地看着刘德水那张狐狸脸，十分想知道他刚才都听到了什么。

刘德水一脸警惕地看着北方，然后说起他听到的有关蔡九那五年的事情。

原来那天在湘江府的望城街角，那个沩水河半边脑袋的小女人痛打风水门，还想要放水去淹三十六洞，打到最后，风水门都跑光了，只剩下红胖狐狸。红胖狐狸跟小女人斗了几百回合，难解难分、不相上下，红胖狐狸驾着蔡九当自己的大条，本来没觉得有何不妥，只是跟沩水河小女人这一场架打下来，从来都没有遇到过这么强的对手。

后来慢慢红胖狐狸就打不过了，沩水河小女人招招都下重手，虽然红胖狐狸自己本来也是顶尖的高手，但沩水河有川流不息的泉涌，而它的肚子里只有刚刚那些大米面馆的酒肉，一招没接好，就被小女人抓住了空隙，这一下狠狠地把蔡九踢得飞了起来，一声闷响从半空中砸到了地上。

受了这一下，蔡九就基本没气了，红胖狐狸藏在蔡九身上本来想跑，但发现居然抽不回刺在蔡九脚上的那一截长毛，那长长的一截毛一半在蔡九身上，一半在它

自己身上，而这根长毛两头都连着经脉，平时都能随便进出，现在不知道是被沩水河小女人打坏了还是自己虚弱了，竟然拔不出来了……

这下红胖狐狸觉得自己肯定是要挂了，平日里没少练快攻，也不敢不多试几次土遁，但千算万算却没想到要卡死在一个大条身上，沩水河要是再来那么一下，它自己肯定也得完蛋，自己用死了这么多的大条才好不容易刚遇到一个稍微好用一点的，结果今天却要死在一起。

沩水河小女人也绝对是不来半点犹豫的狠，红胖狐狸刚倒在地上，小女人第二下就又到了。红胖狐狸这一下是跑也没法跑，打也没法打，看着那一下电光火石一般的过来，只好索性把眼睛一闭准备等死算了……

谁知道在这个节骨眼上，红胖狐狸以为是死了的大条却动了。蔡九突然双手在地上一拍就弹了起来，然后麻利地一扫腿就封住了小女人那一式阴毒的狠招，他再一转身重重的一拳就击在小女人身上，"噗"的一声把小女人打飞好远。

这是蔡九的濒死激发了体内属于龙的那一部分身体，等人的那部分进入了死的状态，他属于龙的那一部分就现形了，而沩水河小女人完全不是他的对手。小女人挨了那一下，身上被打出一个大洞，水"哗"的一下从洞里喷涌出来。小女人连忙吃惊地用手去堵，完全没想到这个之前看起来不堪一击的大条可以给自己这样一记完全无法躲闪的重拳。

要压制住属于龙的怒火非常难，这是人和水族无法想象的震怒，或者完全就是一场灾难。哪怕这只是蔡九身上隐秘的属于龙的一小部分，但如果沩水河不赶快逃走，她一定会被打得就连湘江之主彭之润都认不出她来。

而红胖狐狸藏在蔡九的衣服里，根本就没法再控制现在的蔡九，它拔不出那几根毛脱不了身不说，还反而感觉自己被蔡九控制了。那几根长毛正传来一阵阵的躁动，这让它有一种爆裂的感觉。

蔡九自己完全记不起当时做了哪些事情。他那天暴怒地冲了过去，想要扯碎沩水河小女人，还把身上的红胖狐狸一把拔了下来，狠狠地一脚踢了出去。可怜红胖狐狸虽然被踢出去好远还满嘴吐血，但还是没有逃得了，就怪它自己太贼，它把那根控制大条的粗毛弄得特别长，本来是为了方便它自己，结果现在飞出去好远，那

根毛还连在自己身上，扯又扯不动，拔也拔不出。

这样红胖狐狸就被蔡九拖着在望城街上到处去追沩水河小女人，小女人到处逃命，蔡九拖着红胖狐狸穷追不舍。红胖狐狸自恃也是一洞之主还喜欢梳妆打扮，现在可好，狼狈得不得了，别说那些胭脂糊了一脸了，就连它最在意的一张红色的好皮毛都已经被拖得跟老鼠肮脏下贱的绿皮差不多了。

沩水河小女人要不是湘江府中途变故，本是个端庄优雅的美少女，龙在东海有事之后，她受到牵连一夜之间成了这个样子，即使如此，她还是湘江府的小姐，哪里受过这样的追打。眼看沩水河小女人身上洞里涌出的水都快要把望城街上给淹了，蔡九也没罢手，这时候突然从旁边巷子里窜出来一个东西横在蔡九面前。

原来是一只老态龙钟的山羊，它横在了前面，挡住了蔡九的去路，只见这只老山羊神采奕奕，浑身散发出一种穿透力很强的微光，暴怒的蔡九见到这种微光后竟然安静了下来。

趁着这个空隙，沩水河连忙逃走。

后来沩水河小女人在铜官镇上第二间铺子的二楼又见到了蔡九，开始她被吓了一大跳，但后来她发现那个蔡九并不像当天在望城街上那般厉害，当时他一刀砍过来毫无气力不说，速度还特别慢……虽然沩水河在中转站手下留情没下重手，但蔡九一直都在埋怨要不是小女人打晕了自己，自己肯定是不会让蔡十八下楼的，要是蔡十八没下楼，今天也不至于错过了变身的时机。

这个望城街上横在眼前的老山羊，在三太爷的故事里被说成了当年那个曾经在林水村抓住黑鲨的阳仙山人，他说这位山人终其一生都在潜心修道，虽然先天出世时是人身，可等他得道之时已经慢慢地化成了一只山羊，又或者他根本就不会死，每次死去的都只是一只山羊。

第二十九章　红胖狐狸得道

在望城街上拦住蔡九的阳仙山人之所以能让蔡九安静下来，是因为藏在他体内的龙石。他像一只羊一般的思考和行动，还把自己修炼成了一只羊，最后终于遇到了龙石并把它藏在了自己的身体里，而龙石之于龙就像是智慧之于一个人。

当龙石发出的光泽照耀到蔡九时，就好像一个蛮荒的人突然感觉到了智慧，蔡九躁动和原始的龙的那部分马上就安静下来。麻烦的是这时他属于人的部分已经死在了汾水河小女人手里，这是蔡九作为人的第二次死亡。

上次是被鬼二所救，那是为了激发他身上完全沉睡的龙。而现在，如果蔡九身上人的那一部分完全死去，龙的那一部分也会跟着一起死去。所以，必须有人再救他一次。

这一次救他的是阳仙山人，山人弄断了红胖狐狸那根引以为傲又百般珍惜的长毛并且用这跟长毛重新控制了蔡九，被控制住的蔡九一把扛起昏死在地上的胡麻子跟着山人走进了山谷，而红胖狐狸看了之前一幕后真心觉得这只老山羊一定有深不可测的道行，它便一瘸一拐一身脏兮兮地尾随在后面，也走进了那个山谷想要去拜师……

山人想要重新给蔡九和胡麻子一次人的生命，但这需要五年的时间。在这五年里，他们要在龙石的照耀之下逐渐复原，直到己未年的某一天属于人的那一部分重

新苏醒。

五年后蔡九和胡麻子在那个阳仙山人的墓地旁边苏醒和复活过来，而红胖狐狸应该是跟着山人不知道去了哪里，此后再没有了踪影。

这下蔡九才知道自己失踪的那五年原来是一直跟着那个道士才得以起死回生，而刘德水还告诉他，现在还在等待的九种生物中的狐狸，其实就是当年那只失踪的红胖狐狸，红胖狐狸跟着道士一起消失后一直潜心修炼，所以它有道行活过了这七百年，已经是一只很老的狐狸了……

而九种仅存生物中的人也跟红胖狐狸有关，阳仙山人在某日将所学悉数传授后就不知所踪，剩下红胖狐狸独自在失去水源的世间游荡，这时"冲天地火"已经封锁湘江府好几百年，红胖狐狸不能回到湘江府，在世间也没有什么同类，于是它便在逐步瓦解的末日世界里独自游历。眼看人越来越少，它便怀念之前自己那些大条，那时不懂上天有好生之德，用死了很多的大条，数一数好像一共有三百多人，它把蔡九也算在了里面，一共是三百六十五个人。

于是红胖狐狸便想在世间救下三百六十五个人来弥补自己的过错，虽是出于好意，但它想救的人却并不领情。因为彼时乱世，人与人之间早就已是弱肉强食，那些人绝望和好斗，随便为了一点能吃的东西就可以不择手段以死相拼，怎么可能会信任一只全身红毛的狐狸，所以红胖狐狸不得已只好使出自己的老手段。

它逮到一个人便用自己的长毛去控制那个人当成自己的大条，本来它只有两三根那种可以缠住人筋脉和脊髓的长毛，说来也是造化，它这几百年修行下来身上竟然长出好多根这种长毛，而每一根这种长毛后来都缠住了一个大条，这样日子一久红胖狐狸身后就跟着一大群人。

红胖狐狸走遍自己能走到的所有地方，直到再也没有发现过人，一数自己的大条正好是三百六十五个人。而这些人在世界几乎变成一片焦土时靠着红胖狐狸的滋养存活了下来，红胖狐狸通过那些长毛供给了这些人生存下去的养分，而这些养分是她从天地之间化气而得来。

再后来，地面上已经不再适合人，因为阳光炙热空无遮挡，所以红胖狐狸便牵着自己的大条到了地下。它对地下当然非常熟悉，因为混迹风水门也有几十年，哪

里有大洞它自然是清楚不过，而某些地洞里还有没有干透的水，于是红胖狐狸便跟自己的大条们在地底下定居下来。

这一住便又是好几百年，那些互相不信任、彼此仇杀和争抢的人后来慢慢了解了红胖狐狸是自己的救命恩人，而红胖狐狸则拿出在风水门管理老鼠的那一套来管理这些人，简单来说跟当年在风水门也差不多，主要的任务就是：繁殖。

它把那些男女按照高矮胖瘦以及年纪大小分成了一百五十个小组，每个小组都有一对成年的男女，而剩下的那些还未成年的几十个孩子就留在了红胖狐狸身边。这些孩子平时就负责照顾红胖狐狸的饮食起居以及传达红胖狐狸对于洞里的日常管理，而那一百五十个小组除了干些必要的杂活外，最重要的事情就是生养后代。

这样时间一长，人在地下越来越多，几百年下来竟然多到了几万人，只是这几万人都从来没有见过外面酷热的世界，他们终生都躲在地下不曾见过阳光，直到有一天红胖狐狸在他们中间发现了一个怪胎。

这个怪胎就是刘德水，红胖狐狸喜欢人多热闹，所以不管是在风水门还是管理这些仅存的人，它都是一门心思地抓繁殖，而刘德水在出生的孩子里却是个例外，按照人的话来说，他就是个傻子。他长到十八岁都不会说话只会痴呆地哼哼，一哼哼起来自己还十分陶醉其中。

刘德水十八岁这年，红胖狐狸在一个洞里偶遇了他，看到他那副奇怪却有些不凡的模样，红胖狐狸就用长毛缠住他的脑髓，想看看这家伙到底在想些什么。结果这一缠住刘德水的脑髓，红胖狐狸就还真的被他给缠住了。

这刘德水的脑子里不是什么旁物，而是不停地在唱着一出戏。这出戏便是《菜户遇仙记》，本来红胖狐狸对这个《菜户遇仙记》是没有什么兴趣的，但是听到了里面那个丝瓜媳妇最拿手的《狐姐姐》，红胖狐狸就疯狂起来，因为这出戏对它来说简直是太好听了！没想到刘德水竟然在脑子里浑然天成的有着这么一出好戏，尽管外表看起来他确实像一个傻子。

《狐姐姐》这一出戏讲的本来就是一个狐仙和凡人的爱情，这让同是狐狸的红胖狐狸十分感同身受。它不禁想起老相好鼠王龙哥。而这出戏到了那个最高潮的部分，狐姐姐伤心欲绝不小心露出了自己的真面目，结果吓死了自己心爱的情人，红胖狐

狸每每听到这里都是泪流满面，有如剧中人一般悲痛。

　　一个成道的人本不应该再纠缠这些男女情长，所以红胖狐狸虽然觉得好听却不会再空洞地动情，而鼠王龙哥当年追随蔡一去保护离开中转站的神龙蔡十八已经有好几百年，红胖狐狸并不敢奢望龙哥能活到现在。那些过往在风水门相敬如宾、彼此信任和依赖的年月虽然珍贵，但一切都是镜花水月，无常一场，虽然刘德水这一出《狐姐姐》让红胖狐狸觉得戏本身十分惊艳，同时也勾起了一些凡尘牵挂，但已经有小一千岁的红胖狐狸已经完全释然。

　　只是红胖狐狸觉得刘德水这个"傻子"一定不简单。有天红胖狐狸又去听刘德水脑袋里的那一出戏，唱完那一段最高潮的部分，红胖狐狸已经是两眼含泪。它这次哭的却不是狐姐姐，它意识到必须送刘德水离开这里，因为这个在脑袋里满是狐姐姐这出戏的人是野士岭的人。

　　红胖狐狸在刘德水最深处被隐藏的意识里搜寻，发现了刘德水是野士岭的人，而他要去的地方是洞庭湖。既然是野士岭的人就不可以留在这里苟且偷生，所以红胖狐狸悲痛的是它好不容易在这个地下的世界里刚刚有了一个知音，却已经到了分别的时刻……

　　就这样，红胖狐狸送刘德水到了离洞庭湖最近的一个地洞里，刘德水终于离开他已经生活了二十年的地下世界，而迎接他的是他根本无法承受的烈日，没有了地下世界的庇护和供给，他只在焦土一般的地面上坚持了两个时辰便晕倒了。

　　刘德水这时停住不再说话，他跑到船头眺望，对蔡九高兴地说道："它们来了……"

　　"胡麻子二号"正一脸崇拜地看着蔡九，像是第一次在别人的描绘中见证了蔡九身上龙的力量。

　　正在静坐的老山羊听到刘德水的报信，虚弱地睁开了双眼。此时在巨大的水域中到处都响起一阵窸窸窣窣的声响，在船头的水中出现一个小小旋涡。与其说是旋涡，不如说是一个小小的洞。这个水面上出现的小洞旋转着慢慢变大，大得像一口水井般大小后便开始往水下延伸，可以看到在水中出现了一个贯通的没有水的连续空间，看起来就像是空气在巨大的水面上挖出了一个深洞，而这个深洞正随着空气

的逐渐深入而变得四通八达。

不一会儿，一个巨大和繁复的水下洞系展现了出来，在高高的灯塔一般的礁石上，龙石闪闪发出的光芒照耀着整个水域，而那些没有水的洞系和周围的水在龙石光芒的照耀下发出完全不同的两种光泽。有水的地方一片透亮，而没有水的地方全是清爽的蓝色。蔡九惊奇地看见在巨大的水域中藏着一个庞大和无处不在的由空气组成的管道网络，那些四通八达的管道在水下连接在一起，就好像是风水门的三十六洞一般。

此刻那些已经是人形的五百三十一只老鼠明显开始躁动起来，这些人虽然看起来已经是人，但举止完全还是老鼠。老白，也就是那个铜官当铺里奸诈的老板最先冲到船头，然后它看着那些在水下四通八达的巨大空隙狂喜不止。

在老白看来，这种布局和走位还有环环相扣却又不失灵活的布洞，远远超越了风水门的三十六洞，这让老白叹为观止。作为一只一生都在学习如何布洞然而却天资有限的老鼠，它为眼前惊为天人一般的设计而惊叹。这种惊叹带来的狂喜让它无法自持，因为老白从来没有像今天一样可以这样直观地看到整个地洞网络的布局，这对它来说是一种巨大的启发，让它一下明白了很多鼠文的由来和奥秘。

"老麻娘娘，是老麻娘娘……"老白此刻激动得无以复加，整个风水门全部都跟着欢喜雀跃起来。

蔡九感觉到有一些不适应的是，风水门的这几百个人虽然都是熟悉的面孔，但没有一个人可以聊上一句家长里短，蔡九被一种陌生的熟悉感包围了起来，有时候他甚至产生了错觉，认为自己就身在铜官的这些乡亲中间。

而当大家正在等待着从眼前水中的洞里钻出来一只红胖狐狸时，蔡九却吃惊地发现本来坐在那里虚弱得快死了的老山羊坐的位置上，现在坐着的是一个人，这人的背影吓了蔡九一跳，那不就是老贾吗？

这时水中洞系里窸窸窣窣的一阵动静，有东西从各处的洞口里探头出来，蔡九和"胡麻子二号"看见一大群老鼠正在那里往外窥探和张望。

看到这一群猥琐的老鼠，再一看周围环绕的风水门一众和前面那个老贾的背影，蔡九觉得一阵异常的错乱，而他正努力地想在这个颠倒的世界里保持清醒时，最靠

近大船的洞里又钻出来一个人。

看到那个人，老山羊位置上坐着的老贾一下就站了起来，他一侧脸，蔡九看到了，那就是老贾。

"胡麻子二号"也看到了老贾，他马上喊："老贾！"可眼前的老贾没有半点反应，旁边刘德水连忙手指往嘴巴上一比示意安静。

这时，洞里那个人钻了出来然后站在那里搔首弄姿地一扭头，蔡九马上就认了出来，这不就是当年老贾在长沙到处寻找而求之不得的心上人，铜官街上窑子里的头牌柳如烟嘛？

旁边的"胡麻子二号"却完全没有任何反应，他的那副样子像是完全不记得了眼前的这位虽然流落风尘但却异常娇媚的女人。

"胡麻子二号"让蔡九十分意外，因为完全看不出他有任何被美艳女人所吸引的样子，他站在那里就像是看着一个普通的女人从洞里钻了出来，而这绝对不是胡麻子该有的表现。

要知道之前在幽蓝水域里，当站在那里的胡麻子消失了，然后那个烟雾做的胡麻子说自己真的就是胡麻子时，蔡九曾经用一件只有他和胡麻子才知道的事情来试过这个自称就是胡麻子的人。

可当时这个"胡麻子二号"却完全不记得他当年在长沙刘姓大户的宅子前跟自己说的那几句话，而他当时说那件事是让蔡九就算是被打死了也不能说出去的，可眼下这个"胡麻子二号"见了美女柳如烟后却仍然不为所动……要知道，蔡九说的那个只有他和胡麻子才知道的秘密就是跟眼前这个妖媚女人柳如烟有关的。

当年老贾爱上这个铜官镇上窑子里的头牌柳如烟，结果她却远嫁了长沙的刘员外。后来老贾忘不了她的一句话就去长沙找她，他带着几个兄弟找遍了整座城终于找到说是从乡里娶了美妻的一处刘姓宅邸外，老贾便扮作应征活计的小工进了宅子去找自己的爱人，而留在大门口等他的胡麻子却告诉了蔡九一件事情，让蔡九一听也感觉好难为情……

胡麻子当时说，这柳如烟姑娘确实是一个非常大的美女，但这姑娘却早就是他胡麻子的老相好，柳如烟和他胡麻子好早就曾经……就曾经"相好"过。

蔡九听了，下巴往下一掉很是吃了一惊，因为胡麻子当时年纪还小，要说老贾去窑子里面光顾一番，蔡九是不会丝毫觉得不妥的，可要是他胡麻子就说不过去了，因为他觉得他跟自己一样，也只算是个不懂人事的小家伙。

可当时胡麻子也已年满了十八，何况是柳如烟自己先流落了风尘，胡麻子他先了老贾一步去轻薄了一番倒真是无伤什么兄弟感情，可没想当时老贾却动了情，真的就着了魔一般恋上了这女子。

虽然胡麻子也喜欢柳如烟，但如此便觉得自己要再去说起来这个先后就是没有兄弟该有的讲究了。可他又实在憋不住话想跟蔡九说一说，就嘱咐了好几番让蔡九绝对不要有半句的张扬，他说在他胡麻子的心里，兄弟绝对比百八十个这样的美女还要重要得多。

但是眼下这个美得虽然有一些艳俗但绝对无法抗拒的柳如烟出现在眼前，他胡麻子作为也是一个老相好的角色却丝毫没有半点尴尬或者欣喜，那这就绝对不是他胡麻子的风范了，所以蔡九愈发觉得"胡麻子二号"可疑。

虽然那只垂死的老山羊本来就有百分之一老贾的灵魂，但蔡九没有想到这老山羊的阴面就是老贾的样子。可眼前的老贾很显然不是那个老贾，因为他回过头扫过身后的人群，却丝毫没有把目光停留在蔡九身上，而且他好像也不认得眼前这个曾经让自己着迷了整个年少时光的柳如烟。

但是蔡九仍然替老贾感到欣慰，因为虽然两两相忘，但当年走遍全城都求之不得的心爱女子现在又重新站到了他的眼前。

第三十章　看不见的巨龙

蔡九和整个风水门都没有想到，那个喜欢脂粉和花布的红胖狐狸在阴面里是一个风尘女子，而且美艳得无法形容。虽然妆容和服饰都绝对说得上是肤浅甚至粗鄙，但那个丰满和匀称的年轻身体呈现出一种毫不遮掩的放荡，那是一种无关于身份和装扮的原始吸引，没有任何男人可以抗拒。而她带来的那些本来以为是人类最后希望的几万个后代，却完全是一副猥琐和害怕的表情，每一个洞口后面都闪烁着一群惊恐的小眼睛，那是一群在窥视的老鼠。在世界的阴面，仅存的人类只是一群躲在地下的鼠辈，而本来是老鼠的风水门却成了人。

这个阴面的世界让蔡九欣喜和意外的同时，又让他觉得非常遗憾。虽然见到了那些自己想见的人，但这些人却根本不是他们自己。他心里升起一种孤独感，这种孤独感甚至超过了那种生和死之间的距离，因为生死之间是一种决然的重新开始，而不是就这样无奈地面对着自己的故人。

红胖狐狸和人一到，那本古书所召唤的仅存的九种生物就已经到齐，只是谁都不知道那个七百多岁已经过期的神龙转世什么时候会来。蔡九愈发想念蔡十八，他丝毫不觉得自己离开儿子已经有了七百年，而作为自己的儿子，蔡十八永远都不会过期。

看到眼前这九种生物聚集在一起，蔡九心里生出一种敌意。这种敌意一是来源

于这些生物在阴面的展现让蔡九有种被背叛的感觉，因为他从来都不曾想过会有一个对自己视而不见的老贾，而更多的敌意是这些生物聚集在一起是为了抵抗据说是已经过期的蔡十八。

像是到了什么重要的时刻，眼前非常熟悉的故人之间都没有半点重逢的寒暄，红胖狐狸看了一眼风水门的人，它好像是会用眼神传递消息，而风水门的那一群也好像是接收到了什么指示一般很默契地站在那里。

这时候，阴面里的这个"老贾"把那本古书举了起来，然后开始说话了。他像是在做一段非常激昂的陈词，蔡九却感觉有点像是那只垂死的老山羊正在回光返照。他听到"老贾"又在用九种不同的声音说话，而那声音里蔡九能听懂的也就是夹杂在其中难以分辨的人声，他努力想听清楚里面的那个人声在说些什么。

那个人声断断续续地说：龙石……变身后的神龙将会熄灭'冲天地火'……水源……出现……没来……过期……失败……过期的神龙很危险……毁灭……全部储存……三万年……激活……水。

蔡九听到这里心里非常不满，虽然没有听到全部的话，但他无法容忍别人这样评论自己的儿子，特别从外形是老贾的人的嘴里说出来。他非常想打断这样一场训话，并为蔡十八辩护。

"老贾"继续用九种声音说着话，可里面的人声却愈发的模糊。

蔡九最后听到的是："……要输入……有一个密码……最好的女人……灵魂可以永存……团结……就在今天！"

最后的"就在今天"蔡九听得特别清楚，因为这几个字老贾念出来的时候人的声音在那九种声音里最响亮，好不容易能听清楚了可他却说完了。然后蔡九就看见周围的生物们都开始看自己。

空中那只神龙虫子也停了下来，萤火虫们也跟在它身后盘旋在半空中。而游动的水族也悬浮在水中，这时已经看不见影子鱼，因为它们也不动了。

老贾、风水门的人还有从洞里钻出来的柳如烟也都在看着蔡九，蔡九头一撇想问问"胡麻子二号""老贾"刚才到底是说了些什么，怎么这下大家都在盯着自己，可"胡麻子二号"看起来也是一头雾水。

看着蔡九毫无反应，刘德水过来小声提醒蔡九："那个壶……您带的那把壶。"说完他还指了指蔡九身上的那把壶，那把彭瞎子送给蔡九的装着汐水河的壶。

蔡九连忙把那壶从身上取了下来，这时他才感觉壶里有一些异样，壶里发出一阵水快要烧开之前的那种声音，那声音越来越响，越来越躁动，好像里面的水马上就要开始沸腾了一般。

刘德水示意蔡九把壶打开，于是蔡九一旋壶嘴打开了那把壶。壶嘴刚一打开，船头"老贾"脸上马上露出一脸的笑容，周围那些刚安静下来的生物们又是一阵骚动。

刘德水又在示意蔡九，那意思应该是让蔡九往地上倒出一些壶里的水。

蔡九有些奇怪刘德水为什么不说话而改成了用手势，好像他被什么重要的事情震慑住忘记了自己会说话，又或者他害怕自己打搅到什么人，这一下整个场面的焦点又到了蔡九这里。

旁边"胡麻子二号"看见周围的人都在看着蔡九，他也蠢得一脸期待地看着蔡九，而刘德水见壶嘴一打开马上满脸期待地继续做出往地上倒水的动作催促蔡九。

此刻那壶里已经感觉沸腾起来，只是蔡九丝毫没有感觉到烫手。他也十分好奇这壶里到底是怎么了，本来即便刘德水不催，他也准备打开壶喝几口汐河水的。现在周围这些人都如此介意这把壶，联想到之前刘德水喝了一口汐水河的水激动成那个样子，蔡九便觉得这些家伙可能是已经饥渴了几百年，就等着能够像刘德水那样尝一尝汐水河的味道。

于是，蔡九手一偏就准备倒出一些水让眼前这些家伙见一见世面，他刚把壶一歪，壶嘴里却"噗"的一声喷出来一股灰一般的碎沙土，本来甘甜的汐水河河水却不见了。喷出来的沙土倒在脚下弄起来一团灰，然后那团灰迅速地从下往上聚在一起汇成一个人形。蔡九看见一个从灰土聚集中形成的女人正站在自己的眼前。

一下周围马上又热闹了，"胡麻子二号"在旁边自言自语："哎呀呀我的哥，好美的女人啊……"柳如烟听见胡麻子说话迅速偏头看了他一眼，然后又转头盯着那个被蔡九从壶里倒出来的女人。这让蔡九突然觉察出他们之间好像有一种默契，而自己可能是受骗了。

蔡九开始怀疑除了自己，所有的人都在演着一出戏，而他们演戏的目的就是为了蒙骗自己。眼前的柳如烟和老贾，还有铜官的这些人，甚至洞里的那些隐隐出现的老鼠们都是真实的，他们和这些奇怪的生物一起在迷惑着自己，是想让自己去做什么他完全都不知道后果的事情……

那个从壶里被倒出来的女人开始有一些站立不稳，"胡麻子二号"连忙乖巧地伸出一只手做出搀扶的样子，没等"胡麻子二号"的脏手碰到自己，那女人就企稳然后开始向四周张望。蔡九发现这个女人确实很美，她视线所及的地方是一片仅存生物的欢喜，无论是谁见到这美女朝自己看了过来都变得感觉有一些异样。

水里停顿的水族们开始在原地手舞足蹈；而空中盘旋的萤火虫和那只神龙虫子步调一致地扇动着翅膀，它们之前那种有些杂乱的"嗡嗡"声变成了非常有规律的一种节拍；影子鱼开始在原地打转，努力地发光，唯恐别人看不见自己；而老贾前面的那几只羊也显得异常乖巧；骆驼的阴面那几十条巨大的鱼停止喷出那种冲得好高的水柱，静静地浮出水面，露出自己的眼睛。

在场所有的生物都在为眼前出现的这个美女显示出自己接纳和欣赏的气场，除了红胖狐狸。看得出来，红胖狐狸的阴面柳如烟明显在嫉妒眼前的这个美女，能感觉到她开始的质疑和不屑，最后变成了十分的抵触，她很想趁着这个女人刚刚出现就说几句假话来丑化她，又或者想骗大家其实这个女人才是真正的敌人。

"老贾"看到了这女人后一直非常激动，看到他的样子，蔡九便非常肯定这确实不是老贾，因为老贾在任何时候都绝对不会显得如此的动情和阴柔，现在"老贾"站在那里淌出两行眼泪，嘴角在抽动着，一副马上就要开始大哭的样子。蔡九连忙又提醒自己虽然他身形是老贾，但还是一只羊。

"老贾"在那里动容了一阵，那个从壶里钻出来的美女却一直都非常镇定，她像是非常熟悉或者是提前早就知道了眼前的场面，而她站在那里分明是在等着自己想要去完成的下一步。

蔡九完全不知道接下来要做什么，旁边风水门一众里那个铜官镇上当铺的白老板此刻却突然尖声细气地笑了起来。风水门那一群人"轰"的一声也跟着笑了起来……

　　蔡九马上就瞪了它们一眼，毕竟还是风水门的大哥，虽然不像红胖狐狸那样看一眼就能告诉它们很多消息，但大哥就是大哥，白老板连忙收住了嘴，可蔡九仍然很奇怪它为何要突然如此傻笑。

　　刘德水一掀自己船上船舱的门帘，那个从壶里钻出来的美女悄悄瞥了蔡九一眼，然后脸一红、头一低进了船舱。蔡九傻傻地站在那里，觉得女人那一瞥简直美得不可思议。旁边的"胡麻子二号"像是恢复了对美女的反应能力，正张着嘴痴傻地凝视着女人的背影。

　　蔡九感觉刘德水和这个美女之间好像有某种默契而又隐秘的交流，联想到刚才红胖狐狸看风水门的那一眼，蔡九感觉他们之间甚至是他们和那九种生物之间可能有着某种蔡九并不知道的交流方式。

　　那女人进了船舱，刘德水马上又示意蔡九也进去。蔡九虽然不明白这是要做啥，但正准备往里面走，这时候突然凭空起来一阵大风。

　　这风骤然一下从四周刮起，像是这些组成风的气流本来就在周围，只是现在突然开始急速流动。大风所到之处竟然把本来已经是阴面的世界又吹成了阳面。

　　蔡九眼前的世界随着这股风的移动开始变得阴阳混杂，那阵风吹过风水门的那群人，蔡九看见当风吹到它们身上时站在那里的就是老鼠，风一走它们又成了阴面的人，而阵风掠过的水面又瞬间变回干涸洞庭湖中的沙漠，风一走又成了水面。

　　而那九种生物也是，大风中保持自己原状的只有神龙虫子和萤火虫、影子鱼和老山羊周围的那几只小山羊，其他生物都在风吹到自己的时候还原成了本来在阳面该有的样子：风水门的人被吹回了老鼠，而阴面水中洞口出现的那些老鼠在风中是人，风一从身上离开，那些沙漠中巨大的骆驼马上又成了水中的大鱼，而水族也从浮游在水中的巨大生物变成沙漠中一些垂死的长得莫名其妙的各种动物。

　　风吹过柳如烟，它就成了一只红毛的胖狐狸，而"老贾"还是那只老山羊。这一阵风搅乱了老山羊刚才的安排，刘德水本来是想请蔡九也进到他那个船舱里的，现在大风一起，吹得阴阳交错、车马不稳，整条船开始摇晃起来。

　　刘德水往船舱里一指，示意蔡九马上进去，而已经进到船舱里的那个美女也从里面探出头来，她一脸无法形容的美丽脸庞出现在船舱入口向外张望，把蔡九看得

心里一阵激动。他生怕那眼光扫到自己，因为他根本不敢跟这个女人对视，他觉得她盯着自己只要看一眼，他就能完全忘掉一些自己本应该死死记住的事情。

刘德水指着船舱里说："进去……你赶快进去吧。"

而那阵大风迅速地在阴面的水面上划过，所经之处被吹回是阳面沙漠的片段在蔡九眼中瞬间定格成了一个形状，蔡九清晰得觉察到那个形状是一条巨大的龙。一条由气流组成的巨龙正在搅动着这个阴面的世界，这让蔡九马上想到自己那个被他们说成是已经过期的神龙转世的宝贝儿子。

刘德水开始有些着急："快，只要你进去，你就能到野士岭，赶快进去吧……"

听到刘德水提起野士岭，蔡九想起了那些自己经历过的和野士岭以及野士有关的人和事。他虽然对野士岭这个熟悉又陌生的名字充满了好奇，但还不至于可以为了去野士岭放弃和儿子见面的时机，他一直想找回自己的儿子。

虽然船舱里有一个美得无法形容的女人，还据说可以从里面去往那个神鬼莫测仙境一般传奇的野士岭，但蔡九的眼睛一直都没有离开那条在到处游动把阴面的感官世界搅得一通错乱的由气流形成的巨龙。

看起来那条巨龙努力地想接近那座高塔一般的石柱上闪闪发光的龙石，但却被一直压制在贴近水面的高度上，像是有一张网正束缚和阻挡着它，而且那张同样看不见的网仿佛在越收越紧，那条由气流组成的巨龙被压制得越来越局促，它在一个狭小的空间里腾挪反转，眼看就快没有出路。这时，蔡九听到了一个好久都没有听过的声音："父亲！救我！"

听见这个声音，蔡九两眼的泪水哗的一下就淌了出来，那是宝贝儿子蔡十八的声音！这一下没有什么好说，蔡九浑身的细胞都鼓出来一股子劲，他听见儿子的声音就从石柱下面那张看不见的网中传了过来，就算是"胡麻子二号"有点靠不住，但蔡九还是像以往那样大喊了一句："麻子，抄家伙！"

听了这句，"胡麻子二号"没有半点含糊地就拔出来他身上仅有的那件武器：一把菜刀。

以前这种时候都是面临着巨大的危险，哪一次不是一番拼杀冲出重围，要是没有兄弟，蔡九也根本到不了这里，这一次他希望也不例外。他现在必须要救出那条

被压制的巨龙，因为那条龙是他的儿子……

风水门的人看见老大动了气，一下站在那里左右观望不知道该怎么办，很明显他们刚才期待的情况不是这样。

蔡九脚上一用劲就准备从船上跳下去，刘德水冲过来一把死死抱住他喊道："七百年……都七百年了……等了七百年才等来神龙魂魄……你只管去你的野土岭吧，你儿子在那里等你……"

蔡九一脚把刘德水踢开好远，狠狠地说："放屁！刚才我儿子还在叫我，你个死狐狸竟敢蒙我！"

刘德水虽然被蔡九踢得不轻却也没有动怒，他苦口婆心地拉住蔡九一通劝说，"胡麻子二号"见刘德水挡住蔡九，就准备绕到刘德水后面也给他来一下，那个"老贾"却马上走过来横在他的前面。

这时候头顶上响起来一阵噼里啪啦的响声，像是有无数的气泡在爆裂。蔡九一看是那些百兽的玩偶，这些玩偶本来被老山羊放在池塘边的那块巨石上，到了阴面之后他们却不像是在幽蓝水域里那样马上就变成了百兽该有的样子，它们刚才被那阵"龙风"吹得七零八落，散在船上水中各处，现在那条龙被压制在石柱底部翻腾乱窜，这些玩偶却开始变化了。

一下一群牲口和各种不知名的动物们开始到处乱窜，那些扒在洞口往外窥视的老鼠们一看情况有点乱，马上都各自躲回了水洞里。"柳如烟"好像很介意这些牲口身上的气味，她掏出一块红布马上捂住自己的鼻子，另一只手不停地在扇动自己脸前的空气。

蔡九还是执意要跑到那个石柱下面找自己的儿子，刘德水一把死死抱着他朝着"老贾"大喊："老大，老大，你还在作甚啊，你赶快啊……"

刘德水这一喊马上提醒了那个正在胡麻子面前吹胡子瞪眼挡住他去路的"老贾"，看起来是一场早就已经安排好的阴谋，那块龙石放在高高的地方就是为了吸引神龙，而蔡九一行的到来正开启了这一场围猎。那条之前藏得好好的神龙远远感觉到了龙石，本来它不会贸然而来，但是蔡九从"冲天地火"里走了出来还带来了玩偶中的百兽灵魂，这一切都好像符合它变身的场景。

"老贾"准备甩开眼前的"胡麻子二号"，被刘德水死死抱住的蔡九看见那两个本来是自己最亲的"兄弟"在互相推搡感觉很不适应，而这时"柳如烟"冲了过去，她横在"老贾"的前面替他挡住了"胡麻子二号"。在蔡九看来，这像是真的柳如烟在保护着自己的男人老贾，而那个本来是在帮自己的"胡麻子二号"却显得有点讨厌了。

在蔡九的心里，他非常希望那是真的老贾，可这个"老贾"只是百分之一的老贾。现在刘德水死死抱住蔡九，而"柳如烟"挡住了"胡麻子二号"，风水门的那些人站在那里袖手旁观，这个"老贾"终于可以腾出手来做那件刘德水刚才在催着他做的事情……

第三十一章　最后的仪式

蔡九刚想按照当初彭瞎子和自己的约定，放三个声音可以"拐弯"的响屁召唤他前来帮助自己，他想制止"老贾"可能做出的对自己儿子不利的事情，可没等他攒足三个响屁，"老贾"却已经得逞。

"老贾"从怀里掏出一个火种，然后点燃那本蔡九从野士岭中辗转带过来的古书，火起后"老贾"又把那本书丢在了阴面的水里，那本着火的书沾了水反而烧得越来越猛，一下在水面上形成了一个很大的火堆。

这堆火烧得旺盛，在火焰缥缈的顶部，蔡九看见烟雾顿时显现成好像是某些生物的样子，然后马上就消散在了空中，看起来让人感觉像是某些东西被从书里释放了出来。

而这时周围那些仅存的生物们开始兴奋起来，它们开始聚集到这团火周围并试图围着火堆朝一个方向转圈。水中骆驼的阴面那些会喷出水柱的大鱼，还有迟钝得匪夷所思、外形各异却无以名状的水族，甚至飘浮的野草们都正在围绕着这一团火排成首尾相接的一圈，而影子鱼欢喜跳跃着穿插在它们中间。

风水门的人和船上的那几只小羊，还有本来躲藏在各处洞里的鼠辈们也都各自下了船出了洞加入到这个队列里，萤火虫和悬浮的野草们在空中跟随着，生物们脚踩着水一起围着这团火堆不停地转圈，它们一边转圈一边还在手舞足蹈，嘴里同时

哼唱着一种听起来让人感觉非常难受的调子。

这个圈旁边就是高高石柱上闪闪发光的龙石和下面已经被一张无形的巨网束缚住的由气流组成的龙，还有刘德水阴面那条本来是马车的大船。大船上看起来只剩下蔡九、刘德水、"胡麻子二号"和柳如烟，还有在船头正在主持这个神秘仪式的"老贾"，而这条船也加入到那个队列的末端一起绕着那团火堆转圈。

蔡九意识到这应该是某种非常古老的仪式，可他完全不想知道这是一种什么样的仪式，他只想去解救那条被无形大网网住的巨龙，可刘德水这家伙却把他抱得死死的。

这时蔡九肚子里起来了第二个响屁，他想都没想马上"嘣"的一下放了出来，然后按照和彭瞎子的约定在末尾让声音拐了一个"弯"，死死抱住蔡九的刘德水脸上的表情立刻有一些古怪和疑惑，很明显他是被熏到了。

而旁边的"胡麻子二号"和"柳如烟"之间却完全没有蔡九和刘德水这样的肢体纠缠或者冲突，他们两人站在那里只是默默地对视，但是这时候从船的阴影中走过来一个人……

这人竟然就是胡麻子的老婆马大姐，原来是土六十六姐最后一个下船去参与那个转圈的仪式，她慢慢地走到那个一动不动正在和"柳如烟"对视的"胡麻子二号"前面，然后一副若有所思的样子盯着"胡麻子二号"看了好一阵。

不一会儿，"马大姐"才跳下船去加入到那个转圈的队伍里，可蔡九从"她"看着"胡麻子二号"的眼神里分明读出了真实的不应该属于土六十六姐的关切。这让蔡九在那一刻顿悟到，所谓阴面和阳面、动物和人、前生和今世，还有那些本来完全不相关的事情之间，存在着某种隐秘和真实的联系。

他感觉到眼前所谓的九种生物，还有世界的不同面之间，也许曾经是浑然的一体，这是对时间和空间的一种醒悟，蔡九触摸了那种所谓之前彭瞎子说是野士一直在寻找的东西的边缘。他那一刻像是在一个阴暗的被说成是从来就不曾有过阳光的世界里，突然有一天乘坐着一辆可以飞行的马车迅速地穿过了云层但却又马上就跌回到了地面，可就在掠过云层的那一刻，他看见了一个万丈光芒的太阳和阴暗之外的巨大真实。

这时候，蔡九身体里聚集起来第三个"响屁"，他马上就"梆"的一声放了出来，蔡九放完了感觉彭瞎子说的这个方式虽然粗俗但却牵扯着一种本来蕴含在自己身上却从来没有发觉过的能量。

这第三个不堪的响屁刚刚一放完，蔡九眼前的空气中突然走出来一个人，这人手拿着一杆烟枪，身上斜背着一个口袋，脸上一只眼睛上戴着一个黑黑的眼罩，后面背着一个安着一面旗帜的搁架，搁架上有各种行李和奇怪的用具，而那面刚刚高出他头顶的旗帜上写着大大的一个"算"字。

一看正是彭瞎子，彭瞎子像是非常赶时间的样子，他径直走到蔡九面前头一瞥和刘德水对视了一眼，然后一拍蔡九指着船舱里说："你赶快去野士岭，这不是你应该久留的地方……"

蔡九本来以为彭瞎子会帮自己去救那个被束缚在高塔下的儿子，可他却让自己赶快离开，彭瞎子还快速地和蔡九说了一大通应该马上进到船舱里的理由，然后告诉蔡九，他并不属于这里。蔡九听到最重要的一句是彭瞎子说蔡九留在这里根本救不了自己的儿子，而只有去了野士岭才能见到他的宝贝儿子蔡十八。

蔡九问那条被束缚住的龙该怎么办，彭瞎子说那不是蔡九该管的事情，而且这条龙现在也跟蔡十八再没有了关系。彭瞎子看起来还想解释一下，可他的身影开始闪动，然后声音变得非常模糊，他的身形像被很多种力量在一起扯动，然后索性就突然从空气中消失了，而他最后说的几个模糊的词蔡九完全都没有听清楚。

蔡九非常信任彭瞎子，一来是因为彭瞎子是鬼二在当年铜官镇上让自己去找的湘江之主；二来是因为自己跟着彭瞎子穿过幽蓝水域的那段路程里，他自己感受到了一个值得信任的彭之润。所以当彭瞎子说自己应该去野士岭而不是再待着这里去救他说已经和自己儿子无关的由气流组成的那一条龙，蔡九便动摇了。

刘德水马上不失时机地掀开自己船舱上的门帘示意蔡九进去，而一边围绕着火堆转圈的仪式看起来也正在慢慢进入高潮，本来显得有些紊乱的转圈队列已经整齐划一，而不断在重复的那个难听调子也越来越响亮。

好像所有的生物都在等待着发生什么他们本来之前一直在期待的事情，船头那个明显在控制整个仪式的"老贾"还抽空看了一眼船上正在刘德水眼前有一些疑惑

的蔡九，蔡九感觉他是在等着自己进到船舱里，然后他好开始整个仪式的下一步……

既然彭瞎子都说让自己进去，蔡九便准备进到船舱里，只是他非常疑虑他们所说的野士岭就在这个小小的船舱里。这里看起来也不过只是可以放上几张床而已，又或者难道这个船舱只是一个隐秘的入口通往着那个神乎其神的现在让蔡九感觉到甚至有一些虚无的野士岭。

既然自己必须要去那就去吧，蔡九便往前一跨准备进到船舱里，这时候那条看不见的由气流组成的巨龙又传来一句："父亲，父亲救我！"

刘德水连忙说："您去野士岭就是救您的儿子，而且我们这样做也是为了救他，请不要再迟疑马上进去，否则错过了时间我们都要被毁在这里……"

蔡九虽然心里焦急万分，但也觉得刘德水说得有理，因为他要去救那条巨龙无非也就是冲过去想把它从那张看不见的大网中弄出来，但这看起来却显得很不现实，因为他根本就看不见那张网。想到彭瞎子刚才也说让他马上到船舱里办完自己该办的事，这样才可以真正见到儿子，于是蔡九便想先到船舱里看一看，看到底是有什么事情在这么火急火燎地等着自己去完成。

看刘德水掀开船舱的帘子，蔡九一低头就钻了进去，然后他马上听见外面刘德水一声口哨，像是发出了一个信号。在那一声口哨后，外面那些参与仪式的生物们明显又加快了那个正被他们不断重复的难听调子的速度，听起来它们正在以更快的速度围绕着火堆转圈，好像那个仪式已经快到了最高潮的部分。

蔡九刚钻进了船舱，却突然想起来有一件事情没有交代给"胡麻子二号"，就是让他寻找机会去拿到那块在石柱顶上闪闪发光的龙石。他一转头却被人挡住了去路，那个都快被他忘记的之前走进船舱里的女人此时走过来挡在了他的前面。

一阵让人放松的清香扑面而来，蔡九马上感觉自己正身处一片百花盛开的密林之中，全身上下都有一种说不出来的放松，女人那张让蔡九无法直视的美丽脸庞从黑暗中接近蔡九。然后她娇柔地、有些同情地说："你，出不去了……"

蔡九看见女人的脸，胸膛里马上剧烈地跳动起来，这个女人确实太美了，而且她现在不知道为何只穿着很少的衣服，这让蔡九感觉船舱里明显比之前要热了很多。蔡九马上低头不去看这个女人，还是想去出门嘱咐一下"胡麻子二号"。他低头害羞

地说道："姑娘，我……"

可这个女人马上示意蔡九不要说话，然后将一根手指压在蔡九的嘴唇上。这一下差点让蔡九瘫软下来，因为女人的那根手指刚一轻轻地触到蔡九唇上，一股酥麻的感觉马上传遍了他的全身。而此刻外面嘈杂的仪式的声音却听不清楚了，感觉伴随着这个女人的靠近，蔡九周围的世界正发生着他不知道的变化。

蔡九觉得自己还是得告诉"胡麻子二号"，让他趁着那些家伙一片混乱的时候去接近龙石，因为彭瞎子曾经悄悄地告诉他，当年他在风水镇的池塘里挖出来的那块代表自己妻子生命的心形翠玉，本来其实就是龙石的一小部分，而只要把这块翠玉放回到龙石身上，龙石便会重新圆满而被激发。那块翠玉蔡九给了自己的儿子，而既然儿子在找这块龙石，蔡九便一门心思想帮他拿到，可是之前他忌讳刘德水会读心术，所以不敢在心里想这件事情，他想接近"胡麻子二号"，然后用只有他和胡麻子才明白的沟通方式把这件事情托付给他。

没有想到蔡九心里所想却被眼前这个美人知道了，她连忙用身体堵在门口劝说道："不，不，不，你绝对不应该再惦记着那块石头……"

蔡九见这女人竟然也知道自己在想什么，便有些意外地问她："姐姐……不，姑娘，姑娘你到底是谁？"

女人有点着急却不失温顺地说："你……我们见过的，你别问这么多……"说完这女人虽然一脸的害羞，却突然往前一把抱住蔡九，将自己高高隆起的胸脯紧紧地贴在蔡九身上。

蔡九被女人突然这么一抱弄得脑袋里一片空白，此刻由这个女人的拥抱和香气以及体温组成的一股无法抗拒的吸引，正迅速吞没着蔡九。他那本来随时都准备自卫或者去攻击的身体完全被征服，就连头脑中那个本来绷得紧紧的要救儿子的念头都缓和了下来。

蔡九一直都生活在寻找儿子的焦虑中，可现在那种焦虑正在慢慢地被释放出来。他被眼前这个绝美的女人在这个逼仄空间里营造出来的气氛深深地吸引了，等她又把自己的脸紧紧地贴到蔡九的胸口时，他内心里那个紧绷的关于寻找的念头完全塌陷了。他一把抱住眼前的这个女人，然后深深地沉浸到她温柔的气息之中。

那张美丽的脸上一抹红唇也在热烈地找寻着蔡九。就这样，在本来是准备启程去野士岭的路上却遭遇到了激情，他感觉自己像一堆干枯的柴火被一个浸润着火油的火把点燃，然后不可逆转地熊熊燃烧起来。

蔡九抱着这个女人吻了起来，好像把所有的不安和索取都发泄到了这深深的一吻中，这一吻带给他那种他一直在期待的满足。蔡九欣喜地享受这个吻，直到他突然惊醒了过来，他离开女人的嘴唇然后吃惊地问："你……你是……"

没等蔡九说出那个名字，女人的红唇就重新迎了上来，然后又是一个让他沦陷的吻。

蔡九知道了眼前的这个女人是谁，她还真的是老相识，因为蔡九在这个女人身上尝到了沩水河独有的味道，她就是曾经跟他有过好几次交汇的沩水河小女人。

只是蔡九没有想到那个只剩下半边脑袋的沩水河小女人如何成了这个怀里的大美女，而且还这样对自己投怀送抱，可现在想起这些都好像有点不通情理，因为这个身子里流着沩水河的女人已经完全裸露出自己的身体，而蔡九也知道接下来应该要做什么。

蔡九开始翻云覆雨探索着沩水河小女人的身体，而小女人也完全任由他摆布，他感觉自己正躺在温暖的沩水河里像一条舒展的鱼一般自由地吮吸着，只是他不知道刚才他们说去野士岭的这件事怎么就成了现在这个样子，而外面那个转圈的仪式这时好像也已经告一段落变得安静下来。

蔡九很少动女人的心思，可真是要起了这个意思，一时半会就停不下来，他感觉自己的整个身体都在温柔的沩水河中变得硕大和膨胀，直到马上就要爆裂了一般，而这个缠绕着他的女人明显也已经准备好。

一场蔡九始料未及的交媾迫在眉睫，沩水河调整自己的身体以便迎合蔡九，而蔡九毫不费力就把自己和她牢牢地榫接在了一起。接下来的欢腾让蔡九获得了一种眩晕般的满足，他体内在迅速地沸腾并且像水一样开始蒸发。他们忘乎所以地互相释放，不知道过去了多久，才开始注意到了周围。

他从沩水河小女人的身上抬起头稍作休息，却发现周围船舱不知道去了哪里，而他跟他的女人正在一个高高的地方，看起来是有人悄悄把刚才那条船搬到了这里，

蔡九看到自己正身处在那个放着龙石的石柱柱顶。

　　往下看，只见那些之前举行仪式的生物们都在石柱下面齐刷刷地向上张望。在龙石光芒的照耀下，蔡九和汭水河小女人正赤身裸体上下叠合在一起。而看到那些生物敬仰的神情，蔡九连忙想起来，这场交媾可能就是那场所谓仪式的高潮部分，它们看起来都在等待着那个最后的时刻，也就是蔡九把他体内已经在蠢蠢欲动的东西输送给汭水河。

　　蔡九突然的停顿就是为马上就要进行的输送而休息，他已经和汭水河小女人缠绕在一起没法分开，汭水河的水浸润着他的身体，而蔡九马上就要喷涌出那股已经无法再把持和囚禁的能量，只是他没有想到会有这么多生物在围观，甚至头顶上还盘旋着那只会飞的神龙虫子。

　　石柱下面那条看不见的巨龙仍然囚禁在那张网中，而人群中已经找不到"胡麻子二号"，在他站着的地方是他身上的那些衣服鞋袜还有那把他随身携带的菜刀，可他却不知道去了哪里。而更远处的水里，有一尾巨大的黑色鱼鳍正在歪扭着急切地往北方游去，可水下却不见它的身体，蔡九好惊讶这可以离开身子独立存活的一尾鱼鳍。

　　在蔡九和汭水河缠绵的时候，那些会飞的生物联合起来悄悄地把刘德水那条船抬到石柱顶部，然后他们在蔡九忘乎所以的时候拆掉了周围的遮蔽物。这让他和汭水河小女人看起来像是天作之合般在龙石光芒的照耀下，做着这件有关于生存和繁衍的事情。

　　楔入汭水河小女人身体的蔡九想起之前"老贾"用九种不同声音所说过的："……要输入……有一个密码……最好的女人……灵魂可以永存……团结……就在今天！"这让蔡九联想到自己和汭水河小女人的交媾并不是偶然，因为很明显"最好的女人"就是他身上的这个女人，蔡九心里这样想。

　　在龙石光芒的照耀下，所有的生物都在围观着高高石柱上的这一对男女。当蔡九把思维移到其他事情的时候，身体却好像得到了休息，汭水河小女人继续着她的攻势和索取，蔡九感觉到了汭水河开始变得有些灼热，他知道那个最后的时刻马上就会到来。

　　这一对男女忘情于交欢之中，围观的生物们也都聚集在一起期待那个即将到来的顶点，可蔡九却在最后沩水河小女人的进出之间，看到了让他始料未及的事情。在最后最为激烈的那个部分，蔡九完全被动地被缠绕着，而主宰整个节奏的是沩水河小女人，可就在蔡九最为深入的时候，他却突然看见眼前的女人成了那个半边脑袋的女人……

　　这吓得蔡九连忙往外一闪，但本来互相深入的身体分开后，半边脑袋的小女人又成了那个美女，随着完全被沩水河小女人控制的节奏，在蔡九的进出之间，他的女人在一个娇喘的大美女和半边脑袋的丑陋女人之间切换。

　　当深入的时候他眼前的女人是那个半边脑袋的女人，当后撤的时候她又是那个绝美的女人，而随着节奏越来越快，他眼前的女人不断地在这种美和丑之间切换，可带来的快感却是蔡九从未体验过的。

　　而整个世界都在蔡九的眼前按照沩水河小女人的节奏在进行着这种类似的切换，那些生物们共振一般的也同时在自己的阳面和阴面之间随着两人交媾的节奏进行着切换，洞庭湖干涸后的整个沙漠和一片宽广的水面在交叉出现，骆驼和会喷出水柱的大鱼、风水门和铜官镇上的那些人、红胖狐狸和柳如烟，还有她带过来的人群和鼠辈、老贾和那只老山羊，还有远处已经游得很远的那尾没有身体的黑色鱼鳍和"胡麻子二号"，都在随着沩水河起伏的节奏进行着切换。

　　整个世界都在和沩水河的节奏共振，蔡九想起来神龙出生的环境，那必须是一个非阴又非阳的地方，因为神龙要平衡阴阳，所以就必须出生在一个中立的地方，他刚闪过这一丝念头，沩水河的节奏已经变得不能够再快，蔡九也跟随着亢奋到了极点，他眼中的世界完全模糊一片，因为阴阳之间的切换已经快到了让人无法看清的地步，而这样的速度只维持了很短的时间，最后那个最势不可挡的时刻终于来临……

　　蔡九突然觉得完全失去了意识，而一股可能是连着自己灵魂的火焰从体内磅礴喷涌出来，然后直接汇入了浸润着自己的沩水河，而当这水火一交融，沩水河河水马上化成一股雾气，弥漫在整个空间。蔡九坚持让那股火焰完全从自己身上倾泻而出，然后虚脱倒在龙石的脚下。

一种巨大的疲倦感袭来，他感觉自己也消融在沩水河化成的雾气之间，他变得十分轻盈然后开始四处弥漫，好像成为一种无处不在又或者可以属于任何一个事物的存在。

接着他感觉自己开始迅速地往上飞升，眼前一片浓浓的雾气，他就这么一直往上升，一直往上升，直到开始疑惑自己这到底是要去哪里……

第三十二章　长江五号

　　三太爷用了很多文笔来交代这个最后的仪式。在他虚构的世界里，我看到了一种渴望，一种对于美女、故乡、兄弟、血脉、生存、未来的渴望。他这个故事从一次艳遇开始，又以一次艳遇告一段落，最后他拿出了自己最完整的想象力震撼到我，可却戛然而止，留下我对无数细节的回想和好奇。

　　在最后的仪式结束后，蔡九觉得自己肯定是死了，因为他知道人死了才会往上飘，灵魂会一直飘进白毛子大雾里然后成为它的一部分。可他往上飘了好久好久，还穿越了他认为就是白毛子大雾的那一整片缭绕的雾气，可还是没有停下来。

　　蔡九很想回头看，想知道这到底是到了哪里，自己飘到了什么高度，离地面有多远……可他发现根本就没法回头，他虚脱得只有睁开眼睛的力气，而他担心恐怕不久之后就会连眼睛也睁不开了……

　　那一整片缭绕的雾气上非常宽阔和清爽，蔡九虽然在一种昏沉里却为这种清澈博大的无边无际感觉到欢喜，并且毫无疑问地认为自己已经死了。

　　这时，更远处的天空中出现了一个亮点，那个亮点慢慢变得越来越大、越来越亮，直看得蔡九满眼模糊。随着那亮点继续变大，他在一片光晕中完全看不见了，眼睛里只剩下一片白色。

　　好不容易才在这片白色中适应下来，蔡九不停地转动着眼球。他想努力在这一

片让他感觉到慌张的白色中找到自己可以辨认出的物体，可是还是什么都没有。他就这样对着一片无所不在的白色努力了很久，直到完全放弃努力，认为自己也成了其中的一部分，和这一片白色浑然一体没有区别。

一条巨大的黑色巨龙这时候突然出现了，它发出蔡九从未听过的恐惧咆哮，从他眼前的白色空间中划过，然后这条巨龙气势磅礴地在空中转了一个圈俯身下来，一双巨大的充满愤怒的眼睛狠狠地盯着蔡九，蔡九看到它同样是黑色的长须向四周放射开来，而自己看起来只不过就是它一根胡须般的粗细。

这条黑色巨龙看起来并不想伤害蔡九，它只是出现然后盯着蔡九看了一会儿，表情威严但同时也有几分深邃，蔡九有些害怕但马上变得兴奋起来，他刚刚想仔细看看这条巨龙，它却一转弯消失在蔡九没法扭头看见的空间里。

巨龙迅速消失而且再也没有出现，蔡九在它出现后开始从那种以为自己已经死了的虚弱中恢复。不久后他听到了一些噪音，那种声音刚开始像是幻觉一般隐隐出现，直到慢慢地辨认出来它的真实存在……

那些声音逐渐越来越嘈杂，蔡九眼中的一片白色中开始出现了一些黑点，黑点越来越多，那片清晰的白色却模糊起来……这片白色像是化开了一般，看得蔡九眼前又是一片混沌，但是那些声音却越来越清晰。

这些声音蔡九从未听过，他没有办法在头脑中把任何事物同自己听到的声音联系起来，所以他想努力地去看，努力地让眼睛从这一片巨大的模糊中清醒过来。

他努力了很久，终于开始在那一片模糊中慢慢看到了一些东西的轮廓，然后他又花了很长时间去辨识这些轮廓，那些光斑一般的物体轮廓开始在蔡九眼中慢慢地聚焦，蔡九发现他正身处在一个被光点包围的环境中，四周是很多各种颜色的光点，有的光点还在到处移动和跳跃着……

三太爷的原文在最后有非常多的晦涩描写，因为他在用一种古老的修辞去描绘一个他想象到的世界，我努力地理解他说的那些名词，然后大概明白了他的意思，以下我用了很多现在的名词做了替换，虽然不妥，但看起来要容易多了。

他接下来说，蔡九终于看见自己正躺在一张非常奇怪的床上，身上穿着一种从来都没有见过的丑陋衣服，而他的床边围着一圈人，这些人都戴着一个头罩，完全

看不见他们的脸，看起来他们正在对着蔡九品头论足，可说的话蔡九却一个字也听不懂。

这时，蔡九感觉当初被红胖狐狸嵌入长毛控制自己当它大条的那个地方一阵奇痒，一股热流正从那里试图钻进他的身体。他心想不好，这下怕又是要做人家的大条了。虽然浑身瘫软，但蔡九还是决意要反抗么一下，他一抬手就朝那个发热的地方打过去，结果手却怎么也抬不起来。

不能控制自己的身体让蔡九非常恼怒，而那股从脚下侵入的热流正在趁着他还未掌控自己的身体而肆意到处乱窜，这让蔡九愈发地愤怒。他狠狠一用劲，那只手终于抬了起来，蔡九刚想伸手去扯开自己身上这件丑陋的衣服，结果却发现举起来的不是自己的右手，而是一根光秃秃的棍子……

看到这跟棍子一般的右手，蔡九马上感觉身体内一股并不属于他的暴怒在无法阻挡地涌出，而这股暴怒的力量马上接管了他的身体，在排挤之前已经侵入的那些热流，并试图完全控制蔡九的身体。随着这股力量越来越强，蔡九开始在那张奇怪的床上颤抖起来。

看到他这个样子，围观他的那圈人开始慌乱起来，他们仍然在用一种蔡九听不懂的声音交流，但语速一下变得很快，在空中飘浮的那些光点也开始到处移动，异常活跃，很明显某件事情正在变得非常的紧急。

那股暴怒的力量增长到异常强大，直到它完全夺过了控制权，蔡九感觉他仍然是当年红胖狐狸用过的那个大条，他看着并不被自己控制的身体感觉到他之前其实不过只是一直寄生在自己的身体里，而身体真正的主人是这股强硬和暴怒的力量。

而这股力量又或者是潜伏在蔡九体内的这个灵魂，却没有像蔡九想象的那样开始暴怒，然后摧毁周围的一切。它只是坐了起来，然后怀疑地看着自己的身体。

四周弥漫的光点在非常不安地迅速移动着，围着蔡九的那一圈人已经全部往后倒退，好像随时都准备逃跑，但他们中那个最中间的家伙，却"哗"的一下从自己头上取下那个奇怪的头套，露出了自己的脸。

蔡九看到这人的脸马上激动起来，因为他完全没想到这人竟然会是鬼二，他童年的导师。此时鬼二脱下头套露出他那张树皮一般沧桑的脸，一头银色长发洒落下

来。主宰着蔡九身体的巨大力量好像也认得他，浑身颤抖的蔡九开始从明显就要失控的激动中慢慢平静下来……不久后，它就消失了。

接下来，鬼二周围的那些人也纷纷摘下头套，他们一个个在蔡九面前露出自己的脸，这看得蔡九一阵瞠目结舌，他开始重新思考自己是否已经死了的问题，因为据说人在临死前或者死后会重新看见那些自己在意和对自己非常重要的故人。

蔡九看见周围的这些人一一露出自己的脸，而他们跟鬼二一样并不是什么陌生人，他们竟然就是老贾、胡麻子、刘春球、柳如烟、刘德水、丑陋的钱胖子、秦小翠、独眼龙彭瞎子、氿水河小女人（她却不是半边脑袋）、渔夫蔡一。这些人围在蔡九的周围，马上让他觉得他们也都死了，现在大家正在地府里重新相聚。

鬼二这时说话了。他好像知道蔡九在想些什么，慈祥又坚定地说："相信你一定认得我们，不要怕，你并没有死。"

蔡九连忙看着他，狠狠地点头，激动得连眼睛都湿润了。然后他转过头来看着眼前出现的每一个人，他觉得这里除了自己的妻儿外，对他来说非常重要的人都在，就算是到了地府他也不怕寂寞了，他有很多话想跟眼前的这些人说，但他首先对着那个丑陋的钱胖子吃力地问了一句："你……你把我儿子……弄到……弄到哪里去了？"

本来对蔡九来说是一个非常非常重要的问题，可那个该死的钱胖子却笑而不语。蔡九抬手就想给他一巴掌，然后打得他肿着一张肥脸满地去找牙，可他已经找不到自己的身体，刚才那个暴怒的家伙接管了他的身体，然后扯碎了那件丑陋的衣服，它撕开覆盖在身体上的那些东西，看见这张怪异的床上躺着的并不是一个人，而是一个类似于骨架的东西，这东西明显比骨架简单很多，但仍然可以看出来身体的各个组成部分。

蔡九觉得自己虽然打不了钱胖子，没有办法现在爬起来一顿暴揍打得他知道自己错了，但看到老贾还有胡麻子和刘春球都在，他就不再着急了，他想回头让自己的兄弟再慢慢地好好收拾这个丑家伙。

刚才看见鬼二，蔡九感觉那股无法压制的野蛮一下就跑回了自己身上某个隐秘的地方，就好像自己的身上有一个藏着野兽的山洞，只是他不知道这个洞在哪里，

而这个怪物又会什么时候无法阻挡地跑出来。

可是其他人不是跟钱胖子一样笑而不语，就是在看着鬼二。胡麻子看起来是很想跟蔡九说几句话，但又一副怕自己说错了什么话的样子，而老贾，完全就没有怎么看蔡九，这就让蔡九觉得心里非常不舒服了。他刚想骂老贾几句，鬼二先说话了。

鬼二说："欢迎来到长江五号。"

"长江五号？"蔡九好奇怪鬼二这说的到底是什么，这时蔡九那张平躺的床开始从一头往上升起，然后他从平躺的状态直立了过来，而前面本来看起来是一堵高墙的一大片地方突然一下就变得透明了，好像是瞬间打开了一扇窗。

蔡九看见那一大片透明的地方外面是一处巨大的空间，而那种巨大到有一点恐怖的空间感是蔡九之前从未经历过的，眼前一个巨大的灰色大球正悬浮在蔡九所看见的这个广博空间里。

蔡九被自己所看到的东西深深震撼了，当鬼二告诉他，那个灰色的大球一直都被人称作是"世界"（地球），而他所说的"长江五号"是一个能够在空中随意飞的船，这条船可以一直上升一直上升，直到离开地面很远很远，看到整个地面不过就是一个灰色的大球时，蔡九马上认为很明显这里不是地府，而应该是天宫。因为只有在天宫里，人才可以这样乘坐着据说是坐骑或者是法器的东西，在九霄之外肆意地遨游。于是蔡九又开始为自己周围的这些人感到欣慰……

在得知了蔡九有关于天宫以及为大家感到欣慰的想法后，他周围的这些人包括鬼二都开怀大笑了起来。蔡九完全不知道他们在笑什么，此时那股从脚下进来的热流已经完全走遍了全身，而蔡九感觉自己的身体开始精力充沛了起来。

在蔡九的五官逐渐完全恢复了知觉后，鬼二花了很长的时间告诉他现在所处的境遇，每一个站在他周围的人都被鬼二提起，而鬼二所说的有关于蔡九的境遇却是他根本就无法想象和接受的……

鬼二说蔡九看到的那个灰色大球，以前是蓝色的，在三万年以前，这个"世界"上曾经密布着水系，有山川、小溪、江河、湖泊，而且还曾经有过大海，可有一天水突然从这个星球上消失了，水的消失在当时看来像是一个诅咒，没有人知道水到底去了哪里。在水源消失后，蓝色大球开始变得荒芜和凋敝直到完全失去了生机，

人类想尽了办法都没有让水源重新出现，不得已只好开始寻找其他的地方移居。

人类在另外的星球上找到了可以重新分解成水的物质，所以得以苟延残喘了下来，但这付出了巨大的代价，因为有大部分人都没有能离开地球，他们的生命还有那些人类耗费资源建造的巨大的城市，都随着这颗星球的水源一起成为历史。

几万年以来，人类在离开了地球的环境中逐渐适应，但一直试图找到当年水源突然消失的原因。他们发现，这颗看似已经死亡的星球，有着不同于之前被称作是科学的另外一面，而水源的迅速消失可能跟一些传说中的事物有关。重新在地球之外建立起人类文明的人类后代，逐步了解了那个传说中关于水源消失的秘密，那就是阴阳之间的平衡。可是没有人可以证明阴面和阳面的同时存在，而所有的线索都指向了一个叫作"野士岭"的地方。因为传说水源的消失跟神龙的离世有关，而"野士岭"的野士们一直在维护着阴阳平衡和保护着神龙的重生。

可野士们的任务明显是失败了，因为地球直到三万年以后仍然没有水源，而虽然有理论上的科学家证明了阴面和阳面确实可以同时存在，但从来没有人可以在实验上再现这个假设。有一个学者提出了一个非常不寻常的理论，他坚信应该完全相信那些古老的传说而不是试图解构或者去证明他们。

这个学者试图说服人们按照古老的传说来解释所发生的事情，而不是试图在逻辑和科学上去推测它们，他想让人们相信白毛子大雾是真实存在的，灵魂并不是一个虚无的符号，而只要能够找到龙石，那个转世的神龙便可以重新变身。

虽然并没有找到所谓神龙的转世，但是经过对地球抽丝剥茧一般的细致勘查，甚至是对每一寸土壤的分析和记录。有一天，人类的后代终于发现了最有可能是所谓"龙石"的东西，在位于地球一处干涸的湖区，派出去的机器人小组在进行网格搜索时，发现了一块有着心形缺口的玉石。而这块石头之所以能够被探测到，是因为它可能存在着生命，这是最近几百年对地球的探索以来唯一的一次检查到了生命的迹象，而这就是龙石存在最有力的证据。

这一块石头马上被送到了人类的世界，当一系列的检测和研究都说明这个石头确实存在着高等级生命后，一个叫作"野士岭"的任务开始被秘密执行。负责任务的就是那个学者，学者直接听从现存人类世界最高首脑的命令，并定期向他汇报。

鬼二告诉蔡九，他就是那个学者。

开始蔡九一直觉得自己是在听一个故事，可当鬼二说到他就是那个学者的时候，蔡九马上意识到，他刚才说了好久以至于都有点让自己犯困的这些事情，可能跟自己有关。他充满疑惑地想知道鬼二为什么把自己说成是在蓝色星球变成灰色的三万年后，重新回去探索的人类学者，难道作为驯龙师又或者是野士就可以肆意地生存三万年，而不惧怕时光的流逝吗？

鬼二肯定知道蔡九的疑惑，他郑重地抬头看了一眼周围的那些人，然后跟蔡九说："其实，我不是鬼二。"

听到这里蔡九就完全不明白了，他刚才看到了自己那个残缺或者根本就不是他身体的架子，本来已经因为多次的被控制而觉得自己和自己的身体有一些疏离感的他，都接受了自己并不是之前的那个自己，但对于自己的记忆，特别是那些对他来说最重要的人，如果说他们并不是他们自己，那么蔡九就完全接受不了了。

眼前的这个人如果不是鬼二，那么他到底是谁？蔡九马上觉察到那股洪荒的暴怒又在身体里开始躁动起来。

鬼二马上安慰他说："不，不，我以前不是鬼二，但我现在是了……"

旁边的那个被蔡九埋怨不说话的老贾，马上也说："我现在也是老贾了！"看到老贾这一表态，其他的那些人都纷纷说自己现在就是"自己"了，胡麻子一拍胸脯说自己现在就是胡麻子了，而蔡九讨厌的钱胖子也一拍然后晃着胸前的一堆肥肉说自己现在就是钱胖子了。让蔡九感觉到愧疚的秦小翠也说自己现在就是秦小翠了，而本来蔡九认为是值得尊敬的长辈，也就是渔夫蔡一和独眼龙彭瞎子，也都说自己现在就是自己了……

蔡九非常生气他们为什么要这么说，他们明明就是自己，可却非要说自己现在就是了。鬼二在安抚着蔡九，蔡九感觉到在自己身体里无处不在的热流，释放出一种非常舒适的麻醉感，那种感觉类似于喝了几杯烧酒。

而老贾现在开始看着蔡九，他眼神里流露出蔡九一直都在期待的那种支持和信赖，好像只要他说一句动手，老贾便会像以前一样跟自己闯入或者逃离任何地方，而胡麻子和刘春球也一样在看着自己，他们的眼神很明显不会说谎，这明明就是他们自己，而其他人也都一样。

鬼二告诉蔡九，"野士岭"的计划之所以取了这么个名字，就是为了向曾经存在的古老的野士岭致敬。而当拿到了那一块龙石后，才知道原来这颗活着的龙石里其实藏着的是一个人的记忆，和一组灵魂遗传序列。鬼二说，他用了将近二十年的时间，才破译了龙石所蕴藏的信息。但他发现这份龙石保存的记忆是不完整和支离破碎的。鬼二和参与"野士岭"计划的这些人在看起来非常跳跃和独立的记忆碎片中，进行了无数次的连接和排序，试图最大限度地复原出一份真实和连贯的记忆。

而相对于零散和错乱的记忆，那一组有关于一种本来认为是根本不会存在的灵魂遗传序列却是基本完整的，它只欠缺一个微小的部分，鬼二说这个微小的部分应该就是类似于钥匙或者密码的东西。他说现在他只需要一件东西，便可以让水源重新回到地球，那件东西便是这一组灵魂遗传序列的密码，只要他能找到这个微小的部分也就是龙石身上那一块仅有的缺口，就可以破解整个序列，这样便可以重新按照序列所携带的信息重现一次那个被叫作是龙的古老生物而不仅仅是复制出它的身体，而按照他所了解的有关于水族和野士岭的传说，只要这个灵魂也就是传说中的龙可以重新现身，它就会重新在阴面和阳面之间建立地球已经被破坏的平衡，而龙的侍者——神龙虫子也将重新制造出白毛子大雾，但这个机会只有一次，因为这些遗传序列就算是被解锁后也是无法被复制的。

可现在的问题是，没有办法能够找到那一块龙石身上的缺口，也就是那一小块和龙石分离的狭长的心形部分，那个部分应该还在已经破败腐烂的地球上，可"长江五号"却一直没有找到它。而在那段被拼接起来的记忆里，鬼二和他的同伴们发现了有关于那块心形翠玉的线索，那段由记忆碎片拼接起来的记忆被鬼二和他的助手做成了一条时间轴，记忆清晰的地方是明亮的颜色，而记忆缺失的地方是黑色，而在一处心形翠玉曾经出现过的地方，接下来的记忆就是黑色的，如果能复原这段记忆，也许就可以知道它的下落。

第三十三章　永远都用不完的水

　　于是，"野士岭"计划的参与者们开始试图恢复龙石全部的记忆直到找到那块存有密码的心形翠玉，而这是非常有难度的一件事情，因为这必须让所有存储的记忆片段具有可以自行扩展并和其他片段连接在一起的能力，而要做到这一点，就必须让这个记忆的拥有者真正的"活"过来。这意味着必须要以现在这些记忆片段作为框架和基础，再将尽量多的素材和细节补充进去构建出一个个鲜活的记忆碎片，以此来刺激龙石也就是这份记忆拥有者沉睡的大脑，而被激活的大脑也许会主动地连接这些记忆碎片，并使之都统一到一个完整的回忆里，这样便可以在这个完整的记忆之中搜寻那块遗失的密码，直到最后找到它。

　　鬼二说蔡九就是那份记忆复原的成果，他脑袋里所有的记忆都是基于龙石存储的那些记忆进行拼接和连接而成，同时他们一直在试图给予蔡九一种真正的脑力，现在这个尝试成功了，因为蔡九终于从环绕地球飞行的"长江五号"上苏醒，这说明龙石的大脑被成功激活了……

　　而蔡九之所以会把周围这些人认成是他熟悉的那些人，是因为"野士岭"计划的参与者必须为龙石储藏的记忆中的那些人物找到完整和鲜活的形象，因为在那些记忆中只有一些动物以及几个人物的形象是没有丢失的，而大部分人都只是一个空洞的符号根本没有形象和基因等详细的记录。所以为了使复原后的记忆足够鲜活到

可以刺激龙石休眠的大脑，就必须彻底复原这些人，而这需要把他们和一个真实存在的活人联系在一起，在把这个采集到的活人的数据输入到记忆中去填充那些只有一个符号的人物，这样便可以在整个记忆中复原出那些人，而之后被激活的大脑可以通过他们进行主动的运算去连接各个记忆的碎片，直到打通那些缺失的地方。

很凑巧的是"野士岭"计划的这些参与者，在外观上的特点正好基本符合蔡九记忆中，那些已经缺失了具体外貌信息的人。在读取到的记忆中说彭瞎子是独眼龙，而在"野士岭"计划的参与者中还真有一位只有一只眼睛的学者，就连钱胖子和沩水河小女人这样奇怪的身材和相貌，也竟然有人选正好可以提供基本类似的数据，所以便就近采集了他们感官上的所有数据，并且装入蔡九的记忆中填充进那些空白的形象。所以蔡九才会认得在他床边看到的这些他熟悉的人，也就是鬼二、老贾、胡麻子、刘春球、柳如烟、刘德水、钱胖子、秦小翠、彭瞎子、沩水河小女人、蔡一，虽然这些人并不真正是蔡九回忆中的那些人。

蔡九并没有完全听明白鬼二所描述的这些事情，这其中他还在思考密码这东西到底是什么，可当鬼二说到那块和龙石分离的狭长的心形部分，蔡九好像就明白了，原来鬼二想要的就是自己交给了蔡十八的那块心形翠玉，那块自己从风水镇黑水塘里挖出来的"尸骨"。

蔡九对鬼二说："那块翠玉我交给了我儿蔡十八，他带着那块玉跟着钱胖子下了楼。"边说蔡九还用棍子般的右手指了指旁边的钱胖子，钱胖子的胖脸上马上堆出一脸的愧疚。蔡九指了指钱胖子后，又好像听明白了鬼二刚才讲的那些话，他意识到了这个人不是真的钱胖子，而周围所有的人都不是他们自己……

蔡九随后陷入巨大的失落中，他问眼前这个"鬼二"，那在他的记忆里哪些人是真实的而不是被替换进来的。"鬼二"说，从掌握的数据来看，只有他的妻子还有儿子蔡十八是一直留存在他的记忆中从未失去的，"鬼二"说到这里又想了想，然后马上又提起了另外一个人，他说还有那个，就是在那个最后的仪式里，老山羊让你跟她在众目睽睽之下"那个"的美女，她也是你真实的记忆。

蔡九听他这么一说心里一阵高兴，好歹自己最为看重的妻子和儿子是真实不虚的形象，而至于鬼二提到的那个和他在天地之间进行"最后仪式"的那位无法形容

的美女，蔡九不由自主地偷偷看了一眼旁边的"沩水河小女人"。

"沩水河小女人"也迅速地看了他一眼，脸上也貌似有一些尴尬。

"鬼二"看到蔡九看着"沩水河小女人"，以为蔡九可能会对她和"钱胖子"完全不同于人类的外观而产生错乱，他马上告诉蔡九其实"沩水河小女人"和"钱胖子"只有四分之一的人类血统……

蔡九现在已经完全了解了自己所处的环境，然后他便在"长江五号"上住了下来。他被安排在一个有着巨大窗户的单独房间，并学会怎样使用房间里那些从来都没有见过的奇怪东西，而仔细看像是一个虫卵一般大小的光球始终在头顶上跟随着他，每当蔡九脑袋里回忆起什么的时候，这个光球都会马上响应。比如他想起了自己的妻子，这个光球便会在自己周围投射出妻子的影像，而儿子就在她的身边跑来跑去。当蔡九想起兄弟的时候，老贾和胡麻子还有刘春球就会出现在他眼前，可是蔡九对他们又有一些抵触，因为那不是他们真实的样子，而这条船上正有跟他们一模一样的三个家伙在那里忙碌着。

有时候，蔡九会想起那个除了妻儿之外唯一真实的女人形象，当"长江五号"飞进地球的阴影，而巨大的太阳照耀不到它的时候，那个女人有时候会突然一下出现在蔡九所在的房间里，那个光球诚实地反应着蔡九的回忆，蔡九仿佛在这个房间里静静地和自己的回忆对话，而更多的时候他只是一动不动地看着窗外那个巨大的灰色星球发呆，这时候好像是那些空白的记忆碎片正流过蔡九的大脑，而这样发呆的时间越来越多。

就这样周而复始地围绕地球转了很多圈，可蔡九仍然没有想起"鬼二"让自己回忆的儿子蔡十八的下落，但是很多其他的事情都被想了起来。他仔仔细细地回忆自己所经历过的每一件能够想起的事情，然后开始对那些事情进行排序，而这时候就会有更多的小光球出现在他的周围。看起来那些光球在非常忙碌地对蔡九新的记忆进行对应的处理，因为那根时间轴上的明亮色块和黑暗色块被重新排列或者填充，而有一些黑暗色块则开始发光。

蔡九胸有成竹地认为自己一定可以复原出所有的记忆。他的心情一下变得非常愉悦，他看着镜子中的自己，在镜子中他看到一只胡须已经很长的大老鼠脸，那是

"长江五号"为他复原的脸。开始他也被吓了一跳，因为这完全不像他记忆中的自己。而过了一会儿后，他又想让自己觉得这个镜子里的老鼠其实也没有那么猥琐和难堪，他甚至想说服自己镜子里的这只老鼠其实也非常威武，特别是它那没有修剪过的肆意生长的胡须……

可在心形翠玉最后出现过的地方，时间轴上接下来的那一块一直是黑暗的，蔡九怎么都想不起来儿子那一天骑着钱胖子下楼后的去向，而从那天起一直到那条看不见的巨龙出现，他才重新听见儿子的声音在喊："父亲，父亲救我！"他于是开始胡乱臆想一些有关于儿子下楼之后的事情，可这些都没有被小光球投射在房间里，看起来所有想象的东西都会被小光球过滤掉，而只有真正的记忆才会被它读取到周围的空间里。

蔡九想重新掌控自己的所有回忆，他想弄明白为什么自己的记忆被封装在了龙石里，而他揭开自己那件奇怪的衣服，看到里面复杂架子里装着的正是一块石头，可坦白说，这块石头跟蔡九记忆中的那块可以通体放光且光芒都无法遮蔽的龙石不同，这明显是一块非常普通的石头，看起来跟蔡九在湘江里捡到的那些普通得不能再普通的石头一样。蔡九心想也许那块荣耀的龙石在枯萎的地球已经被埋藏了三万年，这么长的时间就算是整座山峰也都已经有些变样了，而这中间不知道又发生过什么重大的事情，让龙石的记忆和外观成了现在这个样子。

他突然闪过一丝怀疑，那就是为什么自己的记忆会如此凌散和混乱，特别是他离开铜官然后又出现在七百年后的沙漠之中。蔡九在想自己是彻底遗失了这七百年的记忆还是自己真的就跟着野士岭的中转站穿梭到了七百年之后？还有跟随着老山羊修行救命的那五年，是不是也有可能是一段被刻意剪除掉的回忆，而真相是自己去做了别的事情？

蔡九就这样滞留在"长江五号"这间可以看见地球的房间里不断围绕着地球飞行，但"鬼二"和那些蔡九熟悉的人却一直没有再出现，蔡九感觉自己成了囚犯又或者是被研究的对象，他在这个充满着各种奇怪设备和光球的房间里整理着自己的一生，可却无论如何都没有想起那块心形翠玉的下落，直到有一天他重新做了那个会遗传的梦。

　　奇怪的是，那个本来蔡九以为只是梦的场景却被小光球投射在了房间里，在腥臭的大水铺天盖地涌了过来时，那个佝偻人影又出现在了倾斜的船舱里，蔡九一下从梦中惊醒，他一脸惊恐地看着房间里这梦里的最后一幕，而整个梦都定格在那个晦涩模糊的怪影子上。

　　小光球非常体贴地开始迅速放大这个船舱里的影像以配合蔡九的仔细观察，蔡九看见的是一个小小的身形，那个身影披着一件很明显不合身的斗篷，而脸上正戴着一个面具，那个面具看起来就是西海龙王，也就是胡麻子说是蔡一给他的那幅画上的形象。那人胸前还戴着一个挂坠，虽然挂坠上的东西被塞进了斗篷里，但蔡九认出了那根自己用渔网做的系绳，这根系绳是被蔡九挂在了儿子身上，而上面系着的正是那块象征着妻子生命的心形翠玉，看到这根系绳和这个小小的身影，蔡九倒吸了一口凉气，难道一直在这个梦里的小影子就是带着西海龙王面具的蔡十八？

　　这时候，房间里发出一阵急促和持续的警报声，蔡九周围的东西都开始按照警报声的节奏闪烁起来。他又听见了一阵急促的脚步声，然后一面墙从外面被人拉开一张窗帘，只见那个"鬼二"站在房间外面狠狠地说道："密码藏在那个梦里，马上带他去见最高首脑……"

　　整个房间立刻开始晃动和颠簸起来，感觉是正在被拎起来搬到了另外一个地方，窗外突然起来一团火，然后整个房间开始迅速地脱离"长江五号"，不一会儿它就成了窗外远远的一个背影。蔡九这下终于看清楚了这条被叫作"长江五号"的大船，没想到这条船的外形竟然像极了一具棺材，而且这种棺材的造型蔡九也并不陌生，这就是铜官镇子上独有的那一种两头有点圆中间有些扁的棺材造型。

　　那个灰色的大球看起来很快成了一个很小的点，最后消失在了一片璀璨的星空之中，就这样又飞行了很久，直到蔡九有些困倦地打起了瞌睡，等他从瞌睡中醒过来，发现外面正下着大雨。蔡九已经说不清楚自己到底有多少年没有见过雨了，他非常想跳进这雨里好好地感受一番，可就是没法从房间里出去，而长时间的飞行看来马上就要结束，蔡九看见整个房间在大雨中慢慢下降，而下面出现一片巨大的水域。这片水域大得即便是从现在非常高的地方看过去也都根本见不到有任何一片陆地，而在这片水域的中间停着一艘无比巨大的船，看来目的地就是这里。

蔡九房间的门被打开，"刘德水"出现在了门口，他手一摆很礼貌地示意蔡九出来，门外"钱胖子"和"老贾"正在等他，雨下得越来越大，他们三个人很着急地带着蔡九下了船然后经过一个长长的通道，蔡九边走边迫不及待地伸出他那根树枝一般的手去触碰眼前的大雨。

三个家伙急匆匆地领着蔡九在这艘巨大的船里去见那个最高首脑，完全不理会蔡九在尝试着跟他们说话，蔡九边走边瞥见外面巨大的水域里浮现出了一个东西，可那三个家伙却完全一副视而不见的样子，蔡九却惊讶得不得了，因为那东西蔡九是见过的，是那条黑色巨龙，一条跟蔡九记忆里一模一样的黑色巨龙正真实地游弋在外面那片暴风雨中的水域里。

走过了长长的通道，然后进入到一个有着巨大穹顶的空间，"刘德水"他们三人送到这里就不再往前了，他们恭敬地朝着蔡九一拱手然后就退了回去，蔡九连忙想跟着他们一起走，却马上被制止。"刘德水"示意要蔡九继续往前走后马上就带着"钱胖子"和"老贾"离开了这个地方，而他们刚一出去通道门便迅速地关闭了。

蔡九茫然地在空荡的大厅里，抬头往上一看，穹顶上是一些巨幅壁画，一共是九幅画，而那画里的东西虽然画得很抽象但蔡九还是认了出来，这就是蔡九记忆中的那九种生物：鼠族、羊、萤火虫、影子鱼、狐狸、人、水族、野草、骆驼。

这时空旷的大厅里飞过来一只发光的虫子，蔡九一看那是一只神龙虫子，神龙虫子飞过来绕着蔡九的头顶飞了一圈，然后扇动着翅膀在蔡九前面慢慢地往前飞，看到蔡九在迟疑又回过来围着蔡九飞了一圈然后继续往前飞，蔡九明白它那是在带路，于是就跟着这只神龙虫子往前走……

蔡九觉察到自己所在的地方一定是一个宫殿，因为在通过那个有着巨大穹顶的大厅后，所有的东西都是那么的富丽堂皇，而最让蔡九感觉到惊讶的是一些看起来像是这个宫殿中的收藏。他看见了一些出现在他记忆中的东西，比如夜明珠、鬼二的门板船、铜官镇上的陶器、红胖狐狸的胭脂、刘德水的马车、彭瞎子的大皮箱、胡麻子的菜刀、渔夫蔡一的鱼竿……但还有更多蔡九以前没有见过的东西，那些跟蔡九认识的东西一样肯定也是某个人曾经用过的物品。

蔡九在这些数量庞大的收藏中穿行，直到他走到尽头看见一面镜子，那镜子里

是一个很奇怪的家伙，它杵着两截树干一般的粗腿，两只手像树枝一样直直地下垂着，而四方形的身体上是一个大大的老鼠脑袋。蔡九又看见了他自己，他还是有些不适应这个所谓真实的自己，而等他正想避开这面镜子的时候，那镜子里又出现了另外一个人的影像。蔡九一回头，发现一个人正站在自己的身后。

那人低着头对蔡九说："喜欢自己的样子吗？"

蔡九被他问得一愣，连忙问："你是谁？"

那人说："我就是野士岭之主。"

蔡九一脸愕然："野士岭之主？"

那人说："是的，我是这艘大船的主人。"

蔡九马上意识到："野士岭？这里就是野士岭？！"

那人说："是的，这里就是野士岭，野士岭就是这条船。"然后他一抬头看着蔡九。

这时窗外暴风雨中的天空亮起一道闪电，蔡九吃惊地看到那个人竟然和自己长得一模一样，当然他指的是那张他之前的人脸，他看到一个另外的他站在他的对面，面对着一个已经是一张老鼠脸的自己。

野士岭之主完全不理会蔡九内心巨大的疑惑，他问蔡九是否看见了那条外面水域里的黑色巨龙，蔡九说他看见了。

野士岭之主说那只是那条龙的身体，而那条龙的灵魂在你身上。

蔡九马上想起自己回忆里那条暴怒的黑色巨龙，像是在"长江五号"上一样，一条巨大的黑色巨龙马上被那只带路的神龙虫子投射在了这座宫殿里，蔡九有关这条黑龙片刻的记忆又被再一次重现。那条龙在空中威武地一转身然后飞过来停在蔡九的对面，蔡九这一次看见在那条黑龙的两只眼睛里有东西在闪动，仔细一看，原来是在洞庭湖边等待着神龙转世的九种生物，还有那些彭之润交给他的湘楚百兽，它们正挤在黑龙的眼睛里向外探头张望……

蔡九看到它们，马上又低头看了眼自己身上那块颜色普通的石头，他现在知道这条黑龙还有那些在它眼睛里的生物都在这块石头里，而只要可以找到那块心形翠玉并把它放回到龙石里，他们就都会跟随着神龙复活。他现在明白那个最后的仪式

就是这些生物最后的生存希望，在龙石光芒的照耀下，当那个最后的高潮来临时，所有生命的密码都被存储到那条看不见的巨龙身上，然后保存在了龙石里。

蔡九看见对面的那个自己脸上泛出一脸的笑容，然后又马上满脸的泪水，他用双手碰了下眼睛想要自己镇定下来，然后掏出来一个东西对蔡九说："父亲，你看……"

一阵巨大的狂喜马上奔涌上蔡九的心头，而那条黑色巨龙也在蔡九的体内开始激动起来，原来眼前的这个人并不是什么另外的自己，他就是已经长大了的蔡十八。哦，天哪！蔡九在心里想他长得太像自己了，以至于让蔡九以为是"鬼二"读取了眼前这个人的数据，然后再填充到自己的记忆里，让自己对其产生一种不该有的错觉，但是眼前儿子拿出来的就是那块自己曾经给他的、代表着他母亲生命的心形翠玉。

父子俩紧紧地拥抱在了一起……

两个人有太多的话要说，蔡九首先问儿子："那些东西是什么？"他指了指那些他之前看见的东西。

蔡十八说那些都是历任的野士们留下的物件。

"为什么只有几样东西是我记得的？"蔡九想知道其他那些他不知道的东西从何而来。

蔡十八说："父亲，不光是湘楚有野士的，他们一共有六千多人，遍布在各处。"

蔡九似懂非懂地"哦"了一声，而蔡十八说："父亲，我带你去走走吧。"

蔡九没有理解儿子所说的"走走"是整个野士岭的"走走"，因为当儿子说了去走走，整条巨大的船马上就变得透明然后迅速地升到了空中，蔡九被儿子戏法一般的变化惊呆了，他问儿子是怎么做到的。

蔡十八说："父亲，野士岭上还有十几万人，这不是我一个人做的。"

"十几万人，可是我就看到了你一个啊？"蔡九对此充满了疑问。

蔡十八笑了起来，他说马上带蔡九去参观一下，然后带着蔡九往宫殿外面走，外面还是大雨滂沱，蔡十八说为了让人类不再缺水，他制造了永远都用不完的水，而现在终于可以重新复原所有物种的灵魂，不久之后野士岭就可以重新回到地球，

让那个荒芜的星球起死回生。

蔡九问儿子："十八，你是怎么从三万年前走到今天的？"

蔡十八说神龙虫子一直在供养着他，那天他骑着钱胖子下楼去找妈妈，结果发现整个铜官都被黑水围困住了。他骑在钱胖子的背上听鬼二的话往湘江里尿尿，结果从江水里跑出来无数只发光的虫子。

蔡九得知儿子说的虫子就是神龙虫子后，有些怀疑地问："难道你的尿就是神龙水？"

蔡十八说是的，他说那些神龙虫子多到组成了一条龙，它们一直跟在蔡十八身后。

等整个铜官都沉到了水中后，钱胖子驮着蔡十八漂在水里，蔡十八说看见自己的爷爷正在水里朝他游了过来，而他后面还跟着一只金毛大老鼠。

蔡九说那是鼠王龙哥。

蔡十八说没错就是它，他说自己和爷爷生活了一百年后，爷爷和鼠王龙哥一起不知道了去向。

蔡九开始想念渔夫蔡一，他认为蔡一没准现在还在那个已经变了的地球上进行着某种修行。

蔡十八说蔡九长得很像鼠王龙哥，说完父子俩都哈哈大笑了起来。

鬼怪都是人心所造，向善便逢凶化吉。

传言笔录思维跳跃不知出处，人生却真实不虚，再大的洪水都会退去，接下来是一个全新的开始。

那天，蔡十八骑在钱胖子肩膀上，后面跟着无数的神龙虫子，眼看已经没有去路，他便问钱胖子他叫什么。

钱胖子回过头来傻傻地说："主人，我的名字叫钱锦来。"

图书在版编目（CIP）数据

野士岭之白毛子大雾 / 蔡九歌著. —北京：当代世界出版社，
2018. 7

ISBN 978-7-5090-1411-0

Ⅰ.①野… Ⅱ.①蔡… Ⅲ.①长篇小说—中国—当代

Ⅳ.①I247.5

中国版本图书馆CIP数据核字（2018）第148703号

书　　名：野士岭之白毛子大雾
出版发行：当代世界出版社
地　　址：北京市复兴路4号（100860）
网　　址：http：//www.worldpress.org.cn
编务电话：（010）83908456
发行电话：（010）83908409
　　　　　（010）83908455
　　　　　（010）83908377
　　　　　（010）83908423（邮购）
　　　　　（010）83908410（传真）
经　　销：全国新华书店
印　　刷：北京盛彩捷印刷有限公司
开　　本：710毫米×1000毫米　1/16
印　　张：17
字　　数：264千字
版　　次：2018年8月第1版
印　　次：2018年8月第1次
书　　号：ISBN 978-7-5090-1411-0
定　　价：48.00元